o livro de algum outro lugar

Keanu Reeves
China Miéville

o livro de algum outro lugar

Tradução
Fábio Fernandes

JANGADA

Título do original: *The Book of Elsewhere*

Este romance é baseado na série de quadrinhos *BRZRKR*, publicada pela BOOM! Studios.

1ª edição 2025.

Ilustrações de Sister Hyde.

Editor: Adilson Silva Ramachandra
Gerente editorial: Roseli de S. Ferraz
Preparação de originais: Alessandra Miranda de Sá
Gerente de produção editorial: Indiara Faria Kayo
Editoração eletrônica: Join Bureau
Revisão: Vivian Miwa Matsushita

Dados Internacionais de Catalogação na Publicação (CIP)
(Câmara Brasileira do Livro, SP, Brasil)

Reeves, Keanu
O livro de algum outro lugar / Keanu Reeves, China Miéville; tradução Fábio Fernandes. – 1. ed. – São Paulo: Editora Jangada, 2025.

Título original: The book of elsewhere
ISBN 978-65-5622-099-4
1. Ficção canadense I. Miéville, China. II. Título.

25-258838 CDD-C813

Índices para catálogo sistemático:
1. Ficção: Literatura canadense C813
Cibele Maria Dias – Bibliotecária – CRB-8/9427

Jangada é um selo editorial da Pensamento-Cultrix Ltda.
Direitos de tradução para o Brasil adquiridos com exclusividade pela EDITORA PENSAMENTO-CULTRIX LTDA., que se reserva a propriedade literária desta tradução.
Rua Dr. Mário Vicente, 368 — 04270-000 — São Paulo, SP — Fone: (11) 2066-9000
http://www.editorajangada.com.br
E-mail: atendimento@editorajangada.com.br
Foi feito o depósito legal.

A NOSSAS MÃES,

pela vida, pelas histórias contadas... pelo amor

"E quando aquilo que é terreno te esquecer,
diz, pois, à terra firme e inerte: eu sigo!
E às águas corredeiras, diz: eu sou!"

— Rainer Maria Rilke (traduzido por William Zeytounlian)*

* Disponível em: https://escamandro.wordpress.com/2015/06/11/3-sonetos-a-orfeu-por-william-zeytounlian/. Acesso em: 14 jan. 2025. (N. do T.)

PRÓLOGO

UMA SALA, REPLETA DE VIOLÊNCIA POR VIR. NAQUELE INSTANTE, com a desagradável luz branca dos LEDs. Então um homem entrou e se sentou entre os armários de metal. Tirou uma máquina da mochila e executou protocolos nela. Sozinho por algum tempo, ficou olhando fixamente para a tela. Seus camaradas enfim o seguiram.

O homem continuou com os preparativos. Todos os demais soldados tinham os próprios rituais.

Dois riam juntos de piadas de teor sexual. Mais dois, em sincronia silenciosa e concentrada, verificavam as armas. Outro, sem camisa, lançou-se ao chão com agilidade e começou a fazer flexões aos pés dos camaradas, batendo palmas enquanto se movimentava. O líder do turno da noite chegou. Analisou um mapa com tanta atenção que parecia até tê-lo achado em uma tumba. O primeiro soldado continuou executando diagnósticos em seu escâner.

Alguém já entrou pronto, encorpado com uma jaqueta cáqui sem insígnia, com um zíper que ia até o queixo, como se estivesse com frio. Ninguém lhe deu atenção. Mas, quando seu olhar percorreu a sala, os olhos encontraram os do homem do escâner e os dois assentiram um para o outro.

A porta soou, pela última vez. Dessa vez todos olharam para quem estava na soleira.

Uma figura alta e magra, com roupas escuras sem nenhuma identificação, encarava-os sob uma longa franja de cabelos pretos. Ele ficou postado de perfil.

Sozinho entre seus camaradas, o homem do escâner deu uma olhada sorrateira para um dos que preparavam sua arma, enquanto este, por sua vez, olhava para o recém-chegado, assim como todos os demais.

O homem de cabelos pretos entrou, aquela quietude se quebrou e todos voltaram a ficar como antes. O primeiro homem se voltou novamente ao escâner, verificando seu funcionamento, e analisou toda a sala em sua tela. Deixou a imagem pairar por mais um momento sobre aquele para quem tinha dado uma olhada furtiva, ajustando os registros da máquina, convertendo os soldados em uma paisagem de contornos coloridos.

Em um canto, o recém-chegado estava de cabeça baixa, sozinho. Alguém se aproximou dele.

O homem do escâner franziu a testa. Não foi o vórtice singular de escuridão na tela que o fez hesitar: ele já tinha visto o homem de cabelos pretos se manifestar assim muitas vezes antes. Era a anomalia do que se aproximou dele: o soldado mais baixo, com a jaqueta abotoada até o queixo. Aquela jaqueta era branca e opaca na tela, de um modo que as roupas não deveriam ser. Ela brilhava. Estava blindada.

— Ei — disse o usuário do escâner diante do que via na tela. — Ulafson? — Ele ficou olhando enquanto o soldado de jaqueta se aproximava hesitante do ativo da Unidade.

Ele estava muito longe para ouvir. Rolou a tela para uma configuração de captura de áudio, a fim de ler a tradução aproximada da IA do escâner da leitura labial e das margens tênues de ondas sonoras, mas não pôde obter uma leitura clara.

O homem alto se virou para ver Ulafson se aproximando dele e sussurrou algo como se lhe implorasse. Ulafson estendeu os braços e avançou rápido, de repente. Seu alvo o olhou sem emoção. O homem que dava o suposto abraço murmurou alguma coisa, com cara de quem chorava, e o homem do escâner disse: — Ei! — de novo, tão alto agora que todos se viraram, e todos gritaram também, vendo o soldado de jaqueta toda abotoada sacar uma pistola do bolso; ele soluçava, agora era possível ver, e apontou a arma não para a figura em direção a quem ele cambaleava, mas de modo geral, para toda a sala, para todos que agora estavam ali encarando-o.

— Para trás! — ele gritou.

O homem alto de cabelos pretos estendeu a palma da mão contra o peito do adversário e bloqueou seu caminho. Ele não desferiu nenhum soco, não o derrubou, apenas o deteve. O alvo de rosto triste não falou nem se moveu de nenhuma outra maneira, apenas manteve o homem mais baixo à distância, o braço estendido enquanto o outro se esforçava para diminuir o espaço entre os dois.

O homem da jaqueta empurrava e vociferava enquanto o outro o detinha, e, com a mão livre, abriu o zíper da jaqueta e enfiou a mão em algum bolso interno; ouviu-se então um clique e um brilho de metal.

— Arma! — gritou alguém, como se ele já não estivesse empunhando uma arma, apontando-a para eles, para aqueles ao lado de quem havia matado e quase morrido.

— Ulafson, não! — veio outra voz.

Disparos. Muito altos. Ulafson teve um espasmo quando o soldado com o rifle, para quem seu companheiro tinha olhado, posicionou-se, disparando rajadas curtas, o semblante em choque, atirando na parte superior do peito e nas coxas, evitando o que quer que fosse que ele estivesse querendo alcançar, e Ulafson gritou sob o ataque e largou a pistola, mas permaneceu de pé, de alguma forma, ainda empurrando, atrapalhando-se, enquanto as balas atravessavam e acertavam seu alvo, que mantinha o rosto impassível enquanto o sangue brotava dele.

Mas depois ele estremeceu, e seu braço pendeu. As mesmas balas que matavam o homem de jaqueta o empurraram enfim para além do braço bloqueador de sua presa, aproximando-o dela, até que se fizesse uma chave de braço. Com um último suspiro de triunfo, ele apertou um gatilho oculto.

A sala se encheu novamente, agora de fumaça, metal, barulho e fogo.

O PRIMEIRO HOMEM QUE ENTROU NA SALA NÃO FOI O ÚLTIMO a sair, mas permaneceu durante a difícil e sangrenta tarefa de limpeza.

Ele tinha se mantido a uma boa distância da zona de explosão, parcialmente protegido por aqueles cujos restos mortais viu serem escavados, etiquetados e recolhidos com os resquícios de respeito que podiam ser concedidos a pedaços salpicados. Ele tinha recitado o nome deles mentalmente. Não sabia quantos ainda vivos não acordariam. Quantos, assim como ele, estariam de volta ao campo após uma pausa diligente. Quantos haviam passado cabisbaixos por ele para lavar os fragmentos dos amigos de si mesmos.

Uma mão em seu ombro. O sujeito que havia atirado primeiro.

— Você vem?

— Vou com você — disse ele.

No outro extremo da câmara estava o líder da equipe, mapa esquecido, rosto calmo sob o sangue. Ele acendeu um charuto, acrescentando fumaça ao fedor de pólvora e ervas.

Sentado no banco, no epicentro da estrela vermelha e preta chamuscada, estava o homem de cabelos pretos que o imolador tentara levar consigo.

Acima dos lábios, seu rosto parecia sereno e quase intocado, protegido como antes pelo queixo, que agora era uma ruína de nacos de pele e pedaços de maxilar respingando sangue. Ele estava sentado com os cotovelos apoiados nas coxas. O observador vislumbrou a espinha ao longo da cratera queimada onde antes estivera o peito do homem. Viu o movimento das entranhas, como peixes perturbados pela luz.

Ele girou ligeiramente o escâner, mantendo a mão baixa, observando os dois. Ainda estava na configuração de captura de áudio.

Quando o líder da equipe falou, palavras cruzaram a tela do escâner.

— Você está bem, rapaz?

O homem sentado não levantou a cabeça. Suspirou sangue e moveu a boca rasgada.

— Cansado / Catado / [?] — leu o observador.

— Jesus, que bagunça — foram as palavras do outro. — O que ele estava pensando, porra?

O interlocutor deu de ombros. Enfiou a mão sob a saliência de carne do próprio tronco e puxou algo de dentro de si. Levantou a mão.

— ? Tarrafa / Garrafa /? — a máquina disse que ele disse.

— Sim — respondeu o outro. — Ele estava embrulhado em garrafas. Os técnicos vão descobrir o que havia nelas.

— Vinagre marca Four Thieves — a máquina fez os lábios arruinados responderem. — E água benta. Sal-gema / tema [?] e os pregos são de ferraduras. E dá para sentir o cheiro. Sálvia. Ele queimou sálvia.

— O que quer dizer? Como sabe?

— Eu sei como é a sensação de sal e vinagre numa ferida. Ulafson ensacou /embalou? a bomba com amuletos. E, Keever, não é só isso.

A figura destruída de cabelos pretos passou para o outro um pedacinho de papel chamuscado e ensanguentado.

— Isto aqui estava debaixo das minhas costelas.

— Não consigo ler.

— É um nome.

Ele fez um gesto com a mão abrangendo toda a sala e continuou:

— A maioria / teoria? queimou, mas há fragmentos. Nomes. Os nomes dos mortos da Unidade. Os que chegaram muito perto.

Os dois homens se entreolharam por um momento.

— `Estou tão cansado` — disse o homem sentado. Seu coração chamuscado gotejava. — `Disto.` — Apontou para a sala. Para si mesmo. Por fim, ergueu os olhos e emitiu um som abrupto e gorgolejante.

O homem mais velho indagou:

— VOCÊ ESTÁ RINDO? — Ele disse isso alto o suficiente para que o observador não precisasse ler as palavras.

— `É o charuto` — disse o outro, enquanto o observador voltava a olhar para a tela. — *`Déjà-vu.`*

A História do Doutor

EU NÃO TENHO MUITO TEMPO. ESTAS ESTARÃO ENTRE AS ÚLTIMAS PALAVRAS que escreverei. Este conhecimento me traz tristeza. Não tanto pelo meu fim: sou velho o bastante. Mas pelo meu estado lamentável. Quando até mesmo um cão dedicado, uma criatura capaz de amar sem as complicações que respingam os afetos humanos, vira o rosto para longe de mim com desgosto, o desconsolo é natural. Sei que Lun reage é ao cheiro do medicamento para o meu maxilar, mas isso pouco me consola. Sua animadversão desperta vergonha em mim, por mais que eu possa me esforçar para negá-la; trata-se de uma sensação de que sou um transgressor, alguém que lhe virou as costas, para provocar nela tal reação.

Ainda mais agudas que essa dor pungente são, é claro, minhas preocupações para com aqueles da minha família que não — que *ainda* não, espero — foram capazes de deixar a casa deles. Não consigo conceber a escuridão que obriga a Áustria, e provavelmente toda a Europa, a ser forçada a recuar com espontaneidade.

Os pontos focais da minha dor não estão desvinculados dos caminhos obscuros da minha mente. A incapacidade de Lun de me encarar trouxe a mim a visão de Dolfi, entre minhas demais irmãs, desviando o próprio olhar.

A dor estará comigo até eu me despedir em definitivo.

Não sei quem espero que encontre estas palavras. Talvez eu deva consagrá-las ao fogo. Mas, depois de quase vinte anos, enfim colocarei estas memórias no papel. Sempre usei a escrita para saber o que penso. E não me sinto inclinado a deixar esses mistérios por analisar. Gostaria de saber o que penso a esse respeito.

Com a morte tão perto de mim e ao meu redor, como poderia eu, que considero tão importante o retorno daquilo que foi enterrado, fazer outra coisa senão revisitar esta visita específica ao meu passado?

Minhas reflexões sobre Tanatos derivam sobretudo dos depoimentos daqueles que retornaram da Grande Guerra. Muitos dos seus sonhos eram o retorno a vivências de horrores. Se o inconsciente é impelido sobretudo a evitar o desprazer, de onde vêm esses repetidos retornos a agonias? Meus encontros com esses desgraçados me deixaram boquiaberto. Mas dados raramente são adequados para mudar as ideias de alguém. Faz-se necessário um choque, uma crise particular.

Eu tive um paciente.

Encontramo-nos apenas três vezes. Foram sessões longas. Ele era um homem alto, moreno e bem constituído, de meia-idade. Vestia um terno caro, olhava nos meus olhos e apertava minha mão com firmeza. Achei que ele fosse um soldado. Achei que era um dos repatriados, que estava fazendo um excelente trabalho ao ocultar seus pesadelos recorrentes.

Ele me disse que desejava se compreender.

Lembro-me muito bem do primeiro dia. Lembro-me de estar sentado na luz cinzenta da manhã, ao lado dele, enquanto ele estava deitado no divã; com um caderno diante de mim, escutava o que ele falava com sua voz gentil e urgente, contando-me a história de sua vida.

Suas primeiras palavras na sessão — ainda tenho minhas anotações, mas vou destruí-las em breve — reforçaram minhas suspeitas sobre o que o afligia.

— Eu mato, mato e mato de novo — disse ele. — E a verdade é que eu gostaria de descansar, ou fazer alguma outra coisa que não seja matar, ou pelo menos ter a opção de fazê-lo, mas não, a matança sempre volta e me domina. E às vezes, não com frequência, mas muitas vezes ao longo da minha vida, eu morro. E isso dói. E é uma coisa sangrenta. Sinto cada golpe. Cada corte na carne. Sinto as queimaduras e a explosão de cada bomba.

"Depois, eu volto.

"Volto e mato e mato e mato de novo, e por fim acabo morrendo novamente, e todo esse carrossel continua. Então, por favor, diga-me, *Herr Doktor* — ele me perguntou —, que tipo de homem eu sou?"

Eu acreditava que ele estivesse descrevendo um daqueles sonhos sombrios sobre os quais tinha ouvido tantas vezes. Entendi que ele me perguntava, como eu lhe perguntava então, por que era que o inconsciente retornava para essa tamanha carnificina. Mas aquele homem que não vou nomear se levantou e virou a cabeça para me encarar fixamente, em uma violação do protocolo que incentivo, e não consegui desviar meu olhar. E ele trouxe o primeiro momento daquele duplo choque damasceno que quebrou todos os meus paradigmas.

— Eu volto — disse ele mais uma vez, e, no timbre calmo com que fez aquela afirmação medonha, percebi que minhas teorias anteriores eram inadequadas para lidar com tais horrores existenciais e cotidianos.

Ainda pensava então que o que ele me confiava era uma verdade quase fabular. Como de fato, entre outras coisas, o era.

Mas vi aquele homem ver dentro de mim, ver o que eu pensava. Ele balançou a cabeça negativamente. E, gentilmente, como se estivesse consciente do meu horror cada vez maior, e embora eu não tivesse dito uma palavra, afirmou:

— Não, *Herr Doktor*. Não. Ou, pelo menos, não é só isso. Tudo significa outra coisa, é verdade, mas às vezes também significa precisamente a coisa em si. Por favor, me escute. Estou aqui para perguntar ao senhor: por quê? O que sou eu?

Ele não me deixou desviar o olhar. E aí veio o segundo choque. Eu sabia o que ele iria dizer e sabia a veracidade daquilo. Eu sabia então que, além de simbólica, sua declaração era literal. E sabia que não seria o mesmo homem depois daquele dia. Que estaria para sempre assombrado.

— Eu mato — ele me disse, lento e implacável. — Eu morro — ele falou. — Eu volto.

SINAIS DE VIDA

OS EDIFÍCIOS MAIS BAIXOS A CADA LADO DA AMPLA AVENIDA se afastavam do centro da cidade, como se o céu pressionasse as torres atarracadas e as exibições empoeiradas e desbotadas de bolos baratos e artigos para festas, salas de móveis reaproveitados, escritórios de fotocopiadoras e cartórios falidos. Um homem — vamos chamá-lo de homem — percorreu esse caminho. Ele ficou observando aquele céu predatório. Não balançou a cabeça negativamente — nessa época, ele renunciava à maioria dos movimentos extemporâneos —, mas piscou com rapidez, e, se você o conhecesse bem, poderia ter reconhecido nisso um sinal de que as próprias fantasias o intrigavam.

Era um homem alto e sólido, e, se a maioria daqueles por quem ele passasse o observassem, teriam-no considerado branco. Ele usava uma jaqueta *bomber* cinza e jeans preto, e seu cabelo escuro esvoaçava, emoldurando a barba e o rosto abatido. Bem atrás dele: o vidro espelhado dos bancos, das torres rentistas e de finanças, fachadas de pedra branca e esbranquiçada numa imitação vulgar de alguma Grécia imaginária, obsidiana falsa, hotéis com nomes, sem serifa, de personagens de fábulas locais não amadas pelos dissidentes.

Ao lado de pequenos parques, a via se estreitava, vigiada por prédios de apartamentos chamados *graystones* na língua local, por conta dos *brownstones* de Nova York, com os quais se pareciam vagamente. O sol era agradável e brilhava muito claro atrás das nuvens, de modo que os pedestres que passavam pelo viajante eram anunciados ou seguidos por longas sombras. As pessoas se sentavam nas varandas das bodegas, discutiam e jogavam dados, ignorando-o. Um padre fumava um cigarro amassado na porta de uma igreja de ferro corrugado. Ele acenou com a cabeça em uma saudação cautelosa, à qual o homem respondeu da mesma maneira. Dois meninos que vasculhavam o lixo metálico nos portões de um ferro-velho pararam quando ele se aproximou. O homem não olhou para eles e ambos sussurraram, as observações abafadas pelos protestos de um carro sendo esmagado.

Rapazes, deixem esse homem em paz. Esse homem não mata mais crianças, quando pode evitar, mas, ainda assim, deixem-no em paz.

Os meninos eram astutos, como os cães selvagens que vigiavam o homem, e não se aproximaram.

NOS QUILÔMETROS MAIS LONGÍNQUOS DA CIDADE. PROJETOS de armazéns e moradias, terrenos baldios utilizados como estacionamento e pontos de encontro para pequenos comércios. Através das frestas nas paredes o homem podia ver as pastagens secas do campo. Estava parado embaixo de uma pequena figura em LED vermelho balançando no semáforo, absurda em um cruzamento entre o nada e lugar nenhum. Ao ouvir uma sirene, ele esperou na calçada. Era uma ambulância, cada vez mais distante, não a polícia.

Quando o bonequinho verde do semáforo apareceu, o homem atravessou e passou por um beco até dar em um pátio com prédios de dois e três andares espalhados por todos os lados, grafitados e escorados por lixo. Ali havia um Dacia sem pneus e coberto de poeira, cercado por ervas daninhas, e, no outro extremo do espaço, perto de uma porta de garagem fechada, os restos de um segundo carro queimado.

Analisou as janelas. Caminhou sem pressa até as ruínas. Tinha chovido muito na noite anterior, mas o fedor de carbono e plástico queimado ainda era forte. Tirou uma chave do bolso, destrancou o cadeado e abriu a porta de metal o suficiente para entrar, fechando-a atrás de si e trancando-a por dentro.

Uma oficina mecânica ocupava o andar térreo. Serras de fita, prensas hidráulicas, um torno cercado por fragmentos brilhantes e espiralados. Um dedo de luz cinzenta o destacou lá do alto, onde um vidro sujo havia sido perfurado por uma bala. O chão era uma sastrugi asquerosa de óleo e poeira, os coágulos de um tom preto e monótono que ele sabia ser de sangue. Seria necessário um conhecimento especializado para compreender que essas manchas haviam sido criadas deliberadamente, para obscurecer a história que o rastro poderia contar. Ele tinha esse conhecimento e foi até o armário alto de ferramentas na parte mais escura da sala. Afastou-o da parede, revelando uma porta. Essa também ele destrancou. Atrás havia uma escada escondida. Ele a desceu.

Seus pés tocaram o chão na escuridão e ele acendeu sua lanterna. O teto de um túnel fazia um arco a um palmo acima de sua cabeça, lâmpadas nuas penduradas na altura dos olhos, de modo que seria preciso desviar os olhos do brilho delas caso alguma não tivesse sido apagada a tiros.

Ele apurou os ouvidos. Gotejamentos, um ritmo leve e cadenciado. Os sussurros da terra que se acomodava.

O homem caminhou, abaixando-se para se esquivar do vidro da lâmpada. Virou no corredor, saiu por uma soleira baixa e adentrou uma pequena câmara. Ergueu a lanterna em um arco, fazendo as manchas frias da parede reluzirem. Seu feixe encontrou e seguiu o caminho que as balas haviam tomado, buracos marcados no concreto e sublinhados por respingos escuros de sangue nas bancadas de trabalho, as ruínas de laptops, os corpos de três homens caídos uns sobre os outros com estranha exatidão, os braços abertos como dançarinos em pose de dança.

Sentiu um cheiro cáustico sob a podridão. Com a bota direita, virou a parte superior dos mortos e não estremeceu ao ver a massa derretida onde antes havia um rosto, dentes, osso do nariz e cristas de crânio se projetando de uma crosta onde a carne havia borbulhado. Encontrou o olhar sem olhos.

— Então — ele disse. Sua voz era gentil. Ele não falou com a carcaça, mas com a própria sala. — O que você diz?

A sala não respondeu. Sabia que isso aconteceria. Ele colocou os dedos nos destroços do corpo, mas, se continham algum segredo, não eram para ele.

De volta ao túnel. Uma segunda câmara, prateleiras de armas vazias. Ele sussurrou para elas também. Uma sala quadrada, muito alta, com uma luz fraca saindo de um buraco em cima que parecia um ralo, e que ia direto até lá no alto, o céu além de uma grelha. Deixou que as faixas de luz caíssem sobre ele como se fosse Bastet em seu templo de Luxor.

Cadeiras viradas, tomadas vazias, monitores nas paredes e, no centro de cada uma delas, um único tiro. Nenhum computador foi deixado para trás. Outra câmara, esta maior. Beliches duplos: acomodações para dez pessoas. Latas nas prateleiras. Uma geladeira, um micro-ondas onde duas paredes se encontravam; no canto oposto, um vaso sanitário e um chuveiro sobre um ralo. Uma grade ao redor do chuveiro descia em direção ao chão, onde havia uma cortina de plástico. Uma última porta na parede mais distante da sala, inclinada, arrancada das dobradiças, em uma encosta de terra caída. Mais além, a escuridão, coalhada de escombros.

A sala tinha sido feita como um templo com uma oferenda no centro, um zigurate de mortos na altura de sua cabeça. Seis homens, três mulheres. O homem já conhecia esse número; não dava para tirar essa informação daquela arquitetura tosca: um cone de membros, roupas escuras e restos de rostos emaranhados na orgia desapaixonada de uma vala comum, sem sepultura. As sombras dos mortos se afastaram de sua luz. Nem mesmo a recalcitrância póstuma, cotovelo angular ou joelho saliente, permaneceu nessa coagulação, amenizada em seus contornos como era pela flacidez secundária e pela gravidade, com limiares esmaecidos por aquele corrosivo disfarce de particularidades. Em meio ao lodo de carne, cintos e mochilas, pontas de ossos e tocos de armas quebradas se projetavam como uma paisagem cárstica.

O homem sentou-se à mesa.

— O que você diz? — ele perguntou. A sala não respondeu. — Seria bom entender — disse ele. — No mínimo.

Posicionou a lanterna de forma que ficasse iluminando os mortos. Apoiou-se nos cotovelos e apertou as mãos. Quando falou novamente, se você o tivesse ouvido, não saberia o que havia dito, embora pudesse ter percebido a mudança de código, o deslizar de uma linguagem viva para uma linguagem havia muito morta, e poderia ter percebido também que cada frase que ele falava era outra pergunta.

◈ ◈ ◈

HORAS.

Às vezes ele desligava a lanterna e ficava sentado na companhia da escuridão. Como o vazio antes, abaixo e depois de tudo. Duas vezes ele circum-navegou a sala, pisando em sangue, cartuchos velhos e coisas assim. Parou na entrada daquele túnel bloqueado e o considerou por um momento. Olhou para cada espaço de dormir, mas não se deitou nem apalpou os travesseiros em busca de diários ou cartas de amor. Sabia que tal busca já tinha sido feita. Ficou esperando, e nada do que esperava que acontecesse aconteceu.

O homem sabia que era noite quando ouviu passos vindos do túnel.

Não se virou. Apoiou a lanterna na base para que o teto baixo brilhasse e ele ficasse na penumbra. Os passos chegaram logo atrás dele e pararam.

Uma voz veio do limiar.

— Olá, B.

— Oi, Keever — disse o homem.

O recém-chegado parou diante dele. Um homem corpulento e musculoso, com roupas indefinidas. Tinha cabelos curtos e um rosto moreno com rugas profundas.

— Comungando de novo? — Keever perguntou.

— Esse verbo é seu — disse o homem —, não meu.

— Qual é o seu?

B balançou a cabeça.

— Não tenho verbo — disse ele. — Posso lhe dar um substantivo. Não é na sua língua. *Toska*.

— Tristeza? — Keever disse. — Você está triste? É disso que se trata?

— Não tinha conhecimento de que você sabia russo — respondeu B. — Seja como for, eu disse *toska*: "tristeza" não é um bom correspondente.

Keever se sentou. Seus olhos foram para a porta quebrada, as ruínas e a terra abarrotada mais além. Depois olhou para a pilha de mortos.

— Quer falar sobre isso, filho? — perguntou Keever. — Não é novidade para mim que tenha andado melancólico. Não me diga que não. Desde Ulafson.

B não levantou a cabeça.

— Ei — disse Keever. Ele apontou para a bainha esfarrapada de um moletom no meio do montinho. Um laranja esquisito, uma peça comemorativa da turnê de algum grupo *pop*. — Eu me lembro daquele ali. Esse filho da puta ficou me criticando. Aquele ali era o chefão, não era?

— "Melancólico" — disse B. — Hum. Não estou exatamente triste. Acho que... curioso chega mais perto. Só estou... — Balançou a cabeça. — Só estou tentando ouvir o que quer que esteja por aí para eu ouvir.

— Mas tem certeza de que existe uma mensagem? — perguntou Keever.

— Não. Como você me encontrou, Keever?

— Qual é, B. Esta é, o que, a terceira vez? Você não é tão misterioso quanto pensa.

— Nunca disse que era misterioso.

Keever olhou de novo para aquele moletom descolorido. B olhou para ele e percebeu que Keever estava se lembrando do impacto da bala batendo na carne, de um safanão, de uma cabeçada, do próprio B.

— Então aqui está você — disse B.

Keever olhou para ele. Para a testa de B, que havia arrebentado por completo o crânio do alvo.

B e Keever estavam muito acostumados ao silêncio.

Keever ficou sentado por algum tempo sob a luz prateada e fria da lanterna. B absorveu as configurações da morte com a exatidão de um estudioso.

— O que isso te diz? — Keever perguntou por fim.

B olhou para a escuridão além daquela última porta, lá embaixo da terra.

— É uma boa pergunta — disse ele. — Chega perto, Keever. Mas não é bem isso. — Ele apontou para a escuridão. — Não que eu consiga ler isso. Se o que deixamos para trás é um texto, quando fazemos o que fazemos, ele não está em nenhuma língua que eu consiga ler.

— E você consegue ler todas elas.

— Não que eu sinta alguma coisa em particular — disse B. — Mas sinto que deveria.

— Não pode continuar fazendo isso, filho — disse Keever. — Você sabe como funciona. Depois de fazermos uma varredura, esteja o lugar limpo ou não, ele sai dos limites. Você entra, sai, sem vestígios. Sem identificação, sem marcas de bandeira, apagado dos bancos de dados, sem impressões digitais, a enzima é borrifada, sem rostos... — Ele apontou para a pilha de cadáveres. — Nós ou eles. Agora, e se alguém vê um sujeito como você vagando por aí? Não podemos arriscar que seja visto.

— Ou você — disse B. — Você está aqui, não está?

— Você não me deixou escolha. Só estou aqui para chamar sua atenção.

B se levantou e saiu do círculo de luz.

— Keever — disse ele —, qual é a porcentagem de gente na Unidade que me dá ordens? — Ele não parecia zangado. — Eles sabem que não vou lhes obedecer a menos que queira. Nesse caso, não estou obedecendo, estou? E também não são ordens. Eles sabem, você sabe, que não me importo com o que interessa a eles. Este é um arranjo de conveniência, e está tudo bem. Mas não entendo por que, diante de tudo isso, eles encenam essa farsa. Dar "ordens". Por que o fazem seguir esses comandos? Para me repreender.

Keever deu de ombros.

— Sei lá, diabo — respondeu ele.

— Eles preferem ter regras que não me interessam — disse B — e que eu quebre a não tê-las. A insubordinação é um mal menor que a independência, imagino eu.

— Como eu disse — Keever falou —, não sei. Eles me dizem: "Vá dizer a B para não fazer isso de novo", e, ao contrário de você, eu faço o que me mandam. Então aqui estou. Ordens obedecidas.

— E agora? — perguntou B.

Keever crispou os lábios.

— Não sei — disse ele. — Achei que talvez precisasse de companhia.

B também crispou os lábios.

— Não sei — retrucou ele — se preciso.

— Bom — disse Keever —, como falei, cá estou, chamando sua atenção. — Balançou o dedo para ele. — Vou relatar que o Sujeito Unute se recusou a seguir os protocolos mais uma vez.

— Faça isso.

— Fica frio — disse Keever. Ele se levantou e deu um tapa gentil no ombro de B. B não prestou muita atenção nele. Ficou apenas escutando Keever se afastar. Sozinho, B colocou a mão sobre a lâmpada da lanterna, e a sala ficou escura, com sua mão reluzindo.

Ele se virou quando ouviu passos novamente, poucos minutos depois, movendo-se com muito mais rapidez do que antes. Estava de frente para a entrada quando Keever voltou.

— Mensagem — disse Keever. — Recebi assim que cheguei à superfície.

— O que é? — perguntou B.

Keever apontou para a última porta bloqueada. Para a escuridão e os escombros.

— A base está recebendo... — Ele franziu a testa. — Eles dizem que estão recebendo uma leitura. De um dos escâneres ETT de Thakka.

— O quê?

— Deve ser um *bug* — disse Keever. — Está não operante desde que... você sabe. Mas eles sabem que estou aqui e que você está aqui...

— E quais são as chances disso? — B indagou.

— ... eles querem que a gente verifique.

— O que exatamente eles dizem que estão recebendo?

— Escuta, você sabe que é um sinal básico e fica bastante embaralhado, mesmo quando está funcionando...

— O que estão recebendo?

Keever piscou com mais rapidez.

— Sinais de vida.

Por um momento, B manteve o olhar fixo. Em seguida, já estava na porta antes mesmo de Keever vê-lo se mover. Agachado na porta caída e enfiando as mãos na soleira, ele puxava e empurrava a estrutura arruinada além, arrancando a terra desmoronada e salpicada de pedras do túnel bloqueado, enfiando os braços nela em uma perturbadora paródia de uma cirurgia.

— B, pega leve — disse Keever. — Olha, você não estava... Você estava na sua posição quando isso aconteceu, mas estou lhe dizendo que vi, não foi apenas o colapso. Eu vi... — Ele hesitou. — Eu vi Thakka sair. Ele e Grayson. Eles se foram. E o sinal apagou. Foi aí que...

Então, foi aí quê. Foi aí que Keever, diante daquelas perdas, enviou a granada embaixo do braço pelas pernas apoiadas de B, enquanto B, respingando, com o rifle quebrado em uma das mãos, o atirador destruído na outra, respirando rápido como um touro, ficou de pé, segundo soube depois, com a escuridão do túnel e os corpos de Grayson e Thakka além dele. A granada de Keever quicou em direção ao líder da célula na extremidade mais distante daquele estreito túnel de saída. Última chance de pegá-lo. Fazendo do túnel uma tumba.

— Eles estavam mortos — disse Keever. — Caso contrário, nunca teria feito aquilo. Seja qual for a leitura que a base está recebendo agora, os dois estavam mortos. Foi por isso que botei a casa abaixo.

Mesmo assim, B escavou. Ambos sabiam que aqueles que haviam dado ordens a Keever teriam lhe dito para fazer o túnel desabar sobre os camaradas vivos, se fosse necessário. Do emaranhado e da lama, ele puxou um antigo suporte de madeira, lidando com um peso que nenhuma outra pessoa poderia ter levantado, e a poeira daquilo voou ao redor. Ele o jogou de lado.

— B, não está estável...

— Então saia.

Keever hesitou. Depois, também estendeu a mão para o metal e a madeira interligados como lascas além da soleira. Puxou e arremessou para trás os escombros.

— Moleza — disse Keever. Mas B avançou ainda mais no emaranhado de materiais que atulhava o túnel, puxando e jogando coisas atrás de si, rumo ao interior da câmara, deparando com punhados de terra e tijolos enegrecidos pelo sangue das próprias mãos, que ignorou. Ele continuou escavando sem dizer uma só palavra, e Keever escavou também; os minutos se passaram, e os homens não diminuíram o ritmo, embora a respiração de Keever ficasse cada vez mais alta. B abriu um túnel e Keever fez o que pôde para criar sustentação para o caminho que B abriu. Keever parou para ouvir um crepitar de pedra enquanto seixos e vergalhões caíam, resvalando nele.

— Que diabo, B. Podemos morrer, sabia?

Keever se curvou e rastejou às cegas na poeira, engasgando-se porque, ao tropeçar para a frente, caiu de quatro e ficou além do bloqueio, agachado nas sombras e na luz espectral de um bastão luminoso no túnel adiante. Onde estava B. Que gesticulou.

Nos limites mais distantes do brilho de fósforo, Keever viu um homem morto encolhido. O alvo, despedaçado. O líder daquele grupo de inimigos declarados, onde o haviam matado.

O olhar de Keever fez o caminho de volta naquele último túnel, passando pela cratera de escombros ásperos e pelo rastro incinerante de sua granada, até outro homem morto, deitado de bruços. Grayson, com uma bala no pescoço. Keever se lembrou daquela visão abrupta no *flash* da boca do cano. Os braços e as pernas de Grayson em um mergulho eterno para a morte. Sombras e mofo em sua pele agora.

Ali, uma terceira figura.

Thakka. Caído contra a parede de um túnel, as pernas dobradas e as costas no concreto, o rosto retorcido enquanto os encarava, um buraco se abrindo em um lado da cabeça, a boca ensanguentada e escancarada, os olhos ensanguentados e esbugalhados, olhando para B e Keever.

Seus olhos se moveram. Seus lábios se moviam.

Thakka piscou. Dois dias antes, Keever tinha visto Thakka morrer. Então, sepultou o corpo do homem com uma explosão de granada. Agora a boca de Thakka formava palavras.

KEEVER SE OUVIU SOLTANDO UM PALAVRÃO.

Estava ao lado de Thakka, agachado e olhando para aqueles olhos arregalados.

— Thakka — disse ele. — Thakka, Thakka, cara, Thakka. Está me ouvindo?

B ficou atrás dele, observando, a postos como se para infligir violência. Keever segurou a cabeça de Thakka, tentando não tocar a caverna na carne do homem. Murmurou para Thakka, encontrando seus olhos, depois colocou a mão no pescoço de Thakka, sentindo uma pulsação forte e oscilante. A pele de Thakka estava fria, mas também era possível sentir o calor da vida dentro dele, trêmulo, hesitante.

— Meu Deus, Thakka.

Os lábios de Thakka continuaram se movendo, mas Keever não ouviu nada. Eram apenas lábios e olhos de Thakka se movendo. Seu rifle estava caído no colo.

— Olhe para mim — pediu Keever.

Thakka olhou. Seus olhos se moveram tão rápido que Keever não soube dizer se o homem tinha entendido. Seu próprio olhar foi das pupilas de Thakka para aquele buraco descentralizado que mudou os contornos de sua cabeça, hipnotizando Keever com as profundezas do rombo de contorno craniano e sanguinolento.

— Ei! — Keever chamou. — B!

B se ajoelhou, sem olhar para Keever ou Thakka, enfiando os dedos na terra e abaixando o rosto, centímetros acima do chão, enquanto puxava outro bastão luminoso do cinto e o quebrava, colocando-o perto dos próprios olhos.

— O quê...? — Keever disse, mas Thakka estava ofegante e agora era possível ouvir que não eram exalações aleatórias; eram palavras. Ele aproximou o ouvido dos lábios secos.

— ... veio e disse isso — Thakka sussurrou. — Escavando por aqui. Bem por aqui. Eu tinha um cachorro, por isso percebi.

— OK, Thakka — disse Keever. — Tudo bem, filho. Só fique quietinho aí. — Tateou os restos rígidos do uniforme do homem em busca do escâner corporal que enviara seu pequeno, lamentoso e inacreditável sinal através da terra. — B — ele tornou a chamar.

Mas B tinha ido para a parte mais distante da escuridão, além dos restos mortais do inimigo principal, onde o túnel terminava. Agarrara-se a tocos de metal na parede, da mesma cor de escuridão da qual tinham surgido.

— Por favor, B — chamou Keever.

— Que dia é hoje? — Thakka perguntou. Mais alto agora. Em um tom calmo do Meio-Oeste. — Keever — disse ele. — Tá frio, não está? Eles não ligam pra você. Sem desrespeito. Eles também não ligam pra mim.

B voltou. Estava agachado a uma certa distância.

— Thakka — disse ele —, o que aconteceu?

— Ah — disse Thakka. Fez uma careta e se contorceu ao ver B, virando o rosto para longe dele, e era uma coisa horrível de se ver, aquela expressão em seu rosto.

— O que aconteceu, Thakka? — B indagou.

Thakka lambeu os lábios e balançou a cabeça. Ele manteve os olhos em B e choramingou, murmurando baixo demais para B ouvir. Keever baixou a orelha até a boca de Thakka novamente.

— Eu tenho um cachorro — sussurrou Thakka. — Meu cachorro passou por aqui. — Uma risada silenciosa. — Bom menino. Sempre há perguntas — ele murmurou. — Mas sem nome, sem posto, sem número, certo? Só pra quem precisa saber.

Os olhos de Thakka ainda estavam em B e ficaram mais arregalados do que deveriam. O ruído que ele emitiu poderia ter sido o de um pulmão esmagado ou perfurado, ou um som de medo.

água

VOCÊ ESTÁ CAMINHANDO HÁ MUITO TEMPO. VOCÊ ACABOU DE COMEÇAR a caminhar. Uma coisa e seu oposto podem ser ambos verdadeiros.

Quando você disse a Kaisheen que tinha uma jornada a fazer, ela ficou triste e irritada, e pediu que não fosse. O filho dela tinha acabado de nascer, e seus olhos e boca e o conjunto de suas expressões ainda eram imprecisos como argila, e Kaisheen disse que não sabia qual de seus maridos era o doador de esperma, mas o bebê respirava e você sabia que não poderia ser você. Ela disse que poderia ser (você não explicou por que ela estava errada) e isso traria responsabilidades, e ela disse que seria errado privá-lo de um pai. Ela disse que não queria ficar sem você.

Mais de uma vez você lançou mão da crueldade, e com certeza o fará de novo, mas por mais de quatrocentas estações você vinha tentando o desapego, e calmamente se afastou da dor dela.

Se aquele menino ainda vive, é um velho, e talvez suas histórias sejam as de um menino que foi abandonado por um de seus pais. Se ele vive, por quase toda a vida dele, a não ser durante aqueles primeiros dias, você tem estado nessa jornada.

Certa vez você passou três vidas inteiras sentado, sem se mover, sobre uma cadeira de pedra no meio da subida de uma montanha, para ver o que aconteceria. Nada aconteceu.

Desta vez você veio para o sul sem urgência por paisagens vívidas e variadas, evitando pequenos assentamentos, seguindo por densos pântanos, tão úmidos que era como se o próprio mundo transpirasse, passando por rios congelados, preparando-se para um dia fluir, desaparecer, deixando as pedras para trás.

Anos atrás você chegou à costa e sabia que o lugar chamado Suhal ficava do outro lado do mar raso. Procurou e encontrou o povo do estuário. Eles têm maxilares fortes e pensam por muito tempo antes de falar. Pensaram por muito tempo antes de concordar em levá-lo na canoa deles até o arquipélago.

Recusaram sua oferta para remar, de acordo com as normas de hospitalidade, e por isso você ficou parecendo um observador esculpido na proa de uma longa embarcação. Certa vez, o segundo mais jovem da tripulação caiu no mar durante uma tempestade e você o seguiu e o trouxe de volta no escuro. Certa vez, quando as ondas se acalmaram contra a natureza, o contorno de uma grande fera verde emergiu à superfície, a um remo de distância, e se ergueu uma cabeça ao mesmo tempo de serpente e crustáceo, as mandíbulas se cerrando de fome, e, enquanto a tripulação gritava e implorava por ajuda aos mortos, e chamava o animal pelo nome de qualquer divindade maligna do oceano que eles achavam que fosse, você ficou no convés balançando e gritando também, mas de alívio, porque já fazia dias desde que havia aberto e liberado o fogo frio que sempre crescera dentro de você, como sabia que deveria, e você o soltou, e viu através de uma névoa azul-branca-azul que se espalhava por seus olhos, e pulou da canoa com sua obsidiana e abriu um buraco no assustado leviatã, e você (deve ter) lutado contra ele e seus dentes (devem tê-lo) perfurado para causar aquele ferimento cada vez menor em seu flanco, e vocês dois (devem ter) tornado as ondas agitadas e vermelhas, e você (deve tê-lo) matado e cortado sua língua, e deixado o corpo afundar para ser devorado por criaturas menores, e voltou para o barco com o estado de fuga da raiva esmorecendo enquanto rastejava, escorregadio, a bordo novamente, e a tripulação o chamou de assassino de deuses e lhe agradeceu e o evitou também, e o que você sentiu por eles foi compaixão e fingiu que a droga que tinham adicionado à sua carne na próxima ilha foi eficaz e fingiu não acordar, ouviu-os acordarem e reunirem suas ferramentas e encantos, e rastejarem em silêncio, como imaginavam, de volta ao barco deles, e você não se moveu enquanto ouvia os remos sobre as ondas leves.

Agora você se senta sozinho, sob o sol brilhante e implacável, quando eles já estão há muito tempo fora de vista. Eles deixaram comida e cabaças de água para você.

Sem companhia, sem barco, você caminha mais uma vez.

Escorrega pelo cascalho e enfia nas roupas quantas pedras elas aguentarem.

Você anda repleto. Dos restos baixos das árvores, da curiosidade dos pássaros brilhantes, na arrebentação, os pés cortados pelas conchas e envoltos como em resposta pelo calor suave das ervas daninhas. Para dentro da arrebentação. Até a profundidade da cintura, do peito, dos ombros. Do pescoço. Da barba, os lábios bem fechados.

Você respira fundo antes de descer o próximo passo nesta estrada de coral entre ilhas. A salmoura quente cobre sua cabeça e você olha através dela para o sol, e o sol olha para você, e você conta a si mesmo as histórias de sua vida enquanto desce.

Não, você não é a coisa mais antiga que já existiu, disso você tem certeza. Em algum continente distante deve haver álamos em proliferação, todos compartilhando um complexo de raízes, nascidos talvez um dia antes de você. Deve haver prados de ervas marinhas com quilômetros de extensão, todos provenientes de um coágulo primordial, muitas vidas antes de você abrir os olhos. Mas, se houvesse no mundo mais seres vivos mais antigos do que você que pudesse contar com as duas mãos, ficaria surpreso. E já se passaram quase mil anos desde que foi surpreendido pela última vez.

Sua mãe lhe disse: Você é um presente. Você foi um presente. Ela disse: E você tem um dom.

Ela lhe contou essas coisas quando você era jovem, embora tivesse crescido com muita rapidez no corpo e no rosto de um homem. Quando ela lhe contou, você a amou, como ainda a ama, se é que se pode amar os mortos, mas naquele momento você a amou com um fervor mudo e inquestionável, e sem as sutilezas da idade ou as suspeitas que o mundo instila, e ela era, você sabe agora, capaz de mascarar as próprias preocupações e infelicidades com certa facilidade, e você se lembra perfeitamente dela dizendo eu também te amo. Você pode ouvir de novo a cadência de seu orgulho. Foi apenas várias vidas depois de sua morte que, ao se lembrar do rosto dela, você entendeu a emoção que recordava nela. Que ela estava orgulhosa, mas também triste por você. Ela o admirava e se preocupava com a forma como você estava sendo admirado, com o que isso lhe faria. Se ela acreditava que você era um presente dos deuses, um presente para ela e para seu povo, teria também pensado que você era amaldiçoado? O amor dela por você: o que ele provocou?

Você desceu por tempo suficiente por esse declive, puxando seu lastro de ardósia de tal maneira que o plano agitado onde o mar encontra o céu ficou bem acima de você, tanto quanto a copa de um carvalho está acima de uma mulher em uma trilha na floresta. Você observa o reflexo sarapintado da luz do sol com a dor e a nebulosidade da visão submarina.

Primeiro, ela disse, existia o Nada. Tudo estava em repouso. Então veio Algo, para sacudir o Nada de sua paz. De Algo surgiram Coisas em proliferação, ruído e contornos e movimento, escuridão e luz e crepúsculo, rochas e estrelas e água e fogo e frio. Deles saíram sujeira e limo. Disso surgiram manchas dardejantes. Delas, depois de um tempo, surgiram árvores, pássaros e nós.

Aqui, agora, eles chegam, a pressão e a dor no peito, o *tsunami* do seu sangue, as batidas do seu coração.

Uma vez você passou sete anos com uma cultura das estepes havia muito desaparecida. Você imergiu nas piscinas sagradas dela. Por mais e mais tempo, todos os dias. Essas técnicas permanecem com você, assim como todas as suas memórias. Você ainda pode prender a respiração por alguns minutos. Não será agradável, mas você pode.

Você contrai os músculos da barriga e estende a mão para se apoiar no tronco escorregadio de uma grande alga marinha, e a matéria do seu caminho se transforma em redemoinhos e ondas, aqui está, e será aquilo uma enguia se perguntando o que será você? Esses hematomas em movimento em seus olhos serão peixes observadores que vieram fazer perguntas? Você acena educadamente para as visões e desce para águas mais escuras e densas.

Éramos nômades, sua mãe lhe disse. Encontramos um vale. Nós nos instalamos lá. Não éramos guerreiros. Quatro vezes por ano cavaleiros vinham, um bando agregado, nossos vizinhos, uma coalizão temporária de predação, com suas armas em punho, para levar nossa comida, nossas famílias, para escravos, esposas e jogos.

Passando por baixo de um arco de coral, mentalmente, por gentileza, você sussurra: Mãe, sabe quantas histórias começam assim?

Um peixe-pedra o observa contar à sua memória que nas épocas que se seguiram à morte dela as pessoas se esqueceram de como cavalgar, e os cavalos ficaram selvagens novamente, e depois aprenderam de novo, e depois esqueceram mais uma vez.

Éramos colhidos como frutas e sangrávamos, sua mãe lhe disse, e quem precisa mais de uma arma do que aqueles que não nasceram para a guerra? Ela falou: Precisávamos de uma ferramenta. Então pedi aos deuses.

O que aconteceu?, você perguntou a ela. Seu homenzinho, sentado ao lado dela (já grande demais para seu colo), olhos arregalados. Como você pediu a eles?

Fiz uma bebida, disse ela, para me fazer sonhar. Algumas plantas são caminhos, você sabe disso, pequeno Unute, assim como certas carnes são caminhos.

Unute é o seu nome, ela disse. Unute foi o que a bebida disse através de mim naquela noite.

O que você fez?, você perguntou.

Não estou lhe contando?, ela disse. Escute bem, Unute. A bebida abriu as portas da tempestade e eu fui para um lugar azul, para onde mora a tempestade, ou a tempestade passou ou nos encontramos na soleira, e eu fodi o raio, e no dia seguinte minha barriga estava grande, e nós o chamamos de Garoto Impaciente. Duas luas depois você veio.

Então meu pai não é meu pai?, você perguntou.

Quieto, seu tolo, ela disse. Seu pai é seu pai, ele é seu pai diurno, e o raio azul é seu pai noturno. Não interrompa uma história, Unute, ou as flores não crescerão. O fogo não o assustava e você não gritava de dor quando brincava com gravetos em chamas. Três luas depois do fogo, você matou um lobo que veio buscar restos, você o matou com os dentes e as mãozinhas. Uma estação depois, brincou com jovens lutando com os machados que copiamos dos invasores e ainda não sei se foi uma brincadeira ou um conflito verdadeiro, só que a guerra em você viu a guerra neles como tinha visto o rosnado do lobo, e assim surgiu sua própria guerra.

Você disse que não era sua intenção, e seu pai deu aos pais do menino morto o direito de cantar pelo perdão do sangue, e eles o odiaram depois disso pelo filho deles, mas disseram que você era a arma, e nós chamamos o menino morto deles de pedra de amolar que afiou você.

A água pela qual você caminha não é desprovida de luz. Você sabe que teria de ir muito mais longe para isso, sabe que as lanças do sol se estendem profundamente para dentro do mar, mas é frio e escuro onde você está, e os animais que o observam são furtivos como os habitantes das sombras. E ainda assim o caminho desce e minutos suficientes se passaram para que sua cabeça comece a doer, e a água, a fazer pressão.

Unute, continue.

E o melhor lanceiro do bando lhe ensinou, sua mãe disse a você. E suas feridas cicatrizaram em dias, quando deveriam levar meses para se curarem, pequena arma. E, quando seus olhos começaram a brilhar com a mesma cor dos olhos de seu pai, brilhar tão azuis quanto o relâmpago do seu pai noturno, nós o colocamos no poço com grandes animais que havíamos capturado. Eles pensaram que nós demos você a eles, não sabiam que estávamos dando-os a você. Você dançou sua guerra, despedaçou os ursos, os esmilodontes e os monstros do sopé da colina, e, se naqueles espasmos de sonho, nas deformações que o dominaram para que gritasse e se tornasse uma fera, se ocasionalmente você destruía seus professores ou arrancava os membros dos coleguinhas para que eles sangrassem em estado de choque, ou se abrisse o peito da nossa gente, bem, todos sabiam que não deviam chegar muito perto da arma Unute em seu transe. Todo mundo sabia correr e se esconder quando seus olhos brilhavam com a luz do choque. Você não era um menino mau, mas uma coisa perigosa, e sempre se arrependia, e eles eram descuidados.

Ela disse: E então os invasores voltaram.

Você caminha com dificuldade ao longo de um desfiladeiro de saliências de corais e a cada momento seu peito queima por não respirar. Sua mãe sempre cantou essa parte da história, e você canta agora na água, abrindo a boca para as moreias que o observam. Ela cantou, você canta:

Escute!
Esses cavaleiros
avisos ocres no rosto
riam da ausência de guerra oferecida
cavalgavam até onde as montanhas observavam
para onde o relâmpago do pai noturno derramou sementes
para o garoto que era a arma.

Unute dos olhos!
lâmina do machado, criança, ponta de lança, em conclave.

Ele foi dançar
passando pelos cavalos
passando por seus cavaleiros.

Esta é a sua fuga.
Fúria da guerra! *Hamask!*
Espasmo da distorção!
Frenesi! Fúria!

Unute pegou uma estrada de sangue
Unute caminhou pelos ossos
Ele estava cheio de flechas e não se deteve
Ele era a borda cortante
Ele era o jogo de terror
Ele era o finalizador de coisas.

Nós o amávamos, sua mãe disse. Depois que você terminou com eles, nós o enfaixamos. Você ainda era um bebê. Nós o envolvemos e limpamos os mortos de você e lhe agradecemos, dizendo-lhe que o amávamos.

Cada passo é dor. Quando você entrou na arrebentação, esperava que o declínio fosse enfrentado e acompanhado por uma inclinação adiante, que subiria novamente depois de um tempo de caminhada, com a cabeça, o coração e os pulmões em tormento, essa era a sua aposta, que haveria um penhasco no recife que se aproximasse o suficiente da superfície para que sua cabeça subisse e se projetasse no ar antes que seus pulmões falhassem, que por meio de uma sequência de viagens subindo e descendo você pudesse seguir seu caminho, e, se as energias de guerra surgissem em você nesta caminhada, a fome invertida, a necessidade de destruição no brilho frio de seus olhos, que você as saciaria em tubarões e torres de coral, e continuaria novamente além do redemoinho de sangue em sua recuperação trêmula para cima e para baixo, em direção aos continentes do sul. Essa seria a maneira certa de fazer as coisas.

Há muito tempo você identificou em si mesmo, não importa quais evidências acumule de que pensar isso seja loucura, uma sensação de coisa já dita, tida como certa. Que determinadas coisas devem ser, para que o formato da vida seja uma história. Você já viu um desejo assim na maioria das pessoas que conheceu. É porque você compartilha dessa inclinação perigosa que hesita em afirmar que você não é humano.

Está errado muito mais vezes do que está certo.

Esse caminho só se aprofunda, até a parte mais escura do mar. E você está diminuindo a velocidade e seus dedos estão dormentes demais para tirar as pedras da roupa.

A história em você acelera. Agora não na voz da sua mãe. Uma história que você conta a si mesmo, com base em memórias e investigações, pistas e conclusões.

Cá está você, em um lugar cada vez maior, onde — Veja! — o azul escurece e não há nada além de uma parede de coral; você está no limiar de um penhasco e não há nada a não ser a água mais negra adiante. Você tropeça. E, à medida que sua mente vai se tornando nebulosa, a história que conta a si mesmo fica cada vez mais rápida, porque ainda não chegou ao fim e porque não lhe resta muito tempo. Rapidamente então.

Sempre havia mais tribos para temer, para serem detidas, que tinham de ser detidas antes que começassem, diziam, seu bando e seu pai diurno diziam, e sua mãe também, até que ela parou de falar isso. Eles ordenaram que você aumentasse sua fúria de guerra contra os pescadores, os habitantes das montanhas e os edifícios na neve, cujas torres há muito tinham sido transformadas em pó, mas que, quando você alcançou o topo do caminho entre os picos, eram a maior cidade que já existiu.

Você entrou

cortou o rei em pedaços cortou os guardas caminhou pela estrada dos ossos deixou o salão sangrento desceu as grandes escadarias cortou todas as pessoas na cidade sentou no topo da pirâmide dos mortos. Você viu

um raio cair ao longe, desta vez vermelho, e seu pai viu e amaldiçoou sua mãe e você o viu no vale e ele pegou algo dela e jogou algo no poço onde um dia você despedaçou ursos e ele gritou com sua mãe quando ela disse que tinha medo por você e queria que sua dor acabasse, você não sabia o que ela queria dizer porque não sabia que o que sentia não era apenas o que era estar vivo. Você perguntaria mais a ela, decidiu, e seguiu seu padrasto, mas em um desfiladeiro dez mil flechas o encontraram e você sofreu *hamask*, mudou para a versão de si mesmo com olhos azuis brilhantes e incandescentes e realizou mudanças sangrentas urgentes nos agressores e naqueles entre seu próprio bando que não atenderam às restrições sobre manter distância, e você ouviu seu pai gritar e sabia que era uma armadilha e uma distração, e voltou a si o suficiente para segui-lo, para fugir do último dos cavalos de volta ao próprio assentamento e

encontrou seu pai agachado sobre sua mãe, ela estava morta, pelas mãos dos invasores, e você se sentiu como um deserto e disse a ele que este era seu deserto e foi embora, e eles vieram e o mataram também, e você caminhou até onde, em um local de encontro feito de pedra, um exército de todas as tribos que você percorreu o esperava.

Você não levantou as mãos contra eles quando vieram atrás de você e ergueram as armas.

Na beira do fundo do mar, cá está você, rastejando como uma pessoa sedenta em um deserto, em direção à escuridão que você encara como se fosse um olho, e isto é o fim, você não consegue ficar de pé, as pedras o mantêm no chão, e a escuridão surge diante de você dos desfiladeiros no fundo do mundo, e vem de suas bordas, e desce com mais poder agora do que a luz do sol, derramando-se da escuridão do espaço para o mar a fim de envolvê-lo em uma mortalha, e a única palavra para isso é agonia, e você se deita e não sabe se está em decúbito dorsal ou prostrado, mas não enxerga, e isto é o fim.

Você se lembra das lâminas dos inimigos vindo abaixo, há milhares de anos. Não consegue parar de inalar a terrível água do mar.

A dor nos pulmões não cessa. Afogar-se sempre foi a pior maneira de morrer.

Você morre.

e então vem um empurrão

um empurrão e você se liberta, estourando

de uma concha, em meio a sedimentos espessos e turvos de carne e sangue, e eis aqui você, pensando novamente, nu e cru, sal espicaçando sua nova carne e lavando-o, e aqui lhe é negada aquela primeira dolorosa e adorável respiração com a qual você saudou suas eclosões no ar, e você vê a caverna do óvulo de onde veio, que cresceu da estranha fertilidade do seu corpo afogado, entupido ali, enfiado no topo do penhasco submarino, assim que saiu do seu primeiro ovo naquele lugar de pedra queimada pelo sol onde foi puxado e cortado pela primeira vez, e de cada um dos ovos desde então, quando escolheu ou foi forçado até os limites do seu corpo recalcitrante, nascido de novo nu como em seu primeiro nascimento, de modo que não tem pedras nem bolsos para elas agora, e mesmo sem ar dentro de si você flutua e se deixa subir para entender qual é o caminho para a superfície. Essa é a direção para a qual você desfere um chute.

E você rompe a superfície e enfim respira pela primeira vez.

NOVA ESCURIDÃO

B, A QUEM KEEVER CHAMAVA DE "FILHO", ROUBOU UM CARRO e saiu dirigindo rápido e por muito tempo pelos feios contrafortes até a costa. Comprou suprimentos. Jogou seu celular temporário na água.

Tomou estradas menores, passando por grandes centros comerciais depauperados e habitações de concreto em estilo dormitório, não cidades pequenas, mas sim com um senso de pequenez, fora de mão, impregnadas do provincianismo de uma zona desfavorecida. Ele abandonou seu veículo no mato e entrou em uma área com forte odor químico e poças brilhando com as lindas toxinas do esgoto.

Achou um lugar tão bom quanto qualquer outro. O último andar de um prédio de escritórios deserto. Ficou parado na janela e contou os transeuntes e os veículos no cruzamento abaixo, e contou as luzes que se acendiam quando o dia terminava, em oficinas e mercearias. Se ele atirasse, seria ouvido, mas na primeira noite lá ele próprio ouviu três tiros, a menos de um quilômetro de distância, e nenhum grito ou sirene se seguiu.

Achou uma cadeira utilizável e limpou o que havia sido a mesa do chefe. Puxou-a para ficar de frente para a porta de entrada de vidro da última sala do corredor. Em cima dela, B colocou uma SIG Sauer P320 com um carregador .45 ACP de dez cartuchos, uma Daewoo K5 cheia de munição 9 mm, uma KA-BAR Becker BK22 e uma G.I. Tanto, ambas desembainhadas, com um bastão estendido S&W. Ele os organizou em uma linha reta. Ficou pensando em como as pessoas hoje em dia apreciavam tanto usar esses nomes de armas, como se arma, arma, faca, faca, bastão não fossem suficientes, não fossem tão verdadeiros.

Você só se dará conta de suas ferramentas quando elas quebrarem, lembrou ele.

Por fim, parou de se mover tão rápido. Soltou o ar e se sentou. Olhou para baixo. Balançou negativamente a cabeça com força, como não teria feito se não estivesse sozinho, como se se recusasse a responder a uma pergunta de um observador, de dentro de si mesmo. Como se não fosse responder nem perguntar: O que estou fazendo?

Durante dois dias, ficou sentado atrás das armas em meio à poeira. Ficou esperando, observando o corredor, e era observado por sua vez pelos olhos desbotados pela luz do sol de uma *pin-up* anunciando um mês de verão de um ano que tinha passado havia muito tempo.

No terceiro dia, inclinou-se para a frente, a primeira vez que se moveu desde sua chegada.

Foi um pouco antes do pôr do sol, e no corredor à sua frente um bloco de luz espessa se esgueirava. As partículas dentro dele tremiam. Abaixo dos sussurros aleatórios do lento colapso do edifício, discerniu um ritmo mais regular.

Tamborilou a ponta do dedo indicador da mão direita com o polegar, sentindo os contornos de um calo.

Quais eram as regras?, perguntou-se, como fazia de tantos em tantos anos. Qual era o limite de tamanho ou gravidade da lesão que estimulava as energias de seu estranho corpo a se recomporem, a erradicarem sinais de desgaste e trauma? Por que pequenas cicatrizes permaneciam e outras desapareciam na pele lisa? Não saberia dizer por que aquele pequeno pedaço de pele que ele sentia deveria permanecer com um registro de impacto, embora não tivesse questionado a decisão (digamos assim) do tribunal celestial ou dos mestres alienígenas ou do superintendente planar ou da peculiaridade evolutiva ou de tempestades de acasos imbecis ou sua própria... o que... divindade implacável? Não conseguia se lembrar da origem do calo na ponta do dedo, então ou ele havia se originado em suas vidas intermediárias em estado de gema ou surgira durante um estado de fuga de alguma luta. Ou simplesmente não havia reparado. Não importava.

Apurou o ouvido.

Talvez uma vez a cada dois ou três séculos, o homem fazia um gesto como que para um público imaginário, um momento de extravagância para contrastar com a habitual parcimônia do seu *habitus*. Nunca soube que fazia isso antes de fazê-lo, como agora, enquanto se observava estendendo a mão, acenando.

— Venha — ele se ouviu dizer.

O que estava por vir veio.

Veio lentamente. E o fez esperar, fosse pela profundidade da caçada, fosse por sua própria contraperformance, pelo próprio senso de dramatização.

Durante duas, três horas, B pressentiu, depois sentiu e em seguida ouviu a irregularidade singular da vida senciente, um buscador em busca. O sol já havia desaparecido e a penumbra invadia a passagem desde a extremidade mais distante, onde as portas dos elevadores mortos permaneciam fechadas e reflexivas. Agora, ali, vinha algo se aproximando devagar, o bufar de pés firmes e excitados no tapete corporativo desgastado, um passo mais perto, uma entrada, um encontro prestes a acontecer, um reencontro.

B não conseguia ver na escuridão o ponto onde a escadaria encontrava o corredor. Mas podia distinguir mudanças naquela escuridão, a chegada à sua ausência de uma nova escuridão, que o observava, parando por um momento prazeroso antes de continuar se aproximando.

— Ah — ele disse. Sua voz estava toda triste no corredor.

— Não deveria ter esperado que isso funcionasse — disse ele. — Mas estou decepcionado. Lamento que esteja aqui.

— Oi — disse ele. — De novo.

ELA SABIA QUE, QUANDO PARAVA DIANTE DELA, KEEVER ESTAVA em posição de "descansar", mas, para Diana, a postura de sentido, de ficar em pé, as pernas retas, os braços afastados e atrás das costas, parecia tensa, e isso a deixava tensa também, por ser o foco de um respeito forçado. Isso fazia com que seus colegas parecessem afetados.

Diana Ahuja leu Sontag com obediência; tinha um livro de mesa de *Tom da Finlândia*; ela dançava e rebolava ao som do Village People de vez em quando: não era nenhuma revelação para ela que o machismo dos militares fosse uma coisa *camp*. A cada dois meses, quando ia ao *stand* de tiro para o teste de certificação obrigatória, as posturas de tiro dos soldados ao redor, entusiasmados e de nádegas contraídas, faziam-na pensar em uma trupe de dança. O que mais a surpreendera, no início dessa fase de sua carreira, foi como eles eram todos cheios de frescura. Não que Diana fosse uma desleixada. Ela lutaria pelo direito de uma mulher ser desleixada, é claro, fosse quem fosse essa mulher, mas, atenta aos olhares sobre ela por não ser branca, além de, honestamente, gostar um pouco da brincadeira de ser feminina, desleixo não era propriamente seu estilo. Ainda assim, gostava de se considerar mais ajeitadinha do que elegante em si. Essa era apenas uma das — deixe-me contar quantas, pensou ela — razões pelas quais sua afiliação militar ainda parecia tanto um contrassenso.

Mas era preciso ir aonde os recursos estavam. Se fosse uma pesquisadora de cefalópodes, seria a Darpa que lhe ofereceria o laboratório jamais imaginado. Quer entender os cromatóforos que conferem ao seu querido molusco choco o milagre da camuflagem? Vá em frente. Basta aceitar o fato de que sua pesquisa acabará em um esquema de uniforme autocamuflável ou ignorar isso.

Da mesma forma, se quiser estudar Unute, quando compreender que aquele sobre quem você aprendeu por meio de uma leitura cuidadosa a respeito de coisas obscuras; aquele que acreditava ser um mito, era real, que ele ainda estava de pé, quem mais poderia pagar você senão aqueles que ansiavam por guerreiros imortais? Sempre seria isso: mentes militares secretas que lhe permitiriam fazer o que ela ansiava: alcançá-lo, analisá-lo, compreendê-lo. E não só ele, mas, ainda mais, a origem dele. Esse mistério. Aquilo que o havia criado, que poderia fazer, conceber sabe-se lá o que mais?

Então agora ela tinha seu posto designado, e sujeitos durões como Keever batiam continência para ela.

— Sei que apresentou seu relatório — disse Diana a Keever. — Você sabe que eu li isso mais de uma vez. E lamento sinceramente pedir que se repita depois de todo esse tempo. Quero que entenda que isso não é nada contra nenhum dos envolvidos. — Ela analisou os nomes no relatório em sua mesa, aqueles que já tinham ouvido seu discurso. Sanders, Jacobson, Lear: bons técnicos com registros exemplares. Beech, impaciente, mas esperta demais para deixar cair a máscara. Shur e Kneen, dos departamentos de Psicologia e Estatística, respectivamente, a primeira mais nova, mas já causando impacto, o último devidamente respeitado, mais mascote do que colega, fonte de pouca sabedoria. — Não estou sugerindo que eles não entenderiam a importância de tudo o que você disse — falou Diana. — Só estou dizendo que, às vezes, você mesmo precisa ouvir, eu mesma preciso ouvir isso, para juntar as peças. Às vezes tenho que seguir meu faro.

— Senhora.

— Obviamente, estou preocupada por não conseguirmos entrar em contato com Unute.

— Ele já fez isso antes, senhora.

— Não por tanto tempo nem tão bruscamente. Preciso trazê-lo para cá. São coisas demais para controlar. E, além de qualquer outra coisa, Keever, ele parou de tomar os remédios.

— Ele o quê?

— Uns protocolos que coloquei nele. Por escolha, deixe-me ser clara. Escolha dele.

— Para que, senhora?

— Para fazer o meu trabalho. Eles o ajudam a alcançar certos estados. Não é o fim do mundo se ele faltar alguns dias, mas esse tempo pode nos atrasar. Talvez, para encontrá-lo, eu tenha que descobrir o que o assustou.

— Assustou?

— Sim, também não é o verbo que eu usaria normalmente. Só que... depois desse negócio com Thakka, tudo está acontecendo muito rápido.

— Com todo o respeito, senhora, discordo. Esse... — Ele moveu uma das mãos no ar. — Ele se ausentar. Isso já vinha se acumulando havia algum tempo. Está nos registros, eu alertei sobre o humor dele faz algum tempo, já. Dito isso... entendo o que a senhora está falando, e talvez seja algo mais agudo. Ele parecia bem enfurecido naquele dia.

Diana assentiu.

— Lamento — disse ela por fim —, mas vamos repassar tudo de novo. Quando Unute encontrou os rastros no túnel, ele pareceu surpreso?

— Bom, senhora, às vezes é difícil, ahn...

— Ele nem sempre é muito expressivo, não é?

— Isso ele não é, senhora. Até que passa a ser.

Ficaram se encarando por um tempo.

— Posso não ser uma agente de campo — disse Diana —, mas não sou idiota. Sei que o conhece melhor do que qualquer outra pessoa aqui.

— Isso não quer dizer muita coisa.

— Também não deixa de ser alguma coisa — respondeu ela. — E você está certo. Nós dois sabemos que ele esteve... — Diana considerou.

— Deprimido — falou Keever.

— Perturbado — disse ela. — Algo está acontecendo com ele já faz algum tempo.

— Sim. Há oitenta mil anos.

— Talvez. Mas qual é? Ninguém está dizendo que ele nunca teve suas profundezas ocultas. Ele dificilmente é o mais animado, na melhor das hipóteses. Mesmo quando é relativamente tagarela. Mas você mesmo disse: alguma coisa aconteceu com ele nos últimos tempos.

— Desde Ulafson — disse Keever. — Você precisa que eu diga isso?

Eles ficaram em silêncio. Diana inclinou a cabeça.

— Isso foi um choque — disse ela. — Para todos nós.

— Talvez — falou Keever. Ela olhou para ele bruscamente. — Não sei. Quero dizer, sim, é óbvio que isso provocou um impacto sobre ele. E, na época, B... Unute... ele não parecia chocado. Apenas ficou lá parado. Como se soubesse que aquilo iria acontecer. Ou como se já tivesse acontecido antes.

— Sim — disse Diana. — Eu vi o vídeo.

— Ele gostava dele, o B gostava mesmo — falou Keever. — Do Ulafson. Sinto que o que quer que esteja acontecendo com ele agora começou ali.

— Sim — ela respondeu. Mas com cautela. Os dias após o ataque estavam vívidos em sua mente, a limpeza da carnificina no vestiário, a limpeza do sangue e da matéria das paredes e dos armários. As investigações minuciosas sobre os restos mortais de Ulafson e os restos de sua jaqueta com zíper tenazes demais para queimarem até virar nada. E ela recordou, também, os dias seguintes. Quando Sunderland pediu transferência da Unidade e Chapman saiu das Forças Armadas. Unute não disse nada. Não demonstrou nenhuma emoção particular, ela pensou. E agora, só agora, lembrando-se de sua intensa contemplação silenciosa, como Keever mencionara, ela sentiu que o que notara então era que ele não tinha demonstrado nenhuma emoção *nova*. Apenas uma intensificação de uma crescente melancolia que ela já havia percebido. Lembrando-se deles agora, Diana renomearia aqueles silêncios repletos de sentido.

— Acho que começou antes — ela disse por fim. — Ulafson intensificou algo. Ele costumava sair por conta própria e revisitar os locais de missões de vez em quando antes de Ulafson; só que ele tem feito muito isso desde então.

— Quando ele encontrou aqueles rastros lá embaixo — disse Keever —, no túnel, ao passar por Thakka, não que B estivesse tentando descobrir para o que estava olhando. Não que tentasse descobrir alguma coisa. Ele não parecia surpreso. Mas parecia ter urgência. Eu ficava perguntando: "O que foi? O que foi?". E acho que disse isso porque uma parte de mim mesmo podia dizer que ele sabia o que estava vendo.

— Mas ele não respondeu?

Keever balançou a cabeça.

— Ele continuou entrando no escuro. O lugar inteiro era instável: cada vez que você se mexia, mais coisas caíam. Eu ficava chamando por ele. Não conseguia vê-lo. E, depois, o fim do túnel inteiro desabou atrás dele. Tive que chamar uma equipe de limpeza e a evacuação médica antes que eu pudesse me levantar. Foi aí que deixei eles levarem Thakka. E fui procurar B.

— Mas ele ainda estava lá embaixo e não havia como passar, você disse.

— Fiz uma aposta. Apostei que ele tinha saído.

— E ele não passou por você.

— Não.

— Então você saiu e foi procurar? Contraordens?

— Sim, senhora — disse Keever. Ele nem piscou. — Eu estava preocupado. Saí por onde tinha entrado, estabeleci um perímetro e comecei a rastrear, e depois de alguns minutos o encontrei também. Ele estava à beira de uma estrada, um pouco mais para a frente do prédio. A mesma por onde tinha entrado. "Como foi que você saiu?", perguntei. "Você não passou por mim." Ele não disse nada. Estava ali com o rosto voltado para cima, como se farejasse o ar. Ele apenas apontou para a poeira. "A coisa veio por aqui", disse ele. — Keever deu de ombros. — Eu não consegui ver porra nenhuma.

— "A coisa"? — perguntou Diana.

— Foi isso o que eu perguntei. "O animal", disse ele, "que deixou aquelas pegadas." Bom, a gente tirou algumas fotos da área para onde ele estava apontando; a senhora as viu. Como eu disse, não consegui distinguir nada. A equipe já estava com uniformes de policiais locais, protegendo a área, então me juntei a eles e consegui deixar a cena pronta para Tacoma. Falei para B ficar onde estava.

— E ele não lhe obedeceu — disse ela.

A boca de Keever se contorceu.

— É engraçado a senhora dizer isso. Ele e eu estávamos conversando sobre isso pouco antes de encontrarmos Thakka. Não, senhora, ele não me obedeceu. Quando é que a senhora já o viu obedecer a algum de nós? Ele nunca obedeceu a nenhuma instrução. A senhora sabe disso, eu sei disso, ele sabe disso, e todos os oficiais sabem disso. Ele só faz o que quer, e os chefões encontram maneiras de querer as mesmas coisas, para que possam emitir uma ordem nas suas costas e poder dizer que ele fez o que mandaram.

— E depois, o que aconteceu?

— Eu disse: "Fique aí", e ele apenas olhou para mim, e eu sabia que estava prestes a pegar a estrada. "Qual é?", eu disse. "Eu tenho que ir", ele falou. E foi mesmo. Quando a senhora chegou lá...

— E isso foi o que, quatro, cinco horas depois? — perguntou Diana.

— Isso. Quando vocês chegaram lá, B já tinha partido havia muito tempo.

— E você não sabe onde ele está?

— Não sei, não.

— Qual... — Diana começou com cuidado — é a sua opinião? Nenhum de nós sabe de nada, tudo bem, mas o que você acha que ele está fazendo?

Ela podia ver Keever considerando se deveria dizer a ela o que estava pensando.

— Não sei — ele acabou dizendo. — E também não acho que ele soubesse. Ou... havia uma expressão em seus olhos. Me faz pensar que talvez ele simplesmente não ache que saiba. Ou sabe, mas não quer saber. Posso fazer uma pergunta?

— Por favor.

— O que a senhora descobriu? A respeito de Thakka?

Diana olhou para as desagradáveis luzes fluorescentes. Ela tentou se lembrar dos protocolos sobre o que e quanto deveria contar ou a quem teria autorização para fazê-lo, e de que posto; em seguida, qual era exatamente o posto de Keever e quais informações adicionais a respeito disso estavam incluídas em sua ficha pessoal, tentando imaginar que vantagem qualquer *insight* que ela pudesse lhe dar, lícito ou não, poderia lhe conceder, em quais jogos internos e micropolíticas da base ele estava envolvido, e suspirou, porque detestava e era péssima nesses cálculos. E foi por isso que ela seguiu, como sem dúvida não deveria, por instinto. Por confiança. Ela confiava em Keever.

Ele poderia ter intuído tudo isso; ele, o jogador mais experiente dos jogos de opacidade, podia estar contando com essa confiança nele. Era um labirinto de espelhos, como dissera Angleton. E ele nem sabia nada a respeito de B.

— Não descobrimos nada — respondeu. Olhou para a porta do escritório, para indicar a Keever que isso era entre eles. — Oficialmente? Houve uma falha nos escâneres dele. Oficialmente, ele estava vivo e inconsciente lá embaixo o tempo todo, e o sinal enviou a mensagem errada, de que ele havia sido neutralizado, e não sabíamos disso até que a conexão fosse restabelecida. A essa altura, já era tarde demais para estabilizá-lo.

Ela podia vê-lo pensando em como dizer o que queria dizer.

— Que palhaçada, senhora — foi o que ele disse, friamente. — Com todo o respeito. Eu pus as mãos nele. Ele estava ficando mais quente quando coloquei as mãos, mas estava frio. Quero dizer, frio, frio mesmo...

— Eu sei. Oficialmente, digo.

— O que aconteceu... ele deixou de estar morto, foi o que aconteceu. — Agora era Keever quem estava perto de sussurrar.

— Eu acredito em você — disse ela. — O que posso lhe dizer? As investigações estão em andamento.

— Não faz sentido — tornou Keever.

— Concordo. — Ela inclinou a cabeça. — Embora talvez seja um pouco tarde para começar a se preocupar com isso nesta Unidade.

— Não, é justamente isso — disse ele. — Quero dizer, a senhora diz que essa é a teoria oficial. Mas a senhora obviamente não acredita nela. E aposto que ninguém sabe. Então, quem a sugeriu?

Diana apontou para cima.

— Mas por quê? — perguntou Keever. — Pra quem? Quem está encobrindo essas coisas deve estar fazendo isso pra não parecer... o que, um idiota? Um crédulo? Um maluco das ideias? Mas, como a senhora falou, toda a razão de ser desta Unidade é trabalhar com um guerreiro que não morre. A quem uma proporção significativa das poucas pessoas no mundo que sabem a respeito dele chamam de diabo ou filho da morte, ou a porra da manifestação da própria entropia. E, com todo o respeito, e sem saber o que está obtendo em todos os seus dossiês, nunca ouvi a senhora nem qualquer um de seus colegas oferecerem explicações melhores. Então por que, agora, a credibilidade é a questão? Eles não estão meio que fechando a porta do celeiro depois que o cavalo fugiu?

Diana sorriu sem nenhum traço de prazer.

— Fugiu, escafedeu-se, desapareceu em ação, sim — disse ela. — Aguardamos notícias do cavalo, onde quer que ele esteja, o que quer que esteja fazendo, sempre que ele quiser voltar. Eu o ouço, Keever. De verdade. — Ela tirou os óculos de leitura, limpou-os e os guardou. — Concordo. E quanto a Stonier?

— Senhora, o que quer saber a respeito dele?

— Como ele conseguiu fazer parte do esquadrão de evacuação médica?

Desta vez, Keever hesitou.

— Com o devido respeito, senhora, eu estava, como sabe, a centenas de quilômetros de distância, esperando a senhora quando vocês montaram aquela equipe...

— Você sabe que não tive nada a ver com isso.

— Não, digo, o escritório. A Unidade, este lugar. Eu estava em campo. Como poderia ter algo a ver com isso?

— Pensei que talvez Stonier tivesse conseguido chegar até você. Fiz uma solicitação...

— Se ele tivesse feito isso — disse Keever —, eu não teria contado a ele de jeito nenhum. Teria lhe dito para se afastar.

— Então foi apenas coincidência ele ter sido destacado? Para esta missão?

— Não — disse Keever. — Não é isso que estou dizendo. A senhora sabe tão bem quanto eu como os boatos se espalham. A gente faz o jogo, mas somos um navio tão furado quanto a maioria das outras organizações, pelo menos internamente. Quando falamos oralmente com a base, a notícia de que Thakka estava vivo deve ter se espalhado bem rápido. E acho que Stonier apenas conversou com quem estava no comando. Ou talvez ele só... — Ele deu de ombros. — Talvez ele só tenha se vestido e entrado no avião com vocês.

— Por quê? — perguntou Diana.

— A senhora tá falando sério? — Keever disse. — A senhora não faria isso?

Diana fechou os olhos.

Ela não tinha prestado atenção ao esquadrão à sua frente no helicóptero. Ela fizera parte da terceira leva a entrar no poço, depois que a vanguarda armada tinha gritado "Tudo limpo!", e a equipe científica começara a montar seu equipamento. Ela havia passado pela pilha morta, vívida, àquela altura, sob os holofotes. Havia escalado a beirada dos escombros na câmara repleta de técnicos, entrando naquele tiquinho de túnel.

O ar tinha ficado adstringente quando os bioengenheiros despejaram seus unguentos para ver através do dano que o próprio reagente havia provocado. Cada um dos mortos, de ambos os lados, todos os quais foram identificados pela equipe de assalto inicial, agora precisava ser identificado uma segunda vez. Porque o que acontecera desde então não deveria ser algo possível. Portanto, cada variável teria de ser reexaminada.

Diana começou a usar os próprios escâneres, rastreando campos de energia excêntrica. Ela avançou, esquadrinhando tudo, e ali, nos braços de Keever, enquanto uma paramédica se inclinava, intubando-o e mexendo nele, estava Thakka. Ele se contorcia e piscava sem parar. Remava com os braços como se estivesse na água. Uma de suas mãos estava fechada. Ele olhou para ela, ou através dela, e sussurrou palavras que ela não conseguiu entender.

Ela não foi capaz de parar de olhar para o buraco nele, havia muito seco, a câmara óssea oca, o resíduo de cérebro e as queimaduras que não deveriam ter permitido que ele vivesse. Aproximou-se. Tocou a carne de Thakka. Gesticulou em silêncio, e Keever se afastou; Diana então observou a médica injetar adrenalina e muito mais nas veias em colapso de Thakka. Seus dedos escorregaram no suor dele, e a mulher tirou partes de seu uniforme esfarrapado e fedorento. Contou e detalhou seus ferimentos enquanto ele balbuciava coisas sem sentido.

Diana se agachou para que Thakka ficasse à sua sombra, além do alcance das luzes temporárias, e, sim, seus movimentos haviam ficado cada vez mais lentos. Ela se abaixou para colocar a palma da mão na testa dele, e a pele dele esfriou enquanto ela o segurava e a médica começava a gritar com ele para que ficasse com eles, para que ficasse com eles, e lá no túnel submerso na escuridão Thakka, por sua vez, olhou para cada um deles com a calma de alguém que começava uma jornada. Ele piscou com uma lentidão que Diana nunca vira na vida.

Ela sempre fora boa em se perder no trabalho. Em entrar em estado de fluxo.

O que a tirou violentamente disso foi um grito.

Emoldurado dentro da porta arrancada, iluminado pelos LEDs, estava um homem. Diana pensou que ele estava olhando para ela. Sua silhueta era tão escura, seu som, seu gemido, tão terrível, que por um instante ela o viu como algum psicopompo vindo para escoltar a alma de Thakka até o além monótono e cinzento. Seria isso muito mais estranho do que o trabalho que fazia todos os dias? Mas Keever caminhou em direção ao recém-chegado com os braços para cima, e ela viu o homem tropeçar para a frente, reconhecendo-o depois: um dos imperturbáveis e musculosos especialistas agora se inclinava como se fosse cair, e depois se levantou novamente, mantendo-se em pé, sem fazer mais alarde e olhando para Thakka.

Existe um *páthos* incomparável no luto do estoico.

Stonier, esse era o nome dele. Ele passou por Keever e caiu de joelhos. Empurrou as mãos de Diana e as mãos da paramédica para longe, agarrando Thakka. E Thakka olhou para ele com um último brilho no olhar. Talvez o tivesse reconhecido. Stonier sussurrou. Diana não consegui entender. Não era para ela.

— Por que está aqui? — perguntou Keever. — Saia daqui, filho; estamos com ele agora. Saia daqui agora, vai, vai.

Stonier ficou olhando, contendo-se, enquanto Thakka se movia cada vez mais devagar e fechava os olhos de novo.

Ninguém interferiu. Os movimentos da paramédica diminuíram. Stonier falou no ouvido de Thakka. Deu tapinhas nele. Os dedos de Thakka se contraíram em um espasmo, e suas mãos, uma aberta, outra fechada, tentaram alcançar Stonier, e Stonier se atrapalhou abrupta e necessitadamente para agarrá-las.

— Já chega — Diana se ouviu dizer ao ver isso. — Preciso que você...

Mas isso foi tudo. Ela não fez nada enquanto as mãos de Stonier rastejavam sobre o homem em seu caminho

Somente quando Thakka morreu de novo, pela segunda e última vez, é que Keever puxou Stonier e o empurrou para fora.

— Você não faria isso? — Keever perguntava novamente para ela agora. — Se alguém que amasse se fosse e depois você ouvisse dizer que a pessoa estava viva, afinal? Você não iria vê-la?

— Onde ele está? — ela perguntou. — Ele foi dispensado?

— Stonier? O que, por desobedecer às ordens? — Keever disse. — Só por estar lá? Não, senhora. Não estamos nos velhos tempos. Stonier é um bom soldado. E, especialmente em um grupo como o nosso, existe discrição quando se trata de insubordinação. Regras das Forças Especiais. Ele recebeu a oferta de uma licença compassiva. Não vai aceitar, claro. Ele está com Shur agora.

Diana virou a cabeça para a entrada principal da base. O lugar inteiro — e cada operação que tinham executado — era passível de negação e efetivamente negado, claro, mas o hábito burocrático de subdivisão não funcionava de modo menos inerente nos domínios Mais Secretos do que nos mais públicos. Assim, o escritório da dra. Shur estava entre os primeiros que os visitantes da Zona 1, a área menos restrita, poderiam encontrar.

— Aconselhamento — disse Keever em um tom calmo — definitivamente não é mais opcional.

— Posso imaginar o que você pensa disso — disse Diana.

Keever olhou para ela de frente.

— Talvez a senhora devesse segurar sua onda — ele disse por fim. — Senhora, a senhora acha que me entende? — ele perguntou ainda em um tom calmo. — Eu sou um soldado, então por isso devo achar que aconselhamento é para flocos de neve viadinhos? A senhora tem razão, eu sou um soldado, e o que eu quero é que meu pessoal seja o melhor, e esta não é a década de 1980. A senhora já leu Karl Marlantes? O que sabe sobre a história da psiquiatria militar? A senhora acha que eu não acredito em trauma? Acredita que na minha concepção a tristeza é para os fracos ou algo assim? Acha que eu não me importo com meu pessoal? A senhora não estava olhando para ele.

— Eu estava olhando diretamente para ele...

— Thakka não. Stonier. Eu estava olhando para ele. Vi seus olhos. Eu o vi tatear, segurar algo com força. Garanto que foi algo que Thakka lhe deu nos últimos momentos, e aposto que está segurando aquilo como um salva-vidas. Eu quero que ele fique bem, quer ele continue por aqui ou não, e, se o fizer, quero que ele seja o melhor lutador que puder ser, e isso não significa fingir que é inexpugnável. De onde acha que veio a ideia de contratar Shur?

Diana o encarou.

— É — disse Keever. — Eu não posso aprovar esse tipo de merda, claro. Sou apenas um subalterno, mas fui eu quem fez o pedido. Depois de Ulafson. É por minha causa que ela está aqui.

— Você me surpreende.

Keever suspirou.

— Eu sou da velha escola. Sou da geração que guarda tudo dentro de si. Se acho que o modo como as pessoas falam hoje em dia é meio idiota? Claro. Estou acostumado com um tipo diferente de gatilho, e um tipo diferente de alerta. Mas só um tolo pensa que a maneira como foi treinado é automaticamente a melhor. Fui eu quem fez o pedido, e fui eu quem ajudou a selecionar os candidatos. Sim, ter Shur na equipe parece bom para financiamento. Mas ela também tem sido útil. Ela é boa em seu trabalho.

— Como você poderia saber? — Diana perguntou.

— Como você acha? — retrucou Keever. Ela olhou para ele de novo, em um silêncio prolongado. — Acha que sou muito bom pra falar com ela? Não é fácil aprender truques novos, mas este cachorro aqui é velho e teimoso. Ela é boa em fazer a gente falar — disse ele. — E te dá estratégias. Maneiras de continuar mesmo quando as coisas estão...

Diana olhou mais uma vez para o escritório da conselheira.

— Coitado — ela murmurou.

— É — disse Keever. — Coitado do Stonier.

Ela não o corrigiu, mas ele olhou para baixo como se ela tivesse feito isso.

— Coitado do Thakka — disse ele. — E coitado do Stonier. — Ele a surpreendeu de novo, depois, com a doçura de sua voz e com o que acrescentou: — Eu estive no casamento deles.

◈ ◈ ◈

— VOCÊ TEVE PENSAMENTOS SUICIDAS HOJE?

Diana se lembrou da última vez que perguntou isso a B. Nem fazia muito tempo. Depois de uma missão particularmente intensa, repassada nas luzes cintilantes das leituras do visor de B, de suas várias respostas corporais e mentais, em uma exibição estranha e fabulosa. Novas sinapses, novos pensamentos. A questão era uma provocação. Sempre era.

— Eu lhe disse — ele falou. — Eu não quero morrer. O que eu quero é a mortalidade, e isso não é a mesma coisa.

Diana se inclinou sobre o corpo de Thakka na laje mortuária e leu os relatórios da patologia. Cruzou referências deles com relatórios dos agentes de campo que estavam lá com ele quando ele sucumbiu, que tinham visto tudo. Especialistas treinados, preparados com memória muscular para lidar com o pânico e os excitáveis solecismos de testemunhas destreinadas. Apenas dois tinham linha de visão no momento de sua morte. A primeira vez. A primeira morte.

Eles relataram o forte impacto na cabeça de Thakka, a explosão de fragmentos de ossos, sangue e pele, o uivo cortado pela metade, o colapso. O que sem dúvida resultou em sua morte.

Ela se sentou ao lado do corpo.

Certa vez, Unute, B, havia contado a Diana sobre um veio principal do próprio corpo, corpos, ossos.

— Fui sequestrado, digamos assim — ele disse. — Quer dizer, isso aconteceu algumas vezes. Desta vez, porém, foi diferente. Quem me sequestrou apenas continuou me matando. Pesquisa, eu acho.

— Quem eram eles? — ela havia indagado. — E como diabos fizeram isso? Quando foi?

— Há muito tempo. Sim, você ficaria surpresa: as pessoas encontram maneiras de fazer praticamente qualquer coisa. E... — ele crispou os lábios — nunca soube exatamente quem eles eram. Também não sei se eram eles. Uma das seitas. O que sei é que me odiavam. Pensavam que eu era o fim do mundo, então eles tinham que acabar comigo. O fim, tipo, devido à maneira como conversaram, voltar ao que era antes: nada. Como se eu estivesse dizendo que a vida era um erro. Acho que eles também achavam que eu era o começo. O que havia antes. Seja como for, não é fácil me matar uma vez, quanto mais repetidas vezes. É preciso dar crédito a eles.

— Você não apareceu como ovo em outro lugar? — ela perguntou. — Quando morreu?

— Nem sempre consegui fazer isso. Por muito tempo, isso só acontecia no mesmo lugar onde eu morria. Então, daquela vez, continuei voltando ali mesmo. Em uma sujeira cada vez maior dos meus antigos eus mortos.

— O quê? — ela disse. Com ele, nunca se sabia quando se aprenderia alguma coisa nova, inacreditavelmente extraordinária. — Você só costumava reeclodir onde tombava?

— Sim — ele disse. — Não sabia disso? Pensei que Caldwell soubesse.

— Onde foi isso? Esse sequestro?

— Não sei.

— Mas você se lembra de tudo!

— Eu nunca soube. Não mantinha registro de para onde estava indo.

Mais tarde, Diana apresentou a Caldwell a gravação daquela conversa.

— Você sabia? — ela perguntou a Caldwell. — Sabia? Que as eclosões à distância nem sempre foram possíveis?

— Não sabia — ele respondeu. Juntou as pontas dos dedos. Ele tinha bons modos, pensou ela, mesmo quando empolgado. Falava de forma concisa: — Não sei por que B pensaria que eu já sabia disso. Mas esse fato dá certo sentido a algumas descobertas. — Ele tinha rabiscado umas anotações. — A maneira como algumas máquinas parecem surgir ao longo de grandes distâncias. Isso é importante.

Quando terminou de escrever, ele apontou para a tela dela, para a forma de onda da conversa que ela reproduzia, com a caneta dele.

— Ele gosta de você — ele disse.

Stephen Caldwell, chefe de Sistemas de Crenças e Migração de Tecnologias Antigas, estava tecnicamente abaixo de Diana em termos de posto, mas nenhum deles fazia muita cerimônia.

— O que isso significaria para algo como ele? — ela perguntou. — Mas sim. Acho que ele gosta.

— Você só trabalha com ele há quanto tempo, há um ano? E obteve resultados melhores que qualquer um de seus antecessores. Os protocolos em que o colocou... Nunca o vi assim tão... introspectivo. Comunicativo. Ele ainda quer morrer?

— Não — ela disse. — Nunca quis.

— Sim, sim, estou familiarizado com o discurso dele — disse Caldwell. — É o que ele diz. E sempre gosto de ouvi-la explicar isso.

Gosto de ouvi-lo explicar isso, foi o que ela não disse.

Agora, junto ao corpo de Thakka, Diana ouviu o sibilar de portas, uma comoção distante. Ela sabia antes de olhar para cima que B, Unute, havia retornado.

ELE SE APROXIMOU DELA PELO CORREDOR COM SUAS ROUPAS escuras, guardas e Caldwell em seu rastro. Ela esperou. Pela janela, viu B caminhar com passadas longas e tranquilas, embora estivesse com peso extra, carregando nos ombros algo grande, oscilante e flácido na horrível indignidade da carne, algo que pingava e o manchava, deixando-o vermelho. Com o quadril, ele empurrou a porta onde ela estava. O barulho de sua comitiva veio com ele.

B parou perto de uma maca. Ele acenou com a cabeça para ela em saudação.

— Onde esteve? — ela perguntou. — Você está atrasado com os protocolos, eu estive, nós estivemos... Você não pode simplesmente... Já faz muito tempo, onde foi que esteve?

Ela não conseguia ver direito o que ele carregava como um fardo. Ele pegou aquilo e o ergueu acima da cabeça. Aquela coisa pendente respingava nas mãos dele, e ela engasgou, porque pensou que fosse um cadáver, o corpo horrivelmente destruído de um homem, e ela sabia o que ele ia fazer, por isso praguejou, recuando com rapidez.

Ele o jogou no chão. A coisa pesada atingiu a mesa de aço inoxidável com uma percussão gorgolejante, respingando o jaleco branco de Diana. Aquilo ficou no centro de uma nova estrela vermelha.

Diana viu patas traseiras retorcidas e dobradas para trás. Cascos. Sentiu cheiro de almíscar.

Ela procurou e não encontrou a cabeça, um rosto humano, apenas uma carnificina de carne e ossos e vértebras salientes.

— Coloque isso em um laboratório de contenção, por favor — disse Unute sem olhar para a equipe atrás dele. Nenhum deles se moveu. Ele passou a mão no rosto, manchando-o de sangue.

Diana olhou para Caldwell, e ele para ela. Ela apontou para a mesa.

— O que é isso? — ela enfim perguntou.

— Preciso me limpar — disse B. — E preciso pensar. Contarei tudo o que puder assim que for possível. Eu ligo para você. Aconteceu uma coisa.

Ele saiu da câmara. Depois de um momento, a equipe técnica pegou panos, esponjas e água sanitária, e começou a trabalhar.

— E AÍ? — CALDWELL PERGUNTOU A DIANA.

Ele levantou os dedos daquele seu jeito imperioso. Um homem branco, magro e sem idade definida, sempre de terno, gravata-borboleta e óculos de estilo ultrapassado, com barba aparada e sotaque. Formalmente um arqueólogo, mas, como acontece com todos os estudiosos do projeto Unute, isso subestimava a variedade de seus conhecimentos e interesses. Quando Diana o conheceu, torceu para que ela e ele se tornassem amigos e também colaboradores em projetos Secretos e Ultrassecretos. Para que um dia ela pudesse brincar com ele por causa de seus modos ardilosos.

Será que algum dia já havia existido algo mais insuportável que uma apresentação aos colegas de escritório?

É claro que ela havia sido convidada a se candidatar porque sabia um pouco, tinha entendido o suficiente para fazer análises específicas e necessárias, buscava trabalho com base no que havia reunido por meio das próprias pesquisas fracassadas, seus (pode contar) três doutorados. No que descobrira em referências cruzadas de física de vanguarda, anomalias históricas e textos sagrados de cultos ridicularizados. Nos rumores que ela não mencionou ao comitê do Nobel quando recusou a oferta deles. Foi assim que, no momento em que Diana entrou na sala de reuniões na base cercada por um bosque, a uma boa distância de Tacoma, Washington, não localizada ou localizada de modo equivocado nos mapas, um dos poucos novatos lá para passar a manhã assistindo a apresentações sobre classificação militar e civil, prevenção de incêndios, segurança de laboratório, protocolos de assédio no local de trabalho e a liga de softball da Unidade, ela, assim como todos os presentes, já tinha uma ideia clara sobre a que o departamento que estavam lá para construir era dedicado: estudar, decodificar e manter segredo; questionar e proteger (por mais ridículo que isso fosse); e realizar operações de assassinato necessárias com um guerreiro de oitenta mil anos que era imortal.

A partir daí, viriam a ela as reescritas fundamentais da História e da Pré-história ocasionadas por seu novo tema. Uma onda senoidal, a ascensão e queda de civilizações antigas e muito ocultas. Estavam todos lá para promover a nova ciência impossível, aquele campo que ia da morfologia à biologia especulativa, da física quântica à fulminologia, daí à mitografia e à ontologia, às vezes até à porra da teologia. Nunca deram um nome oficial a essa propagação, mas Diana sabia que não era a única na base a se considerar uma Unutologista.

Poucos aceitariam uma oferta de emprego acompanhada do aviso que lhe fora dado: que isso colocaria a sua vida em perigo permanente e que ela nunca poderia falar do seu trabalho a alguém que amasse. Você não é recrutado para uma área dessas apenas com base em promessas acadêmicas, não importa quão incrível ela seja. Tinha que haver mais nela, ela sabia, para despertar o interesse daqueles que ela nunca conheceu, aqueles que tomavam as decisões.

Caldwell estivera na sala durante sua orientação. Foi então que ela chamou sua atenção e torceu brevemente para que ele se revelasse fácil de provocar.

— Por que acha que ele está nos fazendo esperar? — ele perguntava agora. — O que acha que está por trás desse presente inesperado?

Ficaram em silêncio por um tempo. Diana olhou ao redor.

— Algum progresso? — ela perguntou. — O que quer que esteja acontecendo, não podemos presumir que isso mudará as coisas. Temos que continuar...

— Continuar continuando, sim — disse Caldwell. — Eu aviso se tiver algo de interesse para relatar, Diana. Como você bem sabe.

— É o que você diz — tornou ela. — Vi relatos de mais aparas a serem recuperadas. É isso mesmo?

— Estou pesquisando. O boato em que eu estava mais interessado acabou sendo um beco sem saída. Fiquei um pouco esperançoso: parecia que poderia estar conectado ao veio mítico principal. Mas não é real.

— Como você sabe?

— Por acaso já soube que ele tivesse alguma doença? Problemas de pele?

— Claro que não.

— É isso. Então, quando se descobre que o que está sendo oculto é descrito como uma verruga... você sabe que está sendo conduzido por um desvio de percurso intencional. — Ambos sorriram, sem achar graça. — De volta à prancheta. Enquanto ele faz seja lá qual for o teatrinho que está apresentando atualmente.

— Bom — disse ela —, estamos todos fazendo um teatrinho. Desta vez, porém, ele parece realmente perturbado. Talvez esteja em choque.

— Unute? Você acha?

— Não — ela respondeu. — Não acho. O que eu quero dizer é... Ele disse que precisava pensar: talvez esteja surpreso com alguma coisa.

— Vou perguntar de novo: sério?

— Ele pode ficar surpreso — disse Diana. — Muito de vez em quando. Ele me disse isso. Não pensei que veria isso em minha vida. Mas às vezes temos sorte.

— Ou azar.

— Ou ambos — disse Diana. — São sempre os dois.

UMA VIRADA NA ESQUINA DA SOUTH TWENTY-FIRST STREET e entrada na Court East. Um homem veio; era esfarrapado, alto, pálido, tenso, musculoso; tinha o maxilar cerrado e não olhava para nada. Jeff Stonier caminhou por um beco entre as ruas principais. Ele sempre gostou dos grandes céus de Tacoma.

Arman também. Então, como poderia olhar agora para o arco azul salpicado de nuvens e não se sentir traído? Nem como se estivesse traindo?

Stonier manteve então os olhos à frente. Percorria um longo caminho. Ganhando forças. Sabia que estava provocando a si mesmo.

— Sou um garoto da cidade — Arman Thakka havia lhe dito. A primeira conversa deles.

Estavam sentados um ao lado do outro em um velho helicóptero Huey todo arrebentado que berrava sobre as árvores da Gâmbia, a uma altura suficientemente baixa para que, se você esticasse a mão, arrancasse uma folha dos baobás. Unute estava sentado diante deles, os antebraços nas coxas, olhando para os pés calçados em botas, naquela pose que ele fazia como se estivesse triste demais até para levantar a cabeça. Stonier o observava pelos óculos de voo sem dizer nada, segurando a arma com firmeza. Tenso não por causa do contato que viria, mas porque aquele era o momento. Sua primeira missão como parte da Unidade sobre a qual ele vinha ouvindo pistas havia três anos, e na qual por dois tentara descobrir como se inscrever para seu ingresso, antes de passar mais um ano fazendo o curso para entrar. Um passe, finalmente, seguido por dois meses e meio de um período de experiência. Durante o qual a ordem mais importante dada à sua coorte, conforme foram informados repetidamente, era "Supere isso". "Isso" poderia ser muitas coisas: descrença; o desejo de um esclarecimento que nunca viria; qualquer noção de como as impossibilidades evidentes que vivenciariam poderiam ter acontecido; o temor por um novo camarada.

Esse camarada não dava ordens. Não era um superior. Nem alguém ao redor de quem ou próximo de quem você estaria em segurança. Todo mundo entendia isso? Ele era o maior ativo do país e sua pior ameaça. Ele era o objetivo da Unidade.

O "isso" que eles deveriam superar, Stonier entendeu, era o desejo de entender.

— Você pode ouvi-lo ser chamado de B, mas para você ele é Unute — dissera Keever à época.

Stonier se lembrou dos vídeos que lhe mostraram. Pontos de vista esparsos e agitados de câmeras de ombro giratórias. Unute se desviando de um jipe que se aproximava, socando sua lateral, quebrando-o. Unute, um borrão, pulando, chutando o vidro da cabine de um helicóptero em voo. Unute contra um tanque, arrancando um piloto por uma vigia pequena demais para seu corpo, uivando como um animal. Unute contra um morteiro, uma mina, ainda de pé em meio à chuva de si mesmo, liberando o inferno que lhe fora dado. Unute contra uma torrente de soldados. Contra o pessoal da Unidade, também, que não mantivera distância quando seus olhos brilharam com um azul gélido.

Agora, ali estava Stonier sentado, em frente a essa coisa, esse avatar de guerra.

E o cara ao lado de Stonier, um veterano cuja quarta missão era aquela, Stonier lembrou, de repente se inclinou e indicou para Stonier mudar para um canal privado. Quando ele fez isso e se preparou, pronto para qualquer informação supersecreta que estivesse chegando, o que Thakka disse a Stonier foi:

— Sou um garoto da cidade. Chicago. Você é daqui, certo?

Stonier olhou para ele.

— Não posso levar a sério nenhum lugar que esteja debaixo de um moinho — disse Thakka. — Sem ofensa, mas Tacoma é um vilarejo no que me diz respeito.

A voz de Keever apareceu no canal principal, dizendo-lhes que já era hora.

E, quando vinte e seis minutos depois eles haviam voltado para a aeronave, ofegantes, besuntados e com novas queimaduras, molhados de sangue e óleo, arrastando entre eles um camarada chamado Dansen, que viveria mas não voltaria a andar, e olhando para Unute, que esperava por eles no helicóptero segurando o topo destruído da cabeça do alvo principal deles, observando-a enquanto sua respiração se acalmava e o azul se desvanecia à medida que a inquietação do ar e do mundo ao redor morriam lentamente, quando desabaram de volta nos respectivos lugares, afivelaram os cintos e se reidratavam enquanto o pássaro alçava voo, levantando poeira em meio a uma chuva reversa de balas vindas de baixo, Stonier ouviu o estalido daquele canal privado se abrindo de novo e a voz de Thakka voltou, exausta agora, mas não muito menos animada.

— Não quero ser babaca a respeito disso — foi o que Arman Thakka havia dito. — Tacoma, quero dizer. Só ouvi dizer que você era daqui, então imaginei que pudesse ser o cara a quem perguntar quais são os melhores lugares para ir.

Stonier o levou para a Lucky Silver Tavern.

— O que você faz pra relaxar? — Thakka havia perguntado.

— Sei lá — Stonier tinha respondido. — Videogames às vezes? Você joga?

— Eu monto quebra-cabeças.

— Mas que porra?

— É. — Aquele sorriso elegante e lânguido! — Ah, pode me sacanear à vontade, me dizer como isso é ridículo; já passei da fase de ter vergonha. — Arman deu de ombros.

— Eu amo quebra-cabeças.

— Você é um cara tão louco — dissera Stonier.

— Bom, talvez seja isso — Thakka tinha respondido. — Uma válvula de escape pra todas as minhas tendências anais.

Stonier corou e riu.

Eles tomaram café da manhã no Marcia's Silver Spoon Café. Toda aquela prata!

— Eu sou de Hillside — dissera Stonier. — Costumava ser a parte ruim da cidade.

— Qual é a parte ruim da cidade agora?

— Não existe mais nenhuma.

— Sempre existe uma parte ruim em uma cidade — Thakka dissera.

Mais de uma vez, ele falou para Stonier que queria ver onde ele havia crescido. Mas Stonier não o levou para Hillside, e, muito embora Arman tivesse feito piada sobre isso, Stonier sabia que isso o entristecera, o que por sua vez entristecia Stonier, porque ele nunca tinha certeza da fonte de sua própria resistência.

— Não é mais a mesma coisa — ele disse. — Está tudo gentrificado agora.

— Onde não está? — Thakka havia dito. — Então por que não me mostra a cidade e me diz o que não existe mais?

Claro, Stonier dissera. Mas não mostrou.

Ei!, ele pensou agora. Antes tarde do que nunca, refletiu, enviando o pensamento para onde quer que Arman pudesse estar. Porque ali estava Stonier, andando finalmente entre a parede plana e cinzenta dos fundos de um armazém a leste e um prédio comercial feio e deserto a oeste, em Hillside.

Uma cerca de alambrado se curvava em direção a ele onde um poste havia quebrado, balançando ao sabor da gravidade e do vento. Antes tarde do que nunca, Arman, Stonier disse em silêncio, e ele percebeu então que isso nem sempre era verdade.

Ele estava sozinho na ruela estreita. Aquelas fachadas não eram feitas para serem vistas. Ali não havia ímpeto para raspar pichações antigas das paredes nem empregar um garoto de piercing no nariz em um curso de *design* para substituir os grafites pelos *riffs* irônicos de Obey Giant, ou pelos olhos arregalados dos animais das Merrie Melodies pós-Keith Haring, ou por caricaturas de Trump ou algum outro demônio do imaginário popular. Foi assim que Stonier caminhou pelas mais brutais Mene Mene Tequel Parsins. Inscrições numeradas, numeradas, pesadas e divididas; eles diziam Vai se Foder, Manja Rola, e havia imagens de paus ejaculando, e o cachorro de alguém tinha cagado bem debaixo daqueles sigilos como uma oferenda ruim, e Stonier estava sozinho na rua em Hillside, e tarde nem sempre era melhor do que nunca.

ELES ENFIM ENCONTRAM UNUTE, DE BANHO TOMADO, ENFAIxado e de roupa trocada, na janela de vidro antichoque do laboratório reforçado, onde estava a coisa morta que ele havia trazido. Ele olhava da janela de material reforçado para os cientistas vestidos de branco que verificavam espectrógrafos e gaussímetros, traçando os contornos do brilho Kirlian ao redor da carne sangrenta. Inserindo nela sondas finíssimas.

— Eles estão bem — disse B enquanto Caldwell e Diana se aproximavam. — Provavelmente ainda levarão algumas horas, pelo menos.

Dentro da sala mal iluminada, uma mulher estava com o rosto mascarado quase inteiramente dentro da cratera aberta de carne, investigando-a como um arúspice. Caldwell mostrou uma impressão dos resultados preliminares.

— Um porco — disse ele. — Você nos trouxe um porco, Unute. Com fome? Está querendo um luau? Está na hora — disse ele — de comer porco? — Caldwell exagerou no seu sotaque antigo para dizer essas últimas palavras. Então você sabe zombar de si mesmo, pensou Diana. Só não quer que mais ninguém faça isso.

— Aquilo ali — disse B, voltando-se para eles — é uma babirussa.

— Uma o quê? — perguntou Diana.

— Um porco-veado — respondeu Unute. — Uma babirussa. Você não consegue ver agora... — ele gesticulou na direção do vidro — por causa do que eu fiz. Venha comigo.

A sala para onde ele os conduziu ficava no final de um longo corredor, atrás de mais de uma fechadura, no andar mais alto do prédio. Localizava-se em um canto da saliência de aço e vidro, de modo que sua longa parede de vidro não era vertical, mas inclinada em sua descida. Uma grande mesa estava no centro da câmara. As paredes eram cinzentas e frias, nuas em toda a sua extensão, com a exceção de um grande mapa-múndi. A projeção de Peters, cuja África comprida atraiu a atenção de Diana. Seis cadeiras esperavam, encostadas nas paredes da sala.

— Não vi nenhuma câmera nesta ala — disse Diana.

B assentiu.

— Uma das minhas condições. — Ele ficou parado em pé com as pontas das botas quase contra o vidro, olhando para a escuridão da floresta. — O heliponto fica bem perto — disse ele. — Eles acharam que seria útil se quisessem que eu me movimentasse rapidamente.

— Que lugar é este? — Diana perguntou.

— Meu escritório — respondeu B. Ele se virou. Gesticulou para que se sentassem e também se sentou.

— Você tem um escritório? — Diana perguntou.

— Acho que eu já tinha ouvido falar nisso — disse Caldwell, trazendo uma das cadeiras para a frente da mesa. — Posso até ter visto isso marcado em algum mapa.

— Você pode até ter ouvido falar, mas definitivamente não viu marcado — B respondeu. — E eu não o uso muito. Mas, quando comecei a trabalhar com vocês... — apontou para o prédio ao redor e apontou com dois dedos para Diana e Caldwell. — Quando comecei a trabalhar aqui, eles me ofereceram um. Meio que insistiram. De vez em quando é bom saber que ele está aqui.

— Bela vista — disse Diana.

Ele apontou para o teto.

— Espaço de armazenamento. Para o que, não sei. Mas, você sabe, é um gesto simpático. — Apontou para a porta. — Um pouco de privacidade. Fora do caminho, meio escondido.

Ele cruzou as mãos sobre a mesa. Diana nunca o tinha visto tão parecido com um professor. Ela se sentou em uma cadeira consideravelmente mais confortável que a dela própria.

— Essas cadeiras são Eames? — ela perguntou.

— Sim — disse Unute. — Modelo 117. Gosto do apoio de braços. Sempre achei as Aerons superestimadas.

Parte dela queria rir e nunca mais parar. Daquele homem gostando mais de uma cadeira que de outra. Ela sentia tanta vertigem sempre que Unute expressava alguma preferência, por qualquer coisa.

— Eu gosto desta coisa aí — ele dissera a ela certa vez ao entrar na cozinha, quando ela se preparava para estourar pipoca, e ela se lembrou da maré de histeria que teve que conter enquanto ele esperava que ela rasgasse o saco. O que você poderia fazer senão rir da loucura do fato de que aquele que havia, milhares de anos atrás, cruzado continentes sem humanos em pontes de terra havia muito afundadas, que esfaqueara mamutes até a morte com as próprias presas deles, que já era velho quando Gilgamesh era jovem, preferia pipoca Jiffy Pop à pipoca Orville Redenbacher? Ou Betty Crocker a Baker's Dozen? Ou cadeiras Eames a Herman Miller, ou canetas Franklin-Christoph a Montblanc, ou pizza a macarrão, ou qualquer coisa a qualquer outra coisa?

O que qualquer uma dessas coisas poderia importar para alguém como ele?

Mas tudo importava, era o que ela havia começado a entender.

B disse a ela que gostava de Etta James e Laphroaig, embora pudesse dançar e tivesse dançado ao som dos gritos dos lobos-terríveis moribundos. E embora ele pudesse beber, e tivesse bebido, urina, sangue e lama podre. Ele poderia se sentar em uma pederneira irregular à beira de um abismo coberto de granizo se fosse necessário. Já tinha feito isso. Mas por que não se importaria com certas cadeiras em detrimento de outras?

Ela poderia muito bem virar sua surpresa de cabeça para baixo. Por que ele não teria opiniões claras sobre tudo o que já existiu?

Diana o observou agora, enquanto ele considerava a melhor forma de dizer o que tinha a dizer. Ela não conseguia se lembrar da última vez que o vira tão hesitante. Ele tamborilou o polegar e o indicador direito juntos em alguma espécie de ritmo. Não falou nada.

— Para onde você foi, Unute? — perguntou Caldwell.

— Fui caçar.

— E nos trouxe um porco morto — disse Diana.

— É isso que eu quero explicar — falou ele. — A babirussa. Eu cacei ficando sentado e quieto.

Ele ficou sentado por algum tempo, em silêncio novamente.

Diana sentiu a mão de Caldwell em seu braço, chamando sua atenção silenciosamente. Ele estendeu o celular. Ela olhou para o que ele havia chamado na rede interna: uma imagem das babirussas. Suínos maciços e estranhamente elegantes, algo de hipopótamo nos contornos das costas e do pescoço. O mais dramático eram seus dentes. A cada (cada macho: ela viu o termo de busca), dois grandes pares de presas de marfim arqueados para cima e para trás em curva, na direção da cabeça do animal. O par mais avançado se projetava dos lábios inferiores, com uma varredura exagerada e bastante dramática. Mas as mais recuadas se projetavam da pele do focinho da fera, cruzando-se às vezes, em uma curva extraordinária, em direção à própria testa.

— E por que foi caçar? — perguntou Caldwell.

Ao ouvir isso, Unute olhou para cima. Havia em seu olhar, sob aquela habitual inescrutabilidade melancólica, um fantasma, algo muito ligeiramente desafiador. Isso trouxe à mente de Diana o que Keever havia dito sobre o *insight* de B a respeito de si mesmo. Por um momento, os dedos de Diana foram aos lábios. B olhou para ela naquele instante, como uma criança tentando não ter esperança.

— Pouquíssimas coisas que acontecem — B disse por fim —, que acontecem comigo, não aconteceram antes, de uma forma ou de outra. Isso inclui coisas mais estranhas do que as que vocês já viram. "Magia." — Ele fez aspas no ar. — Eu tenho... — Ele parou para pensar. — Eu atirei em animais do céu que vocês e seus chefes chamariam de algo como Sani, ou Sáurios Aéreos Não Identificados, só para que vocês pudessem evitar usar a palavra "dragões". Mas vamos falar sobre pessoas. Vocês sabem que não são as primeiras pessoas a me estudar.

— Sempre existiram cultos — Caldwell conseguiu dizer. Diana pensou ter visto grandes lagartos atrás dos olhos dele.

— Não estou falando deles, estou falando de cientistas. Não é uma grande distinção, admito. De qualquer forma, fui sondado e examinado durante muito tempo. Você também não é a primeira com uma unidade secreta.

— Uma unidade baseada em você — disse Diana.

— Você mencionou Henry Cavendish certa vez... — Caldwell disse.

— E Mary Somerville — acrescentou Unute. — E Abbas ibn Firnas, e Wang Yangming e Mahendra Sūri, além de Maria al-Qibtiyya, nomes que você provavelmente conhece. Eu poderia continuar. Mas também Kai Monch Gerin, de quem sei que você não ouviu falar. E Agrista, o de Orelhas de Morcego, e Cyunrod Kiss. Houve pessoas com instituições tão impressionantes quanto a sua, cada um à sua maneira. Todas essas pesquisas são pó agora. Ninguém jamais saberá a respeito delas se eu não contar a ninguém. — Na sua voz sem emoção, Diana sentiu muito cansaço. — Eu já lhe disse que a história conhecida é uma bobagem. Que é assim: ignorância paleolítica, então — ele bateu palmas —, revolução neolítica! Aí você espera mais alguns milhares de anos e: puf!, tem a escrita. E agora, enfim, a festa começa. — Ele balançou a cabeça. — Eu já lhe disse. A coisa subiu e desceu uma tonelada de vezes. Você tem um incêndio ou um fluxo piroclástico, ou a queda de um meteoro, ou eu ou o que quer que seja, e a lousa é apagada, sempre havendo motivos pelos quais não é possível encontrar evidências. As pessoas andavam a cavalo quando eu nasci. A primeira vez que aprendi a ler foi setenta e sete mil anos atrás. Depois acontece uma merda, e isso se perde. Mais tarde começa de novo. O mesmo acontece com a agricultura. O mesmo acontece com a matemática. O mesmo acontece com a astronomia. Criação de animais. Planejamento urbano. Você entendeu.

Diana podia ver a voracidade nos olhos de Caldwell e sabia que os dela própria deviam estar brilhando de forma semelhante. Sempre houve coisas demais. Você conhece um informante com memória perfeita, quase vinte vezes mais velho que a pirâmide mais antiga, e que, por motivos de exaustão, benefício mútuo, frustração e tudo o mais, está disposto a lhe contar a maior parte do que você quer saber. Bem, você pensa, tenho as respostas para tudo aqui mesmo. Mas como saber por onde começar? Como saber em quais perguntas gastar seu tempo, quando cada fragmento de informação, cada revelação destruidora da história que ele deixa escapar enquanto usa a máquina de venda automática de café ou de braço estendido, enquanto você tira o sangue dele, verte a própria biblioteca infinita de outras questões?

Então, sim, não, ele não precisava continuar. Embora tenham caído em cima dele quando ele o fez.

Caldwell e Diana conheciam algumas dessas civilizações perdidas que ele tinha mencionado. Eles absorveriam avidamente quaisquer detalhes que ele deixasse escapar, implorariam por mais, e ele poderia ceder, talvez não. O Império Draboon. O Reino Feminino de Calabash. A Comunidade das Palmeiras. Atlântida, Mu e Hiperbórea, claro. Diana e Caldwell tinham ouvido um pouco sobre suas torres e bibliotecas, suas ciências sinquímicas, suas máquinas voadoras.

E, claro, embora ela duvidasse, ou pensasse que duvidava, e queria fazê-lo, sendo da natureza desses *insights* o fato de nunca poder encontrar uma centelha de evidência, Diana nunca poderia ter uma certeza férrea de que B não estava apenas os sacaneando.

— E o que você quer dizer, afinal? — perguntou Caldwell. Isso poderia tê-la feito rir, com uma certa dose de humor. O que você quer dizer, afinal, cara, tagarelando sobre o esplendor dos mundos perdidos?

— É como eu sempre digo — disse B. — Nada do que aconteceu já não tinha acontecido antes. Deixe-me contar uma história. Eu estava em um platô — ele falou em um tom de voz suave. — Com vista para um vale. Um rio cortando a floresta tropical.

— Onde? — perguntou Caldwell.

B fez alguma coisa, um estalar de dedos. Diana ouviu um baque súbito e abafado, o mapa estremeceu, e um lápis caiu no chão. Ela viu um furo e uma marca de lápis em um arquipélago.

— Naquela época não se chamava Indonésia — disse B.

— Quando é "naquela época"? — perguntou Diana.

— Dezessete mil anos antes de qualquer humano existir ali. Floresta. Um vale. Terra pantanosa. Eu estava de vigia. Ninguém mais surgiria por alguns milhares de anos. Mas eu não estava sozinho, se levar em conta os animais, e eu levava.

"Eu ficava observando-os irem e virem. Então, um ano, essas babirussas chegaram.

"Era um lugar bom. Fértil, seguro. Então elas ficaram por ali. Acostumaram-se comigo. Nadei no rio e dei nome aos leitões. Naquela época, havia tigres naquela parte do mundo. Um século e meio depois de as babirussas chegarem lá, alguns tigres as encontraram. Fizeram um banquete e tanto. Eu não interferi."

Ele pareceu pensativo. Diana não lhe perguntou por que ele havia se contido.

— Mas então os tigres seguiram em frente — disse B. — E depois de um tempo os porcos que haviam ficado escondidos saíram e a vida recomeçou. E foi bom de novo, depois de um tempo. Até um bando de

Megacyons — já não existem mais, eram um tipo de cachorro — aparecer. A coisa toda acontece mais uma vez. Ainda fiquei de fora. Depois de algumas centenas de vezes, você acaba jurando que nunca mais vai intervir em nada, e eu estava tentando me concentrar nisso. Para sorte de vocês, mudei de ideia mais tarde, mas a questão não é essa. Eu senti pena daquelas babirussas. Gostava delas. Mas esse foi um daqueles tempos de Primeira Diretriz: ficar de fora do negócio, então ficava só observando. Bom, alguns anos depois da matilha de cães, quando os porcos se assentaram de novo, quer adivinhar o que chegou ao vale a seguir?

Nem Diana nem Caldwell falaram.

— Outro grupo de babirussas — disse B. — Mais durão que meus camaradas. Como falei, aquele lugar era bom. E deixa eu te contar: briga de babirussa é algo pra se ver. — Ele arreganhou os dentes como se fossem presas.

— Agora — continuou Unute, lenta e em voz baixa, olhando para a mesa —, vou lhes contar o que vi quando os intrusos esvaziaram o lugar, e a matilha original, que conseguiu escapar, voltou sorrateira mais uma vez.

"Um deles, um dos 'meus' porcos, era uma fêmea adulta dominante. Eu já a tinha visto antes. Não sei como ela sobreviveu, mas lá estava ela, de pé e sozinha. Estava ensanguentada, mancando e ferida, olhando o próprio reflexo na água do pântano. Sua ninhada estava toda morta. Ela estava simplesmente ali, parada. Às vezes, uma ou outra das fêmeas, até mesmo alguns dos machos mais jovens, iam até ela e a acariciavam com os focinhos, como se quisessem conforto, ou confortá-la, ou como se lhe perguntassem alguma coisa. Ela não respondia."

Diana levou a mão à boca novamente. Devagar, endireitou-se na cadeira.

— No final — disse B —, quando a noite caiu, ela saiu mancando de repente pela lama, rumo à floresta tropical. Eu fui atrás. Ela não enxergava. Começou a fuçar ao redor. Devia estar morrendo de fome, porque os intrusos haviam roubado a maior parte das melhores coisas daquela área, mas eu a vi ignorar alguns tubérculos e ervas que eu sabia que ela já havia comido antes. Ela estava atrás de algo mais específico. Que ela encontrou. Um cogumelo em particular. Ela o arrancou com os lábios, com imensa gentileza, e o carregou dentro da boca, colocando-o perto de um determinado arbusto. Do qual ela começou a tirar as folhas. Colocando-as sobre o cogumelo. Depois ela foi procurar uma flor, uma flor específica dentre todas as flores da floresta. Ela trouxe isso também. E por aí vai. Quando terminou de fazer essa mistura particular, foi isso que ela comeu, enfim. Depois se deitou e, após um tempo, começou a gemer.

Diana se levantou. Olhou para B. Ele olhou para ela.

— Mais tarde, ainda naquela noite — disse ele, com a voz calma —, eu escalei o cume. Havia uma sensação estranha no ar. Eu estava tenso. Pensei que haveria uma tempestade. Não foi uma tempestade. Mas eu vi uma coisa.

— Não — disse Diana. — Não. — Ela percebeu que Caldwell não estava entendendo.

— Não uma tempestade — disse B —, nem chuva, nem vento. Mas, enquanto eu estava de pé ali olhando para o céu, foi como se ele se tornasse tenso, e de repente um relâmpago azul, brilhante e frio, saiu do céu. Passando bem do meu lado. Indo lá embaixo para o vale.

"Eu vi o relâmpago cair, numa grande linha denteada, descendo como uma lança. Direto sobre uma das babirussas. Direto em cima de um daqueles porcos."

Diana se encaminhou para a porta. Caldwell chamou-a, mas ela não esperou. Foi até o corredor e começou a correr por onde tinha vindo, ouvindo seu nome novamente e os passos de Caldwell, e atrás dele os passos firmes de B, mas ela voltava o mais rápido que podia, abrindo portas com o seu crachá, para baixo, para dentro de corredores mais brilhantes e familiares, descendo, rumo a áreas mais baixas, passando por laboratórios claros demais, até a ala de segurança. Até o laboratório reforçado para onde haviam levado o corpo arruinado da babirussa.

Uma massa de funcionários estava do lado de fora, inclinando-se na janela de observação que dava para a sala interna. Diana se aproximou para se juntar a eles no vidro.

Na mesa, onde tinham amarrado o cadáver destruído, aquela matéria suína arruinada havia se solidificado, quebrado e borbulhado em cima da mesa, reformada, ressuscitada, assumido novas dimensões, uma nova forma distinta. Lá ela aguardava em uma grande forma ovoide, coriácea, ereta, colada à superfície com restos da própria carne.

Um grande ovo.

Um ovo exatamente como aquele do qual emergiria Unute, naqueles raros momentos na história em que seu corpo sucumbiu.

A História do Serviçal

MISERICÓRDIA. JÁ QUE ESTÁ ME PEDINDO COM TANTA GENTILEZA, VOU lhe contar um pouco da minha história. Mas você deve saber que nunca foi minha história. Não realmente.

Não tenho mais minhas cartas, mas já me sentei muitas vezes com eles, contente o bastante enquanto comungavam em uma conversação silenciosa com o livro no colo, ou curvados sobre a mesa, pena na mão, fazendo as próprias marcas, e, não sem curiosidade, levei em conta seus esforços. Tudo isso para dizer que conheço o ponto-final, aquele pequenino olho que observa. E conheço a vírgula, que para mim sempre pareceu um dedo me chamando. Que palavra é essa?, perguntei uma vez, a respeito de um desses pequeninos vermes de tinta enrodilhados. Perguntei isso uma vez àquele sobre quem vou lhe contar.

Palavra nenhuma, disse ele. E fez uma pausa. Como se fosse para respirar.

Isso não foi lindamente colocado?

Deixe que eu lhe conte um segredo que minha vida me ensinou. Todos nós podemos acreditar, ou desejar, que nossas vidas sejam histórias a exigir palavras em abundância para contá-las. Esse é um orgulho tolo e perverso: a era dos profetas, de histórias que valem a pena contar, acabou.

Ou acabou pelo menos em relação à parte principal. Há um desses que ainda caminha. Suas histórias exigem um tomo. Sim, aquele de quem você pergunta.

Obrigado por sua mão em minha testa. Fria como você.

Não sou o primeiro a quem você pede, garanto, essas histórias.

Quando eu era muito jovem, jurei não falar dele para outras pessoas. Para não contar nada do que aprendi ou vi em sua companhia.

Bom, um juramento é uma coisa. E todas as coisas são dignas de respeito, por virtude de serem coisas, pelo simples fato de serem, porque, sendo, são feitas não só por aqueles que as juram, mas por nosso Senhor, como eu poderia ter dito um dia. Um juramento não deve ser feito nem quebrado levianamente. E — não digo, mas — essa gentileza que você me faz com sua presença, essa água que me traz, seu toque, por tudo isso eu lhe agradecerei se puder não colocar sua mão fria em mim novamente, e tudo me faz desejoso de responder às suas perguntas.

Diga-me, quem foi que deixou você entrar?

Não importa.

Ele não me pediu o juramento, aquele homem. Foi para mim que o fiz.

Foi para mim que fiz essa promessa, e olhe para mim agora, velho e cansado, deitado aqui entre sons de estuário e cheiros de comadres. Rogo que não ache que falo com rancor. O eu que fez essa promessa, e o eu a quem a fiz, era jovem, ansioso e tolo. Este eu aqui, com quem você fala, é menos tolo, em sua ínfima parte, e, portanto, não é a mesma pessoa. Tanto prometedor quanto prometido já se foram, e com eles, digo-lhe, o juramento em si.

Ele nunca me pediu segredo. Ele nunca me pediu nada.

A primeira vez que ele me disse mais do que Sim ou Não, Chá ou Saia do meu caminho, em tons de infinita distração, contou-me uma história de porcos em uma ilha, relâmpagos de cores estranhas, um jovem porco que cresceu com uma força que não era natural. Ele se entregou à sua narrativa, como se repetir a história lhe desse certa tranquilidade ou algum tipo de *insight*. Eu sabia, pela cadência crescente e decrescente de suas palavras, que ele já as havia proferido em voz alta antes, mas que era a primeira vez após um longo tempo.

Sua casa era grande e esplêndida o suficiente, e fria e isolada nas charnecas, e ele me contou a história do porco em um aposento do primeiro andar, um estúdio que, em todas as minhas semanas de serviço para ele, eu ainda não tinha visto. Como se desde a minha chegada os corredores tivessem mudado de posição, travessos, por trás das minhas costas e do meu balde. Ele não acendeu o fogo da lareira e, ainda assim, não estremeceu como eu. Era acompanhado em sua narrativa — de maneira inadequada — pelo arranhar da viola e pelo lamento do *hoboy* interpretado por empregados lá embaixo, onde os convidados estavam à mercê dos próprios prazeres. Foi desses perigos que ele me livrou.

Você é um convidado paciente.

Sua pele não tem rugas e é lisa, mas isso que está atrás dos seus olhos é o passar da idade?

Você merece um contador melhor do que eu sobre esses assuntos. Eu, porém, sou tudo o que está disponível para qualquer um de nós. Então que seja.

Meu senhor havia se mudado para aquela casa havia alguns anos, e a tinha adquirido com uma fortuna obtida, segundo boatos, por meios ilícitos. A esses rumores se seguiram outros, de devassidão, como os que os tolos de língua solta ao longo de todos esses anos fizeram sobre Dashwood ou a Ordem do Segundo Círculo.

Entre minhas inúmeras falhas nunca esteve o amor à maldade, e não foi por causa dessas histórias, mas apesar delas, que enfim viajei até aquele lugar e disse que era um trabalhador, perguntando se havia algum emprego.

Meus pais e minha irmã haviam morrido, e eu, que não era bem-vindo na aldeia onde nasci, estava morrendo de fome.

Foi ele quem me deixou entrar e ouviu meu apelo. Eu esperava criar laços com os outros funcionários, mas isso não aconteceu. Eles não eram muitos, e não pareciam mais indiferentes às minhas ambiguidades do que meus antigos vizinhos. Embora tais características nunca tivessem perturbado meu senhor, nem naquela época nem nunca.

Eu e todos os outros da casa tínhamos nos preparado para uma festa. Quando as carruagens chegaram, eu não conhecia o rosto dos que estavam dentro, mas, pelos sussurros da casa, descobri que este era o Sir Fulano e esta a Lady Sicrana, e aquela era a Viúva Et e aquele o Lord Cetera, e assim por diante, dessa maneira. Assim, antes que o relógio batesse meia-noite, os escândalos que ouvi foram ofuscados em licenciosidade pelo que testemunhei destes meus melhores. Não vou me demorar com os pecados que vi. Gostaria que você soubesse, no entanto, que mesmo naquela época, antes de ele me contar histórias de coragem e tragédia animais, no rosto do meu senhor, enquanto ele se lançava sem restrições à carnalidade e à blasfêmia daquela noite, vi, sozinho entre os foliões, não ansiedade, mas paciência infinita. E uma pergunta.

A pergunta? A pergunta que vi foi: Será que isto é tudo o que é, que será?

Enquanto falo aqui deitado, por todo o seu cuidado e paciência comigo, seu semblante sugere mais uma vez que aspectos desta história lhe são familiares.

Enquanto eu cruzava um aposento servindo *possets*, um jovem e impetuoso fidalgo agarrou meu peito e começou a rir do que sentiu, e implorei para ele me soltar, enquanto uma mulher resplandecente em sua tiara e nada mais se juntou a ele em suas investigações, e aqueles ao redor riram com bastante entusiasmo. Meu senhor nos observava, e vi aquela distância fria em seu olhar, perguntando-me se deveria me submeter àquela atenção não solicitada, como vi outros empregados fazerem, com vários níveis de resistência.

Eu era uma atração para eles — que me apalparam e tiraram minhas roupas —, como já fui tantas vezes, com o quimérico pipiu-xibiu entre minhas coxas.

Bem. Cambaleei e esperei que as taças que eu derramaria pudessem atingi-los, mas a bandeja foi tirada das minhas mãos. Pelo meu senhor. Que apenas um momento antes estava do outro lado da câmara.

Ele disse: Deixem esta pessoa em paz, e me levantou.

Ela e aquele que me segurava o repreenderam e lamentaram a qualidade de sua hospitalidade, primeiro em tom de brincadeira, depois com uma voz mais áspera, e a senhora agarrou meu cabelo e fez menção de me arrancar das mãos dele.

Eu olhava apenas para meu senhor. Não posso dar um nome às emoções que vi em seu rosto. Passei a acreditar que o que testemunhei naquele instante em seus olhos escuros era um anseio por não se deixar perturbar. Perseguido, de um lugar profundo dentro de si, para a própria angústia, por essa mesma perturbação que não era bem-vinda.

Ele deu um tapa no rosto da mulher e ela gritou com ele; ninguém falou nada, até que ele riu com gosto, embora eu visse apenas melancolia em seus olhos, e a maioria dos convidados, aliviados como crianças que ganham permissão, voltaram-se para as próprias alegrias e risadas, embora o par que havia brincado comigo, não.

Fazê qui ti vudré, meu mestre gritou enquanto me levava dali. Saímos ao som da obediência barulhenta dos idiotas e dos réprobos. Ele me conduziu ao quarto acima. Foi ali, parecendo não entender por que fez isso, que me contou sobre os porcos.

Rogo que me perdoe. Por mais gentil que seja, você não consegue esconder sua impaciência. Serei o mais rápido possível com o restante da história. Meu tempo neste vale terminará em breve. Mesmo que o seu, talvez, agora que penso bem, não. Você tem a aparência de alguém que viajou muito. Sinto como se falasse com um observador mais profundo por trás de seus olhos.

Ele falou comigo, o meu senhor, com uma espécie de abstração sombria, e eu disse a ele obrigado por me salvar e ele balançou a cabeça. Perguntei por que tinha vindo em meu auxílio, sem dizer quão grato eu estava, já que, enquanto esperávamos lá, uma empregada, um cozinheiro e um cavalariço estavam sendo submetidos aos apetites dos visitantes lá embaixo, e eles não me pareciam felizes com tais atenções, mas a dificuldade deles não o haviam incomodado a ponto de levá-lo a agir.

Ele disse: Bromach nos ordena a proteger aqueles que precisam de proteção.

Eu não entendi e nada falei.

Ele ficou sentado comigo o resto da noite, até que os convidados foram embora. Eu me lembrei das expressões daqueles que ele interrompeu quando me puxou para longe e soube que aquela não seria a última vez que os veria.

No final da semana, contei-lhe sobre as figuras que vislumbrei nos matagais e juncos, vigiando a casa. Ele não me disse para tirar aquelas fantasias da minha cabeça; assentiu com ainda mais tristeza e me falou que veríamos o que estávamos por ver.

A noite estava escura e acordei com uma coruja me alertando. Levantei-me da cama e ouvi os passos dos invasores, embora cautelosos. Olhei para fora quando passaram pelo meu quarto, vendo a mulher e o homem da festa, além de dois homens que com eles se esgueiravam com mais experiência, e acreditei que tinham sido atraídos para aquela loucura pela moeda dos outros dois. Não conseguia entender como haviam deixado de ver meu quarto, mas então me ocorreu que não era a mim que procuravam, que a tentação da minha carne estranha não era nada em comparação à exigência de vingança pelo desrespeito de que foram alvo ao terem tido aquela carne negada a eles.

Eu os segui o mais perto que pude pelo caminho escuro. Agoniava-me não ter como avisar meu senhor. Eles sabiam o caminho para o quarto dele. Eu me preparei para gritar, fosse qual fosse o resultado disso para mim, ao toque do primeiro homem na maçaneta da porta. Meu coração soava em mim como os tambores no Inferno quando nos aproximamos, mas, quando fiz menção de respirar, aquela porta se abriu.

Sem luz, ouvi apenas um barulho rápido e repentino. Três suspiros, um, dois, três. O primeiro instante de um grito ceifado de modo instantâneo, algo jorrando e respingos. Não era capaz de ver. Por isso, agradeço ao Senhor Jesus.

Algo me puxou para dentro do quarto. A mão do meu senhor, eu sabia disso. Senti seu dedo em meus lábios e ouvi seu sussurro: Fique em silêncio, não importa o que vir. Eu me preparei, mas mesmo assim, quando ele bateu na pederneira e acendeu a vela, não pude deixar de emitir um som, como o de uma alma atormentada, à visão de toda aquela vermelhidão, à visão dos último e interminável olhar daqueles que tinham vindo atrás dele.

Meu senhor me pediu silêncio.

Consegui lhe obedecer, até que me virei e o vi. Diante daquela visão, gritei novamente.

Um punhal em seu pescoço estremecia a cada respiração e sussurro dele.

Do lugar onde ele fora enfiado jorrara sangue, assim como a água das rochas de Massá e Meribá. Ele viu para onde eu olhava e puxou o punhal. Mais sangue e vísceras saíram dali.

Ele disse: Vai fechar. Colocou o dedo sangrento em meus próprios lábios e me calou mais uma vez.

E eu fiquei quieto, por ele.

Quando o sangue estancou, ele me disse: Agora terei que seguir adiante.

Não foi um convite, mas também não era uma proibição. Eu disse a ele que também iria.

Esse homem não foi mais meu senhor depois daquela noite. Eu não sei o que ele era para mim, mas acredito e espero saber o que posso ter sido para ele.

Ele me avisou. Então eu sabia que ele não mudaria, como eu, com a passagem das décadas. Seus joelhos não ficaram rígidos. Nenhum fio de prata se emaranhou na obsidiana que era seu cabelo.

Durante anos, esperei pelo que sabia que aconteceria. Ele tinha me avisado no início.

Não vou amá-lo, ele me disse. Não posso. Mas não lhe sou indiferente. Há épocas em que posso me sentar ao lado daqueles que importam para mim enquanto se esvaem e enquanto morrem. E há aqueles tempos em que não tenho forças para tais coisas. Digo a você agora, ele me disse quando eu ainda estava na primavera da minha vida, que aquela situação era deste último tipo. Ter visto tanta coisa, tantos finais, deveria ter acostumado meus olhos, você pode pensar, e é assim. Mas eis um segredo: sempre, também, aquém disso, o contrário também é verdadeiro. Quanto mais se vê, mais cada visão atinge e pode doer. Duplamente quando eu, sem enxergar, destruo, vendo depois o que destruí. Não vou lhe pedir que caminhe comigo, e, se fizer isso, saiba que um dia, quando os anos o ancorarem visivelmente à morte, da qual, por tudo o que me cerca, não tenho gosto de testemunhar um vislumbre a mais do que o necessário, você acordará e eu terei ido embora. Eu lhe digo isso, e lhe digo que eu não andaria com ninguém que me fizesse tal promessa, e, se não o exorto a se afastar de mim é porque não vou exortar ninguém a fazer qualquer coisa. Se seguir o próprio caminho, não vou culpá-lo, e celebrarei o fato de ter renunciado à certeza do abandono. Se for esse o caso, deveria se afastar de mim. Ele apontou.

Você deveria ir para lá. Meu caminho é para cá. Ele inverteu a direção do dedo.

Você já sabe qual caminho tomei.

Viajamos juntos por muito tempo. Ele me mostrou muitas coisas.

Fomos ricos, não tivemos um tostão, tivemos recursos moderados, depois ricos de novo e, enfim, pobres. Ele foi violento, nunca comigo, e foi gentil. Éramos santos e profanos.

Eu poderia ter desejado um lugar melhor do que este para ver estes meus últimos dias. Mas são tolos aqueles que planejam e ainda mais tolos os que acumulam seu dinheiro para tais planos vãos; não me arrependo de como vivi. Ao lado dele.

Mas você não está aqui para ouvir essas histórias. Eu tenho o direito de fazer isso, não tenho?

Obrigado mais uma vez pela água, pela companhia inesperada no meu fim.

Anos depois de me juntar a ele — e isso foi há anos —, reuni coragem para lhe perguntar quem era Bromach. Bromach, a quem ele tinha me dito no início que exigia que eu fosse protegido. Bromach, graças a quem fui salvo, Bromach, que não aceitaria menos que isso. Bromach, de quem nunca mais ele falou. Perguntei a ele então, porque, embora não fosse velho, eu não era mais um jovem, e não sabia quanto tempo me restava com ele.

Ele sorriu com a minha pergunta. Foi uma ocorrência rara.

Bromach era um deus, disse ele.

Que deus? Do quê?

Do que eu quiser, ele me disse. E o nome dele é Bromach e Aspad e Tremelinkid e Bo, e ele é ela e ele, e ambos e nenhum dos dois, ao estilo quatro cantos, *cat you Scotty* — (não sabia e não sei o que ele quis dizer com isso) —, e eles são eles, um leão, uma águia, uma mulher, um camelo, um homem, o deus da bondade, da vingança, da amargura, da tristeza, da falta de interesse. Às vezes, disse ele, invento meus próprios deuses para adorar. Esse é o destino dos parentes dos deuses. Não seremos adorados de nossa parte, e ninguém deve adorar os próprios pais, e não seremos, não podemos ser pais como eles. Estamos, eu estou, repletos de muito poder. Você pode chamar isso de culpa da carne humana, fraca demais para minhas emanações. Considere meu vigor demasiado, se quiser, mas meu poder me deixa estéril. Sem adoradores ou filhos, nós, eu (conforme disse ele), em nome de todos os outros que se anunciaram como semelhantes mas mentiram ou erraram, e fiquei sozinho, devo criar minhas próprias paixões de vida e o que virá depois. Às vezes, por um tempo, incluindo deuses a quem obedecer.

Ele ficou alegre e triste em um só momento, então o beijei.

Quando acordei — isso foi anos depois — e ele tinha partido, não senti raiva. Ele havia me avisado. Não senti raiva porque ele me deixou sem um tostão no meu fim. Eu acredito de coração que ele teria me deixado dinheiro se ainda tivéssemos algum, mas ele nunca havia prometido isso.

Só ele, entre todos os que andam pela terra, tem uma história que vale a pena escrever. Isto eu disse, e assim acreditei por muito tempo. Mas, enquanto estou deitado aqui e sinto a aproximação do fim — não tenho medo disso —, estou orgulhoso da marca que acredito ter nele, no livro do mundo.

O grande, grande período de nós dois, nas histórias contadas pelos ventos e pelas montanhas e árvores e cidades, e pelo mar e pelo Leviatã e pelo abismo e por ele, meu antigo senhor e depois companheiro, de quem falamos, são pontos-finais. Somos o que acontece nas instâncias infinitamente diminutas entre um momento digno de observação e outro. Somos partículas. Milhares de nós contidos em cada pequeno olho de tinta redondo.

Mas acredito, e espero que não seja a arrogância do amor a me confundir, porque não digo que o amei e sei que ele nunca me amou, mas creio que, se ele algum dia falasse de mim, se viesse a escrever o grande livro da própria vida, no que diz respeito aos poucos anos que estive ao seu lado, que ele, pela curva de um instante, como se levantasse um dedo, faria uma pausa como se quisesse respirar.

Pois sou um dos eleitos, privilegiado para sempre por ser uma vírgula.

Mais um gole? Obrigado.

Se pudesse, lhe diria, mas não sei o paradeiro dele. É por isso, não é, que você veio? Você é um buscador, não é?

Oh! Não é ele a pessoa de quem está atrás? Você prevaleceu e prevaleceria sobre outros para encontrá-lo, sobre aqueles que não sabiam e não sabem que esse foi e é seu destino, sua sina e seu dever? Eles não vão ouvi-lo? Não conseguiram fazer o que você pediu tanto?

E quanto ao porco?

Depois de toda a sua paciência, você não está aqui pela minha história nem pela dele, mas por aquela história que ele me contou, a do porco? Misericórdia. Você quer saber do porco?

Rápido, então. O Anjo da Morte se aproxima.

E aqui nas margens do último mar, meus olhos interiores estão claros, e por trás daquela cara de caveira o homem do apocalipse do Senhor é, sim, algo mais frio, mais frio e mais antigo do que aquele finalizador de caminhos e de qualquer outra coisa, e observa, aquela agitação, uma voracidade degenerada e silenciosa, de e para a escuridão, assim no centro do olhar.

Olhe para mim.

O que você quer saber?

POSE DE CRIANÇA

AS GRANDES JANELAS DO ESCRITÓRIO DA DRA. SHUR DAVAM para a escuridão da floresta. Ela estava postada diante delas quando Stonier entrou, deparando com o olhar fascinado de um cervo. O animal se afastou à entrada de Stonier e saltou para as árvores.

Shur se sentou na poltrona ao lado de sua mesa e gesticulou para que Stonier se sentasse na cadeira em frente à dela.

Shur era tão velha quanto a mãe dele, e o observava com um olhar de preocupação não muito diferente. Ele tinha experiência suficiente para saber como muitas figuras "improváveis", segundo os clichês, destacavam-se nas Forças Armadas. Ele próprio era uma dessas figuras, ele sabia, de acordo com certas convenções. Ainda assim, achava difícil imaginar aquela mulher branca, gentil e sorridente, que trajava estampas florais, berrando ordens ou fazendo posição de sentido em resposta às ordens dos outros.

— Já se encontrou com Caldwell? — ela disse por fim.

— Vou vê-lo hoje. Recebi outra mensagem sobre o que quer que seja este projeto. Ele disse que me quer por causa da minha experiência. — Deu de ombros. — Falei que iria ouvi-lo. Talvez esteja tentando afastar minha mente de outras coisas. Eu não imaginava que ele desse a mínima pra isso. Ele disse...

Shur levantou a mão.

— Lembra do que eu falei? Não vou lhe pedir que viole seus votos de confidências. Não quero saber nenhum detalhe. Quando discutimos isso antes, você disse que isso o deixava desconfortável. Isso me diz algo sobre o lugar que Caldwell ocupa em sua cabeça, e, conforme me disse, ocupava na cabeça do seu marido. E eu sei que você não sabe por que, mas tudo bem. É bom ver que confia em seus instintos. Estou sentindo orgulho de você. E isso também é bom. Acho que você se sente pressionado a fazer o que ele sugere, mas está resistindo, usando as técnicas que temos discutido. Você trabalha em um mundo dramático e, muitas vezes, infelizmente, bastante negativo. Portanto, é ainda mais importante que aprenda a trabalhar de maneira positiva. Para focar em coisas positivas. Especialmente dada a sua perda.

— É difícil — disse Stonier. — Ele se foi. — Shur aguardou. — Eu estava tentando, de verdade. Sentia falta dele, mas estava tentando. Mesmo que estivesse entorpecido. E então, de repente... ele não estava morto? Mas aí... agora está? Depois de tudo? O que devo fazer com isso? Entende por que é um pouco difícil ouvi-la falar sobre positividade?

— Quando digo "positivo", não quero dizer que deva negar sua dor. Isso é, bem, negação. Todos os que amamos são um vetor. E o encerramento disso é uma agonia. E, por razões que não entendemos, você teve de enfrentar isso duas vezes. Sinto muito por esse fato. É mais do que qualquer um deveria ter que lidar. Mas você lida, e a maneira como o faz é importante. — Ela se recostou. — Já pesquisou algum dos grupos que listei para você? — Shur indagou.

— Ainda não.

— Não vou apressá-lo. Mas direi, mais uma vez, que acho que eles podem ser bons para você. Nem todo mundo ama ou amou o cônjuge dessa maneira. Ele carregava a peça que você lhe deu. — Stonier levou um susto com isso. Ele tocou a jaqueta, acima de um bolso interno. — Você me contou.

— Não exatamente — disse ele. — O que eu dei a ele foi um monte de merda sobre seus *hobbies* imbecis. — Sorriu. — Nos quais ele também me envolveu.

— Está pronto para compartilhar o que foi?

— Não — ele respondeu. — É constrangedor. Como ler um poema de amor. A primeira vez que jogamos juntos, ele pegou o que eu estava segurando, deu um beijo e guardou. E depois não me devolveu — sussurrou. — Ele estava segurando aquilo, no túnel...

— E agora você o recuperou. Essa ligação, é por isso que, na minha opinião, você... você *você*, não qualquer um, se beneficiaria se fizesse parte de um grupo. Você está vivenciando uma coagulação muito particular de amor, perda e raiva. Tenha orgulho de si mesmo. Por vários motivos. Tipo, você acha que o dr. Caldwell vê isso em você também e quer isso para o que quer que esteja fazendo, e está na defensiva. Todo mundo tem os próprios objetivos. Tudo bem. Ter objetivos é OK. Assuntos de próprio interesse são OK. Mas você quer fazer algo positivo com seu amor, e talvez com sua raiva também. É por isso que lhe dei essa lista.

— Essa lista? — ele quase gritou. — Voleibol? Escalada?

— Por que isso deixa você tão irritado? — perguntou Shur.

— Quer que eu comece a pintar? A fazer tricô? A porra de um Projeto de Vida? O que é isso? Porra, eu não sou viadinho...

— Alguém da sua família já teve Alzheimer? — A pergunta dela fechou sua boca. — Uma das maneiras de acalmar pessoas com Alzheimer é lhes dar uma boneca. Você pede a elas que cuidem dela. Pode ajudar.

— Você acha que estou enlouquecendo.

— De jeito nenhum. As bonecas não funcionam apenas em pessoas cuja mente já se foi. Uma das coisas mais poderosas que vi foi uma entrevista com um paciente, não muito avançado na doença. Ele teve um *insight* perfeito. Ergueu a boneca e falou: "Não me leve a mal. Sei que ela não é de verdade. Não sei por que cuidar dela me ajuda. Mas ajuda". E sorriu.

Stonier ficou parado, olhando fixamente para ela.

— Aonde quer chegar? — ele perguntou.

— Você diz que sabe que tricô e escalada são perda de tempo. E também grito primal ou terapia de renascimento, ou, claro, um Projeto de Vida, são — ela fez um gesto de aspas — "esquisitos", "imbecis" e "fingimento". Que apenas pessoas que se deixem enganar por essas coisas poderiam se beneficiar. E você acredita que, como estou sugerindo isso, eu acho que você é um idiota, e talvez eu seja uma idiota também. Mas não estou pedindo que engula nada. Apenas digo que talvez haja uma chance, uma chance!, de que essas coisas possam ajudá-lo, mesmo que você "saiba"... — ela deu de ombros — ... a impressão que elas passam.

Ele umedeceu os lábios.

— O Projeto de Vida? — ele disse cauteloso.

— O Projeto de Vida do dr. Alam — disse ela em um tom grandioso, embora zombeteiro, e depois voltou ao tom habitual. — Sim. Um centro de positividade; sim, uma idiotice, eu sei, entendi. A luta contra o desespero. OK, revire os olhos. E se tentasse mesmo assim? Com ceticismo e tudo o mais?

Ele disse:

— Vou pensar no assunto.

— Eu sei. Acho que está pensando nisso desde que sugeri.

Ele olhou para a escuridão rumo à qual o cervo havia fugido. Uma coruja, ele notou, observava-o naquela penumbra agora.

QUANTO MAIORES OS PROTOCOLOS DE SEGURANÇA DE UM laboratório, mais assentos escalonados em semicírculo havia nas salas de observação, dispostos em torno da janela gradeada, voltados para dentro. Mas todos precisam dormir. E, também, não havia certa polidez na Unidade, a concessão de solidão suficiente àquele em nome de quem todos estavam ali? Não era para isso que serviam as madrugadas? Então Unute estava sozinho na última fila do maior anfiteatro. Ele olhava fixamente para a câmara iluminada de branco, todas as bandejas, lâminas e parafernálias em armários trancados. No centro estava a maca. Em cima dela, coagulando a partir da matéria carnosa, em redemoinhos como uma vela derretendo, um grande ovo. Com mais de um metro de altura. Protuberâncias semelhantes a veias mapeavam sua superfície. Era da cor de um porco da ilha.

Quando Unute, B, por fim virou a cabeça, viu através do vidro da porta o corredor adiante. Viu uma figura indistinta, parada e iluminada pelas lâmpadas fluorescentes do corredor. Alguém tinha vindo encostar o rosto na janela da sala de observação, à qual talvez o próprio passe não desse acesso. A pessoa colocou o rosto entre as mãos para apagar o reflexo. Um homem em pose de criança.

B e o observador se entreolharam. Teria o homem percebido as palavras que B murmurava sem som enquanto olhava para o ovo? Ele leu daqueles lábios: Vamos, por favor?

Quando uma guarda fez uma pausa ali, B notou com que tamanha gentileza ela colocou a mão sobre o ombro do observador, de modo que ele recuou e a luz o iluminou, e B o reconheceu. Stonier.

B o observou ir embora. Pensou no luto, na manifestação do luto daquele homem naquela idade nesta época tardia de mercado imperial, e, sob tais distinções, a base inalterada da emoção. A tristeza que B tinha visto em Ulafson. Que tinha testemunhado quase uma infinidade de vezes.

Ele não olhou para cima quando a porta se abriu, nem quando Diana se esgueirou pelas fileiras e se sentou na cadeira ao lado dele.

— O que você conseguiu? — B lhe perguntou.

— Não muita coisa. — Ela lhe entregou um dossiê. — Este é o relatório sobre Thakka. Nunca vi os médicos tão confusos. E, lembre-se, eu os vi trabalharem em você. Pelo menos, quando está ferido, você tem a decência de se curar, mesmo que seja inacreditavelmente rápido. E, se isso algum dia for suficiente para matá-lo... — Ela apontou para a cápsula. — Thakka... ele não se curou. Ele tinha um maldito rombo na cabeça e ainda assim voltou para dizer oi.

— Alguma coisa sobre a babirussa? — perguntou B.

— Antes do ovo? Não. Era carne de porco. Eles a examinaram inúmeras vezes com um campo de Gauss, e todo o laboratório é uma gaiola de Faraday. Está tudo limpo. Sem marcadores.

— Seja como for, ele nunca deixaria ninguém pôr um *chip* nele — disse B. — Acho que não. — Não parecia muito seguro disso.

Ela olhou para a cápsula.

— Como é? — perguntou. — Forçar a saída de uma coisa dessas?

— Só posso dizer como é logo depois — ele respondeu. — Do lado de fora.

— Deve ser um esforço e tanto — falou ela. — É duro, esse material. Você deve nascer... renascer... com esforço.

Diana tinha visto fotografias de duas das crisálidas das quais Unute havia emergido, após ferimentos suficientemente catastróficos para acabar por um tempo até mesmo com seu corpo insondável. Uma imagem era sépia, apenas do objeto; na outra, duas mulheres e um homem, à moda damascena de um século atrás, estavam postados com rigidez ao lado da forma ovoide, no canto de um jardim. Essa imagem tinha sido cuidadosamente colorida à mão. O ovo diante dela era mais escuro e de cor mais sangrenta do que naquela imagem.

Ela disse:

— Não consigo acreditar que coisas... daquela época... Qual é a palavra? Que isso tenha ressonância.

B fez um gesto para que ela esclarecesse.

— Que, em algum momento, depois de você — disse ela —, milhares de anos depois, a mesma história se repetiria. Como com sua mãe. Seu bando. O assentamento pacífico, invasão, crueldade, desespero. Narcótico, êxtase. Apelo. A alguma coisa. A algum poder. A alguma fonte. — O rosto dela expressava avidez. — Uma intervenção reluzente, azul elétrica. E então nasce uma arma. Uma arma que não morre. E, depois disso, a vingança.

— Diana — disse ele —, você faz parte de uma longa lista de pessoas inteligentes que conheci, capazes de deixar de perceber coisas óbvias. "Em algum momento"? Você não consegue imaginar quantas vezes já vi, pode escolher, esquilos em uma boa árvore serem empurrados por outros animais. Texugos. Visons. Sapos. Quantas vezes vi um deles parecer implorar alguma coisa aos céus. Quantas vezes observei um cardume em uma bela piscina rochosa ser forçado a sair dela, ser devorado, afugentado. Vi um desses deslocados comer umas algas estranhas e olhar para cima como se olhasse para... — balançou a cabeça — ... o Paraíso. Esperando por um raio. — Deu de ombros. — Olhe para mim.

— O quê? — Diana conseguiu sussurrar.

— Cervos. Ursos. Iguanas. Cupins. Morcegos. Chimpanzés. Dodôs. Eu vi um caracol fazer um pedido aos deuses deles. Contra outros caracóis. Pessoas também. Eu me lembro de uma jovem *erectus* mastigando folhas de aspecto nojento após uma invasão de *erecti* mais resistentes. Vi o mesmo tipo de coisa duas vezes com famílias neandertais, com seis mil anos de distância uma da outra. Não por causa de outros neandertais, aliás; *sapiens* sempre deram mais problema. É um clichê, mas é verdade. Vi uma mulher *floresiensis* tentar fazer isso depois de um ataque particularmente brutal. Talvez, se ela tivesse escolhido uma droga diferente, pudesse ter funcionado. E, nesse caso, talvez tenha sido a espécie dela que conseguiria sobreviver. E minha mãe não foi a única *sapiens* a tentar — acrescentou ele. — Você não faz ideia de quantas vezes já vi esse tipo de tentativa. Esse pequeno ciclo, que deu origem a mim. É a história mais comum do mundo.

— Existem mais de você...?

— Não — ele respondeu. — Você tem razão em dizer que isto foi algo especial. — Ele apontou a cabeça para o vidro. — Já vi muitas preces que não foram atendidas. Esta foi a única vez que vi o relâmpago surgir em resposta. A combinação exata de drogas, temperatura, genética e estresse que funcionou para minha mãe? Funcionou para a dele também.

— O que foi aquele relâmpago azul? — ela indagou.

— Não sei o que foi — disse ele. — Você sabe disso. Já passei dessa fase; estou aqui para obter ajuda sobre como *ser*. Você é que ainda pensa que pode descobrir os quês e os porquês. Vai se decepcionar. De qualquer forma, esta é a única outra vez que sei que funcionou. A primeira vez como tragédia. Depois, como farsa. — Ele sorriu. — Você sabe, Karl sempre foi muito mais engraçado do que a maioria das pessoas imagina.

— Esse porco... — Diana sussurrou. — Isso é farsa. A repetição de você, a tragédia original.

— O que eu disse — falou B — é que foi a única vez que vi isso. Não quer dizer que nunca aconteceu antes. Por que presumir que sou a primeira vez que isso funcionou? Talvez ele e eu sejamos, ambos, farsas.

Diana ouviu suas palavras como se estivesse muito longe. Balançou a cabeça em uma negativa, como se quisesse limpar os ouvidos, como se o choque fosse água neles.

— Você receberá um pacote de dados em breve — disse ele. — Do que está ali dentro. Talvez isso a leve para mais longe em seu caminho. Para mais perto dos seus supersoldados clonados.

Diana não disse nada.

— Você não é tão inocente quanto parece — disse ele. — Eu já lhe disse, não me importo. Quero o que quero, e vocês querem o que querem. Por favor, tire suas amostras de mim, faça seu trabalho. Extraia o que puder, coloque em seu pessoal. Crie seus assassinos imortais, se puder. Apenas me dê o que eu quero.

— O que eu sempre quis — ela disse — era entender.

— A compreensão é superestimada — respondeu ele. — Olhe para você. Tão recatada.

Esse era o adjetivo que ele usava em relação a ela durante essas rápidas conversas, e ela odiava, porque não parecia algo inadequado. A recusa em aceitar as provocações dele sobre supersoldados e *splicing* genético a fazia se sentir tímida. Ela estava obedecendo aos protocolos, não confirmando nem negando, nem mesmo a ele. Talvez ele pudesse ouvir batimentos cardíacos, apesar de ter negado esse fato. Oitenta mil anos de dados fariam dele um detector de mentiras mais eficiente que qualquer lixo de polígrafo científico.

— É por isso que não mentimos para ele — Caldwell havia dito a ela. — Não queremos correr o risco de deixá-lo zangado conosco.

— Mas o Programa Eutychus é Neeby — ela disse, pronunciando a sigla em inglês. Nebe — *Not Even B's Ears*, Nem Mesmo para os Ouvidos de B. — Se não posso negar, o que fazer?

— Quando ele falar a respeito, e ele vai falar, não diga nada.

— Isso vai enganá-lo?

— Claro que não. Mas você não terá *mentido*.

— Omissão é mentira.

— Vá tratar disso com um filósofo — dissera Caldwell. — Ou um padre.

— Não me importo com o que você faz com o que aprende, se me ajudar — B dizia agora. — Acha que são as primeiras pessoas a pensar em usar o que quer que seja isto? — Ele bateu no próprio peito três vezes, com força. — Já falei que vocês não são os primeiros, nem os segundos, nem os milésimos. Essas pílulas que você me dá — monitoramento de força disto, amortecimento de campo daquilo — são apenas as ervas e os sais que outros tentaram. Aquelas algemas *ziplock* de rede quântica de carbono que está tentando construir? Diana, seu rosto. Eu posso acessar os manifestos, você sabe disso, e minha física não está à altura da sua, mas serve. Você tem minha bênção. Sei o que está fazendo e até vou permitir que teste tudo isso em mim. Você não é a primeira pessoa a fazer progresso nessa área, também. A última mulher que fez isso foi uma bruxa, mil e trezentos anos atrás. Eu a ajudei. Deixei-a testar suas cordas. Ela me chamou de lobo, e chamou as cordas de algemas de Fenrir. Eu as rompi, mas não foi fácil.

O que você quer, B? Diana não conseguia parar de lembrar a primeira vez que tinha perguntado isso. Morrer?

Ele dissera: Você não está ouvindo. Acha-se muito cínica. Mas este não é um conto de fadas que você precisa adaptar. Não vai conseguir me desiludir, não ache que sou "o Menino que Aprendeu o Que Era o Medo". Sei que isto aqui não é "Koschei, o Imortal". O que eu quero não é uma moral. E também não quero morrer. Mas quero poder morrer.

A morte não como destino, mas como horizonte. Não a morte de perto. Seu desejo não era pelo fim, mas por continuar sem chegar ao fim de uma maneira bastante nova. À sombra do fim culminante da vida. E, se era isso que ele desejava, isso não seria, embora ele também não tivesse lhe dito, sugerir que não estava vivo agora? O que poderia ser, a existência com a banalidade do infinito?

Talvez ele tivesse visto essa epifania nela. Ele havia sorrido um pouco diante de seu silêncio. Tinha acrescentado, com uma tristeza vitoriosa:

— Admito que não tenho cem por cento de certeza de que "Koschei, o Imortal" não tenha sido baseado em mim.

Daí as colaborações. O rastreamento de dispersão quântica, análise existencial mais microscopia eletrônica mais avaliação de resposta ao estresse mais detecção de ultraondas mais meditação mais biofísica mais proximidade da filosofia dissidente do que da ciência convencional. E ele pagou por isso com suas intervenções em campo, seu trabalho projetado para (ela) entender, buscar e explorar sua fonte e, para ele, despojar-se de sua recalcitrante imortalidade. Para dar a ele uma vida digna desse nome.

Ele não quer morrer. Ele quer viver.

— Eu o vi nascer — disse ele agora, olhando para o casulo. — Da primeira vez. Só havia morrido algumas vezes, e sempre eclodia bem ali onde caía. Quando eu era jovem, machuquei minha mãe. Lembro que a mordi quando me alimentei.

— Então você se lembra até da infância — disse Diana. — É só do estado de fúria *berserker* que você esquece.

— Eu não esqueço — disse ele. — Durante a *riastrid* — ele usou a antiga palavra em irlandês —, não estou consciente o bastante para estar atento, para começo de conversa. Mas escute. Ao contrário da minha, a mãe daquele porquinho não teve chance quando ele saiu. — Ele olhou para baixo. — Estou feliz que não tenha me perguntado o nome dele

— ele acrescentou. — Nunca lhe dei um. Mentira: já lhe dei muitos ao longo dos anos, mas nenhum se manteve.

— Se já viu tantas tentativas de... invocação protetora — Diana disse —, por que aquela ali funcionou?

Ele deu de ombros.

— Eu sei — disse ele após uma pausa — que posso ser um pé no saco para seus chefes. Aqueles que você nunca conheceu. Em salas cheias de fumaça. Talvez não sejam cheias de fumaça hoje em dia. Quero dizer, estou fazendo o jogo. Você obtém seu sangue e sua pele. Mas eu sei que seria mais fácil para eles se eu não opinasse. Se eu fosse um animal, digamos assim. Não seria uma loucura para eles pensar que isso seria mais simples do que lidar comigo. Eles vão pressioná-la a mudar seus esforços. Construir seus recursos a partir daquilo. Ir para a guerra tendo à frente porcos imortais em coleiras apertadas. Agora, eu já tive que lidar com essa coisa, e com o Culto da Presa e os malucos que eram adoradores dele, e tudo o que posso dizer é boa sorte. Por que aquele ali funciona? Como foi que ele conseguiu nascer? — B olhou para o brilho frio como um vidente olha para uma bola de cristal. Seu olhar tinha intensidade e uma tristeza como Diana nunca vira nele antes. — Eu me fiz a mesma pergunta. E não sei.

"É engraçado: ninguém sabe o que eles fazem com essas presas. Elas não são usadas para cavar. 'Exploradores' disseram que eles as usavam uns contra os outros durante a época de acasalamento. Os nativos disseram que isso era mentira, e com razão. Agora o argumento é que elas são para exibição. Que é uma maneira de dizer que você não tem ideia. E, enquanto isso, essas presas continuam crescendo. Eles têm que triturá-las, roer as coisas, raspá-las, a vida inteira. Imagine se não o fizessem."

— Por que não nos contou sobre isso antes? — Diana perguntou.

— Quando diz coisas assim — disse B —, você me faz lembrar de quão jovem é. Entendo que este porco é uma revelação para você, e é importante para mim também. Mas eu não lhe contei sobre isso porque não estava pensando nele. Porque já fazia um tempo desde a última vez em que o vi. — Ele deu de ombros. — Entendo que você pode fazer conexões rapidamente. "Esta coisa aqui me lembra desta outra." Isso porque você tem pouquíssimas lembranças em armazéns muito pequenos. Mas você entende quanta coisa tem na minha cabeça? Eu não me esqueço das coisas, mas não é o mesmo que ter tudo em mãos ou saber o que é útil. Como vou saber que coisas que me aconteceram importam? Quanto mais para você? Eu não lhe contei sobre o porco assim como não lhe contei... — B olhou diretamente para cima em busca de inspiração. — Que uma manada de *gliptodontes* sobreviveu na Borgonha até 400 d.C. Como não lhe contei quantos inimigos eu tive, ou quantos deles apenas... — ele fez um movimento imitando uma nuvem de fumaça — ... desapareceram um dia. Um dia, até mesmo no meio da batalha. Como não lhe contei que Sargis era mulher e Shamiram era homem, e não o contrário. Que houve cultistas que me odiavam e também alguns que me adoravam, ou seguidores da própria vida que tentaram me matar. Que o primeiro equipamento de mergulho foi inventado há dezoito mil anos. Assim como não lhe contei que vi objetos inanimados ganharem vida. Devo continuar?

Diana se esforçou para organizar em itens tudo o que ele havia dito. Um humano com uma memória perfeita não é humano. O pensamento lhe ocorreu, mas não parecia ser um pensamento que viesse dela.

— Vá em frente — ele disse gentilmente. — Escreva tudo isso. Estou dizendo que não são segredos. Nem sempre me ocorre o que dizer a você, porque há tanta coisa que não sabe, e não sei por onde começar. Bom. Sim: existe uma babirussa que nasceu quando uma fera fêmea foi fodida por um relâmpago. Da mesma forma que eu nasci.

Aquele era B ou Unute falando?, Diana se perguntou.

— Como você o descobriu? — indagou. — Para trazê-lo aqui.

Essa era a pergunta que todos pareciam constrangidos demais para fazer.

— Eu não o descobri — disse ele. — Ele me encontrou. Como sempre acontece.

— Como? Por quê?

— Vou perguntar se ele voltar — falou ele. — Espero não poder. Eu sempre faço isso. Talvez ele me diga um dia.

— Você diz que ele sempre o encontra. Isso significa que você sempre o encontra também. — Ela não poderia afirmar que os olhos dele se arregalaram, mas ele piscou com rapidez. O que está procurando?, ela quase perguntou. Mas o viu então como um animal, pronto para correr, fácil — estranho pensar isso — de se assustar. E não fez a pergunta.

— O que — Diana começou lentamente, em vez disso — tudo isso tem a ver com Thakka? Não parece exagero que esse porco simplesmente tenha chegado quando essa coisa com Thakka aconteceu?

— Caldwell pediu que me perguntasse isso? — B disse.

— O quê?

— Se é isso que está se perguntando, Caldwell também está. E vocês dois decidiram que você é mais persuasiva que ele? Boa decisão.

— Unute — ela imprimiu um pouco de fragilidade em sua voz —, sabemos que nunca vamos ser capazes de persuadi-lo a fazer algo que não queira. É óbvio que você compete com Caldwell, às vezes, e parece preferir minha companhia? Claro. Vamos ignorar isso? Não. Isso significa que estamos jogando com você? Não. Não seríamos tão imbecis. Se está tentando me passar uma rasteira, deveria saber que eu não poderia estar mais desequilibrada, pra começo de conversa. Meu trabalho é lidar com um arauto da morte imortal, inacreditavelmente forte, que tem acessos de fuga...

— OK — disse ele. — A verdade é que sempre me incomoda quando a babirussa chega. Como você pode ver. O que isso tem a ver com Thakka, se é que tem alguma coisa a ver? Não sei. Já faz muito tempo que não vejo nada novo, e isso é novo. Thakka estava morto. Depois voltou a viver. E encontrei rastros: a babirussa esteve lá, depois da missão. Não é a primeira vez que ela fica no meu encalço. Mas nunca vi ninguém voltar dos mortos quando ela me visitou antes.

— Geralmente, só o porco volta — disse Diana. — E você.

DIANA BUSCOU IMAGENS FAMILIARES. PREPARATIVOS NO vestiário. A cor desbotada da filmagem digital, a trilha sonora eletrizante. Especialistas montando equipamentos. Thakka e Chapman verificando armas. Stonier configurando o escâner. Miller e Cohn rindo de alguma piada escatológica. Grayson se exercitando: era bem a cara dele fazer isso no meio da sala. Keever verificando o mapa. Ulafson caminhando até Unute no canto esquerdo da tela. Ulafson enfiando a mão no bolso de sua jaqueta bem fechada — era preciso saber para onde olhar na tela cheia de gente para perceber seus movimentos —, tentando se aproximar. Unute mantendo-o a distância, o braço subitamente levantado e inflexível. Até a saraivada de balas empurrá-los para um abraço sangrento.

A tela ficando branca e depois preta quando o RKG-3 explodiu.

Diana se lembrou do odor no próprio aposento logo depois. Caminhando em meio ao forte cheiro de queimado e produtos químicos, vinagre e sálvia, cacos de garrafas, amuletos, bugigangas e nome dos membros da Unidade mortos em circunstâncias específicas, estilhaços de lembrancinhas apotropaicas e objetos sagrados, como se tais amuletos de proteção pudessem fazer o que o material bélico pesado não podia; como se não tivessem sido utilizados pelos inimigos de Unute milhares de vezes.

Diana balançou a cabeça para afastar essas recordações. Dormiu por três horas e meia. Ao acordar, foi ao escritório de Caldwell. Ela bateu, esperou e abriu a porta para dar com Caldwell falando em um ditafone. Algo sobre acadiano e cuneiforme. Ele olhou para ela enquanto terminava a frase. Seus olhos estavam esbugalhados e com contorno avermelhado.

— É falta de educação entrar antes de ser convidada — ele lhe disse.

— É falta de educação não atender após uma batida na porta — tornou ela. — Você viu meu e-mail? O que B está dizendo?

— Vi — ele respondeu.

— Ele está dizendo mais ou menos que conhece todos os segredos do mundo e nos contará qualquer um deles, mas temos de fazer a pergunta certa. O que significa que precisamos fazer todas as perguntas que existem.

Caldwell acessou a mensagem dela de novo.

— *Gliptodontes* — disse ele. — Objetos inanimados?

— Magnetismo, campos de partículas, talvez. Ele já disse muitas vezes que nossa cronologia da ciência está errada: talvez alguém tenha chegado lá antes de nós.

Diana seguiu o olhar agitado de Caldwell até suas prateleiras, pastas e arquivos, além dos volumes encadernados. Uma listagem de tecnologia antiga. Com cuidado, ela disse:

— Nada disso significa que seu modelo esteja errado.

Ela tinha visto os gráficos com código de cores nos quais ele trabalhara durante anos. Gráficos da difusão histórica de ferramentas, traçados por arqueologia de ponta e *insights* obtidos do próprio Unute. A viralização memética, da política à política arcaica, de fragmentos de lâminas de sílex, ânforas e selos modulares rolantes que criavam imagens monstruosas quando pressionados na argila, que os fechava, de mecanismos como o dispositivo de Anticítera, de engrenagens, bronze e ferro.

Aonde você vai, a tecnologia o segue, Caldwell dissera a Unute. O qual, Diana se lembrou, tinha inclinado a cabeça, com um ligeiro interesse.

— Como não? — Caldwell disse a ela agora. — Passei a vida inteira construindo uma teoria de que ele é um vetor de inovação, não que ele a encontra em seu caminho. Se ele vive trombando com ciências assim, muito além de qualquer coisa no modelo padrão ou no modelo padrão secreto, então ele não é algo de vanguarda. Quer ele saiba ou não, é mais provável que esteja atrás de alguma coisa.

— Tem que ser uma coisa ou outra? — perguntou Diana.

Caldwell bateu nos lábios com a ponta do dedo.

— Auto-organização — ele falou com calma. — Inanimados animados significariam o oposto de coisas com diminuição de potência. Aumento de complexidade, diminuição do caos. Uma heroica defesa contra a termodinâmica. — Ele balançou a cabeça e disse, sendo mais claro: — E ele ainda diz que não sabe como explicar Thakka?

— Não. E eu acredito nele. Tenho a impressão de que ele espera que a gente descubra algo nesse sentido.

— O corpo de Thakka está no gelo — falou Caldwell. — Tenho uma ou duas ideias que vou levar adiante. Exercício habitual: deixamos a nova escola ter sua chance, depois vou tentar à moda antiga.

— Magia goética? O *Abramelin*? — Ela manteve a voz neutra.

— Algumas coisas do *Schemhamphorash*, eu acho, e do *Le Dragon Rouge*. Eu sei, é um tiro no escuro.

— Nunca tenho certeza — disse Diana — de se você preferiria que grimórios antigos funcionassem ou não melhor do que a progressão de campo abneutrônica de nanodispersão.

— Nem eu — disse Caldwell. — Ainda me pergunto se há algo que não estejamos captando especificamente a respeito de Thakka. E se não for algo que *aconteceu* com ele, mas algo que aconteceu com *ele*?

— Não conseguimos encontrar nada em particular sobre ele.

— Existem maneiras e maneiras de procurar, não é? Eu aviso você se tiver sorte. E você?

— Há algo na maneira como B fala sobre Babe — começou Diana. Caldwell ergueu uma sobrancelha. — É um porco — disse ela —, e me recuso a dizer Ba-bi-rus-sa todas as vezes. Nunca o ouvi falar sobre nenhuma outra coisa como ele falou sobre aquele animal. Estou pensando a respeito de... bem, porcos. Tenho ido atrás de símbolos, correntes de ocultismo.

— Interessante — disse Caldwell. — É um veio rico. Os porcos gadarenos. Porco comprido. — Ele contou lentamente nos dedos. — Twrch Trwyth. A propensão de Circe ao corosmorfismo. Suponho que você poderia chamar isso de estranhamento porcino. Conhece William Hope Hodgson? Ele escreveu um excelente exemplar dessa tradição.

Diana fez questão de que ele a visse com uma expressão cética.

— Vou contar o que surgir — disse ela.

Bateram à porta novamente. Desta vez, Caldwell gritou "Entre" mais que depressa.

Stonier o fez. Ele parou em posição de sentido, mas com cara de desconfiado.

— Queria me ver de novo, senhor? — ele perguntou.

— Sim — respondeu Caldwell. Para Diana, ele falou com calma: — Como mencionei, estou buscando uma via de investigação.

— Tenho certeza — disse ela. Algo se transmitiu entre o olhar dela e dele. — Mantenha-me informada. — Ela saiu, fechando a porta atrás de si.

CALDWELL APONTOU PARA UMA CADEIRA.

— Prefiro ficar de pé, senhor — disse Stonier.

— Como quiser. — Caldwell tocou as pontas dos dedos. — Obrigado por ter vindo. Como vai você?

— Senhor.

Que emoção era aquela no rosto de Stonier? Não era exatamente de desagrado. Nem exatamente de desconfiança. Também não de desdém. Era de desalento, inquietação, desequilíbrio, disciplina e distância.

— Esta unidade conhece bem essas perdas trágicas — Caldwell falou com cuidado. — E há algo singularmente doloroso nos incidentes de fogo amigo que sofremos.

Stonier olhou diretamente para ele.

— Gostaria de lhe fazer algumas perguntas sobre Thakka.

— Não tenho nada a dizer que não esteja no relatório — respondeu Stonier.

Apenas um núcleo interno de técnicos e pesquisadores de alto escalão sabiam que a história oficial, aquela que Stonier havia contado, de que Thakka havia permanecido, dando leitura de morto num escâner frágil, era ofuscatória. Sim, Stonier tinha visto a cabeça do marido naquela segunda vez no túnel, e poderia ter se perguntado como ele poderia ter aguentado com tamanhos ferimentos, mas foi um momento desesperador, e talvez ele duvidasse da própria memória.

— Você conheceu Thakka quando em plantão aqui, pelo que entendi — disse Caldwell. — Sei como é competitivo entrar nesta unidade. Todos temos a sorte de trabalhar neste campo notável. E todos sabemos que Unute, que, não esqueçamos, também salvou muitos de seus camaradas, não pode ser responsabilizado por suas ações em seu estado carregado. Você expressou suas reservas em participar do meu trabalho, e eu poderia apenas ordenar sua participação, mas é importante para mim que isto seja voluntário. Quero lhe falar porque ninguém conhecia Thakka como você. Quero ver se conseguimos juntar alguma coisa sobre ele que tenhamos esquecido. Estou investigando isso para ver se há maneiras de minimizar o perigo de ter — desculpe, essa não é a formulação correta — de escolher trabalhar com Unute. Eu adoraria sua ajuda. Para o bem de todos nós.

O silêncio se estendeu. Caldwell respirou fundo e bateu as mãos na mesa.

— Temos, como digo, sorte de estarmos neste trabalho. Poderíamos dizer que somos abençoados. — Ele olhou para cima e encontrou os olhos de Stonier. — Poderíamos dizer: "Bendito seja".

NADA PASSOU PELO ROSTO DE STONIER.

Caldwell fez questão de não mudar sua expressão. Internamente, relaxou de alívio e decepção. Sinal oferecido, mas contrassenha não disponível. Aquilo havia sido uma verificação. Aquela interação não deveria ser uma articulação de nenhum escolhido oculto.

— Então — disse Caldwell, a voz cuidadosa —, poderia lhe interessar desenvolver esses protocolos?

— Todos nós sempre soubemos que não era seguro trabalhar ao lado de Unute — falou Stonier.

Caldwell sabia a que espécie de estoicismo *pop* do tipo "meu país, certo ou errado" ele estava prestes a se submeter. Ficou surpreso. Apesar de Stonier ser difícil de interpretar — *nomen est omen* —, Caldwell teria pensado que a dor que percebeu no homem impediria tais lugares-comuns. Isso foi, em parte, o que o fez pensar se via em Stonier um cúmplice de sua seita sem nome, companheiro hierofante de conhecimento clandestino. Arriscou-se nessa descoberta, com o cálculo de que, mesmo que não fosse verdadeiro — como era o caso —, o trabalho apresentado por Caldwell atrairia um homem que estava a um fio de distância de quebrar coisas devido à raiva e à sua perda.

Mas Stonier manteve o olhar a meia distância, explicando que Todos Conheciam os Riscos, que Não Havia Honra Maior e assim por diante. E Caldwell teve que ouvir tudo. Ele esperou por Thakka Morreu Fazendo Seu Trabalho e coisas do tipo.

— Como eu disse — Stonier falou —, não há nada que eu possa lhe contar. Se me der licença, senhor, tenho outro compromisso.

— Com Shur? — perguntou Caldwell. — Sei que algumas sessões são obrigatórias perante certas circunstâncias. O que vai ao encontro do que venho dizendo: que temos passado por mais dessas circunstâncias do que gostaríamos. Talvez por isso essas sessões não sejam mais terceirizadas.

Dava para ver a lógica disso, supôs Caldwell. Ele sabia que os oficiais mais sérios eram menos propensos a zombaria do que os especialistas de gabinete. Se você insistisse que traumas como os que inevitavelmente impactavam as pessoas na Unidade fossem tratados por um especialista, então internamente seria melhor. Um soldado talvez precisasse descrever a um interlocutor profissional não a violência em sua vaga extensão, mas a exata e particular condição sangrenta de ver o homem ao lado de quem trabalhava em uma matança, com oitenta mil anos de idade e que era imortal, entrando em um estado de olhar distante e fulminante e enfiando a cabeça de um inimigo direto na torre de canhão de um tanque ou arrancando as costelas do próprio camarada pelas costas. Deixando um homem que todos acreditavam estar morto, mas que estava vivo, em uma caverna atrás de uma porta, cantando para ninguém, implorando por ajuda, morrendo de sede e com um ferimento terrível.

— Claro — disse Caldwell. O homem não tinha jeito. — Tenho certeza de que isso é inestimável.

Quando Stonier respondeu, Caldwell percebeu que o próprio tom talvez não tivesse sido tão receptivo quanto pretendia.

— É — foi o que Stonier disse, e foi um desafio. — É mesmo.

Caldwell não estava constrangido. Estava interessado.

— Fico feliz em ouvir isso — ele disse. Não tinha ideia de se estava mentindo, tratando o homem com complacência ou falando a verdade.

KEEVER ENTROU ENQUANTO UNUTE ASSISTIU À EQUIPE DE limpeza, em equipamento de proteção, caminhar devagar pelo laboratório sob o brilho dos osciloscópios, e em seguida começar a limpar a sujeira à sombra da cápsula.

— Não achei que tivesse autorização para entrar aqui, Jim — disse B.

Keever ergueu o crachá que usava. Mostrou a B a foto de um certo dr. Kim da Seção 3.

— Sempre tem alguém que te deve um favor — ele disse.

— *Nawa hamkke hae, Kim baksa* — disse B.

— *Jeongmal gamsahabnida* — respondeu Keever, e se sentou.

B apontou para a mochila que Keever havia deixado.

— Está indo para algum lugar?

— Por alguns dias. — Keever hesitou. — Recebi uma ligação de Joanie. A esposa do Miller? Não sei se...

— Claro — disse B. — Eu me lembro do Miller.

— Não achei que fosse esquecer, só nunca tenho certeza de quais nomes você conhece. Joanie me ligou. Ela não está bem. Disse que precisava falar comigo, e não quis fazer isso por telefone. Acho que ela precisa... desabafar. Tenho responsabilidade.

Após um silêncio, B falou:

— O que você ouviu dizer? — Ele acenou com a cabeça para a janela. — Sobre o que existe ali?

— Que é um velho amigo seu — disse Keever. — Isso é tudo. O que está fazendo aqui, B? Nunca o vi assim.

— Você não é o único que tem responsabilidade.

— Para fazer o quê?

— Para ser um rosto familiar.

Eles ficaram quietos por um tempo.

— Por muito tempo — disse B por fim —, eu tive um diário.

— "Você está aí, Deus?" — disse Keever. — "Sou eu, Berserker."

— Não exatamente. Um registro de minhas mortes.

— Caralho, que coisa macabra — retrucou Keever.

— Só aquelas quando eclodo novamente em outro lugar — falou B, pensativo. — Sempre achei que essas são as que realmente importam.

— Com a sua memória — disse Keever —, qual é o objetivo...?

— Não se trata de lembrar. Matemáticos lembram fórmulas, mas ainda assim resolvem seus exercícios na lousa.

— E você fez isso? — Keever perguntou. — Resolveu?

— Não. Esse é o problema. Às vezes, no ponto de terminar, eu meio que sei que vou chocar em outro lugar. Às vezes quase consigo descobrir onde vai ser. Ou mesmo decidir, parece. Mas nunca exatamente. Talvez eu esteja fazendo errado.

— Morrer?

— Claro. E pensando nisso. Estava analisando os detalhes do que aconteceu comigo, para tentar descobrir padrões. Mas e se esse não for o aspecto mais importante? E o que acontece com todos os outros? Talvez eu não devesse ter mantido uma lista de minhas mortes, mas das que provoquei. Talvez o padrão esteja ali.

Keever não comentou nada.

— E o que quer que esteja acontecendo comigo, esse *o que* sendo tudo, talvez tenha a ver sobretudo com o que faço quando estou em fuga — disse B. — As mortes. E em particular aquelas que não pretendi provocar. Que eu desfaria se pudesse. Talvez elas sejam a chave. E posso pensar nelas, mas a verdade é que não gosto. Talvez eu devesse, no entanto. Você e eu — disse B. — Nunca realmente chegamos a falar sobre o que eu sou.

— Eu não me importo com o que você é.

— Isso é bom da sua parte. Mas o mundo, sim. Nunca gostei da ideia de que eu fosse um semideus. Tem sido a teoria mais popular e, se for verdade, as perguntas não seriam a respeito do que acontece comigo ou como me sinto a esse respeito, mas o que faço ao Universo. Trago-lhe o bem ou o mal? Vida ou, você sabe, não vida?

— Nada disso foi culpa sua, filho — disse Keever. — Ninguém culpa você.

— Todo mundo me culpa — disse B calmamente. — Ulafson me culpou. Quantos camaradas ele me viu matar?

— Bom, ele estava errado. Sei que você ouviu falar de Shur, que nós a trouxemos enquanto você estava caçando porcos. Foi por isso que a contratamos. Para manter a cabeça das pessoas no lugar. Para impedi-las de se equivocarem a seu respeito.

— E se ela estiver aqui para impedir que as pessoas tenham razão a meu respeito?

B estava exausto. Da metafísica do assassinato. De ser tão metafísico, talvez. Uma lembrança lhe veio à mente, quartos escuros e desfocados, *bunkers* escondidos, ele, na glória crescente de *riastrid*, punhos, a arma, aquele buraco molhado de balas em si mesmo, e o rasgar, morder, atirar, arrancar e recuar, camaradas, recuo, investigadores e companheiros desta carne imortal, porque ali estava ele em uma missão e estouro, cortes, fatias, e aí veio a escuridão luminosa perseguindo o relâmpago em sua visão periférica, e nos últimos instantes, antes que a luz o apagasse, ali surgiu Thakka, tenha cuidado, Thakka, você está muito perto e...

— Thakka sabia dos riscos — disse Keever. — Sinto muito, mas foi um erro dele.

B disse:

— Stonier me culpa. Eu me culpo.

— B — Keever começou.

Mas o rosto de B mudou. Ele se levantou. Do outro lado do vidro, era possível ouvir gritos.

— Saiam... daí... — ele disse, movendo os lábios de um modo exagerado. Ele fez gestos com as mãos, esforçando-se para chamar a atenção dos faxineiros lá dentro, e depois apontou para a maca.

O ovo vibrava.

— Saiam... daí.

Uma das mulheres o viu acenando, agarrou os colegas e tentou arrastá-los dali, e B pulou dos assentos à frente para pôr as mãos na janela. Bateu com força no vidro. Do corredor veio uma comoção. A porta da sala de visualização se abriu, e Caldwell e Diana entraram correndo, convocados pelo soar de alarmes. Os faxineiros correram para a saída do laboratório.

B, Unute, o *berserker*, o imortal, ficou parado como alguém que visitasse um amante aprisionado, mãos no vidro, perto de onde o ovo de carne tremia.

— Cristo, Jim — disse ele. — Coitado. Realmente esperava que talvez desta vez fosse diferente, que talvez o ovo não vingasse, ou, quando acontecesse, que estivesse podre. Ou que fosse uma mortalha. Eu tentei, tentei mesmo.

A casca do ovo se distendeu. Um ponto. Atingiu o pico, empurrou de dentro para fora, tensionando-se até formar uma ponta. A membrana se rasgou de maneira abrupta. Uma lâmina óssea explodiu e saiu. Um jorro de gosma cor de creme e ferrugem escorreu pela maca, caindo no chão para se misturar com água e sabão.

— Eu tentei — disse B novamente, com uma tristeza terrível. — Sabia que não ia funcionar — disse ele —, não que eu não tivesse feito isso antes; fiz tudo antes, mas continuei tentando.

Pernas rígidas, cascos trêmulos respingantes e uma coisa pesada se retorcendo vibrou, chutou e saiu, fumegante, em carne viva. Olhando fixamente. Um porco habilidoso e viscoso, tropeçando ao se colocar de pé, cambaleante.

Ele tinha a pele vermelha. Não, Keever viu, não tinha pele, não ainda, mas logo cresceria a última parte dessa iteração, e seus dois novos olhos reviravam-se, ainda sem pálpebras para protegê-los. Quatro presas, cada uma delas afiada e bem curvada, branca e comprida como um antebraço, respingando gosma.

A babirussa chiou. Olhou ao redor.

— Eu arranquei completamente sua cabeça — disse B. — Não deixei nada. Realmente tentei.

O enorme porco sem pele se virou para encará-lo.

Lançou-se para cima da janela. Agora era possível ouvi-lo, era possível ouvir o grito como o de uma criança atormentada, um grito agudo de eras de raiva.

A babirussa se empinava nas patas traseiras e martelava com os dois cascos dianteiros, rígidos o suficiente para sacudir um vidro projetado para suportar um tiro de M16. Ela batia suas presas contra a barreira, manchando-a com a própria matéria de seu renascimento, gritando e olhando para B, e gritando e gritando e gritando para chegar até ele.

— Eu tentei matá-lo pela última vez — disse ele. — Tentei deixá-lo morto.

dente

A PRESA DE UM PORCO-VEADO NÃO É A MELHOR DAS ARMAS. SUA PONTA é afiada o suficiente, mas não é uma tremenda faca mako para chefs. Pode perfurar, mas não corta direito. O que ganha em ostentação, a curva em espiral pela qual uma presa se tensiona perde em eficiência na morte. Tudo isso você sabe. Se fosse projetar uma ferramenta para matar, não seria um porco. Disso você sabe.

O porco encara. Ele o observa e você fica nu no calor e nas partes mais profundas de seus olhos melancólicos você vê a saliva e o reluzir do brilho, luz de relâmpago azul.

Os músculos do porco estão tensos e prontos. Vocês estão em lados opostos de uma ampla extensão de pederneira cinzenta, entre estrias rochosas. Você chegou aqui passando por um deserto.

Você veio aqui uma vez, séculos atrás. Fez deste um lugar de teste, e nele você se deixa morrer de sede. Para acordar de novo, empurrando-se para fora do ovo que cresceu da própria carne morta, descobrindo-se hidratado mais uma vez.

Se fosse encarregado de fazer uma arma, você não faria uma pessoa também, nem sequer alguém misturado à força da tempestade como é você; suas mãos não têm garras, você não tem cauda para mantê-lo firme, você não tem casco, nem veneno para cuspir. Mas você é a arma do mundo, e, se o mundo pode matar com um instrumento tão pobre como você, por que não faria isso também com um porco galopante de dente quebrado como este?

O porco deixou as presas crescerem muito desta vez, e elas não estão tão curvadas para trás como antes. A imagem que chega até você é do animal em pé por semanas ao lado de uma árvore, apoiando-se, apoiando os dentes, puxando para moldá-los, contra as próprias inclinações, em bastões.

Você levanta as mãos, as palmas voltadas para fora.

— Porco — você grita. — Irmãozinho.

O animal grita.

— Irmão porco, você grita. — Um dia, existiu uma larva chamada Raiva. Ela rastejava na água e comia as entranhas dos peixes e os odiava. Ela se sujava dela mesma. Fez uma pupa com saliva e dormiu lá dentro, e, quando saiu, era uma libélula que brilhava e seu nome era Satisfação. Saiu voando para longe.

O porco o observa.

Essa história lhe foi contada por um cuspidor de espíritos do Clã da Samambaia. Eles eram pessoas atarracadas, de rostos largos e crânios inclinados para trás, mas o acolheram como se você não tivesse a fisiologia nem a fisionomia de pessoas propensas a matá-los. Suas histórias de libélulas, moscas e mariposas os acalmaram, e então você conta isso para o porco que o encontrou.

O porco bate no chão, você ouve o barulho dos cascos. Irmãozinho, você pensa, você é uma criatura da margem do rio, essa pedra quente deve doer, mas precisa parar de falar agora mesmo, ainda que dentro da própria cabeça, pois ali vem o porco-veado correndo, de cabeça baixa, as pontas de lança dos seus dentes apontadas para você.

Você canta para ele conforme ele se aproxima. Uma canção de luto.

— Me desculpe, irmãozinho, você grita. — Você a machucou ao sair. Ela teria morrido de qualquer maneira. Tudo que fiz foi facilitar a passagem dela.

Você desliza para o lado no instante certo e vira enquanto o porco bufa de frustração e para desajeitadamente quando pode, voltando-se para observá-lo com seus olhinhos tristes. Corre em sua direção de novo, enquanto o suor escorre de você.

De novo. Você deixa sua atenção se desviar e olha para os pássaros, procurando sempre o pássaro observador superior com o qual sonha. Você ouve o tambor dos pés do porco e agora, para sua terceira evasão, salta e o deixa passar por baixo de você. Mas ele para com perfeita brusquidão sob você, os dentes como pontas no fundo de uma armadilha.

— Esperto.

Você desce e entra em sua coxa uma das presas que esperam, olha todo aquele sangue, sente o músculo rasgado, não importa quantas vezes tenha sido dilacerado, você não é indiferente à dor. Ouve o grito triunfante do porco, no limite de sua fuga, o deslizar que você tão bem conhece da cronologia para uma atemporalidade de carnificina, e, se consegue ouvir no chamado do porquinho aquela tristeza do vazio que você sabe que não vai ser preenchido mesmo por uma violência tão bem-sucedida, bem, não há nada que possa fazer agora para deter esta dança.

E, aqui, crescendo em você em eco, o que é isso senão o próprio contratranse?

Um relâmpago branco-azulado corta sua visão. Você ouve o próprio grito. Sente o estalo e a trepidação de arcos brilhantes e ardentes e entra e volta atrás de seus olhos, olhando através deles como se fosse através de uma abertura entre folhas em um dossel acima, e vai fundo, fundo, e já se passaram dias desde que você liberou isso e

deixa-se

sair

do céu que está escurecendo, e, quando volta, encostado na pedra, o que vê é o pôr do sol, e você tem seu corpo novamente, seus olhos para ver o crepúsculo, sua pele para sentir o frescor, e está pensando é na morte da mãe do porco.

Respire fundo, Unute.

Sua perna esquerda, perfurada, está quebrada em dois lugares. Um esporão ósseo sangrento se projeta para fora. Você pode tocar os molares com a mão através de um buraco na bochecha latejante. Um baque constante na sua cabeça.

Agora olhe através da pedra.

O porco parece que olha para você com os buracos de onde você tirou os olhos. Ele permanece imóvel em meio às entranhas dele.

— Irmãozinho — você diz —, vá dormir.

Deixa sua perna se recosturar.

Levanta a carcaça sobre os ombros e caminha por horas entre os restos secos da flora próximo a uma colina. Despe os gravetos de espinhos. Faz fogo. Você levanta o corpo do porco-veado, levanta-o o mais alto que pode, para deixá-lo cair no calor.

E, quando olha para a barriga morta e respingante, vê tinta. Um sigilo.

Você desce a coisa lentamente. Observa com atenção um círculo com metade do tamanho da palma da sua mão. Quatro linhas se projetam dele, duas curvadas para cada lado. Você passa a mão nelas e elas não mancham. É uma tatuagem.

Isso não é algo que já tenha visto antes nessa fera.

Você agarra a maior de suas presas e a arranca, quebrando-a, estilhaçando-a. Leva-a até a parte de baixo do porco-veado e marca-o com aquela lâmina quebrada. Em uma operação sanguinolenta, você recorta a tatuagem da pele da criatura e a limpa. Coloca-a perto do fogo para secar.

Só então entrega o porco às chamas.

Você não dorme. Dá-lhe o respeito de vê-lo queimar.

Isso dura todo o dia seguinte. Enfim, coloque as mãos nas cinzas e nas brasas e sentirá dor, mas você tocou no fogo quando tinha um mês de idade e sequer se esquivou. Agora traz punhados de cinzas e de afloramentos, e as bordas dos desfiladeiros você deixa o vento levá-las.

Olha para suas mãos. Você se lembra da sensação do estalo profundo no pescoço da mãe do porco, da cessação de seus desejos.

Seu irmão tinha presas adultas quando tinha dois meses. Quando tinha três meses, usou-as para defender seu bando. Uma grande cobra emergiu do pântano onde seus irmãos e primos fungavam e rolavam, uma língua do tamanho da mão de Unute saboreando o ar quente enquanto os porcos urravam. Sozinho entre o rebanho, o leitão filho do relâmpago correu não de, mas em direção a ele, cravou os dentes em seu pescoço, se debateu, chutou e rasgou.

Você o seguiu. Durante anos. Ficando além dos limites da sociedade suína enquanto bufava, lutava e gritava com aquela violência profética despedaçado por predadores e porcos invasores, e por esses porcos de seu próprio bando que não se afastaram o suficiente quando estava naquele brilho. Sua tarefa, durante todos esses anos, foi observar. Você o acompanhou durante toda a sua primeira vida.

A primeira vez que ele morreu foi porque calculou mal o impulso e se debateu em um penhasco acima de uma paisagem agreste, e você correu, quebrou a própria regra de se manter distante, estendeu a mão para agarrá-lo, mas ele estava longe demais de você, e você o viu cair e sentiu a pulsação do ar e viu a explosão de um relâmpago azul quando ele se espatifou na terra. Você ficou parado sobre os restos e, sem saber se isso acabava ali, chorou. Mas, no correr das horas, viu os pedaços e mais pedaços de suas ruínas se misturarem e crescerem como sebo correndo ao contrário. Para criar uma crisálida. Isso o fez chorar com uma emoção diferente.

Quando ele saiu do ovo e ficou olhando, respingante, com seus olhos recém-reconfigurados e uma expressão de choque, você o saudou. Estava esperando e estendeu os braços.

Mas o porco-veado o olhou apenas com cautela. Não iria andar com você.

Você o acompanhou durante sua segunda, terceira e quarta vidas também, e grande parte de sua quinta, e uma boa proporção das onze que vieram depois, e então, mesmo depois de ter certeza de que não conseguiria aprender nada sobre você mesmo com qualquer uma das vidas ou assassinatos daquele porco *berserker*, você não poderia banir nem a curiosidade, nem a fraternidade. Você o procurou e o encontrou novamente, às vezes, nos anos seguintes. Sentia o gosto do ozônio no ar quando o animal entrava em seu êxtase assassino.

Na segunda vez que morreu, ele perseguia um cão selvagem até um desfiladeiro onde seis matilhas esperavam, as próprias brigas internas deixadas de lado por um tempo, e — você testemunhou — à custa de cão após cão dilacerados, eles destroçarem a babirussa violenta à base de mordidas.

Você estava lá de novo quando ele acordou do segundo ovo.

Da terceira vez, um grande pássaro de uma espécie que já desapareceu do mundo o levou em direção ao céu e o deixou cair. Da quarta vez, os netos e bisnetos de suas tias colocavam plantas envenenadas em sua comida. Depois disso, quando ele subiu novamente — para encontrá-lo —, passou a viver sozinho. Da quinta vez, um incêndio florestal deu cabo dele.

— Você a estava machucando quando veio — você lhe contou da segunda vez que surgiu, e da terceira. — Talvez a barriga dela não tivesse sido feita para raios. Você a estava rasgando por dentro. Ela não poderia ter sobrevivido. Eu a ajudei.

Você se lembra do peso quente e confortável em sua mão quando a aliviou de seu peso.

— Foi a única vez em que interferi — você disse quando ele voltou. — A primeira vez.

Você colocou o leitão no chão. Recuou para o rio e observou a coisa recém-nascida com rajadas de relâmpago brincando sobre ela enquanto ela berrava, e viu a tribo dos porcos chegar à beira da água para reivindicá-lo.

Aquelas primeiras vidas, como você poderia não acompanhá-las? Como não interpretar seu irmão de relâmpago como os símbolos místicos do vale, esforçando-se para obter *insights*? E se na sua busca resolutamente comum, no seu ato de coçar as costas na casca de uma árvore, os dias de porcinidade implacavelmente normal, ele era resistente a tal análise, por certo você precisava interpretar com mais esforço. E naqueles outros momentos, quando as energias se acumulavam nele e suas cerdas ficavam rígidas como suas presas e os arcos azuis ultrapassavam seus olhos, e ele atacava furioso até árvores caírem, pedras quebrarem e animais morrerem, e depois chiava, bufava e voltava, se então estava opaco no temor sem emoção da própria violência, o que você poderia aprender a respeito de si mesmo com base nisso?

Você o deixou em paz por séculos. Passou esse tempo sozinho ou com tribos ou em cidades, matando governando amando escondendo-se ficando parado.

Por fim, não pôde negar aquela curiosidade, aquela preocupação, e cruzou oceanos, rastreou histórias de cascos e assassinatos em meio a tempestades inacreditáveis. Por fim, desceu uma escada de raízes que encontrou até uma ravina úmida e, lá, pela primeira vez em muitas vidas, o porco-veado estava diante de você.

Você sorriu e levantou a mão. Ele olhou bem para você e pela primeira vez o fez com algo parecido com ódio.

Quando ele foi embora, apesar de todos os anos de busca que você levou para encontrá-lo, você não o seguiu.

Dezessete anos depois, você o encontrou de novo e ele rosnou, e você foi embora mais uma vez.

Três anos depois, você encontrou o ovo fresco e recém-aberto e ainda respingando na sujeira úmida de sua ressurreição, e, fraco com o retorno à vida como estava, ele gritou ao vê-lo, balançando a cabeça para tentar rasgá-lo.

— Ela teria morrido de qualquer maneira — você disse.

Você voltou após o surgimento e a decadência de mais duas civilizações, e desta vez entrou naquelas terras antigas que conhecia, não saberia dizer como, mas tinha certeza de que o porco, em qualquer uma das vidas dele, sabia que você estava chegando. Nas ruínas fumegantes de uma aldeia, desta vez — a essa altura, as pessoas tinham retornado àquele continente —, você encontrou o porco-veado, ou o porco-veado o encontrou, e, olhando-o de cima de uma pilha fedorenta de mortos humanos, gritou. Ele se lançou do alto da encosta de cadáveres.

Combateu-o com esforço, gritando o tempo todo, e, não importava o que você dizia ou o tom que usava, ele não se acalmava.

Você o matou. Enterrou seus restos em um local bem profundo. Deixou aquela terra. Pegou um escaler com pessoas que viajaram longamente para o norte gelado. Construiu um legado como caçador de ursos e monstros. Deixou os nômades contarem histórias que alegavam ser você um dragão. Matou uma mulher que se autodenominava imperatriz dos *trolls*. Matou o bisneto dela, que veio vingá-la.

E uma parte de você, você viria a saber, uma parte de você sempre esteve à espera. Porque uma noite, bem tarde, quando a lua transformou a neve da sua propriedade em prata, você viu um tremor na paliçada, e parou na porta de seu lar, e, quando você viu a babirussa avançar, tendo percorrido o mundo inteiro, desde onde nasceu, em um frio que teria matado seus irmãos; quando você a viu ignorar os gritos e as lanças dos seus guardas; e quando viu sua raiva e olhou em seus olhos negros e desolados através da terra noturna, não ficou surpreso.

Como é que o porco o encontra?

Sempre que você o mata, dispersa seu corpo como pó ou o deixa pesado com algum ferro e o afunda no mar, ou o leva para a caverna mais profunda que puder e o sela com a montanha sobre si, ou então o lança na lava. E, por mais tempo que as rajadas de cinzas levem para se reagregar, o mundo é grande, e um porco tem que caminhar uma enorme distância para caçá-lo. Existem tantas maneiras pelas quais um porco pode cruzar os mares. Demora bastante tempo.

Talvez ele venha a saber que você poupou a mãe dele da dor e fique grato. Talvez ele saiba, e o procure, para acabar com você, por outros motivos, toda vez que acorda. Ele já o viu tantas vezes.

Você o matou rapidamente quando pôde. Lentamente quando precisou. Você o matou em todos os continentes.

Ele também o matou, três vezes. A primeira vez, em um mercado do Crescente Fértil; enquanto os compradores choravam, ele pisou em você e rasgou sua barriga com os dentes. Talvez, você pensou naqueles nebulosos momentos sangrentos, tivesse chegado sua hora. Mas, quando despertou do seu ovo, nada havia mudado. Aquela morte, por culpa daquele animal, não lhe deixou mais próximo de nada.

Tudo o que lhe resta agora é torcer para que muitos anos se passem entre cada encontro.

Já se passou um século e meio desde a última vez que você se livrou do corpo do porco-veado. Jogou punhado a punhado para o alto e observou o movimento, uma linha fina de pó se desfazendo ao vento, como o pilar que sustenta um templo cujo fim chegou. Até nascer de novo, esse porco pode voar.

Desta vez, você tem a faixa tatuada da pele da barriga dele.

Cento e sessenta e sete anos se passam.

Você se aproxima de uma cidade de prédios arqueados em forma de fornos de tijolos. Ergue as mãos ao avançar e joga sua lança e seu escudo no chão. Flechas passam voando por você das torres de guarda perto do portão, mas são tiros de aviso, e você grita o mais alto que pode: Estou desarmado; preciso da ajuda dos xamãs.

Você balança uma pequena tira de couro.

— Eu vim com o sinal do deus — você grita. — Sou aquele que traz a tinta.

O sol se esconde atrás de um pico, e, agora que não está tão recortado, você consegue ver a cidade com mais clareza. Pode ver a placa acima do portão, pintada a sangue. Um círculo. Duas linhas onduladas estilizadas de cada lado, salientes, despontando.

Dois dos cinco xamãs querem matá-lo. Até agora você falou com eles no dialeto crioulo comercial da passagem, e não na própria língua, na qual eles lançam seus votos. Então eles ficam surpresos quando você fala em sua língua: Que seria um erro. Eu voltaria. E tudo o que eu quero é perguntar sobre o deus deles.

Você ergue a carne tatuada novamente, com o sinal da cidade nela. Eles olham para isso com muita reverência.

— Me ensinem — você pede. — Me falem sobre isto aqui.

A líder dos xamãs o leva para a maloca.

— O que é você? — ela pergunta. — Como nos conhece?

— Eu sou alguém que busca conhecimento. Falei com a Igreja dos Dentes e eles me disseram onde encontrá-los.

Ela cospe.

— Hereges e traidores.

— Eles dizem isso de vocês. Não me importo com quem está certo. Vocês compartilham um deus. Sei disso. Me ensine tudo a respeito dele.

— Quando ele nos visitou, nós o marcamos em sinal de agradecimento — diz ela.

— Eu sei — você responde. — Estou surpreso que ele tenha permitido. Tirei o sinal do corpo dele.

Ela o encara.

— Você é o irmão do deus-porco — ela diz por fim. — Um dos filhos do relâmpago.

Quando você consegue falar de novo, bem lentamente, pergunta:

— Um dos?

Ela está dizendo... o que ela está dizendo? Você consegue entender o que ela está dizendo, não consegue? Vai se concentrar de novo, muito em breve, e se esforçará para entender o que ela lhe diz; é por isso que você lutou contra leões para chegar até aqui, porque desde que o matou naquela terra rochosa você ouviu histórias de gigantes, heróis, demônios. Filhos do relâmpago, os deuses. E você não sabe, não é? Não sabe o que o raio quer, ou quão só você realmente está. E tem que saber.

— Desde que o espírito da primeira quietude foi interrompido pela vida, os espíritos entram em carne e osso quando precisam fazer negócios aqui. Eles cavalgam a carne.

Os trocadilhos funcionam em vários idiomas. Ela faz mímica de abrir uma porta e bater os braços, como um galo. Balança os quadris como se estivesse sendo montada; depois, em uma versão exagerada de coito.

— Seus filhos, os filhos do relâmpago, são mariposas — a mulher diz. — Borboletas — ela acrescenta. — Os filhos do raio dormem em seus sacos pupais.

Você se sente como se estivesse sonhando. Como se tivesse ingerido uma erva que o fizesse voar.

Eu me lembro de tudo, você diz a ela. Sou mais velho que meu irmão porco e me lembro de tudo, você diz, então ele também deve se lembrar.

Não, você não diz isso, você quer dizer, mas não fala, apenas pensa as palavras.

Eu já estava em uma crisálida antes dele, você tenta dizer.

Quantos filhos do relâmpago existem?, você quer perguntar.

Mas ela só se preocupa com o porco.

Eu estava em uma crisálida antes dele, e, quando se esforça para dizer isso, lhe ocorre que, embora não se lembre do período dentro do seu ovo, você sabe que aquele é um lugar solitário. Fica chocado e interrompe a boca com as mãos, porque essa revelação pode fazê-lo chorar.

Eu sou um filho do relâmpago, você não diz, como o porco, e somos ferramentas, e apenas ferramentas quebradas sabem que são ferramentas.

UM DEUS OCULTO

DIANA SABIA DA CAPACIDADE DE B EM MANTER UMA ATENÇÃO assustadoramente intensa, e do que seu corpo poderia fazer, o vasto desvio de seus limites com relação aos dos humanos — ou outros humanos, como poderia dizer para si mesma, dependendo dos sentimentos dela por ele em algum dia específico. Extrapolando e levando Babe em conta, esperava que isso mantivesse algo do seu foco, o rigor de sua raiva, para ser menos distraído do que outros da (que parecia ser) sua espécie. Então, depois de vê-lo pela primeira vez, Diana esperou algumas horas antes de retornar. Até que, incapaz de resistir à urgência de seu fervor em aprender, voltou para a sala de visualização antes de estar totalmente acordada. B ainda estava lá, ainda olhando o porco-veado pelo vidro. O animal ainda estava empinado, pulando e martelando o vidro para alcançá-lo, sem ter desacelerado seu ritmo, parecendo cheio de energia, como sempre.

— Quando ele vai parar? — perguntou. — Ele vai parar?

— Vai — disse B. — Em algum momento. Ele vai entrar em colapso e adormecer. Se eu ainda estiver aqui quando ele acordar, vai começar de novo.

— Há quanto tempo ele não o via?

— Cerca de 250 anos. Eu teria que fazer algumas contas para ser exato.

— É sempre assim? — ela indagou.

— Nem sempre — respondeu ele. — Mas na maior parte dos últimos setenta e oito mil anos, sim.

— Por quê?

— Vingança por alguma coisa. Avidez por alguma coisa. Não sei.

— Você deve ter algumas ideias.

— Algumas.

— Qual é a sua aposta?

— Que toda vez que que eu acorda — disse B calmamente —, ele sabe quando estou lá. E eu sou a única outra coisa que não mudou. Então ele acha que eu tenho algo a ver com o que está acontecendo com ele. E me culpa por ser quem é.

Eles observaram o animal se debater e girar, balançando a cabeça, amassando um armário de aço.

— A maioria dos tranquilizantes não funciona, mas tenho certeza de que vai achar algo para fazer um truque — disse B. — Seus chefes devem estar ansiosos para que comece a trabalhar.

Ela o encarou.

Você sabe o que funciona, não é?, foi o que ela não disse. E não vai nos contar.

— Você se importa com ele — foi o que ela disse.

— Esse é seu grande *insight*? — B perguntou.

Batida batida batida grito grito mordida chifrada chute. Do seu bolso, B sacou uma tira e a estendeu em direção a ela.

— Tome cuidado — disse ele. — Ela tem setenta e cinco mil anos de idade. — Ele a depositou esticada sobre a palma da mão dela. Uma mancha escura e macia de couro.

— Jesus — ela disse. — Isto deveria ser poeira.

B deu de ombros.

— Há coisas que você pode fazer para conservar objetos.

— Isto... isto aqui é dele. — Ela apontou para a janela, para o porco que uivava. — Isto aqui costumava ser a pele dele. Em outra vida.

— Consegue entender o que está nela? — ele perguntou.

Ela se deslocou até um ponto mais bem iluminado. O couro era de um cinza tão escuro que tornava-se quase preto. Ela semicerrou os olhos e viu algo infinitesimal em pigmento ou nas cristas mais sutis da própria pele. Um círculo. Quatro marcas.

— Alguém tatuou isso? — perguntou ela.

— Era um dos cultos que o adoravam — disse ele. — Por um tempo existiram quase tantos cultos a ele quanto a mim. Na verdade, durante a pior época da Era Glacial, existiam mais. Os números caíram desde Carlos Magno.

— Em que eles acreditavam? — perguntou ela.

— Na mistura habitual. Que ele era um anjo ou um demônio. Enviado pela morte ou pelo vazio. Ou Deus. Ou algo assim. Eles não tinham um consenso. Esse não é o meu foco. O que eu quero dizer é que, até onde eu sabia, essa... — ele apontou para o couro — foi a última vez que ele deixou alguém se aproximar, exceto para matá-lo.

— E aí?

— Aí que quem fez isso tinha algum tipo de relação especial com ele, pelo menos por um momento. Lembra o túnel? Thakka? O porco-veado não entrou pelo armazém por onde entramos. Veio da outra extremidade. — Fechou os olhos com força, como se lutasse contra uma enxaqueca.

Ela perguntou:

— Você está bem?

— Estou sentindo que há algo fora do meu alcance — disse ele. — Acho que estou tentando lembrar.

— É aqui que lembro a você de sua memória perfeita — disse ela.

— Sim — ele respondeu. — Eu sei. E é você quem também continua me dizendo que a memória não é tão simples quanto parece. Você não é a primeira pessoa que me disse isso, para ser honesto, mas talvez seja apenas a segunda que realmente me fez mudar de ideia sobre coisas assim. Todo o trabalho que fizemos para me lembrar de minha mãe; tem uma coisa que eu nunca lhe contei — acrescentou ele. — Não sei se já disse a mim mesmo, mas acho que eu sabia, mesmo que nunca tenha dito isso para mim mesmo. Isso é saber? Pensando bem, isso é lembrar?

Diana esperou.

— Eu a vi uma vez discutindo com meu pai. Meu pai humano. Estavam tentando falar baixo. Eu não conseguia ouvir, mas podia vê-los. Ela estava com algo na mão. Nunca coloquei isso em palavras antes. Era... — Seus olhos não se abriram, mas suas mãos traçaram uma forma. — Um diadema. Brilhante. Emplumado. Uma pequena coroa de passarinho.

Depois de um tempo, Diana perguntou:

— Você a colocou?

— Não se parecia com nada que alguém do nosso bando pudesse ter feito — ele disse. — E a maneira como meu pai olhava para aquilo... Eu tinha acabado de estar com ele, eliminando algumas tribos vizinhas. Para que ninguém viesse nos atacar. — Ele inclinou a cabeça em um gracioso ceticismo. — Estávamos nas colinas, ouvimos um estrondo no céu e vimos relâmpagos sobre a nossa aldeia. Não como aquele que me deu à luz. Vermelho desta vez. Algo novo. Voltamos correndo. Não — ele acrescentou. — Não a coloquei. Tive oitocentos séculos para pensar sobre isso e acho que minha mãe quis guardá-la para mim. Acho que era um presente. Acho que era para... bem, para me consertar. Eu nunca coloquei a coroa porque meu pai a tirou dela e a jogou no poço.

Ele balançou a cabeça, abriu os olhos e olhou para Diana.

— Por que não a pegou? — perguntou ela. — Poderia ter feito isso.

— Ela queria me salvar do que sou — disse ele. — Ele queria que eu me rendesse a isso. Essa coroa foi um presente para ela, e dela para mim, do relâmpago vermelho. Isso o assustou. Talvez eu não tenha ido buscá-la porque concordava com ele. Como você me salvaria de mim mesmo?

Talvez esse não seja um presente desejável. Talvez eu não quisesse ser resgatado. Talvez não quisesse decepcioná-lo.

— Talvez seja uma distinção que não faça diferença — falou Diana.

— No túnel — disse B por fim. — De onde veio o porco. Havia uma escada no final. Uma entrada que eu nem sabia que existia, até que a vi depois.

— O quê? — Diana disse. Ela começou a falar, parou, começou de novo. — Por que está me mostrando isso? — Ela apontou para o couro de porco.

— Talvez a tatuagem fosse o mesmo tipo de coisa que o cocar. Uma proteção. Um presente. Estou lhe mostrando isto — disse ele — para lhe dizer que sempre houve gente por aí que quer seguir os passos da babirussa. Havia uma escada no túnel depois de onde Thakka estava. E, em cima dela, um alçapão. Foi assim que saí. Ele estava fechado. Eu achei marcas de cascos lá embaixo com Thakka, mas isso não pode ter sido tudo. Não importa quão inteligente, forte ou especial aquele porco seja, ele não desceu lá sem polegares opositores. Então não estava lá sozinho. Não é apenas o porco que tem algo a ver com o que aconteceu com Thakka. Alguém o deixou entrar e desceu junto. Quando o que quer que tenha acontecido com Thakka aconteceu.

◊ ◊ ◊

ERA UM SALÃO BEM PEQUENO NOS FUNDOS DO EDIFÍCIO. SE você não quisesse passar pela frente, pelo que antes havia sido um *showroom* de máquinas de lavar e agora era um grande e extenso brechó, havia a entrada dos fundos. Foi por ela que Stonier entrou.

— Ei.

Ele ficou na soleira. Uma mulher sorridente, mais ou menos da sua idade, se aproximou dele. Do outro lado da sala, ela estendia sua mão. Atrás dela, o aposento caiado estava limpo. Havia outros oito ali, olhando em volta e sorrindo brevemente para ele antes de continuar a tomar um tonel de café, vasculhar papéis, afixar avisos em um quadro de cortiça, rolar documentos nas telas de *laptops*. No centro do compartimento, uma senhora idosa arrumava cadeiras laranja baratas em círculos.

— De preferência — disse a mulher que se aproximava, vendo-o observar o procedimento de montagem —, queremos que a sala seja apenas um círculo, mas estamos conseguindo muitos para caber agora. — Ela deu de ombros. — Um bom problema para se ter, acredito. Eu sou Marlene.

— Jeff. — Ele apertou a mão dela.

Os outros paroquianos se aproximaram. O sorriso deles fez Stonier fechar os olhos por um momento, consternado. Eram amigáveis demais.

— Olá, sou Edgar. — Uma mão. Um cara grande com olhos muito arregalados. Stonier apertou a mão dele.

— Sam. — Um jovem *nerd* com uma franja enorme.

— Tree. Mike. Sean. — Mulher branca alta e amigável, homem quieto de olhos escuros, homem mais velho com sotaque irlandês.

— Bem-vindo. Bem-vindo. Bem-vindo. — Aperto de mão, aperto de mão, aperto de mão.

Seus babacas fracos e patéticos.

Pelo amor de Deus, vá com calma, assassino. Seria aquela a voz do próprio Stonier em sua cabeça ou a de Thakka? Sim.

— Está aqui para uma reunião? — perguntou Marlene. — Isso é ótimo. Você chegou um pouco cedo, mas, se nos der alguns minutos...

— Não sei — disse ele. — Eu não sabia da reunião. Talvez eu volte outra hora...

— Jeff — ela disse. Sorriu para ele e poderia ter sido um flerte, mas não, não era. Por um instante a raiva surgiu dentro dele, mas diminuiu tão rápido, tão tranquilizada pela voz dela, que ele se chocou.

— ... Acho que queria fazer algumas perguntas — disse ele.

Era a terceira vez que ia até o salão. A primeira vez que entrava.

— Claro — disse Marlene. — Claro. Ficarei feliz em lhe dizer qualquer coisa que eu puder.

— Eu acabei de... — Stonier falou. E depois não havia mais nada.

Marlene ficou olhando para ele, bem imóvel, bem calada. Ele podia não dizer nada. Ela pegou o braço dele e gentilmente puxou-o para o lado.

— Deixe-me adivinhar — falou com calma. Olhou-o de cima a baixo. — Você se sente um idiota por estar aqui. Este não é o tipo de coisa que sequer consideraria. Você odeia toda essa palhaçada de autoajuda. Certo?

— Não — ele disse —, isso não é justo... — Mas ele a deixou continuar.

— Alguém nos recomendou para você. Certo? Amigo, terapeuta? Seu ex? Sua mãe? — Ela estreitou os olhos. — E você está no ponto em que sente que precisa tentar alguma coisa, porque não confia em si mesmo para continuar, mas tudo isso parece um culto, e um culto imbecil, e você odeia esse negócio de "entrar em contato com seus sentimentos" e, seja como for, tudo o que quer é respirar fundo... Como estou me saindo?

Ele deu de ombros.

— OK — disse ele. — Escute. Eu nem sei o que é isto aqui. Não sei o que você faz. Alguém me deu o nome do dr. Alam, só isso.

— O que fazemos? — ela disse. — Quer dizer, não fazemos nada exatamente. Não somos uma religião. E não somos um grupo de marketing multinível. Não vamos pedir mais dinheiro para que você chegue ao Nível 2. Na verdade, não vamos pedir dinheiro nenhum, embora, claro, se estiver em condições de doar, tudo ajuda pra comprar café. O que somos é um grupo de pessoas que sabem... que vieram aprender como é importante fazer a vida significar vida. E não, dificilmente somos os primeiros a fazer isso. E não, não é tão simples quanto tentar "focar no lado positivo", o que não é uma coisa ruim de se fazer, mas, mesmo que fizer isso, não quer dizer, absolutamente, fingir que não está sentindo dor. Todos nós estamos. A ideia de que você tem que escolher entre as duas coisas é que é o problema. Você tem que ser capaz de habitar ambas. E o que pensamos... o que penso, eu deveria dizer; não quero falar como se todos nós tivéssemos uma mente grupal. — Ela sorriu e hesitou. — O que quero dizer é que acho que você está aqui porque é um viciado, Jeff.

Ela ergueu as mãos.

— Não é um ataque — disse ela, como se ele tivesse protestado. — Eu também sou viciada. Todos nós somos. Todos nesta sala. E muitos mais lá fora.

— Sim — ele disse. — Eu li seu folheto.

— Então você sabe — disse ela.

— Você sabe que é maior que isso. — Foi um homem alto e magro quem falou agora.

Stonier não o notara ao entrar na sala, vindo das profundezas do edifício. Ele era loiro e de meia-idade, usava calças de sarja chino e uma camisa azul larga, e também estendeu a mão e sorriu; Stonier estava pronto para tal entrada e, ele percebeu enquanto o homem falava, estava preparado para o sorriso de quem comeu merda ou para a untuosidade de um vendedor de *timeshare*, ou para o brilho de dentes brancos neon de algum aspirante a Tony Robbins. Mas, caralho, aquele era um sorriso adorável.

— Charles Alam — disse o homem. Stonier apertou sua mão.

— Você disse que leu os folhetos — disse Alam. Ele fez uma careta de comédia. — Sinto muito, sei que parte disso é um pouco... É "*cringe*", não é? Não é isso que dizem os jovens? Nunca sei como vai sair meu tom de voz até falar.

— Sim, li alguma coisa — disse Stonier. — Sobre sua história e tal. Foram você e sua parceira que fundaram isso. Mas você é novo em Tacoma.

— Mais ou menos novo — falou Alam. — Sim, começamos no leste, há muito tempo. Depois de alguns anos ela seguiu seu caminho, mas eu sabia que havia mais a ser feito. Portanto, aqui estamos.

— Aqui está você.

— E aqui está você, Jeff. De qualquer forma, sabe o que estamos dizendo — disse Alam. — É a nossa sociedade que está viciada. Em negatividade. Não quero dizer isso no sentido do poder do pensamento positivo, não que eu tenha algum problema com o pensamento positivo. Mas isso se tornou meio sem sentido hoje em dia. Se realmente começar a refletir sobre o que é pensar positivamente, será muito mais trabalhoso e muito menos aconchegante do que esse clichê faz parecer. É árduo. E tudo bem, pois deveria ser, mesmo. Porque temos que romper com um vício. Nossa cultura é viciada na negatividade, e isso significa ser viciado na morte. É uma cultura de morte. É isso que temos que romper.

— Essa é uma proposta muito abrangente — disse Stonier. Ele riu. — Quer dizer, a morte acontece, não é? Não há como evitá-la.

Alam estreitou os olhos.

— Posso ver que isso mexeu com você. Sinto muito por isso. O mesmo se aplica a todos nós.

— Então sou viciado em morte? — perguntou Stonier.

— Não só você. Toda a nossa sociedade.

— O que isso significa? E como vou acabar com esse vício?

Alam deu de ombros.

— Você está aqui, não está? Esse é o primeiro passo. Fique por aqui e descubra. A reunião já vai começar. — Ele então olhou para Stonier, quase de maneira provocativa. — Talvez até já esteja se sentindo um pouco melhor.

Stonier manteve a expressão de seriedade. Porque, por mais ridículo que fosse, por mais desleal que parecesse, ele estava mesmo.

NA RUA AL MOATAZ, UNUTE ESTAVA ENCOSTADO EM UM PA-limpsesto de cartazes sobrepostos e rasgados. Usava um boné de beisebol e um *thobe* cinza, e poucas pessoas olhavam para ele naquela luminosidade feroz. Mas a mulher que enfim saiu do salão de beleza em frente, com o cabelo arrumado e quase imóvel, maquiada, esplendidamente taciturna, olhou diretamente para ele, do outro lado da rua. Ela o olhou por um longo tempo, a boca aberta. Balançou a cabeça.

Murmurou palavras em árabe que ele pôde ler em seus lábios.

Veio me dizer para onde devo ir?

Ele atravessou sem olhar para nenhum dos lados, deixando um rastro de buzinas e freadas.

— Não — ele respondeu.

— Eu te disse — falou ela, mudando agora para a língua que ele usara. — Você se lembra do que eu te falei?

— Você tinha apenas 8 anos — disse ele.

— Eu tinha 6, e foda-se o "apenas". Quis dizer o que disse e digo de novo. — Ela esticou o queixo para ele. Se estava com medo, não deixou transparecer. — Não sou meu bisavô, você não pode me dar ordens.

— Tataravô — B falou —, e eu não dei ordens a ele. Dei uma sugestão, e ele a seguiu. Com muita empolgação.

— Não quero saber — disse ela, afastando-se dele. Ele foi atrás e não disse nada enquanto ela acendia um cigarro e atravessava a multidão. — Você nunca me fez uma oferta. E, se fizesse isso, eu diria para ir se foder.

— Fadila — disse ele —, não estou discutindo com você. Suas decisões são suas. Eu lhe falei isso quando era criança e você colocou as mãos na cintura, exatamente como fez há um minuto, aliás, e me disse que eu não poderia lhe dizer o que fazer. O que foi que eu disse, então?

Ela parou de andar.

— Você disse que concordava.

— Eu lhe disse a mesma coisa em todas as cartas que enviei e em todas as ligações para seus pais. Paguei para você sair quando a guerra começou, e lhe disse a mesma coisa então.

Ela se virou para ele.

— E eu paguei para voltar. — Ela apontou o dedo para ele. — Em mais do que apenas dinheiro, acredite em mim. Você me tirou, e também a mamãe. Obrigada. Já te pedi alguma coisa desde então? Sabe o que esta vida fez com ela...

— Eu nunca pedi a ela que fizesse aquilo. Você não está com raiva de mim, está com raiva dela. E do pai dela. E do seu pai. E do pai dele.

— Sim, e quem fez ele começar tudo isso? — ela perguntou. — E o que aconteceu desta vez? Um outro em algum outro lugar, e está aqui para me dizer que me mude? Para onde desta vez? Pra que buraco de merda no fim do mundo está me direcionando?

— Não. Não houve um outro em algum outro lugar. E, Fadila — Unute balançou a cabeça, até sorriu —, você tem razão. Foi você quem entrou sorrateiramente em Raqqa quando o ISIS assumiu o controle. Ninguém lhe pediu que fizesse isso.

— Sabia que eles iriam cair — ela murmurou por fim.

— E você estava certa, mas não me diga que aqueles foram anos fáceis. Então, todo esse negócio de "eu vou pra onde eu quiser" é tendencioso. Sei por que você voltou.

— Por que está aqui? — ela perguntou. Moveu-se, e um feixe de luz solar perfurou seu cabelo, fazendo-a parecer poderosa.

— Eu sei por que veio para cá — ele disse novamente. — Sua mãe teve que deixar o livro para trás e, depois que ela morreu, você descobriu que ele tinha sido levado para o museu. Você voltou para pegá-lo.

— Eu voltei por ela.

— Está com o livro?

— Eu queria o livro para ela — disse Fadila —, não para você. Por que está me perguntando isso? Se não há um outro em algum outro lugar? Pra que quer ele? Você nem precisava dele, pra começo de conversa!

— Não — ele disse depois de uma pausa. — Mas eu o queria. O ritual é importante. Especialmente para mim. E estou aqui porque quero que esteja pronta.

— Então, está aqui para me dar ordens...

— Eu precisava saber que está com o livro. Eu lhe disse, não há nenhum em algum outro lugar agora. Mas... outras coisas estão acontecendo. E, seja como for, o passado está de volta. Quero dizer, não que ele realmente vá embora...

— E é você quem está me dizendo isso?

— Sinto que as coisas estão caminhando para algum tipo de conclusão. E você sabe que nunca guardei o livro só por diversão. Sempre foi para resolver um quebra-cabeça. Então eu preciso saber onde está, caso eu consiga mais peças do quebra-cabeça. Preciso saber que você está com ele.

Isso é tudo que tenho para lhe perguntar; sabia que havia voltado para pegá-lo. Nunca soube se havia tido sucesso.

Eles se encararam por um tempo. Ela se movimentou, e a coroa de luz solar desapareceu.

— Tive — respondeu ela. — Sucesso. Estou com ele.

Ele soltou o ar.

— Bom — falou. — Guarde-o bem. Acho que em pouco tempo vou conseguir mais dados. Então, não faça isso por mim, faça isso pela sua mãe, mas continue guardando-o. Caso eu precise.

— Se precisar — ela disse —, vai pegá-lo desta vez? Como se supõe que deveria fazer? Achei que esse fosse todo o ritual. Vai levá-lo para onde for morrer?

Ele não respondeu. Não esperou que a expressão dela mudasse. Deu-lhe as costas e caminhou no meio da multidão e das ruas mais largas em direção ao Eufrates. Depois refez todo o caminho de volta até aquele pequeno país onde ficava o túnel que era a tumba de Thakka.

CALDWELL DEU AS COSTAS PARA A JANELA, PARA O CERVO QUE havia retornado, e olhou novamente para a dra. Shur.

— Então ele comprou isso? — perguntou. O cervo fugiu, ignorado.

Shur cruzou os braços.

— Não é uma questão de comprar alguma coisa — disse ela.

— Por favor — ele falou. — Não seja recatada. Dizemos a nós mesmos o que for preciso para acordarmos de manhã. Só estou preocupado com que você e eu estejamos nos entendendo.

— Tudo bem — disse Keever. — Agora, escute...

— Keever — disse Shur —, me ajude aqui. Você tem em mente os interesses de seus soldados. Sinto muito se acha que estou sendo um pouco preciosista, mas considero importante sermos exatos sobre o que estamos fazendo e respeitarmos a experiência de cada um.

— Claro, doutora — disse ele. — Acho que o que Caldwell está dizendo...

Caldwell respirou fundo.

— Peço desculpas — falou ele. — Entendo que posso ser abrasivo. Não é intencional.

— Eu fui recrutada, dr. Caldwell — disse Shur. — Não pedi para vir aqui. Seu pessoal me pediu.

— E estavam certos — falou Keever. — Estamos todos atrás da mesma coisa aqui. Stonier é um bom homem. Todos nós queremos que ele fique bem.

— E que não faça nada estúpido — disse Caldwell.

— Isso também — acrescentou Keever.

— Tudo bem — disse Shur. Ela se sentou e apertou as mãos. — Você entende meu trabalho? Trabalhei nos serviços durante toda a minha vida profissional. Os últimos nove anos em SpecOps. E o que isso significa é que, além de lidar com respostas psicológicas a situações extremas, ao lado de pacientes individuais, também tenho responsabilidade pela saúde mental, se preferir, do coletivo. Da Unidade. Passei muito tempo provando que não há contradição entre essas duas coisas. Meu trabalho é garantir que nossos soldados possam se manter unidos como pessoas, membros da Unidade, e que a Unidade cuide deles para o bem desses homens e para o seu próprio.

— O que a trouxe aqui, doutora — disse Caldwell —, com todo o respeito pela sua experiência e no espírito de uma avaliação franca sobre o ponto onde estamos, foi o atentado contra a vida de Unute cometido pelo agora falecido especialista Jon Ulafson. Todos podemos concordar que Ulafson era louco — Shur fez uma careta e balançou a cabeça — ao pensar que poderia ferir Unute, ou mesmo lhe causar qualquer coisa que passasse de um pequeno inconveniente, não importa em que tipo de vodu ele houvesse embrulhado sua bomba. Mas a questão é que ele tentou, o que nos custou três soldados e danos no valor de 4,7 milhões de dólares. E um grave prejuízo à moral. Nenhum de nós pode fingir que tem sido o mesmo desde o episódio com Ulafson. Inclusive, acho que todos sabemos, o próprio

Unute. É por isso que é importante que você possa ser uma válvula de escape, dra. Shur, para que os homens e as mulheres desta Unidade se sintam seguros em poder lhe dizer qualquer coisa com absoluta confiança.

Caldwell fez uma pausa e inclinou a cabeça.

— E é também por isso — disse ele — que parte do seu trabalho é nos reportar cada uma dessas confidências. Então, podemos, por gentileza, continuar com isso?

— Seu senso de... singularidade do seu trabalho é claramente importante para o senhor, dr. Caldwell — disse Shur por fim. — Espero que não o magoe demais se eu lhe disser que o caráter incomum desta Unidade não se deve tanto ao fato de estarmos lidando com fenômenos que a maioria das pessoas consideraria inacreditáveis. Lamento dizer a vocês, e não o faria se não estivesse cem por cento certa de que vocês dois ainda não sabem, que o exército também tem uma unidade de criptozoologia e uma unidade *khesheph*; que os fuzileiros navais têm uma eficiente unidade patafísica; que a FTA da Força Aérea, Força-Tarefa de Anomalias, é incomparável. E assim por diante. Essa tem sido minha carreira. Não é a paraciência que faz com que nos destaquemos aqui. O que acontece, em primeiro lugar, é que trabalhamos junto ao objeto dessas pesquisas. Em segundo lugar, que ele parece ser humano. — Ela crispou os lábios. — E, em terceiro lugar, que ele mata com regularidade. Mesmo que geralmente peça desculpas depois. Essa — ela estreitou os olhos — relação singular de camaradagem e medo que o seu pessoal mantém com Unute cria uma tensão mental muito particular. Combine isso com a pressão sobre os laços sociais quando, inevitavelmente, ele causa dor, ferimentos e/ou morte aos próprios camaradas, deixando os que ainda estão vivos com um peso de culpa e ressentimento, compensados pelo dever de ter de aguentar isso, e terá uma estufa.

"Não estou surpresa com Ulafson. Só estou surpresa de que ele tenha sido o primeiro, e até agora o único, a tentar, como parece ter pensado, libertar o mundo do flagelo que é Unute. É por isso que estou aqui."

A breve carta de Ulafson chegou um dia após sua morte.

> *Já vi muitas pessoas boas morrerem. Vocês não precisam que eu elenque o nome delas. Quanto tempo mais ficaremos dizendo a nós mesmos que estamos usando uma arma, enquanto é ela que está sendo usada contra nós?*

— Aquelas bugigangas idiotas — disse Keever. — Ele deveria saber que isso não funcionaria.

— Talvez soubesse — disse ela.

— É por isso que estou preocupado com Stonier — disse Keever.

— Sensatamente — concordou ela.

— Eu também estou ansioso para saber o que Stonier nos revelou — disse Caldwell.

— É exatamente por isso que desincentivamos romance no trabalho — murmurou Keever.

— Mas o coração, como já se sabe, quer o que quer — disse Shur. — Entendo que esta é a primeira vez que você perde metade de um casal. Para ser clara, entre dizer que Stonier amava Thakka e dizer que agora ele é um perigo para os camaradas quanto mais para Unute, há uma distância muito grande.

— Ele definitivamente, cem por cento, não constitui perigo para Unute — afirmou Caldwell.

— Entendido — disse Shur a Caldwell. — Há uma longa distância para se dizer que ele pode tentar ser um perigo para Unute, com os danos e as perturbações que podem vir a ocorrer. Mas isso obviamente não significa que ele não esteja deprimido, ou de luto, ou tomado pelo ressentimento e pela confusão. Se estivéssemos lidando com um civil, eu o manteria sob observação. Nas circunstâncias em questão, prescrevi-lhe alguns remédios e o estou incentivando a encontrar saídas criativas para sua energia. De angústia. Liberar o trauma da fáscia, entrar em contato com o corpo. E encontrar aconselhamento em grupo na cidade, alguém diferente de mim. É claro que é só comigo que ele pode ser realmente honesto, mas penso, e já disse isso a ele, que agir como se seu luto fosse mais corriqueiro do que de fato é será a melhor maneira, a única maneira, para que ele se torne parte de uma comunidade mais ampla. Uma comunidade de enlutados. Que eu acho que é do que ele precisa.

— Esse — disse Caldwell — é exatamente o tipo de ponto ao qual eu queria chegar. Se não quer que eu diga que ele "comprou" essa sugestão, qual verbo você prefere?

— Pra que tipo de doido você o mandou? — perguntou Keever.

— Sério, Keever? — ela disse. — "Doido"? Eu não desperdiçaria o tempo dele, nem o seu. Seu pessoal me pede que eu garanta que nenhum de seus soldados se torne um perigo para si ou para os outros, e é isso que estou fazendo. Mantenha a mente aberta. — Ela não estava zombando dele; sua expressão era de tranquilidade. E Shur não olhava para ele, mas sim para Caldwell. — Já viu as estatísticas sobre os benefícios para a saúde mental de, digamos, ter um cachorro? Ou um *hobby*? Ou ficar parado em meio a árvores?

— Tomando banho de floresta — disse Caldwell.

— Também não gosto dessa expressão — respondeu ela —, mas os resultados falam por si.

— Eu gosto de árvores, doutora — disse Keever. — Então a senhora disse ao Stonier para ficar no meio das árvores?

— Não. Não existe uma solução única para todos. Stonier está de luto e corre o risco de ficar preso nisso se não aceitar o processo.

— Melancolia, não luto — disse Caldwell. Shur olhou para ele, sua surpresa evidente.

— Comumente, eu diria que o importante é aceitar a realidade da morte. Mas não existem dois casos iguais. Este é um homem que lida quase exclusivamente com a morte. Ele lida com ela, a testemunha, a enfrenta, e agora ela levou o homem que ele amava. Ainda era muito cedo, mas acho que ele estava fazendo progressos. Estava avançando. Era uma tristeza mais genuína que eu começava a ver. O que é bom. E então... acontece essa falha no equipamento e percebemos que Thakka não estava morto. — Caldwell e Keever não se entreolharam. — E é como se ele morresse de novo. Stonier é empurrado de volta ao início, só que de uma maneira bem pior. Como se Thakka tivesse morrido de novo. No caso dele, acho que ele precisa se dar permissão para, em primeiro lugar, pegar momentos em que estiver fazendo outra coisa, não para esquecer, mas para deixar seu corpo se mover, deixá-lo fluir e, ao mesmo tempo, em segundo lugar, fazer o oposto: realmente entrar nisso, deixar-se concentrar no escândalo que é a morte. Para habitar a dor. Quero dizer a ele não para aceitar a morte, mas para se concentrar na vida. E isso o deixará triste e até irritado, porque Thakka não tem mais vida, mas tudo bem sentir tristeza e raiva. O mais perigoso é ficar aprisionado nisso.

— Como se ele tivesse morrido de novo — disse Caldwell. Keever deu a ele um olhar de advertência. — Então, para onde fez Stonier ir?

— Não posso obrigá-lo a ir a lugar nenhum — respondeu Shur. — Dei opções a ele. Tanto para o tipo um quanto para o tipo dois. Deixar isso de lado e seguir em frente. O que for possível. Experimentar de tudo e até alguma outra coisa. O máximo que puder.

— Certo. O que você recomendou? — Caldwell perguntou. — Na segunda categoria?

— Tudo e até alguma outra coisa.

— Você a ouviu — disse Keever. — Sei um pouco sobre alguns desses lugares.

Shur franziu os lábios.

— Deixe-me dizer uma coisa — falou ela. — Fizeram algumas pesquisas. Alguém iria provar de uma vez por todas se Freud tinha razão, ou Adler ou Lacan, ou Klein, ou a terapia psicodinâmica, ou a terapia orientada a objetos, ou qualquer coisa assim. Então rastrearam um monte de pacientes ao longo do tratamento deles, segundo todos esses paradigmas, fizeram um balanço no início e depois no final do processo. Quer dar um palpite? Quem melhorou mais? Qual paradigma saiu vitorioso?

— Vá em frente — disse Keever.

Shur sorriu.

— Não houve diferença — falou ela. — Não significativa. Um é tão bom quanto o outro. E também tão ruim. Mas. Todos se saíram consideravelmente melhor que o grupo de controle, que não recebeu nenhum tipo de terapia.

— E isso significa que...? — perguntou Keever.

— Significa que falar é melhor do que não falar. E quase não importa com quem você fale. Ou como eles respondem. Eu não iria tão longe, mas o que isso significa é que já faz muito tempo que tenho feito listas de grupos que praticam, pode escolher, meditação, discussões, doze passos, intervenções terapêuticas, renascimento, abraços grupais, tanto faz. Eu liberei todos eles: são inofensivos. Nada que seja ativamente tóxico. O que é, sim, uma decisão proveniente de uma avaliação, e esse é o meu trabalho. Posso extrair o nome daqueles que obtiveram pontuação alta em qualquer eixo que eu considere que meu paciente precisa. Agora, Stonier, em estado de choque como está, o que ele necessita é algo que eu chamaria de positividade-barra-afirmação de vida. Então recomendei um monte de grupinhos bacanas em Tacoma. O que quer que estivesse no topo da lista. — Ela os desafiou a desaprovarem sua sugestão.

— E ele concordou em ir? — perguntou Keever.

— Não foi fácil para ele. Mas qualquer um será bom para ele. Se existir algum risco, e existe, de que ele fique bravo com você, ou Unute, ou a Unidade, ou o governo, isso deve ajudar a minimizar a situação. E, seja como for, as pílulas que prescrevi contêm algumas outras substâncias ativas além dos ISRS. Para ajudar a torná-lo receptivo a sugestões. — Os outros dois pararam um instante para levar isso em conta. Shur olhou para Keever. — Falando em consequências de luto, como estava Joanie Miller? Você foi vê-la.

Ele hesitou.

— Lutando — disse ele. — Mas estou achando que você já sabia disso. E entendi o que quis dizer.

— Ouvi dizer que ela não estava bem. Esse é o tipo de luto que pode dar errado. Isso é o que todos nós queremos evitar. Daí a minha abordagem com Stonier. A ocorrência com Ulafson foi antes de eu chegar aqui, mas, se tivéssemos algumas dessas estruturas já instaladas, quem sabe?

— Bem — Caldwell disse por fim —, bom trabalho, suponho. Aposto que você adoraria falar com o próprio Unute. Esse, sim, seria um assunto e tanto!

— Não, eu não faria isso — disse Shur, com uma calma fria. — Estou interessada em como os humanos pensam.

Caldwell sorriu diante do comentário.

— Às vezes as coisas acontecem do nosso jeito — disse ele. — Isso me faz pensar como um personagem de Dickens. Me dá vontade de dizer apenas: "Bendito seja".

POR UM INSTANTE, TALVEZ, SHUR OLHOU PARA ELE COM UMA imobilidade que foi além da surpresa ou da incompreensão, mas essa impressão se desvaneceu tão bruscamente quanto surgiu. E então Caldwell estava sentado no escritório dela, olhando para uma mulher pensativa de meia-idade que o encarava sem nada além de uma educada curiosidade.

— Isso é *Um Conto de Natal*? — perguntou ela. — Não estamos exatamente nessa estação.

Caldwell riu. Outra decepção. Quanto tempo já havia se passado desde que tinha falado aquele código e o escutado em resposta, se deparado com o olhar frio da gnose e do propósito compartilhado?

Mesmo assim, não, ele não achava que estava sozinho na Unidade, em haver um outro e oculto laço de lealdade.

Segredos geram e atraem segredos. Ao andar por aqueles corredores e acenar com a cabeça para os colegas de trabalho ao passar, e em meio aos soldados dessa conspiração negada em particular, você seria capaz, com certeza, de cumprimentar um infiltrado de alguma ramificação militante dos Templários, e/ou um profeta de uma seita cabalística, e/ou um assassino sagrado para algum outro propósito oculto que não a *raison d'état* e Meu País, Certo ou Errado, infiltrado furtivamente na operação oficial para cumprir os próprios deveres, os ritos de sua igreja, as aspirações de seus outros superiores ocultos.

Tampouco Caldwell acreditava que isso fosse um grande escândalo ou um grande *insight*. Assim como em um escritório de tamanho mediano certo nível de roubo de material de papelaria deveria ser considerado inevitável, também os comandantes da Unidade Unute deveriam esperar que um número não trivial de funcionários se dividisse entre vários objetivos ocultos. Muito parecido com a ativista astuta em uma célula esquerdista que sabe que agentes policiais trabalham ao lado dela e tem de dar prosseguimento ao seu negócio insurrecional, ainda que saiba que eles são inimigos e trabalham para os próprios fins e contra essa célula, devendo assim manter os olhos abertos e implantar o *kayfabe* necessário desse inimigo contra eles, o truque, por certo, era ir atrás de seus objetivos, fosse como fosse. Se fosse o FBI que estivesse pagando pelo seu panfleto revolucionário, bem, pelo menos você havia conseguido um panfleto. Portanto, certamente devia ser essa a mentalidade dos superiores oficiais de Caldwell, ou dos oficialmente não oficiais, de tal forma que, por mais imiscuída de infiltrados que a Unidade pudesse estar, ele nunca minimizaria sua diligência ou se recusaria a colocar armadilhas para os infiltrados; pelo menos assim a Unidade conseguiria agentes, estudiosos e assassinos comprometidos.

Então, ele suspeitava de que aquelas eminências invisíveis nos corredores monótonos que controlavam a Unidade deviam considerar que, desde que a pesquisa estivesse sendo feita e as missões cumpridas, não fazia sentido ficar fulo da vida precocemente com os infiltrados, quaisquer que fossem suas intenções ou adorações ocultas. Os chefes estariam prontos, porém, para quando esses objetivos deixassem de acompanhar os deles.

O que não significava, claro, que ele fosse sair por aí anunciando seus verdadeiro comprometimento. Ele, Caldwell, infiltrado, tivera de cavar túneis para a Unidade usar, por mais que seus interesses na escavação fossem distintos. Ele manteve o uso de sua frase-código raro, cuidadoso, passível de negação. Até porque, se tudo prosseguisse como ele imaginava, não demoraria muito para que seus verdadeiros objetivos e atividades, e os deste governo, de fato tomassem rumos diferentes.

Uma sucessão de rostos mortos passou pela cabeça de Caldwell. Josh Barrientes. Weatherly Knighton. Jon Peters. O último choque e surpresa de arqueólogos e padres, vendedores de mapas, de bugigangas, de informação, quando ele fechava as mãos na garganta deles ou deslizava uma lâmina fina sob suas costelas, os olhos se turvando de decepção, os dedos se atrapalhando enquanto ele tirava deles o que queriam reter. Figuras esculpidas de Unute mais antigas que as mais arcaicas figuras na parede de uma caverna. Pergaminhos de poemas em uma escrita esquecida que contavam as aventuras do filho da morte, o avatar da quietude ancestral. Um lento acúmulo de informações, para serem compartilhadas com a Unidade ou escondidas dela, em um cuidadoso processo de titulação e camuflagem.

Bendito seja: bendito seja: bendito seja. O *slogan* de sua cabala sem nome, buscadores de poder. Sussurre isso para aqueles que possam ajudar, os apresentados aos mistérios do imortal. Sussurre em resposta para aqueles que lhe falarem isso. Um par de palavras tão estúpidas, um risco tão grande de falsa comunhão inadvertida, mas isso nunca pareceu acontecer. Por uma configuração de contexto, pessoa e tom de voz, aqueles a quem isso foi falado em seu significado secreto eram como aqueles para quem um policial grita: "Ei, você!": sempre reconhecendo, quer soubessem ou não, que eram seu objeto, e depois renunciando a uma resposta que tivesse uma definição correta, por escolha se fosse alguém de dentro, e também por escolha se não fosse. Bendito seja: era isso o que dividia as cabras de outras cabras. Apartados daqueles que haviam lutado durante anos ao lado de Caldwell, alguns adorando Unute, se esse fosse o verbo correto, outros mais decisivos em sua atitude, outros ainda considerando-o um demônio que precisasse de controle, mas todos desejando, se esforçando, para explorar seus poderes. E não para qualquer um dos países aos quais pertenciam — que estranha escolha de fidelidade, esses conglomerados políticos fugazes e acidentais —, mas para os próprios objetivos. Chame-os de demiurgos se quiser, se foram bem-sucedidos, milagres secundários, repletos de uma energia derivada de um poder superior.

E então? Onde está esse poder? Ele não se importa: uma vez, duas vezes, em um momento de diversão ou ressentimento, ele cuspiu Unute — e o porco — no mundo, depois voltou a uma indiferença tão grande que se tornou indistinguível da inexistência. Deixando aqueles que sugam as baterias que carregam Unute — ou aqueles que comandam aquilo que suga — para governar. E, o que quer que Unute possa ter a dizer sobre isso, não faz diferença.

— Dra. Shur — Caldwell ouviu Keever dizer —, vou solicitar que grave digitalmente suas sessões com Stonier e as salve em uma pasta segura. Vou lhe enviar um *link*. Nós aqui nesta sala não teremos acesso. É só para as devidas diligências. Não podemos ter outro Ulafson.

A boca de Shur se retorceu, mas ela assentiu.

— Sobre esse assunto — disse ela —, tenho um pedido. Como você diz, não podemos ter outro Ulafson. Quero solicitar que ex-membros da Unidade, e talvez até mesmo parentes enlutados dos soldados que morreram no cumprimento do dever de Unute, e com isso quero dizer especificamente sob as mãos dele, tenham a oferta de fazer sessões comigo.

— Doutora — disse Keever —, a senhora sabe que essa decisão não é minha.

— Eu sei, mas, se for a favor, isso influenciará o alto escalão — respondeu ela. — Acho que isso pode ser importante. Para a cura. E, se quer saber, também para informações. Se algum deles me aceitar, faço aqui, no meu escritório. O equipamento de gravação será montado, então tudo estará disponível para você verificar.

Keever levou em conta aquela proposta.

— Foi você quem me disse que nosso dever é para com eles e suas famílias, e não para com a morte — disse Shur.

Keever ficou imóvel.

— Verei o que posso fazer — disse ele.

Uma batida soou na porta. Shur gritou:

— Entre.

Diana entrou.

— Você perdeu a reunião — disse Shur. — Estamos quase acabando.

— Estávamos discutindo sobre Stonier — falou Caldwell.

— Desculpem o atraso — disse Diana. — Fui pega de surpresa. É sobre isso que preciso falar com vocês. Stonier. Bem, não exatamente ele, mas... Precisamos falar sobre Thakka e tudo o mais.

— Acalme-se — pediu Caldwell. — A pesquisa está em andamento, como você bem sabe. Na verdade, Diana, queria lhe dizer que voltei a refletir sobre uma de nossas pistas...

— Não é disso que estou falando — disse Diana. — Quero dizer, o que esse negócio todo está fazendo com B. Ele desapareceu de novo. Saiu para caçar.

NOITE EM UMA CIDADE FRIA E BRILHANTE. O DISTRITO FINANceiro. Abaixo: um mar de néon e faróis vagando como o brilho biológico de feras bentônicas. Erguendo-se como fumaça negra, a paisagem vertical, uma torre atrás da outra.

Entrada a partir de um telhado. Existem inúmeras maneiras de se fazer isso, mesmo sem apoio aéreo. Mesmo sozinho. Centenas de maneiras se for forte o bastante para manter o próprio peso por toda a altura de um arranha-céu enquanto escala um canto, fazendo furos no vidro reforçado.

Unute percorreu sorrateiro a escada. Não parou na entrada para o andar superior, vazia, exceto por pilhas de caixas de papelão cheias de isopor. Um abafador contra *drones* ouvintes.

Armas prontas. Pistola na mão. Respirou profundamente, para acalmar aquela voracidade estranha dentro dele, ansiosa para assumir o controle de seu corpo.

O andar de baixo. Armazenamento para intervenção apocalíptica: sarin, sucos suporíferos, explosivos. Hesitou diante da porta reforçada, observou a luz em torno de seu contorno. Mas não seria capaz de desativar essas coisas sem alertar anfitriões involuntários sobre sua presença, e ele tinha perguntas. Buscaria respostas antes de lidar com o que fosse possível disso tudo.

Desceu novamente. Em silêncio, pela terceira porta, corredor abaixo. Desprotegido nesse nível, porque quem esperaria um ingresso em tão grande altura, acima de tanta segurança? Além da porta, um vestíbulo iluminado por LEDs, escritórios, uma porta marcada com o nome da empresa de biotecnologia ali instalada: Mochyn Industries. O logotipo é um círculo dividido ao meio por um sinal de igual.

Ele deslizou a fechadura.

Os escritórios eram de plano aberto e semi-iluminados com o redemoinho dos salva-telas. Ele sabia que os faxineiros estariam trabalhando, e foi por isso que guardou a arma e deixou um pano pendurado nas mãos, por isso que usava um macacão escuro e andava com a postura de quem trabalha até tarde, passando por figuras cansadas que carregavam baldes e esfregões. Corredores em direção aos escritórios executivos. Onde ele sabia que o conselho se reunia.

Um percurso labiríntico, mais longo do que parecia possível pelo *design* de interiores intrincado. É assim que se esconde uma fortaleza à vista de todos.

Portas duplas de painéis escuros e sem janelas. Ele as escancarou, deparando com os guardiões do santuário. Pessoas em cinza-escuro, sobressaltando-se quando ele entrou, pegando suas armas e começando a dar os gritos habituais, e Unute, por uma piedade momentânea, um estremecimento diante da inevitabilidade homicida em suas mãos, na verdade dizendo algo mais ou menos como "Afaste-se e eu o deixarei viver", inútil como ele sabia que era, observando-os não ouvirem, como ele sabia que não ouviriam, e depois levantando a pistola, abaixando-se de lado e puxando o gatilho, e mandando uma bala direto no cano do rifle de um homem e outra no rosto de outro, e um terceiro no pescoço de uma mulher.

Unute ouviu o grito de um animal.

De gaiolas abertas nos cantos da sala, duas formas escuras se lançando em sua direção.

Cães. Cães?

Coisas enormes com contornos de pastores-alemães deformados, pelos escuros e babando; desde os dias dos lobos-terríveis ele não via caninos daquele tamanho e com tanta velocidade. Entre suas presas expostas e brilhantes estavam dentes maiores. Esses cães tinham presas. Estiletes de marfim se projetando do maxilar inferior, mais dois enrolados e arrebentando a pele do focinho.

Eles pularam. O primeiro bateu nele e mordeu com força seu braço esquerdo, e Unute gritou tomado por uma dor que o chocou. Deu com o punho direito na cabeça do cão. Ficou olhando-o fixamente, porque o bicho não abriu o maxilar, e Unute sabia que o golpe teria decapitado um touro.

Aquele êxtase surgiu dentro dele. Já fazia um tempo.

Mas ele precisava estar com a cabeça fria; tinha perguntas a fazer e, por mais doloroso que fosse, e por mais tensão que aplicasse, e por mais antinatural que parecesse, ele emitiu o vestígio gorgolejante de um grito de esforço, apertou os músculos e forçou o transe a recuar.

Dois golpes rápidos de martelo atingiram-lhe o lado esquerdo, e as balas rasgaram suas costelas e carne; ele cambaleou para se manter em pé, mas ignorou tudo isso, porque o primeiro cachorro ainda estava sobre ele, algo que não deveria ser possível, no entanto o bicho ainda estava consciente, rosnando através das presas cerradas, babando uma espuma de saliva e sangue de Unute, e agora o segundo cachorro também o alcançava.

— PRONTO — DISSE CALDWELL. A EQUIPE EMPURROU O CORPO mole da babirussa para a maca de aço. Ele os direcionou por um labirinto de máquinas para outro laboratório, mais profundo e em um andar inferior, passando por fileiras de frascos e recipientes cheios de carne. A tripulação conduziu sua carga para um nicho atrás dos computadores e do gerador que Caldwell tinha instalado, junto à câmara com um líquido escuro borbulhante de aparência pouco definida.

Mesmo sem a ajuda de Unute, os técnicos criaram uma combinação de partículas radioativas, cetamina e uma gaiola amortecedora de aura que, após algumas tentativas angustiantes e fracassadas e uma titulação de elementos, nocauteou a babirussa. O monte de carne se contorceu e babou, as pernas se agitando em seu sono narcótico. O bicho lutou contra suas amarras — algemas derivadas do trabalho de contenção de Unute.

Sozinho, Caldwell puxou um mapa-múndi. As linhas do litoral tremeluziam à medida que ele percorria a história, os contornos mudando com o passar das eras, das eras glaciais e das mudanças geológicas. Do outro lado, uma fonte de fios vermelhos, um ciclo animado repetido, estimativas de milênios das rotas do porco-veado.

Caldwell batucou o teclado. Sobrepostas às viagens do porco apareciam agora as rotas reconstruídas das viagens de Unute e da difusão da tecnologia.

Estou trabalhando há tanto tempo, pensou Caldwell. Textos antigos, hinos heréticos, rastros de tensão de táquions, esquisitices e anomalias. Não vou fingir que não foi preciso esforço para montar tudo isso. E se isso foi só para rastrear você, Unute, quanto mais será necessário para um porco?

Seguiu as rotas emaranhadas.

Onde você esteve, porco? O que tem feito? Como sabe como encontrá-lo? E o que é isto? Ele tocou um lugar que parecia ser aquele onde o porco já tinha se instalado havia muito, muito tempo. E isto, e isto, e isto? Lugares e épocas em que o porco caminhou durante toda a vida para se afastar de Unute.

Será que ele sabe?, ele se perguntou. Ele nos disse que você o caça toda vez que volta. Ele sabe que há épocas em que você se esforça para sair do caminho dele? O que você procura, então? Quando o evita?

Ele colocou a mão na pele trêmula do porco.

Com o que você sonha?

Caldwell fechou os olhos. Ouviu o máximo que pôde, como se as entranhas da criatura lhe sussurrassem, como se os seus ossos lhe contassem segredos.

Virou-se e olhou para o brilho frio da sala, para todos os cantos, onde as paredes encontravam o chão esfregado, para as soleiras. Estava só. Ficou totalmente imóvel e por um momento prendeu a respiração, esforçando-se para ouvir um som arrastado, uma batida infinitesimal.

Caldwell balançou a cabeça e soltou o ar.

Estou cansado. Estou ficando sem energia. Estou empolgado.

Desculpe, Diana, ele pensou. Sei que está extraordinariamente ansiosa para trabalhar nisso também, para encontrar uma nova rota para o azul, de onde vem o relâmpago. Mas vou pegar carona nessa. Caldwell estava junto ao vidro curvo do grande tubo, na parte mais profunda da base. Encostou o rosto nele. Olhou através da névoa e do desvanecimento da própria respiração para o centro do líquido escuro preservador, aquela escuridão ainda mais escura. Olhava através do vidro como se ele é que fosse um espécime.

Olhou de novo para o porco. Assim como Unute, pensou ele, este tem muita vida. Vida demais para um vetor de morte. Muita vida. Não quer morrer: assim como ele, tem vida de sobra.

Caldwell tirou um cabo da maca e o encaixou em uma entrada na base do tanque.

Se eu cortar você, você não sangra, porco?, pensou.

Ligou um aparelho de brilho verde que fazia medições de corrente, de pacotes quânticos, de energias mal compreendidas.

E então, pensou Caldwell, se eu cortar você, seu sangramento não para? Você não volta?

Passou a algema cinza-escura nos cascos.

Não deveria ser necessário enquanto estiver apagado, pensou. É apenas por precaução. Os laços do nosso Fenrir, Diana me disse que Unute lhe contou. Deve funcionar tanto com um porco quanto com um lobo. O que quer dizer que ainda não é perfeito, mas não está nada mal.

De um *rack* de equipamentos, ele tirou uma serra rotativa.

Posso ser preciso, pensou ele. Posso levá-lo ao limite da... vamos chamar isso de morte, embora ambos saibamos que não é o termo exato. Posso levá-lo até esse ponto e manter um registro exato de quanta pressão usei, quanto sangue você perdeu, quanta corrente apliquei, quão profundo cortei, a espuma de nêutrons e as agitações da forma de onda. Não preciso acordá-lo: não vejo por que a dor deveria fazer parte do motor de tudo isso. Do qual você é uma engrenagem. Espero que, para o seu bem, isso não mude. Posso controlar a velocidade com que seu coração bate, sua temperatura, respiração, ondas beta, teta, gama e lambda. O que acontece à beira desse abismo rumo ao nada, e no instante em que eu o empurrar, se decidir fazer isso. Quais energias são liberadas. Partículas várias vezes menores e mais barulhentas que as menores dançarinas que eles notaram no CERN, subindo o caminho todo até este... Bateu na boca úmida da criatura. Através desta totalidade emergente, este corpo e além dele. Nosso *feed* da NASA vai me alertar sobre atividade de manchas solares, explosões, tremores no cinturão de Van Allen.

E então vou ficar de olho em você enquanto dorme seu sono de pupa e seu protoplasma se reconfigura na membrana fetal, e vou acompanhar o que acontece no instante em que você atravessa a membrana e volta. A maneira casual como você e Unute viram a entropia de cabeça para baixo é inspiradora, mas enlouquecedora também. Você faz tudo parecer tão simples. Quem me dera fosse de fato assim.

Caldwell encostou o ouvido no vidro escuro.

Porque enquanto, você e Unute continuam vivendo, seu vizinho aqui se recusa teimosamente a não estar não vivo. Eu sei que essa é uma formulação desagradável, mas nenhuma linguagem que falo evoluiu para lidar com os paradoxos do seu tipo ou do dele. Portanto, terá que me perdoar.

Agite, agite. Líquido sussurrando além do vidro.

Alguns de nós temos aspirações mais profundas do que a mera criação de guerreiros imortais, pensou Caldwell. Alguns de nós — benditos sejam! — têm objetivos mais interessantes, querem os verdadeiros segredos, os verdadeiros poderes, acessar as energias mais puras, como as de Unute. Em você?

Colocou uma viseira transparente. Voltou-se para a babirussa ofegante. Verificou as conexões dos cabos e da serra.

Caldwell pensou: Você tem vida de sobra, e essa vida nunca é mais metastática do que quando chega perto da morte. Meu interesse aqui é acessar isso. Ele abriu portais de mão única da babirussa à energia que carregava o pilar líquido.

Ligou a serra e baixou a lâmina giratória até a garganta do porco-veado. Quando tocou a pele, mesmo nas profundezas de sua névoa, o animal desferiu chutes, mexeu-se, contorceu-se, gemeu.

◈ ◈ ◈

QUILÔMETROS ALÉM DA CIDADE DOS ARRANHA-CÉUS. NÃO NA floresta, mas em uma zona rochosa. Semiafundada na falésia, com vista para uma ravina, uma casa de ótimo custo e beleza, mogno, aço cor de estanho, vidro que escurecia com o brilho do fim do dia.

Nenhuma estrada passava por ali. No heliporto da bacia onde o prédio emergia da pedra estava um AgustaWestland 109, seus rotores curvados e imóveis. Das janelas brilhava o sépia de lâmpadas domésticas. Os empregados passavam na frente delas.

No centro de controle, um homem de meia-idade, musculoso, alto e de cabeça raspada, ouvia seu chefe de segurança. Quando o *briefing* acabou, ele acenou com a cabeça, agradeceu, saiu da sala e subiu pelo amplo corredor por escadas sinuosas. Passou por três empregadas, que acenaram com a cabeça, e ele respondeu da mesma forma.

Seu quarto era uma câmara em forma de disco no andar mais alto; seu telhado, nivelado com o platô. Ele se projetava da encosta, sustentado por contrafortes em ascensão, com piso de vidro na baía de sua janela, para que o homem pudesse ficar ali e olhar para o céu. Quando abriu a porta, sentiu o ar frio, e as luzes não acenderam. Percebeu na hora que algo estava errado. Mas, antes que pudesse fechar a porta novamente e apertar um botão de pânico, uma voz veio da escuridão.

— Não — ela disse.

O homem parou onde estava.

— Entre — disse a voz. — Não faça barulho.

Uma silhueta mais escura contra a escuridão mais atenuada.

O homem hesitou por um segundo e depois entrou.

— Ótimo. Agora feche a porta.

Ele fechou. Encarou a sombra e teve a impressão de ver dois clarões de um azul gélido.

— Isso foi sensato — disse a voz. — Acho que nós dois sabemos que suas chances de estar vivo daqui a quatro minutos são baixas, mas não nulas. E, mesmo que não consiga, a maneira como vai embora ainda está em debate.

Na escuridão instável, o homem viu um buraco aberto com um soco no piso de vidro do chão.

— Você sabe quem eu sou? — perguntou o intruso.

O homem lutou para falar.

— Você é o inimigo — disse ele. — É o diabo. — Ele estava trêmulo, mas levantou o queixo, e, se você o tivesse visto, saberia que estava tentando ser corajoso.

— Não — disse Unute. — Veja, esse é o resultado distorcido de muito, muito tempo de uma transmissão de meias-verdades. Como naquela brincadeira, telefone sem fio. Como o seu logotipo corporativo. É fofo, aliás. Há quanto tempo ele é igual ao seu sinal sagrado? E há quanto tempo você acha que esse sinal está assim? Algumas centenas de anos? Alguns milhares? Esse sigilo é o resultado da preguiça. Sabia disso? — Unute fez duas varreduras rápidas com os dedos indicadores. — É mais rápido fazer linhas retas, então foi nisso que eles se transformaram. Deviam ser cachos. Isso é o que costumavam ser, ao saírem do círculo.

— Eu sei — disse o homem. — Presas.

— Quanto ao fato de eu ser mau... É o seu chamado deus que tomou antipatia por mim. Nunca tive nenhum problema com ele. Eu queria ajudar. Sabe o que há de triste nisso tudo? Nunca tive nenhum problema com seus antecessores. Eles eram tranquilos comigo. Aprendi muito com eles, desde quando marcavam a pele. Seu povo foi o último que ele deixou se aproximar. Eu teria ficado muito feliz em deixá-los com seus rituais e ritos. Podem adorar o que quiser. Adorar um *mochyn*, um porco. Sim, eu falo galês. Eu falo tudo. E sabe do que mais? Ficaria feliz se continuassem fazendo suas pesquisas também. Depois de todos esses anos em que usaram alta tecnologia. Poderia ser útil.

Unute lançou uma grande forma na escuridão. Ela prescreveu um arco, rodopiou e aterrissou com um baque pesado e surdo, e ainda rolou, parando sobre suas presas, os grandes olhos encarando fixamente, a língua pendendo até a franja esfarrapada do próprio pescoço. O proprietário da Mochyn Industries olhou para a cabeça de um cachorro-porco.

— Deuses e monstros — disse Unute. — Alienígenas e avatares. Entropia *versus* mudança. Morte *versus* Vida. Ideais, ideias e muita sorte. Todos nós temos ideias sobre o que eu sou. Que tipo de avatar. Eu sei qual a posição de vocês. Às vezes essa era a opção menos ruim no que me dizia respeito: ser o diabo. Hoje em dia eu meio que superei isso. Gosto de pensar em talvez algum tipo de "máquina plantada por inteligências curiosas, vastas, frias e sem nenhuma empatia". Isso é de H. G. Wells. Mas em uma coisa tenho de concordar com vocês: seu "deus", pelo menos, fazia sentido. Vocês podiam vê-lo, e ele fazia coisas que nada era capaz de fazer. E já existiram deuses piores que javalis. Todos os deuses são decepções, mas, se vai ficar desapontado, e você está, ficar desapontado com um porco não é a pior coisa. Imagine ficar desapontado com a Bondade. Ou com a Verdade. Com a Luz. Ou com a Vida! De volta ao dia em que algumas pessoas que me odiavam disseram que eu era a morte, e que o deus da vida estava do lado deles e queria me matar. Eu sempre quis dizer: Por que diabos você acha que a vida se importaria com você?

Unute continuou, ainda nas sombras e consagrado ao frio:

— Essas coisas eram fortes. Seus cachorros. Passei por eles no caminho para a diretoria. Obviamente. Eles desistiram de você. Obviamente. Mas seus cães me machucaram mais do que deveriam, e tiraram de mim mais do que deveriam. Você sabe quanto seus antecessores tentaram treinar javalis para fazer o trabalho de segurança? Mas os porcos não são tão flexíveis. Ainda assim, fizeram um bom trabalho, com todo o seu comprometimento. Como você os chama? Cães-presas ou algo assim?

— Babirussas — disse o homem por fim.

— Claro. Por que deixar o fato de que eles são mais cachorros do que porcos entrar no caminho dessa homenagem?

Unute deu um passo à frente, em direção à escuridão atenuada da sala, e o homem viu poças de sombras em suas feições.

— Nunca pensei que fosse o único a ter um pequeno resquício do velho deus. Aquela tatuagem que seus fundadores fizeram. Vocês têm andado ocupados com o que quer que tenham em mãos. Clonagem, *splicing*. Criação de guerreiros. Talvez não sejam apenas cachorros, hein? Alguns de seus sacerdotes e paladinos também têm dentes grandes? Têm estômagos fortes? Vocês. — Ele balançou a cabeça em uma negativa. — É sempre sobre guerreiros imortais. É certo que vocês conseguiram ir mais longe que a maioria dos demais. E sabe do que mais? Não dou a mínima. Vocês não têm se colocado no meu caminho. Não estou aqui para dizer que comecem a fazer algo ou parem de fazer o que querem.

"Estou aqui apenas por um motivo. Quero que me diga quem veio buscar isso. Quem estava com isso."

— Isso não é motivo — disse o homem na escuridão. Sua voz tremeu, mas não muito. Ser desafiador era sempre algo admirável. — O que apenas levanta a questão: Qual é o seu motivo para esse motivo, diabo? Por que quer saber? O que está procurando?

Sim, desafiar sempre era algo admirável, então Unute o admirou durante os instantes que ele merecia, e deixou essa admiração fortalecer seu espanto ao ser interrompido.

— Isto *levanta* a questão — disse Unute. — Não estou implorando. Todo mundo entende isso errado. Quando visitei seus colegas, pensei que talvez você realmente tivesse uma conexão com isso. Ainda poderia se aproximar do seu deus, que ele permitiria, do mesmo jeito que fez uma vez. Mas seus colegas me disseram que não. Que ele não os tem deixado confraternizar com isso desde a tatuagem. Dei a eles todas as oportunidades para revisar essas informações — ele prosseguiu, e, pela mente do homem, passaram as imagens de corpos na sala de reuniões. — E eles não fizeram isso. E sou muito bom em saber quando as pessoas mentem para mim. E acho que estavam dizendo a verdade. Então, não é você quem está fazendo companhia a ele.

"Mas também sei que vocês ainda conhecem aquele porco e tudo a respeito dele melhor do que qualquer outra pessoa no mundo. Talvez seja melhor para vocês assim. Nada mais emocionante do que um deus que mantém distância, certo? Um deus oculto. Para que a fé possa se tornar uma aposta. Para pessoas como você, ele pode estar oculto, mas não tão oculto assim. Você ficou de olho nele mais do que ninguém. E mais de olho ainda em todos os que estão de olho nele. Então, tenho uma pergunta. E é isso que vai decidir se você fica por perto e continua respirando. E, se não, como você sai de cena. Portanto, considere sua resposta para mim com muito cuidado."

Unute deu outro passo, e então o homem se afastou da cabeça do cachorro morto, da exaustão enfurecedora na face marcada e em processo de cura de Unute.

— Vou perguntar mais uma vez — disse Unute. — Pela última vez. Quem está andando com seu deus?

A História da Esposa

MEU PAI ERA PASTOR. MINHA MÃE ERA PASTORA E DEPOIS ESPOSA DE pastor. Meus irmãos, por ordem de nascimento, foram pastor, pastor, bandoleiro, natimorto e tolo. Minhas irmãs eram duas tecelãs, uma morta e uma noviça, e eu, a mais nova, deveria ser pastora.

Tinha 17 anos e ainda não era casada quando os soldados chegaram à nossa aldeia. Eles mataram meu pai, minha mãe e duas de minhas irmãs. Antes de a despacharem, abusaram de minha mãe e fizeram o mesmo com meu pai, embora, nos últimos anos, quando contei essa parte da minha história, uma abadessa me tenha dito para não falar isso. Os soldados vestiram o meu irmão mais novo, o tolo, com roupas de padre (tinham matado o padre) e riram-se dele e ordenaram aos habitantes da aldeia, os que não fugiram nem estavam mortos, que também rissem dele por causa de seus balbucios. Ele sorria para eles apesar dos soluços dos nossos vizinhos, porque o nosso irmão mais velho era um daqueles soldados, tinha partido havia meses e agora tinha voltado e cantava para ele as canções de nossa infância. Eu já tinha visto meu irmão soldado levar os camaradas para os campos de nossos pais e o vi assistir enquanto eles os matavam, então não fiquei surpresa que ele ficasse parado enquanto os de sua nova companhia amarravam o pobre simplório na árvore pelo pescoço, puxavam a corda para levantá-lo e, gritando e ostentando que eram testemunhas de um milagre de voo enquanto ele desferia chutes, diziam que também dançasse e fizesse acrobacias, e cantaram para acompanhá-lo.

Deitei-me na vala e derramei minhas próprias lágrimas sem fazer barulho.

Naquela noite, as estrelas estavam escondidas. O que me acordou foi uma mão nos meus lábios.

Era um homem. Eu me debati, mas ele me segurou. Vi seu rosto sob o brilho das fogueiras dos soldados. O homem sussurrou que me deixaria falar para contar o que havia acontecido ali. Respirei mais devagar e ele tirou a mão.

Quando terminei de contar, ele assentiu, colocou o dedo nos próprios lábios, levantou-se no campo e caminhou em direção ao fogo. Ouvi um soldado gritar: Quem vem lá? Era a voz do meu irmão.

Meu outro irmão, o morto e pendurado, encarava o fogo como se ele também observasse a aproximação.

O homem com quem eu me casaria encontrou meu traiçoeiro irmão na beira do campo. Meu irmão ergueu o mosquete. O homem ergueu as mãos. Ouvi o tiro e vi sangue na palma da mão do homem quando a bala passou por ela.

Tão lentamente que ele a pegou com a outra mão e a enfiou no bolso.

Ele emitiu um som alto como o de uma tempestade, pegou a arma do meu irmão e a jogou longe, e os outros soldados atiraram contra os dois, e suas balas fizeram meu irmão dançar uma dança tão feia quanto nosso pobre idiota em sua última ascensão, e o homem que havia me acordado arrancou o braço do meu irmão soldado do ombro e o balançou em um arco gotejante, com força suficiente para derrubar a cabeça do fratricida dos ombros, lançando-a para além da floresta.

Os outros soldados olharam e ficaram imóveis. Começaram a choramingar. A luz brilhou nos olhos e nas mãos do recém-chegado. Eu testemunhei a visitação de seu poder.

Por mais jovem que eu fosse, já tinha visto coisas terríveis. Mas não sabia que o corpo humano poderia ser desmembrado da mesma forma que meu futuro marido desmembrou aqueles soldados.

Quando terminou, quando eu consegui movimentar meus membros, levantei-me. Não contei a ele então — nunca contei a ele — que ele havia matado um dos meus irmãos em vingança pelo outro.

Ele acenou para mim. Saímos daquele lugar.

Não sei em que ano nos casamos em Brno, mas sei que foi depois da primeira e antes da segunda batalha de Breitenfeld. Àquela altura, já havíamos viajado por anos e compartilhado uma cama por muito tempo. Não tive vergonha desse pecado, porque não tinha dúvidas de que ele me amava, pelo fervor de suas declarações e pela paixão de nossas cópulas, e porque nas nossas andanças pelas ruínas da Europa tinha visto uma degradação tão profunda que cheguei a amaldiçoar o Deus que permitira isso, a considerar seus decretos os discursos de um louco. Isso fez meu companheiro de cama sorrir.

Assim, fiquei surpresa quando ele disse: Case-se comigo, e em uma igreja, disse ele. Pois, seja lá em que acreditar o padre que nos unir, se o Deus a quem consagrarmos nosso amor ainda existir e for caprichoso como você diz, vamos desafiá-lo com a falta de sinceridade da nossa declaração de fidelidade a ele, e ele saberá, mesmo que o ministro não saiba.

Não gosto de me lembrar da cerimônia. Nem ele nem eu estremecemos nem rimos com a menção da morte nos separando.

Que nome devo usar, perguntei, e ele me disse que, como não tinha sobrenome, eu deveria escolher o meu. É por isso que, desde então, pelo menos para mim mesma, sou chamada de Immerfrau, a esposa eterna, porque já vi o suficiente — ele tirando lanças das próprias entranhas, escavando balas do pescoço — para saber que meu marido nunca morreria.

Todas as manhãs eu acordava, e ele sussurrava que eu havia dado um propósito aos seus dias, que agora ele sabia que eu era aquilo de que ele precisava.

Enquanto o mundo desmaiava nas agonias da guerra, encontramos alegria um no outro. Ajudamos algumas pessoas, ignoramos outras e pegamos o que precisávamos em nosso caminho, e meu marido infligiu aos perpetradores de violência alguns tormentos de sua autoria. Ele me deu a entender os sinais que viriam quando o espírito do turbilhão o alcançasse, quando eu precisaria deixá-lo em paz, me afastar de sua companhia, até que a sede de sangue o abandonasse, e ele respirasse fundo e pudesse olhar em meio à mácula do que havia feito. Então eu emergiria e o levaria pela mão e o limparia.

Como você surgiu?, perguntei a ele.

Fui cantado para o mundo, disse ele.

Como ainda vive?, perguntei.

A morte não mata os seus, disse ele. Ela sempre cuidou de mim. Às vezes, falou ele, na manhã da minha vida eu a via me observar da escuridão, nos olhares das feras e das pessoas, por trás das janelas de seus olhos.

O que você é?

Eu sou uma ferramenta, disse ele. Eu sou o fim.

Talvez você a traga, mas você não é a morte, nem seu arauto, disse a ele, seja lá o que diga, ou tudo o que lhe foi dito, ou em que acredita. Eu vi a morte e ela é um silêncio incessante, isso é tudo o que ela é. Você, meu amor, é todo movimento e barulho, mesmo quando não diz nada.

Isso o deixou pensativo.

Nas ruínas de uma cidade da Silésia, disse a ele que tudo o que faltava para completar a minha vida era um filho. Disse isso uma vez e apenas uma vez, pois, embora soubesse havia muito tempo que ele era o medo em pessoa para os outros, essa foi uma das três vezes em que eu mesma tive medo dele. Ele não colocou as mãos sobre mim, mas disse-me com uma voz temerosa que não submeteria a si mesmo nem a mim à libertação dos mortos. Daí em diante, quando chegava o meu período fértil, ele saía do meu corpo e se exauria em cima de mim.

Apesar de toda a escassez, de todo o apocalipse da guerra, e sabendo que isso poderia me fazer parecer um monstro, fiquei feliz. E ele me disse que também estava feliz.

Na Antuérpia soubemos da Paz de Münster. Fiquei contente pelas multidões da Europa, mas pude ver que meu marido havia sido dominado por uma súbita tristeza.

É o momento mais claro da minha longa vida. Eu vi tudo mudar para ele, e nele, no espaço de uma respiração.

Ele não se vangloriava na tragédia, então eu sabia que o fim da guerra não era o que o perturbava. Implorei-lhe que me dissesse o que era.

Preciso ir, ele me disse. Nosso tempo acabou.

Mal pude acreditar no que ouvi. É claro que eu estava agora na meia-idade, enquanto o próprio tempo continuava com medo de atendê-lo, mas ainda assim, todas as manhãs, eu acordava sob o olhar dele e, se ele mentiu quando me contou sobre sua alegria, então mentiu todas as manhãs, durante décadas, e em nenhuma vez sequer eu fiquei sabendo.

Ele disse: Preciso ir.

Eu apelei para a razão. Eu o provoquei. Eu fiquei furiosa. Eu interpretei a sedutora. Eu implorei.

Ele disse: Preciso ir.

Ele disse: Você não me verá novamente.

Ele foi.

Por três anos eu chorei.

Durante onze anos trabalhei como padeira, e fui me endurecendo com o fato de começar cada dia sem os olhos dele sobre mim. Esforcei-me para não pensar nele.

Quando residi no sul de Madri por oito anos, recebi notícias de alguns dissidentes.

Minha agonia contra Deus era menor agora, não por causa da reconciliação com qualquer força tão perversa que permitisse tal sofrimento, mas por causa da crescente indiferença. Não sendo imortal, guardava para mim minha opinião sobre tais assuntos e assistia à missa quando era apropriado. Não tenho grande interesse nem nos princípios da Igreja nem naqueles que se colocam contra Roma. Por conta dos meus anos de peregrinação, entretanto, mantive o fascínio pelo ofício da guerra e pelas alianças mutáveis das facções, e, para compreender tal turbulência, conhecia o suficiente sobre jansenistas, ranters e afins. Uma pessoa como eu, que teve, quer queira, quer não, que se preocupar com — e nutrir um possível interesse por, também, sempre foi meu medo — entusiastas e devotos fervorosos, tanto heréticos quanto canônicos, não podia deixar de conhecer os sinais e os jargões de tais correntes. Tendo eu mesma, no meu papel de consorte da morte, sido objeto de fantasias, falácias e exageros, de cujos fios da história os intrometidos não conseguem se abster, e tendo me maravilhado com as muito mais grandiosas tapeçarias de falsidades pertencentes ao meu próprio e antigo companheiro, a dúvida é minha natureza. Mas mesmo eu não pude conter certa tristeza e mau pressentimento ao ouvir falar dos novos gnósticos. Adoradores secretos dos filhos bastardos dos poderes pagãos, daqueles que estão em intermináveis guerras ocultas, devotando-se, por um lado, a um princípio como a Ordem, e, por outro, à Alteração. Ou, também, a aspectos mais sinistros. Ao próprio Fluxo, a todo e qualquer custo. Mesmo, ao contrário, a uma inércia total e sem virtude, a uma quietude fria subjacente ao barulho e ao movimento do mundo. Este foi o ano da Rebelião de Venner contra o rei restaurado da Inglaterra, e foi assim que conheci os Quinto-Monarquistas. Agora eu ouvia falar de cismas entre os antinomianos daquela corrente, uma diáspora de hereges entre hereges que varria todo o continente. Havia entre eles, diziam alguns, quem trabalhasse contra a Coroa, outros a quem o Palácio dava ordens.

Ao princípio blasfemo de que os Salvos, sendo Salvos, não estavam sujeitos aos Dez Mandamentos, aqueles conhecidos como unutarianos acrescentaram a doutrina de que um novo Cristo caminhava entre nós. Que ele, acima de todos, estava isento das restrições que regiam os homens inferiores. Que ele poderia, assim, cometer atos bestiais a serviço de sua missão divina, que era, pelo uso da morte — por mecanismos ocluídos por uma nuvem de desconhecimento —, colocar a própria morte em fuga, para que todos pudessem viver para sempre, algum dia, como ele viveu. Eles o seguiriam, disseram, e lutariam por ele e contra seus inimigos, não poupando aqueles com quem ultimamente haviam dividido o pão. Pois outros, de seu grupo maior em tempos passados, conhecidos por se oporem aos messias da Brummagem, imploravam fidelidade aos arcontes da própria vida eterna, inimigos declarados, segundo eles, dos unutarianos e do filho do relâmpago. E assim foi.

É claro que essas crenças chamaram minha atenção. Essas almas perdidas não foram as primeiras de quem ouvi falar que, com algum conhecimento parcial ou indício da existência de meu marido, acrescentaram-lhe versos, provérbios e aspirações a seu favor, chamando de fé essa mescla resultante. Eles foram, porém, os primeiros a me conectar ao seu sonhado salvador ou Besta.

A primeira vez que abri a porta a um jovem que me implorou para lhe contar o que eu sabia sobre as idas e vindas do imortal, para que o seu próprio mestre, o filho da vida, pudesse destruí-lo, ele o fez em inglês, língua que eu ainda não falava então. Foi apenas o uso do nome do meu marido, e os rumores que ouvi, que me deram a entender a natureza de sua intervenção.

Não sei como ele me encontrou. Horrorizada, fingi não perceber quão incoerente ele estava, e fechei a porta na cara dele.

Seu antigo camarada de fé, agora oponente zeloso, que me visitou no mês seguinte, era um holandês atarracado e de olhos arregalados, que não se deixou dissuadir facilmente. Passou por mim e entrou na minha cozinha. Com muita raiva, ele me disse, em um espanhol ruim, que meu dever era para com o vindouro Reino de Deus na Terra, que eu deveria lhe contar a localização do escolhido, para que ele pudesse ir até ele, jurar fidelidade, avisá-lo de que seus adversários se aproximavam.

Evitei informá-lo de que não ouvia nada de meu marido havia mais de dez anos, desde aquele dia em que o amor desapareceu de seus olhos. Em vez disso, disse-lhe para sair de casa e não voltar. Peguei uma faca de desossar e a apontei para ele. Ele se despediu, mas me falou: Voltarei, você precisa nos ajudar. Nós precisamos dele.

Foi assim que, dois dias depois, quando fui acordada por um ruído de batida à porta, não fiquei surpresa. Desci e a escancarei, pronta para lhe dizer mais uma vez que me deixasse em paz, mas não era ele quem me encarava na rua enluarada.

Três homens estavam à minha porta. No meio, agarrando os outros dois a cada lado de seu corpo, inalterado desde o dia em que partira, estava meu marido.

A visão dele me fez cambalear e pronunciar seu nome com um arquejo. Seus companheiros caíram em minha casa. Vi que eles não estavam de pé, mas sim apoiados em suas mãos. E vi que eram meus visitantes anteriores. E vi que estavam mortos.

Meu marido fechou a porta e a trancou. Agachou-se e virou os corpos daqueles que havia matado: com, me pareceu, uma gentileza notável para ele. Eu, finalmente capaz de falar, disse-lhe que ele não era bem-vindo. Mantive minha voz fria e meu rosto também, e tenho orgulho disso. Ele não me deu atenção.

Perguntei-lhe o que ele queria matando aquelas pobres criaturas iludidas.

Ele me disse — estas foram suas primeiras palavras naquela noite, e não olhou para mim quando as pronunciou — que havia desistido de agradar ou proteger peregrinos indesejados a seu favor ou contra ele. Que eram pessoas assim, aqueles paladinos que se autodenominavam matadores da morte e estavam comprometidos com sua destruição, e, não menos, seus próprios aspirantes a adoradores, que ameaçavam a equanimidade de seus anos intermináveis. Ele poderia ter deixado os dois cuidarem um do outro, mas não mais. Eram uma tribulação, disse ele, mais do que o porco e sua igreja — com o que ele quis dizer não sei o quê.

Se vierem até mim em busca de seu deus, disse ele, em mim ou no inimigo que imaginam para mim, eu lhes concederei esse desejo. Embora não do modo como esperam.

Nunca o vi ser tão cruel, disse a ele. Era mentira, mas continuei. A não ser pela sua crueldade final comigo.

Então ele olhou para mim.

Não é agradável pensar nisso.

Eu disse ao meu marido que ele deveria ir, para nunca mais voltar, como ele havia dito que faria. Disse-lhe que tomasse esta prova dos seus crimes e, se tivesse alguma decência ou alma, me concedesse agora a solidão que me legara.

Quando ele falou, sua voz estava bastante alterada; tinha uma fragilidade e uma frieza como a de uma espada em um lago congelado. Ele me chamou de velha e feia, me disse que eu era uma mentirosa e que estava sozinha porque ninguém além dele jamais me desejaria.

Não são dias ou noites que decido recordar. Eu poderia elencar tudo o que ele me disse nesses meses de nossa segunda vida juntos, painel central do tríptico do nosso casamento. Não farei isso. Eles me encheram de vergonha naquela época, e o fazem agora.

Ele não levantou a mão contra mim. Não me seguiu de um aposento a outro. Mais forte que o medo de que ele falasse a verdade sobre mim, muito maior ainda do que a vergonha que o que ele disse provocou, é a vergonha de eu não ter me afastado. É verdade que aquela casinha era tudo o que eu tinha, mas nunca tinha tido nada antes, e desde então, e não temo isso. Não apenas não saí dali como também não saí da cama, que ele agora reivindicava. Nem esperei com pavor o seu toque renovado, mas ansiava por ele, estendia-lhe a mão, perguntando-lhe se ele ainda me amava, se não me trataria como antes. E ele me tocou. Mas, mesmo enquanto fazia isso, ele me contou todas as mesmas coisas que dizia durante os dias, e sussurrou-me que ninguém além dele se dignaria a fazer o que ele estava fazendo.

Ele não me prendia em casa quando, todos os dias, saía com o sol nascente. Apenas murmurava uma de suas novas crueldades, me abandonava, deixando-me sem saber por que não havia partido. Quando voltava, muitas vezes carregando o corpo de outro de seus adoradores indesejados ou de seus inimigos, para descartar em meus fornos, reclamava da estupidez deles e amaldiçoava primeiro a eles, depois a mim.

Não escolhi saber exatamente quantos meses vivi assim. Sei que fui cúmplice de muitos assassinatos. Que ele não suavizou suas injúrias contra mim, de quem certa vez falara com ternura. E eu sei, embora pudesse desejar o contrário, que o que me manteve ali não foi nenhum glamour, mas uma parte de mim que desejava tal degradação, que tinha sede do que sabia ser veneno.

Ele trazia corpos com cada vez menos frequência. Uma por uma, as células de crentes da cidade encontraram o que procuravam, seu Emanuel ou Adversário. Até que, tendo eliminado o flagelo daqueles que tinham esperança nele e dos que esperavam que ele pudesse ser exterminado, ele havia chegado ao fim.

Desta vez, quando foi embora, saiu sem dizer uma só palavra.

Fui para a Inglaterra.

O que disse a mim mesma, e era verdade, foi que já não estava em segurança na Espanha, que precisava de um mar entre mim e o local dos crimes do meu marido. Passei a acreditar que também escolhi viajar para onde partiu a maior parte daqueles que o tinham rastreado. Para uma ilha onde alguns sabiam mais sobre ele até do que eu mesma.

Jamais os procurei. Pelo menos disso posso me orgulhar.

Na Inglaterra, encontrei uma fonte de vergonha ainda maior, o que a honestidade exige que eu conte. Trata-se do bom homem que conheci e que, não sei por que, me amou.

Deixei que ele se casasse comigo como se eu não fosse casada. Eu era amarga com ele. Disse-lhe que ele não valia nada, repeti as palavras que me foram ditas, que, se não fosse pela minha piedade, ninguém ficaria com ele. Vi a dor que tais palavras infligiram e que o emaranharam; vi também amor, como se um gato brincasse com dois novelos de barbante ao mesmo tempo. Eu gostaria de não ter tentado feri-lo como fiz, e que ele não tivesse tolerado como fez, como eu fiz com aquele que me machucou e me deixou.

Foi a morte que libertou meu segundo marido, depois de vinte anos de sofrimento, e estou feliz por ele estar livre de mim, ou de quem eu era.

Três anos se passaram desde então, três anos em que fui esposa, bígama e viúva. Não importa quanto a idade me curvasse, nunca acreditei que tivesse finalizado a situação com o primeiro dos meus maridos, ou com aqueles que o procuravam.

Há um ano, recebi a notícia de dois viajantes que visitaram minha aldeia. Rumores chegam aos ouvidos até de pessoas como eu, alguém que mora além da fronteira e cujo sotaque é estranho, cujos vizinhos gostam de evitar, de chamar de bruxa, o que é uma mentira, e perversa, que não posso negar.

Pelos sussurros das crianças que chegam o mais perto que ousam e não sabem que eu escuto, pelas palavras soltas de quem procura os cataplasmas que só eu sei fazer, descobri que um dos dois era alto e usava um capuz e uma máscara, se cobria com mantos, andava com rigidez e não queria ou não podia falar. O outro era um homem de cabelos ásperos que falava como alguém que veio de longe, disseram. Quando soube que os aldeões acreditavam que fora a peste que desfigurara seu companheiro sob as cobertas e o deixara mudo, ele ficou no centro da aldeia no último dia da visita e abraçou o outro através das vestes, para que todos pudessem ver, para provar que nenhum miasma o cercava.

Ele falou de cura, me disse a esposa de um fazendeiro, como se eu fosse responder a ela ou dizer uma palavra sequer. Ele disse que ele e o homem coberto viajaram pelo mundo em busca de curar, de espalhar o amor de Deus, de trazer vida, de banir a morte e o diabo. Já ouvi centenas de homens e mulheres dizerem isso, mas ela repetiu essas promessas familiares como se tivessem um valor imensurável.

Duas estações depois, em uma manhã de outono, desci para colocar água no fogo e meu marido estava sentado perto da lareira, me esperando, olhando fixamente para as brasas.

Não me assustei. Não deixei cair a água. Pus o balde no chão e me sentei ao lado dele na cadeira que tinha sido do meu outro marido.

Meu primeiro marido não havia mudado, claro, desde Madri, mas seu rosto estava mais triste. Meu coração bateu continuamente depois de um momento de excitação. Percebi então que o esperava havia mais de vinte anos.

Eu ouvi, ele me disse. Alguém veio. Um homem mascarado. Aquele que caminha com ele. Eles me procuram e não me desejam o bem, eu acho. Nem a você talvez, como minha consorte de outrora. Você deveria, quando eles retornarem, ficar longe deles.

Uma hora se passou e nem ele nem eu dissemos nada.

Por fim, ele falou: Já me despedi de tanta gente. Quando acho que já chega de dor, ela volta para mim, e aí acho que chega de novo e depois ela volta. Acho que cansei de me importar em matar e então passo a me importar demais. Às vezes digo que não posso amar e que nunca amei, e às vezes digo que amo facilmente, o tempo todo, e às vezes acredito que estou dizendo a mesma coisa de duas maneiras. Não seria amor, disse ele, proteger sua amante da dor da sua própria dor?

E como poderia fazer isso?, eu disse a ele.

Talvez, falou ele, fazendo com que deixassem de amá-lo. Sendo desagradável.

Então devo, disse eu por fim, lhe ser grata?

Demorou um pouco até que ele falasse novamente, sua voz sem emoção. Fria não como o inverno, mas como a consistência de um longo outono.

Ele disse: Lamento sua dor.

Eu o mandei para o inferno e o xinguei de covarde.

Quando terminei, ele me disse: O que eles queriam? O mascarado e seu companheiro? Você falou com eles?

Desejei-lhe furúnculos, feridas e um pau murcho.

Quando terminei, ele perguntou: Do que eles falaram?

Disse a ele que não sabia, que ninguém na aldeia falaria comigo por causa da aura que ele havia deixado sobre mim, como o fedor da terra noturna.

Você tem razão, ele disse, eu sou um veneno e lamento sua dor. Mantenha distância dos viajantes.

Meu marido se levantou para ir embora e eu o amaldiçoei por ser um vira-lata, e no fundo do meu coração senti tristeza por ele. No fundo do meu coração, queria que ele não partisse. Gritei para ele ir embora. Deixei que fosse embora.

É o fim do ano, agora.

Ontem, uma batida soou na minha porta enquanto o sol se punha. A parte de mim que eu gostaria de poder exorcizar esperava que fosse meu marido novamente. Mas não era ele, nem um homem de cabelo áspero e estranho e um silencioso companheiro envolto em uma mortalha como eu imaginava que seria. Talvez esperasse por isso, por todos, ou por causa de todos, por causa da intenção deles. Era uma figura pequena, de cabelos grisalhos, com um rosto do qual agora é difícil recordar.

Eles me olharam de frente. Você foi casada uma vez, disseram eles. Não falo daquele que morreu, daquele com quem seus vizinhos dizem que você foi cruel.

Eu disse a eles que sabia do que falavam. Disse que falaria com eles pelo bem do meu último marido, o falecido, que merecia coisa melhor.

Onde estão seus amigos?, perguntei a eles. O mascarado e o outro?

Não sou amigo deles, disseram. Ainda não. Eu os sigo. Para procurar melhor o primeiro marido, assim como eles. Compartilhamos uma missão, embora eles não saibam disso. Encontrar a fonte da tristeza.

Havia uma grande calma nesse visitante. Ouvi-los fez meu coração desacelerar.

Aquele homem que veio procurando é uma criança, disseram, embora ele saiba disso apenas vagamente. Ele coloca sua fé no companheiro para descobrir quem deve ser encontrado e fazer o que deve ser feito com ele. Com aquilo. O que não será eficaz. Quando esse companheiro se for, e não antes, irei até ele e lhe direi que o poder que ele possui é dele, e não das tralhas de seu exagero. E você: Estou aqui para falar com você sobre cura, disseram. Sobre o fim da dor.

Eu quis ser cruel com eles, como sabia muito bem que poderia ser. Mas não consegui.

Conte-me sobre sua dor, disseram, e isso me fez recuperar o fôlego, despertando em mim uma espécie de esperança no fim da esperança.

Fiquei ali parada, na minha soleira, falando com aquele estranho. Eles tornavam fácil falar com eles.

Você sabe, disseram eles, onde anda um javali atrás daquele com quem você caminhou?

Ele falou sobre isso uma vez, falei por fim. E só.

O que então vai me dizer sobre seu marido?, eles perguntaram. Seu primeiro marido?

O que deseja saber?, perguntei. E por quê?

Eles disseram: Porque todos nós o buscamos, porque gostaríamos de ver a tristeza acabar.

E eu disse que contaria tudo a eles.

Há um verme enterrado em meu coração que ama meu marido imortal e sempre amará. Mas, olhando para o rosto daquele visitante, senti uma calma, e alguma coisa mudou. Ao falar da minha dor mais íntima, senti-me livre da vergonha e do arrependimento que me haviam congelado.

Ele é a morte, disseram-me.

Eu conhecia a veracidade disso. E, se uma parte de mim ainda o ama, é a morte e o ódio que ela ama, e posso odiar esse amor em mim e desejar me libertar dele, e é por isso que eu disse tudo, que farei tudo para ajudar aqueles que querem dar um fim ao seu reinado.

UNIDADES DO ÓDIO

SHUR ESTAVA SENTADA COM AS MÃOS NO COLO. OBSERVAVA Stonier, sentado à sua frente.

— Então — disse Shur. Ela abriu um ligeiro sorriso. — Você parece melhor.

— Sim — falou Stonier.

Seu olhar era de grande incerteza. O olhar de um homem tímido diante da própria alegria. Ele cruzou os braços, os bíceps estufados sob a camisa.

— As coisas estão indo bem — disse ele. — Tentei um pouco do que você me falou. Fui a vários lugares. Achei que era uma puta estupidez, pra ser sincero.

— Eu sei — tornou ela. — E está tudo bem. Sou grata a você por tentar, mesmo que parecesse estúpido. Isso é mais admirável do que se não se sentisse assim.

— Sim, fui a vários lugares e acabei... — Foi a vez dele de sorrir. Ele balançou a cabeça. — É tão idiota.

— Vamos ser idiotas juntos — sugeriu ela.

— É uma bobagem de terapia de grupo de igreja em que se bate palmas e se abraça, exatamente como pensei que seria. — Ele revirou os olhos. — É imbecil. Mesmo quando estou lá, me parece imbecil. "Agora quero que se volte para a pessoa ao seu lado e diga que ela está viva." — Ele emitiu um ruído como se vomitasse.

— Mas você está — ela disse. — Vivo.

— Sim, estou. — Uma sombra voltou à sua expressão. — Ele não.

— Não.

— E estou tão triste com isso, como sempre. Mas acho que, se é para ser sincero com você, estou realmente me sentindo mais... energizado. Mais estimulado. Mesmo que ainda seja uma merda que ele não esteja vivo, e mesmo que eu nunca mais tenha achado que me sentiria assim.

— Conte-me sobre uma sessão — disse Shur. — O que eles fazem? O que acontece?

Ele ficou em silêncio por um tempo.

— Estive pensando — falou ele. — Sobre outras pessoas na mesma situação que eu. Quem perdeu alguém. Que perdeu pessoas para ele, quero dizer. — Ele balançou a cabeça. — O que pensariam disso. — Ele parecia confuso, como se tentasse se lembrar de algo.

— Fale-me das sessões — disse Shur.

— É difícil dizer — ele respondeu.

— Difícil de explicar, você quer dizer?

— Não, quero dizer que acabei de começar, e tem outras coisas depois, disseram, mas, sabe, a gente entra, conversa, tipo uma sessão de grupo, aí o cara principal, Alam, fala, a gente escuta... Realmente não me lembro de mais detalhes.

Ela franziu a testa.

— Você não...? — ela disse, depois parou. Tentou de novo. — Talvez não seja uma questão de detalhes — ela falou cuidadosamente.

— Sim, talvez. Sim, é isso que estive pensando. É a companhia, talvez. Eu falo muito sobre ele, sei disso. Quando é a minha vez. Disso eu me lembro. E sobre estar vivo.

Shur juntou as mãos e considerou aquelas palavras.

— Parece que você encontrou um ambiente em que não se solicita que você supere nada — disse ela. — Nem que fique menos arrasado, ou que sinta menos falta dele. Mas, em meio a essa tristeza, talvez você possa chegar a outro estado.

— Não é felicidade — falou ele. — Mas é estar vivo. Eu me sinto vivo. Não percebi que não estava me sentindo assim por um tempo. Vivo. A vida é muita coisa. É tudo.

— É você quem está dizendo.

— Apesar das coisas que teriam... — Stonier balançou a cabeça —, que teriam me deixado em uma espiral descendente não muito tempo atrás. Está um pouco diferente.

— Pode me dar um exemplo?

— A peça.

— A peça dele? — Ela levou um instante para se dar conta. — A sua, aquela que você pegou dele quando o encontrou pela segunda vez? O que tem ela?

— Eu... — Ele ergueu as mãos. — Eu a perdi.

— Ah, Jeff. Sinto muito. O que aconteceu?

— Não sei. Quando pensei que ele estava morto, pela primeira vez, sabia que ele estava com ela no bolso, e isso doeu, mas era bom, de certa maneira, saber que estava lá. Que ele tinha um pedaço de mim com ele. Então, quando descobri que ele estava... que não estava morto... — ele manteve a expressão sob controle — vim e percebi imediatamente que Stonier não poderia durar. Ele a estava segurando. — Ele piscou várias vezes. — Segurei a mão dele. Desde então, você sabe, eu sempre a tenho... tinha... no meu bolso. E então, alguns dias atrás, estava dando uma olhada... — Muito lentamente, ele deu de ombros. — Ela simplesmente sumiu. — Stonier engoliu em seco. — O que eu quero pensar é que alguém a roubou — acrescentou ele. — Sabe? Quando você não consegue encontrar algo em sua casa e se sente uma besta, e começa a dizer a si mesmo que foi assaltado e o ladrão pegou exatamente aquela coisa, porque não há como você ser tão burro a ponto de perdê-la.

— Sei como é.

— Certo. Mas tenho que assumir a responsabilidade. Não sei como ou por que, mas deixei cair, caralho. E sei o que está pensando, doutora.

— O que estou pensando?

— Você está pensando: "Ah, ele jogou fora inconscientemente. Ele está todo cheio de ressentimento ou está se autossabotando, ou algo assim".

— É isso que estou pensando?

— Sim. Houve um tempo em que eu teria dito para você enfiar toda essa merda no traseiro. Agora... não sei. — Ele balançou a cabeça. — E escute, não estou feliz por ter perdido. Estou arrasado. Sinto falta daquilo. E me sinto tão idiota. Mas o problema é o seguinte. Eu sei que o amava. Sei que sinto falta dele. E talvez... Que droga, não sei como foi que eu perdi, e talvez, quem sabe, talvez você tenha razão, talvez eu tenha me livrado daquela peça inconscientemente.

— Só pra deixar claro — falou Shur —, eu não disse tal coisa.

— Sim, mas só escute, doutora. A questão é essa. O que eu quero dizer é que perdi o controle e... estou bem. Estou mesmo. — Ele parecia surpreso. — Estou bem. Talvez eu tenha me livrado daquilo pelas minhas costas, ou talvez meu bolso estivesse furado. Talvez eu encontre a peça. Mas, mesmo que não... O que eu quero dizer é que estou bem. Gostaria de não ter perdido. Mas estou bem e vivo. Algo está funcionando. Não quero guardar isso para mim.

Ele continuou:

— Não paro de pensar em Ulafson. — Os olhos de Shur se arregalaram. — Sei que foi antes de estar aqui, mas você sabe o que aconteceu. Ainda tenho alguns números. Alguns familiares de pessoas da Unidade.

Que não conseguiram. O que quer que esteja funcionando para mim... acho que também poderia ajudar alguns deles.

VOANDO BAIXO COMO SE EMPURRADO PELA NUVEM DESLIzante, como se perseguido por um trovão, um helicóptero preto sem identificação. O som da tempestade era alto o suficiente para alcançar e abafar sua exalação em *staccato*. Mesmo tendo permissão para isso, para os que estavam lá dentro, o ruído oscilava dentro e fora da amplitude em paradas e partidas estocásticas, sem relação com o giro dos rotores, sendo menos como diminuir o volume de um *dial* e mais como uma falha em repetição na natureza das próprias ondas sonoras. Haviam sido informados sobre esse efeito. Era do amortecedor experimental no eixo. Uma tecnologia derivada de pesquisas sobre Unute. Um não-sei-lá-o-quê do cacete-a-quatro do campo sei-lá-das-quantas: Keever não prestou muita atenção. Um protótipo inicial de tecnologia de camuflagem, era mais ou menos isso o que havia entendido. Mais alguns ajustes e, em alguns anos, poderiam liberá-lo para as alas "secretas" da DARPA, consideravelmente menos secretas que a Unidade, de onde sua existência seria então vazada para os ativos sempre confiáveis do *The New York Times*, uma operação psicológica para intimidar os inimigos da nação e preparar futuros soldados.

Entre seus outros trabalhos, Keever sempre soube que fazia parte de uma equipe de testes de produtos.

Viu o chão mudar lá embaixo, um preto mais escuro contra o preto.

— Normalmente não prestamos muita atenção a este tipo de pequeno grupo — disse o responsável pela informação da Africom. — Eles são, em sua maioria, apenas estudantes com muito tempo de sobra. Mas esses caras têm feito algumas conexões das quais não gostamos. E, com o dinheiro que estão recebendo de alguns governos inimigos, será mais fácil para nós, para vocês, extirpar a cabeça da cobra agora. Segundo nossa Inteligência, estão fazendo contatos iniciais com alguns grupos jihadistas no golfo, e isso não podemos tolerar.

Consequentemente, pensou Keever, retaliação preventiva.

Unute estava parado na porta barulhenta da aeronave, debruçado na garganta da noite. Ele havia chegado à base da Unidade depois de mais alguns dias sem nenhum contato — outra viagem de caça, mencionara vagamente. Ali estava ele, de volta.

Ao redor dele, amarrados em posição, Delgado, Tranh, Stonier, Beech, outros, devidamente informados, prontos para partir. Os rituais pré-salto já conhecidos por Keever. Tranh enfiando vários chicletes na boca: "Não quero morrer com mau hálito", ele dissera certa vez. Beech beijando o São Cristóvão do pescoço, Delgado murmurando a letra de alguma música de *heavy metal*. Stonier, parado, calmo demais. Calmo demais.

Continue observando, disse Keever a si mesmo. Você vai explodir, Stonier?

— Tudo bem aí, filho? — Keever dissera baixinho no final do *briefing*, parado no meio da sala, demorando-se com sua mochila Bergen, então quando você deu por si, estavam apenas os dois ali. — Está pronto para ir? — Olhara diretamente em seus olhos.

— Tudo bem, senhor.

— Não há desonra nenhuma em demorar um pouquinho mais, você sabe.

— Eu sei, senhor.

Keever estava acostumado a amaldiçoar em silêncio a resistência de seus soldados em admitir os próprios problemas. Estava pronto para ordenar que Stonier se retirasse. Mas sabia como evitar a arrogância e surpreendeu-se ao ver nos olhos de Stonier algo próximo de tranquilidade.

— Senhor — Stonier dissera calmamente —, eu juro. Estou bem.

Bom, então tudo bem.

Enquanto se encaminhavam para o helicóptero, B ficara um pouco para trás e sussurrara para Keever:

— Como está Joanie Miller? Ainda está saindo com ela?

Keever arregalou os olhos, admirado por um momento.

— Ela não atende mais minhas ligações — disse ele.

— Achei que fosse ela que ligava para você.

— No início, sim. Agora ela não atende.

— Talvez seja melhor assim — B disse por fim. — Talvez ela esteja seguindo em frente.

— Pode ser.

— O que estava dizendo a ele agora há pouco? — B havia dito. — A Stonier?

Ora, mas que merda. Keever nem se dera conta de que estavam sendo observados.

— Exatamente o que você imagina — ele falou.

— Sabe, eu ouvi uma das sessões dele. Com a Shur.

Keever não disse nada. Apenas continuou andando, como se soubesse que Unute sabia das gravações.

— Ele estava mal — B comentara.

Keever não estava acostumado a ver, mesmo que de modo fugaz, uma expressão de tristeza passar pelo rosto de B.

Estou feliz que você veio, ele pensou. Não tinha certeza de se você se juntaria a nós. Achei que pudesse ter saído para caçar, porque aí não precisaria ficar sentado, fazendo companhia a si mesmo. Talvez isso seja bom, por enquanto.

E agora ali estavam eles. Chegando tão perto do alto da muralha de um complexo que quase poderiam ter se abaixado e a tocado, enquanto pairavam ruidosamente acima dela, rumo ao quartel-general oculto da Frente Thomas Sankara.

— Pronto? — Keever gritou no ouvido de B.

— Por que acha que eles se incomodam em mentir? — B disse. — Você não é idiota, Jim. Sabe que os sankaritas e os lumumbitas não trabalham com os salafistas. A chefia sabe que você sabe disso. E eles sabem que você obedeceria às ordens sem que evocassem algum bicho-papão do socialismo islâmico. E sabem que eu os ajudarei se me ajudarem. Então, por quê? É como se pensassem que deveriam mentir, que isso é menos indigno do que apenas dizer para você matar alguns vermelhos porque eles estão mandando. — Ele balançou a cabeça. — Não faz sentido.

— Meu país, certo ou... — Keever começou. Mas B saiu do helicóptero antes que pudesse terminar, e Keever soltou um palavrão e o seguiu, descendo até o fim da linha, chegando a um pátio que já ficava repleto de gritos e cordite e os primeiros reflexos do brilho frio do cobalto.

Keever permaneceu abaixado, atirando em rajadas controladas, fazendo os inimigos colidirem em respingos vermelhos contra paredes de concreto e alvejando a cabeça de cães, sempre mantendo-se perto o suficiente, mas não muito, de B, que estava, sim, naquele estado agora.

Êxtase crepitante branco-azulado. Um ataque rápido sobre os inimigos, sobre qualquer coisa próxima. Seus grunhidos mais pareciam movimentos vindos da terra do que cuspidos da garganta. Seus socos continuaram atravessando os corpos em seu caminho, recuando os punhos em um arco-íris de sangue e relâmpagos, para os olhares horrorizados dos que tiveram essa última visão.

Keever viu Delgado, Beech e Halberstam fazendo seu trabalho, aqui muito bom, lá ficando por um triz, nenhuma vítima até agora, vamos manter esse ímpeto, e ele viu Austen, Bullmer e Stonier no mesmo modo profissional, e olhou de novo para B, nunca se permita perder o controle do que o ativo está fazendo, mas levou alguns momentos para acompanhar o que acontecia atrás de Unute. Keever observou Stonier levantando sua arma, garantindo certo espaço da violência de Unute, a expressão no rosto de Stonier quase beatífica.

Eles se encaminharam à câmara central, onde de acordo com as informações estava o chefe da cela, pronto para ser exterminado, com, claro, agora que você mencionou, o artefato que eles também tinham sido encarregados de pegar, visto que estavam lá, a caixa, não a abra, uma caixa enferrujada e envelhecida, o mecanismo da fechadura sendo milênios mais antigo do que qualquer outro, cujo responsável deveria ser Unute e apenas o próprio Unute, a quem foi ordenado, ou solicitado, se preferir, trazê-lo de volta.

DIANA PROCUROU B, ENCONTRANDO-O NA CÂMARA DE VISUA-lização, depois. Atrasado. Ele recendia a fogo e sangue, as roupas estavam rasgadas e sujas, e sua pele fumegava. Ele observou o corpo robusto e musculoso se expandindo e se contraindo com respirações pesadas, a baba espalhada pelo aço da mesa, enquanto a equipe de investigação cortava com delicadeza a pele dura e fazia macroimagens, em câmera lenta e alta definição, da recombinação das fibras. Media a forma de onda do ECG. Batia naquelas esplêndidas presas e perfurava-as, removendo finas secções de seus núcleos.

— Bem-vindo — disse Diana.

— O que você fez com ele? — perguntou B apontando para o porco. As marcas na pele, perto do pescoço, vestígios de queloide ainda diminuindo, curando-se do que haviam sido cortes muito mais longos e profundos.

— Eu, não — disse ela. — Nem sei quem trabalhou nele por último. Todo mundo quer um pedaço do Babe. Que bom que ele se cura, entre as sessões, para que todos possamos ter uma vezinha.

— Ninguém jamais me odiou tanto quanto aquele porco — B disse a ela.

— Tem certeza? Nem mesmo o chefe das Mochyn Industries? — Ela viu a admiração no rosto dele quando a encarou. — O falecido chefe, devo dizer? O preço das ações deles está despencando. Se a morte dele não bastasse, os arquivos que você vazou acabaram com eles. Provavelmente não estarão mais por aí dentro de duas semanas. Espero que tenha conseguido o que desejava.

— Não tanto quanto esperava — respondeu ele. — Achei que tivessem sido persuadidos a adorar o porco de novo. Que seguissem a babirussa. Eles negaram. Ele admitiu que ouvira falar de alguém que seguia, mas não sabia quem. Acreditei nele. Como soube?

— Não foi difícil descobrir que era você. E, sério, você está sempre me lembrando de quão longa é sua vida. Pode realmente dizer que em oitocentos séculos você nunca emputeceu alguém ou alguma coisa tanto quanto com aquela coisa?

— Ah, isso com certeza — disse ele. — Mas veja esse cara da Mochyn: quanto tempo ele teve para me odiar? Trinta e cinco anos? Quarenta e cinco? Ao passo que aquele animal teve quase tanto tempo para me odiar quanto eu para ser odiado.

— OK, entendi — falou ela. — Vamos descobrir, então. Qual é a unidade do ódio?

— Hein?

— Qual é a coisa mais odiada universalmente no mundo? — ela perguntou. Sempre ficava satisfeita quando algo que dizia provocava interesse nele. — Molestadores de crianças? — ela perguntou. — Hitler?

— Não Hitler, infelizmente. — Ambos ficaram em silêncio por um tempo. — Mosquitos — ele respondeu.

— Tudo bem — ela disse. — Isso é bom; eles são pequenos, então são bons para unidades. Digamos que o ódio dirigido a um membro da família dos Culicidae meça um, sei lá, culicídeo. Um cul! O que significa — disse ela — que, se você odeia algo tanto quanto odeia dez mosquitos, seu ódio equivale a dez culs. Um decacul. Isso é como, digamos, cocô de cachorro no meu sapato. Agora, a Igreja Batista de Westboro, vamos colocar assim, eu provavelmente odeio... — deu de ombros — ... uns bons sete ou oito quiloculs.

— Está se divertindo? — B perguntou.

— Estou. Digamos que você irrita alguém o suficiente para que ele o odeie tanto quanto eu odeio a turma de Westboro, e você está na vida deles há dez anos. E eles pensam em você todos os dias. Isso dá... mais de vinte e nove megaculs.

B cruzou os braços.

— Agora, o Babe ali — falou ela. — Digamos que ele te odeie muito. Oito quiloculs por dia. Mas ele odiou você quase toda a vida. Vamos chamar isso... do quê? De setenta e cinco mil anos?

— Um pouco mais, mas continue.

Diana pegou o celular e abriu a calculadora.

— Então isso dá... — Ela contou zeros e franziu a testa. — Estou me perdendo nos caracteres gregos — disse. — Acho que são mais de duzentos e dezoito gigaculs. — Soltou um lento assovio.

Ele olhou de novo para a babirussa inconsciente. Não estava mais sorrindo.

— E eu não odeio esse porco nada, nada — disse ele.

— Teve alguma sorte? — perguntou ela. — Com alguma informação útil do pessoal do culto ao Babe? Aqueles que o veneram? Não somos tão burros a ponto de ficar no seu caminho — disse ela —, mas fazemos o possível para acompanhar o que está fazendo.

— Como você disse — ele respondeu depois de um instante —, o porco está por aí há muito tempo. Esses cultos podem ser os únicos que pensam que ele é realmente uma divindade, e, mesmo que tenham de adorá-lo à distância, eles mantêm um bom registro de quem mais está interessado nele, e às vezes têm até algumas ideias sobre o porquê. Então, sim, o papa, digamos assim, me deu uma relação de pistas, pessoas que eles ouviram dizer que podem estar se perguntando a respeito disso. Pistas demais, na verdade. É difícil seguir todas.

— Você deu uma sondada com Caldwell e Keever? Poderíamos ajudá-lo.

— Talvez eu faça isso — ele respondeu após um momento. — Quando eu tiver realizado o trabalho braçal. Precisamos descobrir um pouco mais sobre quem poderia estar envolvido nisso. No túnel, com Thakka.

O que está escondendo de nós?, ela pensou. E por quê?

— De qualquer maneira, ouvi dizer que a missão correu bem — disse ela.

Ele deu de ombros.

— Eu trouxe de volta o que Caldwell queria. Eles o mantinham em um cofre, ele tinha razão.

— Eu soube — falou ela. — Bom trabalho. — Estendeu a mão. — Estou aqui para levar essa coisa para ele.

Do bolso interno, B tirou um metal esburacado do tamanho e do formato de uma cigarreira, coagulado pelo tempo e pela oxidação.

— Não é nada de mais — disse ele.

Ela teve um sobressalto. Ele manteve a expressão inescrutável.

— Em algum lugar do seu escritório — disse ele —, tenho quase certeza de que você tem documentos. — Ele inclinou a cabeça para o lado. — Classificando teorias sobre mim. Ou avaliando o que está por trás de mim. Qual foi a causa da minha existência. Podemos não estar trabalhando juntos há muito tempo, mas sei como você é inteligente. Não confundiria palpites com análise. Sei que não acredita, mas aposto que "deus(es)" ainda está na sua planilha, com um ponto de interrogação. Malditos deuses do caralho. — Ele balançou a cabeça em uma negativa. — Conheci tantas pessoas que se chamavam de deuses. A maioria delas estava tão cheia de merda que você podia ver isso por trás dos olhos delas.

— Maioria?

— Bem, algumas delas acreditavam nisso de fato.

— E você, já acreditou?

Ele olhou para ela.

— Uma vez — disse ele. Olhou de relance para ela e hesitou. — Talvez uma vez e meia. — Encarou as próprias mãos. — De qualquer forma, o que está por trás de "deus(es)"? "Inteligências alienígenas", ponto de interrogação? "Viagem no tempo-barra-dimensões paralelas", ponto de interrogação. Podemos dizer "Propósito", ponto de interrogação? "Ferramenta-barra-arma-barra-mensagem-barra-aviso", ponto de interrogação, ponto de exclamação?

— Você está errado. — Diana esperou um segundo. — Eu combino pontos de interrogação e exclamações em *interrobangs*. São mais eficientes.

— Alguém deixou uma mensagem para mim uma vez — disse ele. — Escrita com meu próprio sangue. Essa era a única tinta que tinham por perto. Sempre achei que ela era importante, mas não conseguia lê-la. Alguém a tinha borrado. Não quero encher o seu saco — ele continuou. — Você é boa no que faz. Você me ajudou. Mais do que qualquer um em muito tempo. Só quero que entenda que não há nada, nenhuma teoria que possa inventar sobre isso — ele bateu no peito — que eu já não tenha perguntado a mim mesmo.

Diana franziu a testa.

— E quanto aos seus ataques *berserk*? — perguntou ela. — Eu queria lhe perguntar: viu as fotos do *lingchi* no ensaio de Georges Bataille? Sobre o "êxtase da dor"? Isso sempre me faz lembrar das suas descrições do que acontece com você. — Ele franziu a testa. — Você fala muito mais a respeito de sua imortalidade do que sobre sua raiva, sabia disso? Suas "*riastrids*". Presumo que tenha tirado essa palavra do *Táin Bó Cúailnge*?

— Eu conheci Cú Chulainn — disse B. — Era um babaca.

— Thomas Kinsella traduziu *riastrid* como "espasmo de deformação" — disse Diana. — O que é que se deforma? Talvez seja mais do que apenas você. E se a razão pela qual fica ainda mais forte, e se o que o impele a esse estado for o fato de você ser uma haste condutora, e não estar transformando apenas a si mesmo, mas também o mundo ao redor? E se o espaço e o tempo se tornarem diferentes quando você fica furioso, B? E se você for uma chave? Para um portal?

Para um vasto espaço além. Ela prendeu a respiração.

B olhou para Diana em silêncio por um momento. Pousou a caixa plana de metal na mão dela e foi embora.

Ela soltou o ar lentamente, e desceu.

◈ ◈ ◈

AQUI, NAS PARTES SEM JANELA DO COMPLEXO DA UNIDADE, OS corredores tinham sido projetados por arquitetos de visão incomparável para sempre sugerir que aquele era o caminho errado. Até Diana, familiarizada com o percurso e com os negócios que ali se realizavam, teve de superar uma sensação de alergia à medida que prosseguia. Portas marcadas com NÃO ENTRE e, abaixo delas, em fonte bem menor, FDLU. Descendo escadas de aço até os túneis, uma zona submersa de luzes fluorescentes sutilmente mais fracas.

Diana encontrou Caldwell.

— Eu vi pelos registros — disse Diana. — Você está trabalhando com o Babe. Sozinho. Como assim?

— Tive uma ideia — respondeu ele. — Queria tentar algo.

Ela falou:

— As marcas ainda não desapareceram completamente; você tem pegado pesado com ele. O que tem fe...

— Experimentos — disse ele. — Ele é propriedade do governo. Sou funcionário público. Não tenho menos direito a isso do que você.

Eles saíram andando.

— Estava pensando no que me disse — ela começou. — E tenho prestado atenção, acho que tem razão. Toda vez que ele menciona deuses, sua aversão é palpável.

Caldwell ergueu as sobrancelhas.

— Continue — disse ele.

— A maneira como ele continua negando essa ideia... pode ser uma evidência de que, quer ele saiba ou não, é exatamente isso que ele pensa que é. E sua aversão também me parece uma decepção. Talvez os deuses o decepcionem por não existirem.

— Ou talvez por existirem — falou Caldwell. — Você já se perguntou se ele sabe o que há aqui, Diana? No passe dele está escrito ACESSO A TODAS AS ÁREAS.

FDLU: fora dos limites [para] Unute. Um *loop* mais estreito de corredor que iria (tentar) negar sua classificação AAA. Passaram por salas para além de janelas da espessura de uma mão, onde técnicos trabalhavam.

Fileiras de servidores e monitores, cilindros transparentes de conservantes e flores de carne formatadas de modo errado.

— Não acho que ele esteja interessado — disse Caldwell. — Se estivesse, teria ido procurar, teria encontrado isto aqui e teria simplesmente entrado.

— Qual é? — disse Diana. — Essas portas foram construídas para resistir a uma explosão nuclear a cem metros e feitas com materiais experimentais... — Caldwell olhou de soslaio para ela e não disse nada, e ela suspirou e assentiu. — Sim — ela concordou. — Ele teria. Em algum momento.

Passaram por cilindros reluzentes. Em uma viagem a Londres, Diana fez um *tour* pelo Grant Museum of Zoology. Na época, aquilo lhe pareceu, de certa perspectiva, bom demais para ser verdade, apesar de ser real. Pareceu-lhe um cenário de filme, um pouco exagerado, todo composto de esqueletos finos e taxidermia ultrapassada contra um cenário perfeito de painéis de madeira escura, fileiras e mais fileiras de potes velhos com conclaves de toupeiras preservadas e enguias bem enroladas e brotos ilegítimos e não desenvolvidos pressionados contra o vidro com o *páthos* singular de um picles. Aqui, era daqueles potes que ela se lembrava ao ver esses recipientes maiores, pois todos eram de tamanho uniforme, de *design* moderno, cristalinos, reforçados e com líquidos incolores dentro, em vez do amarelo-urina do antigo conservante, embora nem todos os espécimes aqui contidos estivessem totalmente mortos. Não da mesma forma que a podridão daqueles cadáveres de animais arcaicos em Londres.

Não havia como confundir as sinuosidades apertadas e enrodilhadas de fetos de animais em alguns dos locais por onde passavam.

— O que não quer dizer que ele não tenha ideia nenhuma a respeito — disse Caldwell.

Ela desviou sua atenção das estrias dos embriões.

— Você acha que ele sabe e apenas não se dá ao trabalho de descer? — perguntou ela.

— Não acho isso — respondeu Caldwell. — Só não sei se ele não sabe. Ele nunca se comoveu com as especificidades de nossa pesquisa. Como se não se importasse.

— Mais de uma vez, ele me disse: "Construa seus supersoldados, se puder". — Ela deu de ombros. — Ele me perguntou se eu achava que éramos os primeiros a tentar isso. Estava zombando de mim.

Caldwell crispou os lábios.

— Eu me pergunto — ele disse por fim — se alguma das tentativas anteriores teve sucesso.

Seguiram em frente.

— Bem — ele disse —, sabemos que ele sabe de alguma coisa.

— Não sabemos — tornou Diana. — Mas deveríamos pecar por excesso de cautela e presumir que sim. É que ele sempre pareceu indiferente.

Como se soubesse o que sabe, pensou Diana. Como se soubesse com o que se importa ou o que quer. Você teria que ser criança para acreditar nisso a seu próprio respeito: o que é crescer senão perceber que você mesmo não se entende? E ele nunca foi uma criança, não de fato. Como é possível ser uma criança se já começa a andar em poucos dias, lutar em semanas, matar em meses? Como é possível ser criança se você não consegue esquecer nada? B fala muito bem, e talvez até acredite que se conheça, pensou ela, mas tenho fé suficiente na humanidade dele para pensar que isso é um monte de merda. É isso que me faz gostar dele e é isso o que o torna perigoso. Isso e, você sabe, todo o resto. Gosto dele e farei o que puder por ele, mas não a qualquer custo, e não — sinto muito, B —, não à custa disso, desse conhecimento.

Ela prendeu a respiração novamente.

Da fonte, ela pensou. É uma parte de você que está no caminho, B. Ainda vou continuar nisso, claro que vou, mas é seu subconsciente ou seu inconsciente ou sua sombra, ou chame como quiser, é você que está no caminho de chegarmos lá, e vamos em frente, vou lhe dar os comprimidos, fazer as perguntas e continuaremos investigando o que o fez, você tem que ser um condutor, você tem contato com ele toda vez que brilha, sempre que mata, mas, ao contrário de você, B, eu não tenho milhares de anos; ao contrário de você, o tempo, para mim, é meio que essencial e precisamos nos mexer, porque eu quero saber, eu quero ver, eu quero entender. E controlar.

Voltou a soltar o ar: sua expiração acompanhou seus passos, no ritmo do coração acelerado.

E me desculpe, B, mas você não é nenhum tolo, nem mais altruísta do que eu; nós dois estamos nisso pelo que queremos, você mesmo disse isso, e, se for mais fácil usar o outro B, Babe, como entrada, porque porcos não têm subconsciente (têm?) e não ficam no meio do próprio caminho, e se houver algo a ser dito em defesa de uma simplificação, e se eu puder realizar as operações corretas, pressionar os botões certos, digamos assim, para colocar minhas mãos em sua mente, seu coração e sua alma, e passar até onde está o relâmpago, não um deus, então, se você não gosta disso, mas com o que pode fazer como você quiser, nós dois sabemos o que está em jogo, a fonte de tudo, do seu poder, de você; se eu conseguir passar por qualquer caminho de carne que exista, tocar naquele lugar eu mesma, deixar que ele me toque, em resposta a...

Caldwell olhava para ela, ela percebeu, com os olhos semicerrados. Diana abriu a mão crispada e encontrou seu olhar.

— Se você, nós, conseguirmos para ele o que ele quer, aquela mortalidade pela qual ele pensa que anseia, então por que ele se importaria, suponho? — Caldwell disse. — Tenho certeza de que ele tem alguma ideia do tipo de coisa que estamos fazendo com suas amostras. Não consigo imaginar que isso o chocasse. Você mesma falou isso.

— Ele deve saber que temos retalhos — disse ela.

— Ele sabe — falou Caldwell. — Eu mostrei a ele uma mão, certa vez.

— Você o quê?

— Não me olhe assim. Você não é mais defensora do processo do que eu. Depois do negócio no museu, daquela extração há pouco tempo, mostrei a ele a mão que conseguimos. Não acredito que seja a primeira vez que ele vê partes antigas dele.

Sim, B dissera a Diana, na verdade, que tinha havido momentos em que perdera pedaços de si mesmo. Que tinha, talvez, em certas ocasiões, entrado em um daqueles períodos de breve cessação, que ela às vezes chamava de "pequenas mortes"; que havia se transformado em pupa e emergido da casca de sua velha matéria, novo em folha, em meio à viscosidade de albumina revivificante, para afastar os restos da própria carcaça deixada para trás.

Mesmo assim. Que estranho segurar sua mão direita em sua mão direita.

— Ele disse algo sobre isso... fez uma piada... quando me deu isto — disse ela.

Entregou a Caldwell a caixa de metal. Ele olhou para aquilo com atenção.

— Ele disse alguma coisa sobre isto aqui ser diferente? — ele indagou. — De qualquer outra coisa que tenha conseguido antes?

— Não.

— Ótimo.

— Esta aqui era a chamada verruga, certo? — perguntou ela. — Aquela sobre a qual você mudou de ideia e decidiu que queria, afinal? Você se importaria de explicar?

— Eu vou — disse ele. Um olhar complexo passou por seu rosto. — Quando tiver certeza. Todos nós tivemos muitas esperanças, muitas vezes.

— Caldwell — falou Diana —, o que quer que tenha em mente, é seu trabalho compartilhar comigo.

— Ah, sério? — ele disse. Acrescentou com suavidade: — Hipocrisia não combina com você. Você espera a sua hora, e eu espero a minha.

Ele começou a mover o dial enrijecido e oxidado da caixa para a frente e para trás, fazendo ranger suas engrenagens ocultas, impiedoso apesar da idade, enquanto parava diante de uma última janela de vidro. No laboratório mais adiante, com a presença de mais especialistas, um cilindro final. Dois metros e meio de altura, cheio de um líquido em agitação, desta vez de um marrom-escuro, como um chá forte. Era difícil distinguir qualquer coisa lá dentro.

— Se for verdade que ele suspeita do que estamos fazendo — disse Diana por fim —, ele está nos fazendo um favor ao se manter distante. Seria indelicado da parte dele olhar para isto.

Bem no centro do líquido turbulento havia uma forma ainda mais escura.

Ela murmurou alguma coisa. Caldwell ergueu os olhos.

— O quê? — ele perguntou.

— "A vida é muita coisa" — ela repetiu.

— Gostaria que dissesse isso ao nosso amigo lá dentro — disse ele. — O que quer dizer com isso?

— Não quero dizer nada. É algo que Stonier disse a Shur. E era exatamente isso que eu estava pensando sobre o conteúdo daquele tubo. A vida é muita coisa. De várias maneiras, estamos todos atrás da mesma coisa. Até Unute. Se acharmos que não há vida sem morte, ou pelo menos sua possibilidade. E ela vem de algum lugar, Caldwell, da morte e da vida também. — E, seja por intermédio dele ou não, pensou ela, esse é o caminho que vou seguir.

Caldwell olhou para ela com curiosidade, ainda movimentando as mãos. Estudou a avidez dela.

— Onde mora o relâmpago — disse ele. Soltou um sibilo brusco de triunfo quando a tampa da caixa girou. Colocou a mão sobre ela, como se quisesse mantê-la fechada, e ficou esperando.

— O que é? — perguntou Diana. — Se não for uma imperfeição. Algo mais para a coleção?

Caldwell disse:

— Cada vez que ficamos sabendo de uma dessas coisas, você sabe como é. Quem possui isso sempre diz: "É o artefato mais importante da história do planeta", todos eles dizem, é "O coração e a alma do mundo" *et cetera, et cetera*. Já estou vacinado contra essas declarações hiperbólicas.

— Ainda assim — disse Diana. — Você está hesitando.

Ele assentiu.

— Estou. Há algo na maneira como as pessoas sussurravam sobre isto aqui... Era uma vez uma caverna, é assim que a história começa. Onde uma longa guerra foi travada. Transbordante de sangue e carne. Mil cabeças apodrecidas de Unute, dez mil dedos das mãos e dos pés, um lago de suas vísceras, hectares de pele.

— Jesus — disse Diana —, já ouvi isso.

— E tudo isso foi desperdiçado para encontrar esta única peça. A história é essa.

Ele tirou uma pinça comprida do bolso, abriu-a e enfiou a mão no recipiente. Retirou um floco pálido.

Uma lasca, não maior que uma unha. Uma protuberância afiada de polpa branca e seca.

BUFALO, NOVA YORK. UMA CAMPAINHA TOCOU.

— Jesus! Tudo bem, tudo bem, Jesus Cristo!

Uma mulher abriu a porta. Ela estava cansada, pálida, olhos inchados, uma cicatriz no canto de um deles. Cheirava a fumaça e café. Seu cabelo estava bem preso num rabo de cavalo.

— Cristo todo-poderoso — disse ela. — O que você quer? — Protegeu os olhos da luz da manhã para espiar a figura na varanda.

— Lamento incomodá-la, senhora. E sinto muito se isso é difícil, mas queria falar com a senhora a respeito de Daniel.

A mulher ficou parada.

— Você é a sra. Clemens — disse o homem. — Estou aqui para falar sobre seu marido.

— Não há nada que eu tenha para lhe dizer. — Sally Clemens crispou os lábios. — Ele morreu. O que, acredito, você já sabe.

— É mais o que eu posso lhe dizer.

— O quê? Você é do exército?

— Se lhe serve de consolo, senhora, realmente sei como a senhora se sente. Posso entrar?

DIANA ESTAVA FAMILIARIZADA COM TODAS AS REGRAS INTRIcadas e complexas sobre o que poderia ou não tirar do escritório para trabalhar em casa. Na maior parte do tempo, ela até obedecia a essas normas, embora sempre houvesse uma margem de manobra: esperava-se certo grau de transgressão, ela e Caldwell haviam concordado. Isso fazia parte do entendimento. Os poderes sem rosto acima dela e dos seus colegas exagerariam para o lado da paranoia, e ela gentilmente os puxaria de volta a um compromisso sensato, sem que se desviassem muito. Com certeza ela levava a segurança a sério: não por respeito ao padrão imbecil de "Top Secretismo" dos militares, tão ávidos por colocar advertências no memorando mais banal, em um constante falso alarme, mas por causa da própria pesquisa e dos próprios esforços. Se um ladrão tentasse a sorte em seu duplex no centro da cidade, não encontraria nenhuma documentação comprometedora, e qualquer tentativa de acessar seu computador sem a senha o destruiria, e também seu conteúdo.

Sem dúvida era essa cautela profissional, pensou durante semanas, que estava por trás de sua constante sensação de que estava sendo observada. Isso, ela se tranquilizou, era razoável, já que poderia estar mesmo.

Como, então, distinguir os graus de tal sentimento? O que ela deveria fazer quando, depois de chegar em casa tarde naquela noite e jogar as chaves sobre a mesa, parasse de se servir uma taça de Sancerre e de repente ficasse muito imóvel? E subitamente se sentisse mais vigiada do que nunca?

Permaneceu paralisada. Esperou, mas a sensação não passou. O rangido e o movimento da madeira da escada, as oscilações minuciosas da casa ao vento, soavam-lhe cada vez mais como a respiração de um observador esforçando-se por ficar quieto.

Diana levantou a cabeça. Correu o olhar pela sala, para os quadros escuros e silenciosos, a madeira manchada e os cartazes de filmes antigos.

Não desprezava concepções como instinto ou palpite. Afinal, ela trabalhava em uma área misteriosa e em máquinas para mensurar esses mistérios e ajustá-los, não trabalhava? Seria mais estranho que o suco de mofo de Fleming matando bactérias; que a observação empurrando partículas para um lado ou para outro, aprender que tais ajustes em nível femtoscópico da realidade podiam levar a extrapolações nas estruturas das próprias sinapses? Não estaria sua intuição agora oferecendo vislumbres reais do desconhecido?

A sensação não diminuiu nem aumentou. Outra mudança irregular, e ela teve certeza de ter visto um movimento.

Diana foi até o *laptop* e o abriu, logando-se nas câmeras e nas orelhas eletrônicas que vigiavam e ouviam sua casa. Nada disso registrou entrada não autorizada.

Foi em silêncio para o quarto. De seu guarda-roupa, pegou a "vassoura", uma varinha para verificação dupla de pequena distância. Cômodo por cômodo, Diana rastreou meticulosamente cada superfície. Nada foi registrado.

E então ela ficou paralisada de novo, a um som diminuto.

Esgueirou-se para o corredor e pegou a bolsa pendurada entre os casacos, estufada pela pequena pistola dentro do forro.

Outro movimento, na extremidade da sala. Baixo, perto do chão. Rápido e deslizante. Seu coração parecia duro dentro dela. Poderia ser um camundongo? Teria sido ela realmente transformada em alguma nova versão de ser humano, os limiares da realidade se dobrando e se transformando em uma relação mais fugidia com a potencialidade multiversal devido aos experimentos de alteração física... para assim ter adquirido a percepção de que estava sendo observada por um rato?

Percebeu um traço de pânico na própria risada.

Ali, mais uma vez! Um ímpeto como uma folha levada pelo vento, como um inseto, algo que seguia agora ao longo do corredor, não, não um animal, nem mesmo o movimento de um inseto, mas uma marionete correndo aos solavancos ao longo do carpete escuro, rápido demais para que ela pudesse distingui-la, só conseguindo registrar seu rastro; empurrou uma cadeira para o lado, e com o barulho e o estrondo ela correu, tropeçou e estendeu as mãos para alcançá-la; e em um acesso de aceleração, fosse qual fosse a pequena presença malévola que corria, ela foi mais rápida, o pelo do carpete farfalhando e uma linha se marcando nele, e agora aquela trilha de pelo se curvava para ela enquanto a coisa invisível se virava e voava como um galho em uma tempestade em direção a Diana; ela parou, cambaleou e caiu para a cozinha, colocando a mão esquerda para se segurar e a mão direita levantada em defesa, e algo sussurrou no ar, e ela soltou um suspiro e bateu naquele movimento com força e rapidez; ela fechou os olhos e sentiu um arranhão queimar seu rosto.

Ela rolou e se endireitou em um movimento de defesa de jiu-jítsu. Deixou os olhos percorrerem a sala iluminada.

Nada se movia agora.

Diana ficou parada por muito tempo, como fora treinada para fazer. Endireitou-se depois e tirou o telefone da bolsa.

— B? — ela falou. — Sei que não é comum eu ligar para você e sinto muito. Não faria isso se não fosse importante. Algo aconteceu e não sei o que é, e não sei o que isso tem a ver com tudo o que está acontecendo, mas acho que deveria vir até aqui. Vou relatar isso também, mas... Mas quero falar com você sobre isso primeiro.

Ela sentiu algo no rosto. Ergueu a mão esquerda com rapidez, tocando alguma coisa úmida e olhando-a, e havia sangue em seus dedos. Um longo arranhão, que começava a arder e a gotejar.

Diana disse:

— Recebi uma visita.

irmão

SE VOCÊ CONTASSE CADA PASSO DA SUA VIDA IMPLACÁVEL DE TRÁS PARA a frente em um transe numérico, seria capaz de calcular todas as montanhas congeladas pelas quais caminhou.

A primeira vez é fácil de lembrar. Você, ainda uma criança, embora com o corpo de um homem, antes de sua primeira morte, com as armas erguidas. Isso, Pai?, você tinha dito. Essas pessoas estão muito longe do nosso vale — como elas podem nos ameaçar?

Eles não estão próximos não, ele dissera, mas nos conhecem e querem o que temos. Não estaremos em segurança até...

Então você foi lá e derrubou as paredes daquele palácio congelado, e é nesse ponto que sua memória se ameniza, porque foi aí que o espasmo, a fúria *berserk*, tomou conta de você por um tempo. Quando a nitidez voltou, lá estava você no topo de outra montanha sobre aquele topo de montanha, este pico menor todo feito de cadáveres avermelhados, desossados e viscosos, e nada mais respirava na cidade escondida, exceto você e seus companheiros. Olhando para você daquele jeito de sempre.

Agora você se enrola em suas peles em outras altitudes geladas. Você não é indiferente ao frio. Até seus dedos podem ficar lentos, os dentes batendo como o rabo de uma cobra. Claro que isso não vai matá-lo, claro que sua pele moribunda será renovada por ondas de sangue, mas por que sofrer lesões se não é necessário? E pode haver viajantes, mesmo a essa altura, e seria melhor evitar as suspeitas de bruxaria e as espadas desembainhadas que um homem despido no gelo poderia provocar.

Veja. Aquilo lá na frente são luzes?

Seu cavalo está morto há muito tempo. Acelere, um pé na frente do outro entre paredes de pedra crua.

Posso ver você, você grita. Posso ver suas tochas. Amigo ou inimigo? Estou aqui para encontrar o filho dos deuses.

O vento engole sua voz. As tochas tremeluzentes se aproximam.

Amigo ou inimigo?, você grita. Não estou com vontade de lutar.

Ninguém responde.

O desfiladeiro fica mais largo, e um vórtice de neve o ilumina, a lua observando-o, gibosa e nebulosa por trás da neve, mas brilhante o suficiente para delinear uma tigela de pedra negra. Luminosidade mais quente das tochas. Seis homens, três com machadinhas, três com flechas colocadas em arcos e apontadas para você. Envoltos em pelos sobre as curvas e filigranas da armadura.

Você levanta as mãos.

Não estou procurando encrenca, você grita em meio à nevasca. Estou procurando o filho dos deuses.

Ninguém abaixa as armas.

É assim que vocês recebem estranhos?, você grita. Nas cidades das planícies me disseram que o povo da montanha é honrado, cordial e hospitaleiro. Eles estavam errados?

Não somos daqui, diz o líder. Estamos aqui por sua causa. Sabemos quem você é.

Você suspira. Inclina a cabeça e, sim, ouve passos atrás de você, fechando a emboscada.

Deixem-me passar, você diz. Vocês parecem tão cansados quanto suas vozes. Só me deixem passar.

Caçamos você há muito tempo, diz o homem.

Ele dá uma ordem em um idioma distante, e os arqueiros puxam as cordas.

Eu estava lá quando sua igreja nasceu, você conta a eles. A parte mais triste disso, você diz, é que vocês nem sabem pelo que estão prestes a morrer. Eu sei; vocês pensam que estão aqui para honrar seu deus Dukkra, que os encarregou de procurar e destruir o Shaitan das sete ilhas: eu.

Está muito escuro para ver seus olhos ou rostos, mas a quietude deles é inquietante.

Você diz: Vocês não sabem onde ficam as sete ilhas nem por que sou o demônio delas. E não sabem que Dukkra não é um juiz celestial montado em um elefante, como pensam.

Um homem atira. A flecha dele atinge sua coxa. Você espera. Ninguém mais se move. Você dá mais um passo, com uma dor renovada.

Seus padres acrescentaram aquele cavaleiro, você grita, há mais de setecentos anos e de seis grandes cismas religiosos. Antes disso, Dukkra era o elefante.

Outra flecha. Ele erra, e ela desliza contra a rocha.

Dukkra foi um elefante durante mil anos, você diz. A princípio, um mamute. Em suas primeiras representações, você diz a eles, o mamute tem uma tromba notavelmente pequena. A razão é que antes ele não era um mamute.

Uma flecha vinda de trás, desta vez, passando direto pela lateral do seu pescoço. Você sibila.

Antes disso, era um porco, você explica.

Está perto do grupo de espera agora, e aqueles com machadinhas as erguem, mas não parecem prontos para lutar.

Era um porco, você diz, e o que vocês, tolos, não sabem é que sua ordem sagrada é uma divisão de uma divisão de uma divisão de cem divisões de um grupo original, que era apenas observador de um porco. Eram pastores de porcos nervosos. E a sua guerra de eras, e a de outros da mesma genealogia, contra o Diabo Que Anda na Terra, eu, é o resultado distorcido de algumas das observações desses pastores de porcos. Ou seja, que o porco no qual estavam de olho não gosta muito de mim. É isso. A sua luta contra o fim do mundo não significa absolutamente nada.

Eles sabem que vão morrer, mas — que o devido crédito lhes seja dado pela bravura — se aproximam cada vez mais.

Estou cansado, você diz a eles, desta vez em uma língua morta há muito tempo, de ser a declaração do seu apocalipse.

E você ouve o suspiro de outra flecha e se move mais rápido do que qualquer mulher ou homem pode se mover, e a flecha quebra na rocha e sua lâmina está na barriga do líder desses soldados, e, antes que o choque dele seja registrado, enquanto ainda é apenas um brilho no canto de seus olhos, aquele quase cômico Espere um momento que você já viu milhares de vezes, você puxa a lâmina para cima, através e para fora, e acaba com ele em uma catarata de sangue, e desvia de um machado e traz à tona sua mão livre com os dedos rígidos, esmagando a garganta de seu portador, então ele vai abaixo e dá início à tarefa inútil de não conseguir respirar, e você se vira para um pobre rapaz que espalha flechas por todo lado, murmurando preces para o cavaleiro do elefante sobre cuja existência você acabou de desiludi-lo, desculpe, jovem, você pensa, será que poderia ser de outra forma...?

Mas não o mata. Pela primeira vez, não é você.

Conforme dá um passo à frente, você ouve o silvo de mais flechas atrás de si e o garoto fica crivado delas, olhando enquanto cambaleia em sua forma final de peixe esgana-gato. E, quando dá outro passo, todos os camaradas dele também balançam, de repente como fetiches de pregos, todos repletos de flechas. E caem.

Formas surgem das rochas. Silhuetas de arqueiros. Arcos não apontados para você, mas a postos.

Estou aqui, você finalmente os chama, procurando pelo filho dos deuses.

Sim, a voz de um homem responde. Nós o ouvimos dizer isso aos bandidos.

Eles não eram bandidos, você diz. Eram cavaleiros sagrados. Mas estavam equivocados.

Quem quer que fossem, diz o homem, não tinham nada que fazer aqui. Nem você, mas a maneira como se moveu contra eles... você provou ser digno de uma audiência.

Ele desce, chega perto o suficiente para que você possa perceber o fascínio profissional em seu rosto grisalho.

Poucos são dignos, diz ele. Mas você... Venha conosco.

Como você não morre, torna-se um taxonomista. Por volta do quarto ou quinto século de vida, todos os eventos que ocorrem em sua vizinhança lembram você de outro, depois outro e mais outro. A essa altura, todas as pessoas que você conhece o fazem se lembrar de alguém, toda comida traz à mente outra refeição ou muitas, todas as histórias que ouve são variações de outras. Você as organiza mentalmente, percorrendo o mundo e comparando semelhantes, acumulando experiências em conjuntos distintos, e comparando o tamanho das pilhas. Podem ocorrer coisas incomuns, mas nada nunca é novo.

Nunca foi raro ouvir histórias de semideuses. Houve lugares, e houve dias, em que todas as pessoas que derrubavam uma árvore com mais rapidez que o habitual na aldeia eram declaradas assim. Poucas dessas histórias mereceram investigação.

Mas existe o porco.

Mesmo separado dele por incontáveis quilômetros e séculos a cada ocasião, já existe há muito tempo o porco-veado. Do qual você viu o momento da concepção, o orgasmo ofuscante do céu. A agonia do seu meio-irmão suíno em relação a você é uma fonte de tristeza. Mas irmãos brigam, não é? Você pode estar distante dele, mas famílias são assim mesmo. Aquela fera deve ser do seu sangue. O filho da tempestade, a resposta ao lamento e às orações da porca. A criança e o presente, como sua mãe lhe falou de você, de um deus.

Então existem essas crianças. Sua certeza de que estava sozinho foi refutada.

É por isso que você se voltou à sua memória, para olhar mais uma vez para todas aquelas histórias que ouviu. Levando em conta o porco. Aquelas poucas que permanecem dignas de curiosidade. Se for verdade que séculos de perseguição dessa história do guerreiro filho deste deus, e daquele hino da monarca imortal que é filha daquele ser supremo, e assim por diante, não resultam em nada além de propagandas cotidianas de culturas nas quais alguns comandam muitos, há também — sim — um punhado de provas que não são tão simples de descartar. Pedras quebradas e marcadas por nós de dedos. Um senhor e seu suposto filho e seu suposto neto, que compartilhavam um nome e um rosto tão intimamente, que sua paroquiana mais velha lhe confessou que nunca acreditou que fossem pessoas diferentes, mas alguém que nunca morria. Sinais e presságios.

E, se ficou decepcionado centenas de vezes, mantém a sua decisão de que os próximos milênios serão para investigações. Você não poderia dizer se isso é coragem, esperança ou o que mais.

Há muito tempo você não segue uma obra de poemas tão rica e tenaz como a deste Deus-Filho Senhor destas montanhas. E, andando agora com esses guerreiros silenciosos, repetindo para si mesmo todos os avisos para não ter muitas esperanças, para evitar que seu coração se parta, você não consegue impedir o coração implacável de bater mais rápido do que o fez em anos, ao pensar na família.

Numa manhã sem nuvens, entre três picos, você olha para um castelo de pedra escavado na pederneira. Percorre uma colina estreita com sua escolta. Espera com eles enquanto os besteiros se reposicionam nas ameias quando você se aproxima; os soldados gritam uma sequência de senhas, e a grande porta se abre.

Um pátio onde crescem árvores que não têm como prosperar nessa altitude, em meio a um ar muito mais quente do que o soprado lá fora. As pessoas aqui se aglomeram para observá-lo, em cores vivas. Eles se postam com os ombros para trás, em orgulhosa curiosidade.

Uma passagem para o interior da montanha. Os soldados o deixam assumir a liderança. Um corredor iluminado não por tochas, mas por uma luz incandescente que sai dos buracos na pedra. Uma porta de madeira estrangeira, esculpida com mil hinos. Você lê as imagens: Deus-Filho atravessando as águas; Deus-Filho subjugando os monstros da montanha; Deus-Filho construindo seu trono; Deus-Filho alimentando as donzelas; Deus-Filho domesticando a lua.

Espere, grita alguém atrás de você, mas você abre a porta com um empurrão e entra em uma câmara bem iluminada, revestida de tapeçarias douradas, azuis e vermelhas, e guardas em armaduras brilhantes com ágil perícia, em uma falange entre você e um trono elevado, avançam sobre você com as pontas das lanças prontas para a sua garganta,

enquanto você olha nos olhos do homem na cadeira. Alto e resistente. Usando um cocar intrincado. Olhos azuis, olhos tão azuis quanto os seus.

Desistam!, ele grita em uma língua das montanhas. Os guardas baixam lentamente as armas.

O homem se levanta. Você vê como ele se posiciona, quão poderoso ele é, quão perfeitas são as linhas de seu rosto, quão brilhantes são aqueles olhos contra o *kohl* escuro ao seu redor. Ele desce do estrado.

Você vê um brilho, um clarão, um relâmpago em seus olhos azuis, e, pela primeira vez em séculos, você engasga.

Ele sorri. Estende as mãos.

Ouvi dizer que você estava vindo, ele diz. Vi que vinha no voo dos pássaros. Mas não acreditei. Já me decepcionei antes. Então não falei o que pensava e enviei meus melhores oficiais para buscar notícias e observar o caminho, e rezei a meu pai por orientação, paciência e para entender seu plano, e discerni em seu silêncio uma excitação que não sentia havia muito tempo.

Ele caminha em sua direção, passando pelos guardas. Você sabe que eles o odeiam naquele momento por atrapalhar suas vidas, por incutir em seu senhor esse anseio. Você levanta os braços com as palmas para fora, para lhes mostrar a inocência de sua intenção, mas ele, o rei deles, abre os braços, gritando para você: Andarilho! Você veio, os pássaros voaram de verdade.

O homem o agarra e o puxa enquanto os soldados olham. Ele se agarra com força aos fios brilhantes das próprias vestes, suas peles encharcadas e imundas, e a sua pele suja e congelada. Ele grita, bem alto: Irmão!

Durante horas, vocês ficam abraçados, chorando e uivando, primeiro você, depois ele, depois você, depois ele, e ele grita Irmão! de novo.

Nunca pensei, você diz.

Já faz tanto tempo, ele responde.

Quando o Deus-Filho diz ao seu guarda-costas para deixá-los sozinhos, eles hesitam. Ele tem que dar a ordem uma segunda vez. Sozinho com você, ele diz: Conte-me sua vida.

Nasci em um vale, filho de minha mãe e do raio, você diz. Ele acena com a cabeça. Esse foi o começo, você diz. Aprendi a matar, você diz. Aprendi a dança do assassinato quando meus olhos brilham e eu preciso me afastar daquilo que é completo, você diz, e o sorriso dele contém reconhecimento e tristeza.

As pessoas trazem comida e bebida para você. Você conta ao Deus-Filho sobre as civilizações que viu. É como se todos esses anos nada fossem. A narração não demora tanto.

Andei procurando por você, você diz.

Comigo também foi assim, diz o Deus-Filho. Há muito tempo que espero por um irmão. Nasci de minha mãe e de um raio em uma planície muito distante. Aprendi a matar. Também aprendi sobre o sono ambulante da violência. Você não tem casa?, ele pergunta.

Todo lugar é minha casa. Você fica em um só lugar?, você pergunta.

Por muitos anos. Naveguei até o país verde, fui até onde estão os vulcões. Vim para cá. Há pessoas no vale abaixo. Eles sabem que as protegerei se precisarem. Eles trazem tributos. Pode parar de vagar, irmão. Se quiser.

Eu quero, você diz, e, ao dizer isso, sabe que é verdade.

O Filho-Deus da Montanha diz: Vamos governar juntos.

Seu quarto está cheio de travesseiros. Uma janela dá para uma inclinação mais suave da encosta. O calor do pátio do castelo sobe dos grandes túneis verticais escavados até as câmaras abaixo, onde os escravos cuidam de fogueiras de resíduos, madeira e carvão.

Caravanas de viajantes das tribos do vale trazem grãos, vegetais, carne salgada e cerveja. Os filhos e as filhas das famílias nobres desta mansão se revezam para se deitar com você.

Você troca histórias com o Deus-Filho.

Já passou algum tempo com o povo dos pântanos além das colinas ao norte?, você pergunta. Aqueles que faziam figuras com peles de crocodilo?

Não, ele diz.

Você diz a ele que viveu entre as pessoas com sobrancelhas inclinadas até que o último deles morreu durante o gelo.

Passei séculos com o povo da águia, diz ele. Conhece eles?

Não, você diz.

Eles têm penas no lugar do cabelo, diz ele. E, quando a lua está cheia, podem voar.

A isso você não responde.

Encontrou algum outro?, você pergunta a ele por fim.

Ele o olha por muito tempo. Só você, ele diz.

E você não me encontrou, você diz. Eu o encontrei.

Ele inclina a cabeça. Alguém tinha que ficar parado, diz ele. Ele fica esplêndido com o cocar que nunca tira, com chifres, ossos e dentes. O que tenho feito é comparar, diz ele. Colecionei histórias de deuses e poderes.

Eu também tenho centenas, você diz. A sua foi a melhor delas. Dizendo isso, você sorri.

E a sua foi a melhor que ouvi, diz ele.

Qual foi a segunda melhor?, você pergunta. Depois da minha?

Ele pensa por muito tempo.

Vayn, diz. A Igreja de Vayn.

E agora você se assusta, porque esse é um nome que lhe é desconhecido, e você pensava que sabia o nome de cada um dos deuses que os humanos criaram.

O que é isso?

Não sei, ele diz. Não consegui descobrir muita coisa. Muito longe daqui. Enviei mensageiros e espiões. É um segredo. É por isso que fiquei interessado. Porque a maioria das histórias é de pessoas que se autoproclamam, mas esta pareceu chegar até mim por acidente. Olhos brilhantes. O filho da própria Vida. E, quando mandei gente rastrear, os canais não se abriram, mas se fecharam. Como se percebessem que a notícia havia vazado e estivessem sendo cuidadosos.

Você não comenta nada.

Mas você foi a melhor. De longe. Quando leio os poemas antigos. Como sua carne se cura. O transe. A saliva e o brilho azul dos olhos. Soube então como deveria parecer para aqueles que me viam.

Na quarta semana, ele diz a você: Alguns do povo do rio estão atrasados com seus tributos. Ontem à noite enviaram um alpinista que pediu mais um mês. Devo ir e puni-los.

Vale a pena puni-los?, você pergunta. Se eles só precisam de mais tempo?

Temos espiões, irmão, diz ele. Eles estão mentindo. Seus silos estão quase cheios. Estão tentando vender as coisas, depois esconderão a moeda e reivindicarão uma praga.

Você diz: Ah.

Você chega ao anoitecer à frente de trezentos homens.

A chefe diz: Deus-Filho da Montanha, você nos honra. Então seu irmão se vira ao ouvir algum som que você não ouve e olha para uma janela superior de um prédio com vista e de lá uma flecha voa e ele se inclina para um lado, fora do caminho dela, e ela cai no peito de um dos homens que o acompanham, e ele olha para ela com a estupidez dos moribundos, inclinando-se lentamente para o lado, e agora mais flechas vêm e mais homens seus caem, então aqui vai você de novo, sim, surge sua arma e você olha em volta um pouco cansado em busca de um alvo.

Para deparar com o Deus-Filho da montanha, seu meio-irmão. Mãos segurando o próprio rosto.

Ele corre, então, abaixando as mãos e levantando seu saxo e cortando, quebrando as costelas da mulher, e rosna e urra com uma abstração tomando conta dele, e você vê a efervescência, a espuma e o brilho azul do olhar.

Você não entra nessa fuga. Apenas luta, bloqueia, soca, chuta e mata para se manter fora da briga. Você segue o Deus-Filho em seu caminho uivante e o observa.

Até que muitos aldeões jazem mortos e o resto corre, gritando que trarão toda a comida, implorando por misericórdia, e os lutadores da montanha olham para seu líder de olhos brilhantes com admiração, e seu irmão da montanha respira mais devagar, a luminosidade diminuindo sob as sobrancelhas.

Os olhos dele pousam nos seus e ele sorri. Em seu antebraço direito, um longo corte de uma faca de pedra acrescenta sangue ao sangue daqueles que ele matou. A não ser por isso, ele está intocado. Vocês saqueiam os silos e voltam para casa.

Você se pega olhando para o corte no antebraço dele na manhã seguinte, durante o café da manhã compartilhado. A carne que ladeia o corte está vermelha, inchada e escorre.

Ele o vê olhando. Não abaixa o braço para tirá-lo do seu campo de visão, como espera que ele faça. Ele não cobre o braço com a mão nem com a toalha da mesa. Ele se olha, levanta o antebraço.

Sim, ele diz. Leva um tempo.

Assim, ele ganha horas sem você dizer a si mesmo o que já sabe.

Naquela noite, quando você vai até ele para tomar vinho, seu coração se aperta ao ver um curativo sobre o corte, escuro por causa das ervas curativas e da lama. Você sabe que esperava estar errado e que essas esperanças foram frustradas.

Novamente, ele o vê olhar. Mais uma vez, você espera pelo alarme nos olhos dele, pelo desafio. Novamente, não há nada. Ele apenas sorri e diz para você: Meus médicos cuidaram disso, para assim possibilitar a cura divina.

Você fica sem dormir a noite toda, olhando para a escuridão.

Quando se encontram ao nascer do sol, o braço dele ainda está inchado, e ele estremece quando você o toca.

Você diz: Você sempre usa esse cocar. Posso vê-lo?

Ele olha ao redor para se certificar de que você não está sendo observado. Ele diz: Meu pai me deu isso e não gosto que os mortais me vejam sem ele. Mas ele o retira da cabeça e o oferece, e você o pega, vira-o e sente seu peso. E encontra as pequenas bolsas nas laterais, cuja existência você supôs, onde estariam as orelhas. Você puxa a abertura e ele acena para você, encorajando-o a procurar o segredo, e você cheira a poeira dentro, seu aroma adstringente.

O que é?, você diz.

Salitre, diz ele, da merda dos morcegos. Um pouco de carvão de pinhas. Uma pequena parte de enxofre. Bagas secas amassadas de determinada fruta, diz ele, para o azul. Isso dá a cor.

Quando ele os pressiona, canais de dentes curvos liberam o pó perto do canto dos olhos. As pontas desses canais são de pedra e funcionam como pedras de faísca.

Eu faço o brilho azul, o crepitar e o brilho do transe da morte saírem dos meus olhos, diz ele. Para homenagear meu pai.

Ele sorri.

E você sorri em resposta. Não há nenhuma atitude defensiva nele, nenhum apelo à cumplicidade, nenhuma sugestão de revelação. É um olhar desprotegido, ingênuo, confiante, alegre, fraterno.

Isso é o que ele pensa que é ser filho de um deus. Mímicas e truques. Imitar as histórias que ouviu, as suas histórias.

Você nem consegue odiá-lo. Não consegue odiá-lo sequer por mentir para você, porque ele não mentiu, pobre guerreiro, pobre campeão tolo que confundiu história com vida.

Então você não o pune. Espera até que ele esteja de costas. Quando o mata, faz isso com rapidez, de modo que ele nunca soube.

O rosto dele, quando vira a cabeça decepada nas mãos, ainda sorri.

Você passa a noite com o corpo sem cabeça e a cabeça sem corpo daquele que não é seu meio-irmão. Você passa a cabeça de uma mão para outra e diz que lamenta que tenha acontecido assim. Quando o sol nasce sobre a montanha, suas bochechas estão molhadas e o contorno de tudo está afiado como uma faca e você se lembra que é assim que as lágrimas fazem a luz funcionar.

No corredor. Passando pelos guardas, movendo-se tão rápido que eles nem o seguem, o olhar deles dizendo, do resquício sangrento que você segura: Não devo estar vendo o que vejo, devo estar errado, não entendi, isso é um erro. Você sobe ao estrado na sala do trono ao som de um crescente coro de alarme e por fim gritos de Às armas! e Guardas, o que ele fez? Quando você enfrenta a multidão de suplicantes, os soldados estão com as lanças erguidas e todos os cortesãos, vizires e oficiais têm expressões medonhas, e você levanta a cabeça e também a voz.

Povo da montanha. Seu rei não era uma semente celestial.

Você joga a cabeça contra uma parede, onde ela deixa uma mancha e um respingo de sangue e ricocheteia, girando sobre a multidão, para rolar em sua investigação irregular até o centro da sala, ficando com os olhos para cima e abertos, a boca ainda com os vestígios de um sorriso agora torto devido ao seu tratamento rude.

O guarda mais corajoso dá um passo à frente. Levanta sua lança. Você descobre o peito e gesticula para ele jogá-la.

Sua mira é boa e seu braço é forte, e você tem que dar um passo para trás quando a lança o atinge abaixo do peitoral, indo fundo o suficiente e deslizando para o lado da coluna. Você fica de pé e observa a sala, a haste balançando conforme você se vira.

Ele foi um grande guerreiro, você diz, e aponta de novo para a cabeça. Foi um governante justo. Não era um homem mau. Vamos honrá-lo, porque ele não era um mentiroso. Acredito que ele acreditava em sua história. Ele estava errado, só isso, e isso não é pecado.

Tragam-me os quatro melhores artesãos do vale. Peça-lhes que construam sua estátua, que ficará no centro do pátio. Ele permanecerá de pé quando esta fortaleza cair. Ela permanecerá de pé quando a montanha baixar, e, quando os filhos dos filhos dos filhos dos seus filhos, dos filhos dos filhos dos seus filhos, até o vigésimo grau, cavarem no que será um vale, eles o descobrirão e dirão: Este deve ter sido o rei deste lugar, deve ter sido um grande rei, talvez fosse filho de um deus. Ele pode ser lembrado como o que ele pensava que era. Esse será nosso presente para ele.

Eu não preciso de estátuas, você diz.

Você salta. Direto para cima, da beirada do estrado. Abre bem os braços e as pernas de barriga para baixo, como os esquilos deslizam em florestas distantes, a haste da lança dentro de você inclinada para baixo, e você cai com força, de modo que o chão a empurra para cima devido ao peso do seu corpo; então, quando você pousa agachado e alerta nas pontas dos dedos dos pés e das mãos, a lança aponta para o teto.

E todos naquela sala ficam parados, olhando temerosos quando você se levanta. Você caminha até o homem que jogou a lança. Sua bravura lhe agrada: ele não se esquiva.

Você estende a mão para trás e puxa a lança até o fim. Você a oferece a ele.

Pegue, você diz. Use-a contra os inimigos deste castelo. Sirva-me. Você se entregou a uma criança sagrada. Eu sou ele.

O homem pega sua arma úmida. Ajoelha-se. Todos na sala se ajoelham.

Todo mês a população local sobe. De tantos em tantos meses, seus oficiais descem para estabelecer os bons modos. Em algumas semanas, você recebe visitantes que acompanharam as histórias, que se esforçaram para encontrá-lo, para lhe pedir que curasse seus enfermos ou os abençoasse com sorte ou riqueza, ou para travar suas guerras.

Não, você diz.

A maioria vai embora amaldiçoando os céus. Alguns argumentam, imploram, exigem. Esses você mata.

Você vai descansar, é o que diz a si mesmo. Come o máximo que pode. Sua forma não muda. Bebe a bebida mais forte, durante dias seguidos, e fica bêbado, mas nunca tanto quanto gostaria. Dança até que todos com quem você dança caiam de exaustão, implorando. Às vezes dá a eles a misericórdia do sono. Às vezes arrasta-os e continua dançando com eles até morrerem em suas mãos.

As gerações passam. Você aguarda guerreiros sagrados que tentarão exorcizá-lo da montanha, mas nenhum surge. Certa vez, o povo do castelo se levanta contra você. São os filhos e netos daqueles que estavam lá quando você chegou, e talvez eles acreditem que as histórias dos mais velhos sobre você sejam um mito. Você mata os líderes de várias maneiras.

O comandante desses insurgentes é uma jovem cozinheira. Você a traz até você para o julgamento. Olha para ela e tenta descobrir a qual membro da família dela você fez o que, para analisar a natureza de seu desejo de vingança. Mas nunca a viu antes e sua ascendência não significa nada.

Por quê?, você pergunta.

Porque fodam-se todos os deuses, ela diz. Ela o encara.

Você diz ao seu tribunal que vai queimá-la viva na base da montanha. Desce com ela, corta suas amarras e diz que ela pode ir. Ela o olha e não o deixa ver seu alívio, e você gosta ainda mais dela.

Seja temeroso, ela diz, e caminha em direção ao rio.

Passam-se cinquenta e três anos. Você espera o retorno dela o tempo todo, mas ela nunca mais volta.

A noite mais escura em décadas. Você ouve urubus. Fica deitado no quarto, em meio a corpos esparramados e roncando, odres de vinho e manchas de comida. Só você está acordado.

Ouve o som lento de passos. Por um momento, pensa que se trata de uma cortesã usando sapatos com sola de madeira, mas a cadência está errada.

A porta se entreabre lentamente. Você olha para uma forma escura e pesada adiante.

Ela dá um passo à frente, abre a porta até o fim, entra devagar e fica na soleira, olhando-o enquanto você a olha em resposta.

Você dá as boas-vindas baixinho. O porco o encontrou pela primeira vez em séculos.

Aí está você, coberto de crosta de gozo, licor, açúcar e sal. Você espia através da semiescuridão os minúsculos olhos pretos e brilhantes. Ele se posta ali como um espírito doméstico, como algo que busca compreender, como uma memória.

Olá, porco, você sussurra.

Você me encontrou, porco.

Já faz muito tempo.

Há muitos guardas. Há quilômetros e quilômetros de trilhas geladas nas montanhas. Na sua mente, você vê a passagem da babirussa. Acordando do ovo, em alguma costa estrangeira, em anos já idos. Seu trote de caçada pelas cidades, aprendendo a ser furtiva e paciente, habilidades bastante estranhas à sua forma, infiltrando-se em navios, nadando, caminhando pelas florestas, desmembrando os predadores que viessem atrás dela. A solidão daquele porco poderia fazê-lo chorar. Se não fosse aquela missão sem fim, aquela busca pelo outro imortal, o que ele faria? Subindo pela ardósia do caminho, tap tap tap, ecos de cascos na pedra, determinado como nenhum animal deveria ou tinha de ser, silenciando as próprias bufadas, mergulhando em rios para minimizar seu cheiro de caça, tornando-se invisível por pura ousadia, aperfeiçoando uma porcinidade altiva e discreta que deixaria especialistas treinados pensando: Estou vendo coisas, estou alucinando, um porco em um lugar sem porcos, atravessando o mundo para estar aqui. Para olhar para você.

Há quantas vidas porcinas você o viu assim? Silencioso, sem rosnar, sem raspar o chão, sem abrir as mandíbulas para que a baba se estique e estale, em sua eterna campanha de violência contra você? Apenas observando.

Venha, então.

Você levanta a cabeça. Seu próprio movimento o surpreende. Mas aí está você, eis aqui, e é isso que está fazendo.

Apresenta sua garganta ao porco que o odeia com o ódio de uma fé.

Rasgue-o, você sussurra.

Você chegou tão longe, você sussurra, trabalhou tanto, estou cansado. Vou descansar um pouco. Envie-me para o meu ovo. Vamos juntos?

O porco o encara por um longo tempo.

Ele vira a cabeça e você, com a garganta ainda exposta e necessitada, observa o porco-veado olhando para cada parte da sala, para tudo e todos dentro dela, aquele olhar lento enfim retornando para você.

E o que vê nos olhos dele você nunca viu antes. Desdém.

Ele se vira e vai embora.

Porco, você diz. Ei, porco.

O porco trota em silêncio pelo corredor e sai do castelo.

Ei, você grita. Os corpos ao redor se movem lentamente enquanto você levanta a voz. Porco, você grita. Rasgue aqui.

Ele não se vira.

Ei, você grita. O que acontece agora? O que acontece se não fizer isso? Você não pode me ignorar!

Mas o porco se foi.

Ele não sabia ler, seu antecessor, mas entendia a importância da escrita, e em uma ala alta há uma biblioteca, e dentro dela um baú cheio de rolos que ele fazia seus estudiosos recitarem. Você lê fábulas, sonhos e invocações, enigmas sobre as divindades e suas famílias.

Nem tudo é sobre você.

As pessoas do castelo não entrarão, não quando você as advertiu contra isso com sua expressão, mas elas clamam na entrada enquanto você desenrola os documentos e se debruça sobre essas línguas vivas e mortas.

Rei!, eles gritam. Por que nos abandona?, eles gritam.

Você não diz nada. Desdobra uma lista de supostos deuses e poderes além de deuses, semideuses e demônios. A fúria do abismo silencioso quando o mundo chegou, passando de corpo em corpo em sua luta. Os arcontes dos finais e dos começos, da morte e da vida. Você encontra seu nome escrito entre os primeiros; Vayn entre os últimos. Um pergaminho implora ao leitor que tenha pena de você, o filho do vazio, solitário, de olhos tristes e sem semente em seu lombo. Um pergaminho diz que Vayn, a filha da Vida, abre os ouvidos dos mortos e enche novamente seus pulmões, e desperta o barro frio e a matéria imóvel do mundo, para poder dançar e cheirar seus inimigos. Uma antiga escritura em pergaminho tem uma cantiga sobre o adversário, a coisa mais antiga que já existiu, a própria quietude, que a morte só consegue imitar.

Do lado de fora da sala, os guardas arrancam suas armaduras e cortam o peito para provar sua lealdade. Não, grita um vizir. Você lutará comigo antes de nos abandonar. Mate-me, mas não nos ignore.

Você desdobra mapas de igrejas ocultas.

Este é o seu filho, alguém grita, e você olha para cima e para fora da janela, e outra pessoa chama: E este, e erguidos bem acima da multidão você vê dois, três bebês sendo balançados em meio aos seus panos. Muito provavelmente você e a mãe deles já foderam. Mas, como se ainda não soubesse, como se isso ainda não tivesse sido provado em uma sucessão de corpinhos tristes e ainda frios, existe em sua essência algo hostil a qualquer útero. Você se volta para os tratados.

No fundo da caixa, um pedaço de pergaminho. Você o segura contra a luz.

Pictogramas muito antigos. Você se lembra dessa escrita, ela apareceu e sumiu com rapidez. Bonecos saltitantes, sigilos cominatórios intrincados, uma linguagem sibilante de um povo que falava aos sussurros.

O Hino de Vayn, você lê. As canções da filha imortal do relâmpago da vida.

Isso é tudo que vou levar, você diz à civilização que está abandonando. O castelo, a comida, a lealdade, as armas — todo o resto é de vocês.

Permita-nos adorá-lo!, alguém grita.

Seu deus ainda o observa, você diz. Sua estátua está no pátio. Vocês seriam tão ingratos a ponto de não lhe agradecer o cuidado?

Quando sai do fortim, pela primeira vez em muito tempo, e pela última vez, avançando pelo caminho íngreme e pedregoso, apenas as crianças o observam caminhar. O restante do povo da montanha está de mãos dadas e dando voltas em torno da figura de pedra desgastada pelo tempo com seu rosto severo. Estão queimando carne na estátua do primeiro Deus-Filho, jogando flores na fogueira, e o homem que ameaçou lutar com você, sabendo que você o mataria se o fizesse, lidera os cantos e lamentos, que já assumem a cadência de um ritual. As pessoas cantam para aquele que você matou antes de nascerem, implorando por proteção.

PRESERVADO EM MEL

KEEVER ACORDOU COM O CHOCALHAR DO TELEFONE NA MESA de cabeceira. Sentou-se na cama. Ainda estava escuro. Piscou várias vezes. Número bloqueado. Colocou-o no ouvido.

— Keever.

— Sim. — Uma voz feminina e cautelosa. — Com quem estou falando?

— Com quem eu estou falando?

— OK, sim. Aqui é a tenente Carstairs, da Polícia de San Antonio. O senhor conhece Joanie Miller?

— O que aconteceu? — Ele já estava de pé.

— Estou ligando para o senhor — disse a voz — porque o senhor é a última pessoa com quem ela falou por mensagem. Alguns dias atrás.

— Onde ela está?

— Sinto muito, senhor. Aconteceu um acidente. Ela saiu da estrada na Fall Edge Road, ao norte do parque estadual.

— Ela está bem? — Claro que não.

— Não, receio que não.

— Ela morreu — disse ele.

Um momento.

— Sinto muito, senhor. Sim, ela morreu. Ferimento grave na cabeça e no pescoço. Ninguém mais estava na estrada, e o carro dela sumiu de vista; demorou alguns dias até que alguém... Sinto muito. Qual era a natureza do seu relacionamento com ela?

— Éramos amigos. Trabalhei com o marido dela.

— Esse seria Kaz Miller?

— Sim. Ele serviu sob meu comando.

Isso funcionou. A mulher falou com mais respeito.

— Entendo, senhor. Este seria o Kaz Miller que recentemente...

— Sim.

— E... senhor, se não se importa que eu pergunte... como estava a sra. Miller...?

Ele esperou no silêncio por um tempo.

— Não muito bem — disse ele. — Como pode imaginar. Por quê?

— É que ela tinha muito álcool no organismo. Sinto muito ter de lhe contar isso.

Ei, você está fazendo apenas seu trabalho.

Keever percebeu que falava em voz alta. Ele ouviu a mulher falar mais, mas não o que de fato estava sendo dito. Enquanto ela falava em seu ouvido, ele abriu as ripas da persiana e olhou para o céu. Ei, ele disse, não em voz alta, percebeu novamente. Você nunca sabe o que alguém vai fazer, como vai reagir. A dor nos deixa loucos, todos nós, não é? Que loucura.

FIQUEI TÃO ENTUSIASMADO, PENSOU CALDWELL, QUANDO encontramos um olho. Quando comecei, tudo o que tínhamos era uma perna e meia. Alguns pedaços de vísceras, parecidos com carne-seca. Um punhado de fragmentos de ossos.

Mais uma vez ele posicionou o porco subjugado ao lado do cilindro. Mais uma vez conectou as portas e os cabos.

Reunir algumas relíquias feias, não mais magníficas do que qualquer coisa que o Vaticano pudesse reunir, e depois um olho? É claro que parecia uma uva-passa quando o encontramos, mas eu sabia. Faça direito, que vai crescer e voltar ao normal. E cá estamos. Agora com nossa nova peça.

Toda essa linha de pesquisa veio da fonte mais improvável. Caldwell estava assistindo a um filme.

Foi logo depois que ele ingressou na Unidade. Voltou para casa uma noite, exausto, e ligou a televisão; naquela época, ele ainda assistia ou lia ocasionalmente algo completamente alheio ao seu trabalho. O paradoxo, supôs ele, era que não iria desperdiçar seu foco assim agora, mas foi isso que lhe proporcionou essa área fecunda de pesquisa.

Ele havia visto um pouco de um filme estrelado e provavelmente dirigido por Polanski, entre todas as pessoas. Ficou um pouco surpreso por estarem mostrando aquilo.

Caldwell estava comendo, assistindo sem prestar muita atenção, até aquela cena. O personagem de Polanski deitado na cama, bêbado, conversando com Isabelle Adjani.

— Corte meu braço — disse ele. — Quer dizer: "Eu e meu braço". Retire meu estômago, meus rins; quer dizer: "Eu e meus intestinos". — Caldwell se lembrou de como Polanski havia continuado: — Corte minha cabeça. Eu diria "Eu e minha cabeça" ou "Eu e meu corpo"? Que direito tem a minha cabeça de se chamar eu?

Caldwell sentou-se muito ereto naquele momento. Pensando naquela perna e meia. Os restos de Unute, que ele herdara. Que direito tinha este ou aquele pedaço de se chamar ele? O que de Unute era ontologicamente Unute?

Ele poderia assim, devidamente estimulado e desperto, desmorrer?

Essa abordagem logo se tornou uma prioridade. Ir atrás de cada história, de cada fragmento, de cada pedaço de Unute que foi conservado, deixado cair, enterrado, venerado.

Você nunca vai terminar, ele pensou, observando a forma dentro do cilindro. Sempre poderíamos colar mais peças em uma melhor aproximação da forma que você está descartando. Mas você é mais completo — completado — do que muitos humanos nascidos de verdade, ou do que já pensei que seria. O que será necessário? O que devo fazer para dizer olá? Que tipo de corrente, energia, campo ou vibrações preciso verter em você para acordá-lo?

Dificilmente eu poderia esperar que Unute o olhasse com gentileza, ele pensou para a figura no vidro. Mas.

Cada relíquia que encontraram desde aquela revelação chegou até ele com discrição e cerimônia. De luvas, com a devida reverência, retirava qualquer resíduo orgânico de seu alojamento. Lia quaisquer documentos, detalhes de suas emanações e procedência.

No Ano de Nosso Senhor de 1372, Simón de León, de Sevilha, foi incumbido de proteger isto, este dedo mínimo arrancado daquele que é chamado de Santo Oculto pelos Irmãos desta Ordem.

Eu, Fátima Al-Khouri, juro que sou a portadora do lóbulo da orelha do soldado anônimo que protegeu o Profeta Muhammad, que a Paz Esteja com Ele, e a quem Alá abençoou ou amaldiçoou com a vida eterna — os juristas não entram em consenso sobre esse assunto.

Sessenta invernos se passaram. Um estranho veio, lutou contra um urso. Pênis arrancado. O do homem. É isso (outro cresceu onde o anterior havia estado). Eu o preservei no mel.

Alguns de nós, benditos sejamos, desejam os poderes da energia de Unute. E o próprio Unute não é uma fonte confiável de acesso a si mesmo. Mas, como que generosamente, ele deixa rastros do próprio eu descartado. O que é uma oportunidade.

Oitenta mil anos. Deve haver carne seca e lascas de Unute suficientes para construir um homem inteiro em carne ressequida. Esse pensamento, como sempre acontecia, colocou na mente de Caldwell a imagem de um gigante desajeitado e esfarrapado pisoteando as ruínas do mundo.

Eu não precisava disso, ele pensou. Não preciso de muito.

Agora a imagem que lhe vinha à mente era uma lembrança dos resultados reais de suas buscas. Um monte de pedaços e retalhos do tamanho de um homem, atados e imersos, adicionados às vísceras coletadas pela Unidade, e ossos mais antigos que a arte mais antiga da caverna mais profunda, fixados juntos, costurados lentamente, suturados, selados a quente, com epóxi orgânico, na aproximação mais grosseira de sua configuração anterior.

Havia um limite para o que mesmo a biotecnologia mais avançada — ho, ho — poderia fazer para retroceder o envelhecimento desse tecido. Mas havia matéria cerebral dentro do cérebro: restos incrustados de pensamento. Um homúnculo adequado.

Se ao menos, pensou Caldwell, não tivéssemos três mãos à disposição, todas esquerdas. Se ao menos tivéssemos um olho para cada buraco, em vez de quatro orelhas. Mas já era hora de tentar.

Canalizando corrente através daquele elixir frio hipercarregado. Vertendo sangue colhido de veias meticulosamente reconstituídas. Forçando o todo a um estado catalítico quântico pela persuasão de interações incompossíveis de onda-partícula, de acordo com os arcanos da Unutologia.

E absolutamente nada aconteceu.

O líquido havia se agitado, as luzes se moveram dentro dele como espíritos de peixes, formando vórtices complexos, apenas movimento browniano e dinâmica de fluidos. Nada mais. Nem daquela vez, nem desde então.

A morte não quer Unute, pensou Caldwell. Mas, não importa o que tenhamos feito, a vida também parece não querer seus restos mortais. Certamente o porco poderia ter algum extra para compartilhar, parecia uma aposta razoável, mas não até o momento. E você, Babe? E se eu tentar de novo? Espicaçar você? Todo o caminho de volta até o limiar? Talvez empurrá-lo, desta vez? Recuperar sua vida para que eu possa sugar só um pouquinho para nosso projeto?

O que me diz? Mais uma tentativa? E então o Plano B?

— DIANA? — B CHAMOU COM SUAVIDADE DA ENTRADA DE SUA casa. Ele estava iluminado pelo branco ofuscante dos postes de luz. Leu, perto da fenda de entrada de correspondência: POR FAVOR, NÃO COLOQUE PROPAGANDA. Olhou para o capacho a fim de limpar os sapatos: BEM-VINDO!, e para a foto de um cachorrinho abanando o rabo. Um pequeno prego projetava-se da madeira perto da porta, onde talvez antes estivesse pendurada uma mezuzá ou um apanhador de sonhos.

— Diana?

— Está aberta — disse ela de dentro. Ele empurrou a porta com gentileza. — Entre.

Ela estava sentada no chão da sala. Tinha o *laptop* aberto na mesinha de centro baixa e encarava a luz fria. De um lado havia uma caneca de café; do outro, uma pequena pistola.

— Diana — disse ele.

— Estou bem — ela respondeu. Deu um tapinha no ar como se quisesse tranquilizá-lo, como se o agitado fosse ele. — Estou bem.

— O que aconteceu?

Ela gesticulou para que ele se sentasse no sofá, para que pudesse ver a tela por cima do ombro dela. Mas primeiro ele se inclinou, estendeu a mão e segurou delicadamente seu rosto. Ela permitiu, semicerrando os olhos. Ele olhou profundamente para eles, observando suas feições. Ela podia sentir a respiração lenta dele sobre ela, e sua própria respiração ficou presa na garganta.

— Não machucou você? — ele disse. — O que quer que tenha sido?

— Não.

Ele franziu a testa e esfregou o polegar ao longo da marca no rosto dela.

— O que é isso?

— Não me machucou, mas... bem, a coisa me tocou. Me arranhou. Me deu um susto.

— Me conte.

— Sente-se — ela disse. — Olhe. Talvez você possa me contar.

Ele se sentou. Ela apontou para a tela do *laptop*.

— Você já viu um fantasma? — ela perguntou.

— Foi um fantasma que a atacou?

— Não disse isso — tornou ela. — Não sei. Você já? Viu um fantasma?

— Sem contar quando me olho no espelho? — Quando ela franziu a testa, ele disse: — Um fantasma é algo que não some depois de morrer. — Ele inclinou a cabeça.

— Tudo bem — falou Diana. — Você é um semideus, uma arma alienígena, um broto genético, uma força do silêncio, o caos, e agora é um fantasma. Algo mais? Um dia desses você vai ter que tomar uma decisão.

— Não, não vou. Não tenho nenhum problema em conviver com contradições.

— Você já? — perguntou ela. — Viu um?

— Não acha que eu já teria falado a respeito? — ele disse.

— Você mesmo falou, B: muitas coisas aconteceram com você. E lembrar não é a mesma coisa que ocorrer com você. Nem sempre você sabe o que vale a pena mencionar. Você mesmo me disse isso.

— É justo — ele respondeu. — OK. Se eu já vi o espírito de alguém que morreu? Em oitenta mil anos, nunca vi isso, assim como não vi um plesiossauro no lago Ness ou no lago Okanagan. Mas, se quiser dizer com isso se eu já vi alguma coisa que não consegui explicar? Muitas vezes.

— Algo estranho — disse ela. Acenou com a cabeça para a tela. Nela, ele viu uma imagem verde-acinzentada do interior da casa dela, através da visão aprimorada de uma câmera na penumbra. Ela apertou um botão e ondas de pixelização passaram sobre a imagem, sombras enquanto ela avançava, a mudança infinitesimal de um corredor. Ela deixou que ele voltasse à velocidade normal e um segundo depois o seu eidolon passou pelo corredor.

— Espere — disse ela.

Eles ficaram olhando.

Um deslizar. Mínimo movimento no carpete. Uma sombra nas sombras da parede.

— Pronto — ela disse. Pausou a tela e trouxe imagens estáticas. Todo aquele corredor, tudo naquele período de tempo. Ampliações da mancha de escuridão. Sem forma. — Já passei por essa parte um monte de vezes — falou ela, apontando para um redemoinho preto. — Não consigo nada. O que quer que tenha sido, foi rápido demais.

Ele estava de pé, então, e no corredor. Agachado sob as gravuras e as fotografias de infância, rastejando sob uma escultura de Benin, o rosto encostado no chão, as pontas dos dedos parecendo antenas. Fungou. Balançou a cabeça.

— Qual foi a sensação quando a tocou? — Ele voltou a se aproximar dela. — E como sabe que desapareceu?

— Não sei, mas eu... — Ela franziu a testa. — Só acho que não está mais aqui. Parecia que o ar ficou vazio. E o que senti foi como... — Ela gesticulou para o rosto. — Parecia um prego — disse ela. — Uma unha, na verdade. E tem que estar conectado com o que está acontecendo.

B olhou para o teto.

— Reconhecimento de padrões — disse ele. — Você deve praticamente tudo a isso.

— "Você"? — disse ela. — Quer dizer eu, ou os humanos em geral? Segunda pessoa: você está se desconsiderando?

— Claro — respondeu ele. — Sabe disso. O que estou dizendo é que o reconhecimento de padrões é o que fez com que os macacos criassem senso de significado. E é também o que causa paranoia e psicose em vocês.

— E?

— E eu entendo. A babirussa volta para mim. E quem a seguia ainda está por aí. E tem também Ulafson. E Thakka... e agora esse infiltrado invisível. Parece que tudo tem que fazer parte do mesmo momento.

— Você também — disse ela. — Tem você para se levar em consideração. Na melhor das hipóteses, isso é um obstáculo, mas recentemente? Com a sua situação? Tem alguma coisa na sua cabeça, B. Rondando-o.

Depois de um momento, ele falou:

— OK. Ponha isso na conta. Entendo que parece conectado, mas esse tipo de certeza não lhe é amigável, Diana. Temos de nos destituir de paixão. Algo entrou aqui. Tocou em você. Durante um conjunto de mistérios, sim. Mas, se decidirmos antecipadamente que tudo está interligado, não vamos investigar, vamos contar uma história a nós mesmos.

— Está dizendo que acha que isso é coincidência — disse ela. — Que nada disso tem relação.

— Não. Estou dizendo que não deveríamos "pensar" que sabemos o que é isso, e muito menos que está tudo conectado, necessariamente. Procure padrões e você os encontrará.

— Hum-hum — disse Diana. Ela tomou um gole de café. — Entendo — acrescentou.

Eles olharam para os cantos escuros da sala.

Por fim, ela disse:

— Você não acredita em nada disso, não é?

— Nem por um segundo — falou ele.

— Tem tanta certeza quanto eu de que todas essas coisas fazem parte de algo maior, não é? — ela perguntou.

B disse:

— Cem por cento.

— ENTREM, ENTREM, ENTREM.

A porta no fundo do corredor deixava entrar um raio de sol. Um grupo de figuras estava postado lá, contra o fundo iluminado, hesitantes.

— Entrem! Eu sou Marlene. Estou muito feliz em ver vocês.

Ela se apressou em escancarar a porta; três homens e uma mulher esperavam lá dentro, encolhidos em suas roupas quentes.

— Entrem todos — disse Marlene.

Ela puxou um homem musculoso de cabelos escuros e curtos, cujos olhos se arregalaram de surpresa quando ela o abraçou.

— Você deve ser Himchan — ela falou, envolvendo-o. Puxou a mulher branca de aparência severa com uma cicatriz no olho esquerdo. — Sally, certo? — Marlene a abraçou também. — E você é Jonny. — Um homem alto, mais velho que os dois companheiros, os cabelos pretos ficando grisalhos. Ele retribuiu o abraço dela.

— Prazer em conhecê-la — o homem murmurou.

— O prazer é meu, querido, o prazer é meu. Jeff me contou sobre você.

Seguindo os recém-chegados, Jeff Stonier abraçou Marlene. Ele fechou a porta e gesticulou para que os companheiros se sentassem em círculo, ao lado de um tonel de café e um prato de biscoitos. Quando ele se sentou, os companheiros fizeram o mesmo.

— Bem — disse Marlene —, cá estamos. Estou tão feliz em conhecê-los. Vamos começar. Estou muito grata por terem vindo. Sei que alguns de vocês percorreram um longo caminho para chegar até aqui e sei que Jeff lhes contou um pouco, mas tenho certeza de que devem estar se perguntando o que diabos podemos fazer por vocês.

Stonier acenou com a cabeça gentilmente para os recém-chegados.

— Sally — disse Marlene. A mulher de rosto severo encontrou seus olhos. — Se estiver tudo bem, vou começar com você. Damas primeiro. Jeff disse que nos contaria um pouco sobre você. — Sally assentiu. — E quero lhe agradecer por confiar em nós o suficiente para vir aqui. Bem. Seu marido, Don, trabalhava com, com... o marido de Jeff, certo? Na construção civil? — Sally assentiu. — Sei que o perdeu também. Também em um acidente.

— Claro — disse Sally. — Um acidente.

— Sal — Himchan disse em um tom calmo. Não ergueu os olhos, mas estendeu a mão e pegou a dela.

— Himchan — Marlene disse. Ela se voltou para ele. — Você costumava trabalhar com os dois, certo?

— Não vi os acidentes — falou ele. — Não estava em serviço em nenhum desses dias.

— Não — disse Marlene. — Mas você era próximo de Don. E foi por isso que parou de trabalhar lá. Depois do que aconteceu. Muitas lembranças.

Ele fez uma pausa.

— Mais ou menos — respondeu. — É um negócio perigoso e não foram apenas Don e Kaz que me fizeram ficar mal. Foi... — ele acenou com a cabeça para Stonier — ... foi Arman também, e Ulafson, e...

— Entendi — disse Marlene.

— Duvido — tornou Himchan.

— E foi Bree também, não foi, Himchan? — O último homem disse. Todos se voltaram para ele.

— Sim — Marlene disse gentilmente. — Sua Bree. É uma coisa terrível perder uma filha, Jonny. Sei do que estou falando, Jonny. Sei mesmo. — Jonny encontrou os olhos dela. — Lamento que a tenha perdido, Jonny. De verdade.

— Bom, Jeff está vindo aqui há algumas semanas — disse Marlene. — Ele nos disse que iria entrar em contato com vocês. Disse que entende o que estão passando e achou que poderiam tirar algo disso, assim como ele. E, do jeito que estou pensando, se estão aqui, ele deve ter dito o suficiente para despertar seu interesse.

Ela entrelaçou as mãos.

— Certo — continuou. — Todos vocês perderam pessoas. Os detalhes não são da minha conta, é claro. — Ela gesticulou, passando a mão na boca como se fechasse um zíper. Inclinou-se para a frente. — Sei que estão com raiva da morte. E sabem de uma coisa? Eu também. E estou disposta a apostar que parte do motivo pelo qual estão aqui é por causa do que Jeff lhes disse, certo? Que não estão errados em se sentir assim. Que a vida é muita coisa, certo? Ninguém aqui vai dizer para aprenderem a aceitar. Ou procurar um encerramento. Ninguém aqui vai lhes dizer que precisam seguir em frente. Estamos aqui para dizer que vocês têm razão. A morte é uma merda!

Ela sorriu tristemente e se recostou.

— Não estou aqui para falar sobre ciclos da vida, *yin* e *yang*, esse tipo de coisa. A morte é a pior coisa do mundo. É a pior coisa do universo. Não seria melhor se pudéssemos simplesmente acabar com ela? Queremos nossos entes de volta! Certo? Certo! E, se não podemos ter isso... — Ela hesitou por um longo momento. — Se não podemos ter isso, então o mínimo que podemos fazer é lutar contra a morte. Mas... e se pudéssemos fazer as duas coisas?

Jonny, Sally e Himchan se entreolharam.

— Sei que querem saber o que fazemos aqui — disse Marlene.

Ela se levantou, foi até uma porta interna e a abriu, dando em um armário escuro. Ela entrou e os três recém-chegados franziram as sobrancelhas diante do chiado e do suspiro emitidos por dela, do barulho dos objetos. Por fim ela reapareceu, arrastando algo atrás de si.

— Aqui vamos nós — ela disse, arfante.

Uma grande base de madeira sobre rodízios. No topo dela oscilava uma alta silhueta, de formato vagamente humano, uma figura de espuma densa sobre uma base suspensa. Ela a puxou para o centro da sala e travou os rodízios, para que a base freasse, parando bruscamente. O torso preto, sem braços e sem pernas, balançava para a frente e para trás, com um estranho ruído.

— A morte com certeza é minha inimiga — disse Marlene. — Aposto que é de vocês também.

A espuma se acumulava no topo em uma cabeça áspera. Um alvo curioso para boxe e *kickboxing*. Onde deveria estar o rosto, uma caveira estava pintada na borracha escura, algo entre uma gravura de Posada e um ricto malévolo de desenho animado.

Marlene voltou ao armário e saiu com quatro tacos de beisebol de alumínio. Ela os estendeu.

— Vamos, todos vocês — disse ela. — Vamos mostrar à morte o que pensamos dela.

Os recém-chegados olharam para os tacos e para a bancada de socos. Um por um, voltaram o olhar para Stonier. Jonny se levantou devagar.

— Porra, você está de sacanagem? — ele perguntou para Stonier. — Você me trouxe aqui para isso? Vá se foder.

— Espere, espere — falou Stonier. Ele levantou as mãos no ar. — Marlene, eles podem pular essas etapas. Eles estão prontos, estão prontos!

Ela hesitou, o sorriso congelado.

— Poderia chamar Alam, por favor? — Stonier lhe pediu. Ela assentiu, inquieta, e se dirigiu para a porta. — Diga a ele que eu quero que meus amigos sigam para a fase final — gritou. — Eles estão prontos. Juro.

Ela assentiu sem olhar para trás.

— Jonny, escute — disse Stonier. — Sally. Todos vocês. Por favor. Só me deem dez minutos. Vocês têm que conhecer Alam. Tem mais coisa. Tem mais.

CALDWELL DEIXOU QUE O BRILHO DO SOL DA TARDE O BANHASSE.

Terminou de tomar seu café e se sentou diante do *laptop*. Acionou o vídeo silencioso de sua recente e desagradável tarefa. Apertou botões para desacelerar e acelerar as explosões de sangue e o redemoinho do líquido escuro no tanque. Os últimos movimentos trêmulos do porco. Depois de um tempo, o primeiro movimento intermitente da carne estagnada e sangue rastejando de volta.

Mais nada; apenas imobilidade nas entranhas do tanque.

O Caldwell de carne e osso observou o pequeno Caldwell na tela verificando as leituras de laboratório do cadáver do porco todo conectado, do tanque e dos tubos que ligavam os dois. Nenhum vórtice reverso de energia fora registrado, nenhum retrocesso de entropia, nenhum surto de vida *ex nihilo.*

— Caralho — Caldwell murmurou. — Que droga. Estava realmente esperançoso.

Onde quer que estivesse o sopro de vida necessário ao porco, pensou Caldwell, ele não o encontrara, nem mesmo na completa transgressão da morte que matar o porco havia provocado. Não conseguira canalizar nenhum poder para aquela coisa em retalhos, mesmo quando ela voltara do vazio.

OK, ele pensou. Então vamos de Plano B.

Pegou a caixa de metal e a abriu. Olhou para o pequeno pedaço de carne dura e pontiaguda dentro dele.

— E então, o que faço com você? — ele sussurrou. — Para onde você vai agora?

Caldwell acessou os arquivos de imagem da microscopia daqueles restos.

Como pode me ajudar? O que você faz? O que você é?

Dermatologia não era sua especialidade, mas anos de pesquisa com dados fragmentados lhe deram certo conhecimento das estruturas celulares da maioria das regiões da epiderme, mesmo daquelas consumidas pelo tempo. Sabia como era a queratina. Conhecia o que eram cabelos densamente emaranhados. Aquela coisinha tinha tudo isso, mas era ao mesmo tempo abstrata e vaga demais para que pudesse reconhecê-la. E era, ainda assim, perturbadoramente distinta em sua dureza e triangularidade.

Isso importa para você?, ele pensou. E se eu apenas enfiá-lo em qualquer lugar? Será que todas as histórias que recebo são fragmentos de bobagens? Você já fez parte dele algum dia?

Eu farei de você o terceiro olho dele. Bem no meio da testa. Como o cachinho de cabelo da menina. Você é bom ou horrível? É hora de descobrir.

Quais são os riscos se eu errar?

E se estiver pensando sobre isso da forma errada?, ele se perguntou. Talvez não se trate da quantidade de vida; talvez se trate de como você emerge da morte. Como emerge da não vida. Talvez precisemos apenas do equipamento certo.

DIANA COLOCOU O CELULAR EM CIMA DA MESA DE B.

— Você não se sente em segurança? — ele havia perguntado. — Na sua casa?

— Não é isso — ela disse, mas hesitou. "Não se sentir em segurança" não era a expressão certa, mas ela percebeu que sentia mais alguma coisa. Sentia-se vigiada. Apesar de tudo, os dois haviam revistado a casa dela novamente, verificando todos os cômodos, e não encontraram nenhum vestígio do que quer que fosse que estivesse lá dentro.

Foram até a casa dele.

Não era a primeira vez que ia lá. Os móveis suntuosos e os tons escuros dos trabalhos artísticos — pinturas originais, pôsteres como os dela, de filmes clássicos e de álbuns — fizeram-na se lembrar da preferência dele por determinada cadeira de escritório. Por que a casa dele não seria exatamente assim? Por que seria uma concha, uma caverna moderna? Por que não seria adorável?

B ficou ao lado do aparelho de som, tirando álbum após álbum da capa e analisando-os.

— Se não se importa — disse Diana —, vou gravar isso. — Ela apontou para o telefone.

— Fique à vontade — respondeu ele.

— Sei por experiência própria que não devo deixar nada só na memória — disse ela. — Não é um problema que você enfrente.

— Não — tornou ele. — Mas, por outro lado, você sabe que se lembrar de tudo não é o que dizem ser.

Ele soprou todos os sulcos do que havia escolhido e colocou-o na vitrola, e ela não pôde deixar de sorrir ao ouvir o barulho inconfundível e o estalido quando ele posicionou a agulha.

— Nunca o considerei um *hipster* — disse ela. — Vinil é apenas um som mais caloroso, sabia?

Ele ficou em silêncio durante o piano solo de "Splanky". Quando os outros instrumentos começaram a entrar, ele olhou para ela e, fingindo a mesma seriedade, comentou:

— "Com Basie, o que importa são as notas que ele não toca."

Diana riu.

— Para um imortal lúgubre — disse ela —, você é um cara engraçado.

— Quero dizer, é verdade — falou ele. — Sobre o vinil. Mas para mim o que me toca é menos qualidade de som, por mais real que seja, e mais lentidão. O Ritual. O uso das mãos. Não que odeie tecnologia. Se eu tivesse tão pouco tempo quanto você, também me preocuparia com o fluxo de trabalho e a conveniência. Mas o objetivo da conveniência é erradicar a jornada para o *télos*. No meu lugar, qual é o sentido disso? No meu caso, você desejaria acumular o máximo de *teloi* possível...

— Está descrevendo álbuns de *jazz* como *teloi*? — ela perguntou.

— Eu acho. E boas refeições, bons sapatos e livros. Qualquer coisa. Você tem apenas alguns anos para consumir tudo. Mas, quando chego ao fim de qualquer um deles, só o que há a se fazer é buscar outro. Então, é melhor permanecer na mesma rota. Se estivesse gravando você, talvez me preocupasse com o final da gravação.

— Está dizendo que tem algum rolo de filme antigo em algum lugar? — perguntou ela.

— Claro. — Ele virou a cabeça em direção ao sótão. — Sempre gostei de brincar com os rolos. — Ele deu um sorriso triste. — "Roloooo." Você é fã de Beckett? Ele gostou da maneira como eu disse essa palavra. Colocou isso em uma peça.

— Você está me dizendo que ele escreveu a *Última Gravação de Krapp* por sua causa?

— Não, só essa linha. Ele gostou de como eu a interpretei.

— Você atuou? — perguntou Diana. — Para Beckett?

— Claro — disse ele. — Havia apenas vinte pessoas na plateia: era nos fundos de um *pub* em County Clare. Isso foi em 1975; ele tinha exatamente a mesma idade de Krapp. Disse-me que tivera suas dúvidas sobre alguém tão jovem quanto eu interpretando o papel, mesmo com a maquiagem, mas achou que eu tinha feito um trabalho ainda melhor do que Magee. Ele disse: "Chega de trabalhar a angústia. Achei que não fosse se importar nem um pouco em ser velho. E foi perfeito".

Ele deu de ombros.

— Às vezes — disse Diana —, especialmente em tempos recentes, apesar do que me disse, sinto que está pronto para morrer.

— Não — ele falou, demorando um pouco para responder. — Acho que não. Acho que não penso assim. Mas eu me sinto... mal.

— Mal?

— A respeito de Thakka. — Ele parecia fascinado pelas próprias palavras. — E Ulafson. Todos eles. Você pode pensar que, se fosse responsável por tantas mortes quanto eu, seria impossível se sentir mal por qualquer uma delas. Mas nunca se sabe. Nunca se sabe quais delas vão tocar você ou por quê. — Ele se sentou diante dela. — Agora — ele disse —, vamos conversar sobre o que quer que tenha estado em sua casa.

Depois de um momento, Diana falou:

— Você sabe o que foi, não sabe?

— Não — ele respondeu. — Mas me lembro de coisas que já vi antes. Estou pensando em ocasiões em que encontrei certas coisas. Infiltrados. Espiões. Movendo-se muito rápido ou de maneira estranha, como descreveu. Como no vídeo. Rápido demais para um animal mas, ainda assim, de um modo diferente.

— Microdrones? — ela perguntou.

— Muito antes dos *drones*. E mais rápidos do que eles.

— Então me conte — ela disse por fim.

— Eu já falei, vocês precisam abandonar o pensamento de que a tecnologia começou em 1950. — Seus olhos passaram a focalizar uma longa distância na memória. — Muitos anos antes da última Era Glacial. Fui atacado por um bando de pedras. Elas estavam sendo atiradas de pederneiras por guerreiros. — Ele ergueu a mão. — Não pergunte, foi há muito tempo, e tudo a respeito do Ducado de Bosheen já virou pó. E houve um tempo, dezesseis, dezessete mil anos depois... — Ele crispou os lábios. — No que hoje é o sul da Macedônia. Uma mulher me avisou de que eu estava sendo perseguido por algo que ela chamava de lobos. Mas, quando apareceram, eram feitos de madeira morta e metal. Eles foram rápidos. Eu os destruí. Joguei-os no mar. E há outras ocasiões sobre as quais eu poderia contar.

— Conte! — ela disse.

— Só estou dizendo — falou ele — que houve momentos, presenças, que me lembram o que quer que seja isto agora.

Não o apresse. Não há urgência em chegar ao *télos*, Diana. Deixe que ele percorra a jornada. Mas, depois de dois, três minutos apenas com Basie e sua orquestra, ela não conseguiu se conter.

— Então, no que está pensando? — ela sussurrou.

— Não sei por quê — disse ele. — Porque havia muita coisa diferente disso, do que quer que isso tenha sido. — Apontou para a tela dela. — Mas algo aconteceu comigo e não consigo parar de pensar nisso agora. Muito mais recente que esses outros casos. Apenas uns duzentos anos atrás. Por alguma razão, o vídeo do que estava na sua casa me fez lembrar.

— De quê? — Diana perguntou.

— Foi em um navio — respondeu ele. — Foi no mar.

CALDWELL ANDOU SORRATEIRO DE QUARTO EM QUARTO NO apartamento. Ele movia o corpo comprido e magro com agitação, uma excitação tão grande que chegava a doer. Deitou-se duas vezes, uma vez na cama, outra no sofá, e fechou os olhos. Você precisa dormir, ele se repreendeu, e ficou deitado com a luz forte dos postes de luz atravessando seu peito. Você não vai servir para nada se estiver exausto. Respirou fundo, impaciente com o próprio cansaço e a incapacidade de dormir. Levantou-se, foi até a cozinha, acendeu o pequeno abajur da mesa, pegou seu caderno, deixou-o de lado novamente, balançou a cabeça e esfregou os olhos.

Preciso voltar, pensou ele. Depois: Você não está pensando com clareza. Foco.

Caldwell abriu mais uma vez o caderno e ficou olhando para uma página em branco. Abaixou a caneta e escreveu a data e uma palavra em letras maiúsculas no topo da página.

SUCESSO.

Sua caneta pairou acima do papel.

É muito cedo para ter certeza, escreveu ele por fim. A carúncula mudava os fluxos de energia. Sujeito ainda inativo, mas leituras consistentes com a mudança em (hipótese) polaridades de brana (?) — possível anomalia quiral/quint construir. Mudança minúscula/discernível na massa?! Energias! Novo estado??? ≠ anterior ≠ não vida

Caldwell congelou. E colocou as mãos lentamente sobre a mesa. Piscou e virou a cabeça.

Tentou trazer de volta à mente a sensação que acabara de passar por ele. A sensação de que algo havia passado sorrateiramente pela sala. Franziu a testa. Estendeu a mão bem devagar e apagou a lâmpada.

Não sou agente de campo, pensou ele. Mas sei me movimentar.

Desceu, silenciosamente, em direção às escadas. Congelou mais uma vez.

Uma figura vestida de preto estava à porta.

Caldwell manteve o rosto inexpressivo. Seu coração não acelerou. Meteu a mão direita no bolso e avançou, e a figura recuou, e Caldwell avançou, sacando o canivete e trazendo-o para a frente do corpo, mas, antes que tocasse qualquer coisa, o ar assobiou e algo o atingiu com muita força no peito.

Ah.

Estava deitado de costas.

Ah, tinha voado para trás e estava deitado ali. Todo o ar havia saído de seus pulmões. Lutou para respirar. Balançou a lâmina para a frente e para trás diante dele, desferiu chutes, pressionou as costas contra a parede, tentando se levantar.

Outra lufada de ar e uma ferroada, como a de uma vespa. O braço direito de Caldwell ficou dormente. Ele largou a faca. Outro impacto, desta vez causando-lhe grande dor, um rasgo na camisa e depois na carne do braço esquerdo, e ele gritou e proferiu uma palavra de fúria, incompreensível até para ele, agitando o braço esquerdo ensanguentado como se estivesse cheio de moscas, e aquela coisa cortante e minúscula que o tinha cortado tornou a atingi-lo, várias vezes. Profundamente. A coisa batia, cortava e se aprofundava, e Caldwell sentiu a umidade se espalhar pelas roupas, por toda a pele. Deslizou com as costas contra a parede, as pernas fora de ação. Bambas.

De novo, de novo, swish swish mais dois golpes contra o rosto, indo de uma bochecha à outra.

Silêncio então, exceto pelo som fraco dos próprios sangue e gotejamento.

A escuridão rastejou pelos cantos da visão de Caldwell, escurecendo a escuridão de sua casa.

— Olá, Caldwell. — Era a voz de um homem.

O ar diante de Caldwell vibrava, distorções sussurrantes cruzavam sua visão. Ele se esforçou para falar.

— O que é isso? — disse, engasgando. Sua voz estava fraca. — O que me atingiu? Quem é você, caralho? Com o que me cortou? — ele tentou perguntar. Ou: O que está fazendo? e Quem é você? novamente, mas uma gota de sangue emergiu e ele a sentiu escorrer da boca e descer pelo queixo, e resolveu fechar a boca.

Alguém caminhou em sua direção. Era difícil distinguir. Caldwell sentiu frio. Alguém se ajoelhava devagar ao seu lado, olhando-o nos olhos com atenção, sem piedade. Era nojo o que ele via naquele olhar?

— Você sabe por que estou aqui? — perguntou a voz.

Caldwell olhava para dentro agora, para dentro de si mesmo, para onde um último sonho começava.

— Aquele pobre animal — disse o homem. — Admito que estou surpreso por me importar, mas isso foi crescendo em mim. Não fiquei muito tempo com ele, mas cheguei a segui-lo. Bem atrás dele. Era assim que ele preferia. Para que não precisasse olhar, apenas sentir minhas vibrações. Isso me levou aonde eu precisava ir para que pudesse descobrir o que precisava saber. Achei que era o fim do relacionamento, e acho que foi mesmo. Que maneira de morrer. Mesmo temporariamente. Você não é um homem bom, Caldwell.

O homem continuou:

— Isso é o que acontece com você quando escolhe esse caminho — Caldwell não conseguiu distinguir os detalhes de seu rosto. De nada. Ouvia a voz em meio a um rugido nos ouvidos. — Você escolheu dar a vida a esta organização, e sabe o que ela é? Uma força para a morte. A morte de tudo. Para o fim mais puro e frio, para a entropia. Sabe, não há nada de grandioso em sua missão, independentemente do que disse a si mesmo. Você é apenas um funcionário na burocracia da morte.

Caldwell pensou: Você não faz ideia, e tentou dizer isso, mas não conseguiu. Ah, tão perto!, ele pensou tristemente. Todos esses anos, subindo na hierarquia da Unidade e também em outras hierarquias, os passos rumo à iluminação, iniciando-se nas esferas do culto misterioso, tão próximo, tão próximo. Ah.

— Por que eu perderia meu tempo com você? — a figura disse. — Você não é nada. Sabe disso, Caldwell? Você é um pequeno e mesquinho agente da morte e da negatividade. Eu quero ser produtivo. Quero me concentrar na grande morte e apenas nela. Pelo bem da vida. A única razão pela qual estou falando com você são as energias que saem do seu laboratório. O progresso acidental que fez. O que encontrou. Eu vi tudo. Com meus outros olhos. O fato de que vai me ajudar com isso. A me concentrar. Me ajudar a me canalizar. Sei que tem a relíquia. E a missão é a única coisa que vale a pena. A única coisa no mundo.

Você não faz ideia, Caldwell voltou a pensar vagamente, os músculos do estômago se contraindo enquanto tensionava os músculos do pescoço para se desviar do olhar que o encarava.

— Um problema — Caldwell conseguiu sussurrar por fim, em meio a bolhas de saliva e sangue. — Porque você... não vai... ter a chance... de me usar...

Dê uma boa olhada nesse filho da puta, Caldwell, ele pensou enquanto a escuridão chegava. Permita-se rir dele. Faça disso sua última coisa em vida.

A História do Clandestino

OUVI HUGH CURRIE DIZENDO A JOHN BROND QUE IRIA SE ESCONDER A bordo do *Oban* e lhe pedi que me levasse junto.

— Calma, Peter — disse ele para mim. — Você é muito pequeno.

Eu falei:

— Vou entrar a bordo, quer me ajude ou não, então bem que você poderia.

Eu conhecia John e Hugh das docas, onde a gente pedia moedinhas aos marinheiros. Vim para Greenock com minha mãe e meu pai mais ou menos dois anos antes, mas minha mãe foi embora na terceira noite e a tuberculose levou meu pai, e desde então a velha que era dona da pensão me deixou dormir na cozinha, porque o ministro tinha lhe dito que era seu dever cristão, e toda semana, quando ele fazia uma visita, ouvia-o perguntar: "Como está o menino?", ao que ela respondia: "Toleravelmente bem", mas como é que ela ia saber? Ela nunca me deu comida nem nada, a não ser a mais fria das atenções.

A gente estava do lado de fora da padaria quando Hugh contou a John sobre seu plano, e eu soube de imediato que era isso que eu também queria. Na verdade, tudo o que o mundo precisaria para me levar à ação era a possibilidade de uma vida em outro lugar, onde mais comida pudesse estar disponível para meu estômago uivante. Hugh, aos 12 anos, era três anos mais velho que eu e gostava de zombar de mim, chamando-me de criança, mas, quando eu lhe disse que também ia embora como clandestino, meu fervor foi tamanho que John comentou: "Eu e todo mundo!", e, embora Hugh não tivesse gostado, John era o melhor de nós, então Hugh não teve escolha a não ser fingir que era um grande plano.

Bem, rapazes — e, pelo que sei, meninas também — anunciam dezenas de planos todos os dias e a maioria desses castelos permanece no ar. Mas a mãe de Hugh não era gentil com ele e John falava muitas vezes, com um grande olhar de admiração nos olhos, dos animais e da vastidão selvagem do Canadá, e de como estávamos comprometidos com essa empreitada, que acreditei que falávamos sério. Fiquei surpreso quando, dali a duas noites, em meio às cordas rangentes e os sons plangentes das correntes do porto, fomos apenas eu e Hugh que nos encontramos à sombra do casco de ferro do navio de três mastros. Esperamos, mas dali a pouco Hugh sussurrou:

— É melhor tentarmos outra noite; John não está aqui.

Mas eu disse a ele:

— Eu não vou esperar.

Talvez Hugh tenha interpretado isso como um desafio. Quando entrei sorrateiro a bordo, mão sobre mão nas cordas, e minha bolsa pesada com alimentos roubados e garrafas de cerveja cheias de água, Hugh subiu atrás de mim, o espanto estampado em seu rosto.

Descemos por intrincadas passagens de madeira, onde vi escotilhas, carretéis de corda, recantos atrás de escadas e barris, e entre os conveses e costelas do navio. Mil esconderijos. Ora, ia ser a coisa mais fácil! E lá fomos nós, descendo por qualquer degrau que encontrássemos.

No meio da carga, no centro de um labirinto de caixotes, com o cheiro de carvão na escuridão opressiva e rangente do porão, Hugh e eu nos abrigamos sob uma lona rígida. Ouvimos os ruídos do navio e comemos a primeira de nossas parcas rações.

— Temos que esperar até que o navio esteja no mar — ele sussurrou —, e então aparecer e nos colocar à disposição do capitão. Seremos colocados para trabalhar e alimentados, e nos tornaremos marinheiros.

Nenhum de nós dormiu. Seguramos a língua, os olhos arregalados na escuridão, uma tatuagem desenhada em passos ao nosso redor, as vozes ásperas de homens berrando instruções. Nós nos preparamos para o movimento. Mas o que chegou primeiro aos nossos ouvidos foi o raspar de baús próximos, homens se aproximando, levantando e puxando coisas para o lado, gritando uns para os outros.

— Puta merda!

— Nada!

— He-he. Nada.

Consegui distinguir os olhos de Hugh. Ele murmurou para mim: Estão procurando clandestinos.

Não sabia que fariam isso tão cedo. Muitos anos depois, me perguntei se Hugh sabia. Se ele queria ser encontrado.

Recuamos mais para dentro do espaço entre os barris e ouvi uma voz de homem gritar: — Ora, ora, ora, venha já pra cá — e um empurrão brusco de sacos e pedaços de madeira, e depois o clarão luminescente quando alguém arrancou a lona.

O homem olhou para baixo. Soltou um palavrão. Ele olhava, eu vi, para Hugh. Eu ainda estava semiencoberto e na penumbra.

Percebi que ele não podia me ver. Ele agarrou Hugh pelo alto da orelha e puxou-o para cima, gritando:

— Vai nos custar tempo, dinheiro e provisões, não é mesmo, rapaz?

Hugh gritou que sentia muito. O homem lhe deu um soco no rosto, e o sangue jorrou de seu nariz.

— Vou lhe dar uma surra antes de ir pra casa — rugiu o homem, e puxou Hugh dali; os olhos dele se desviaram descontroladamente dele para mim, mas ele não disse nada. Não falou nenhuma palavra enquanto o homem o tirava do meu campo de visão, ouvi o terrível castigo que ele deu no pobre Hugh, que chorou com cada golpe.

Achei que Hugh chamaria meu nome e o homem bruto voltaria e me daria o mesmo tratamento, e que eu também seria puxado para o convés e devolvido, todo ferido e cheio de hematomas, para o cais.

Mas ninguém apareceu.

Não posso saber se o silêncio de Hugh quanto à minha existência nasceu do medo ou da lealdade, ou se ele se ressentia tanto de mim por tê-lo colocado naquela situação, que segurou a língua sabendo que qualquer punição que eu pudesse receber ao ser descoberto só aumentaria se o tempo como clandestino fosse também maior. Nunca soube se devia ter tido pena, agradecido ou amaldiçoado meu antigo amigo.

Muito tempo depois, senti o navio se mover e balançar.

Ouvi água por todos os lados, mas meu terror em ser descoberto foi maior do que o provocado pelo conhecimento de que eu estava mais submerso que as ondas. Reuni coragem e rastejei ainda mais na escuridão, por madeira quebrada e barras de ferro, elos de corrente, caixotes e suas tampas, pepitas de carvão, sacos, oleados, lascas e trapos. Quase dei um grito quando pensei ter sentido o pelo de um monstro, mas as fibras pegajosas eram de estopa. Puxei-a e a coloquei de lado, e fiz outro pequeno nicho no fundo daqueles domínios tão imersos.

E lá fiquei.

A viagem do *Oban* o levou a climas cujo frio senti intensamente, aquecendo-me o melhor que pude. Mesmo tão fundo, um pouco de iluminação me chegava, fraca o suficiente para ser mais um sonho de luz do que a luz em si. Certa vez, não sei quantas horas depois do início da viagem, uma escotilha acima foi aberta, e quase morri de susto. Mas tudo o que entrou foi mais daquela luz cinzenta e dos sons dos homens, que a fecharam de novo, deixando-me sozinho.

Mastiguei meu pão e tomei um gole de água. Encontrei um saco e senti carvão dentro dele. Encontrei um pano e respondi ao chamado da natureza, cobrindo o que deixei com carvão.

Certamente eu tinha medo da escuridão. Com toda a certeza eu a preenchi com demônios e os mais maliciosos dos espíritos marítimos. Sim, cada estrondo do navio se tornava o rugido de um leviatã. Não foi coragem que me manteve quieto, nem, muito mais tarde, me fez enfim sair rastejando, depois de muitas horas, na escuridão mais escura, para aprender os contornos do meu novo universo. Pois coragem eu não tinha nenhuma. Estava com mais medo de ser capturado pelos mortais acima do que por bichos-papões sobrenaturais.

No meu ninho com cheiro de alcatrão, acabei caindo em um estupor de entorpecimento. Distinguia o contorno dos caixotes, gradações na penumbra. Tudo o que eu podia fazer era esperar.

Acho que devo ter permanecido assim, quase imóvel, por um dia e meio pelo menos, antes que um novo som me conduzisse, em choque, de volta ao medo. Um som de algo raspando, longa e lentamente.

Tampei a boca com as mãos.

Aquele som não descia flutuante como o barulho da abertura da escotilha ou os gritos dos marinheiros. Estava perto, e ficou mais perto ainda.

Diminuiu a velocidade, fez uma pausa. Começou de novo.

Prendi a respiração. Tentei me convencer de que o que ouvira era uma corda balançando lentamente contra uma caixa enquanto o navio balançava, mas o ritmo não era do vento, das ondas ou do acaso. Tinha uma intenção. Um rato, então? Mas não era furtivo; era muito deliberado, e não brusco o suficiente para ser um companheiro clandestino barulhento. Foi chegando mais e mais perto, e senti como se meu coração fosse explodir.

Quando parou de novo, afastei a lona em cima de mim e levantei um pouco a cabeça. Olhei para dentro da escuridão e do cheiro de piche, e para as bordas cinzentas de caixotes e sacos amarrados, e passarelas em meio às sombras. O som de algo raspando retornou.

Eu vi algo. Algo como um conjunto de gravetos e pedaços, e então ele se tornou, e parecia sempre ter sido, um homem alto envolto em uma mortalha, que se movia.

Ele andava entre os caixotes, lento, silencioso, estendendo a mão para a frente.

Eu estava bem quieto. Prendendo a respiração. A coisa projetou os dois braços vestidos, finos e irregulares, em um movimento estranho, silencioso e agitado. Abaixou uma das mãos e tocou o ambiente ao redor com a gentileza de uma enfermeira. Ouvi um som semelhante ao de um prego na madeira.

Então aquela coisa virou a cabeça obscura e olhou na minha direção.

Gritei sem emitir nenhum ruído. Fiquei ali, tão encolhido e apequenado quanto possível. Ouvi a coisa se aproximando, o andar sorrateiro, aquele toque curioso. Veio em direção a mim, equilibrando-se contra os movimentos do navio, emitindo um som de madeira contra madeira até meu esconderijo.

Meus olhos estavam fechados. Eu chorava de medo. Rezei do melhor modo que sabia.

E nada aconteceu. O barulho cessou.

Pode ter certeza de que demorou muito para que eu me mexesse novamente.

Por fim, dei uma olhada. Não vi nada. Levantei-me e saí para a passarela entre os caixotes. Nada se mexia.

Se eu fosse adulto, talvez me perguntasse se havia dormido e sonhado. Como era criança, sabia que não. Mas, não importa quão profundo seja o pavor, ele não pode durar para sempre.

Então, mais tarde, me mexi, comi e bebi novamente. Aliviei-me mais uma vez. Ouvi passos lá em cima. Fiz uma pilha de carvão para atirar, para me defender contra eu não sabia o quê.

Mais duas vezes, fiquei paralisado, pensando ter ouvido aquele som de algo raspando de novo, mais longe, distante o suficiente para que eu não tivesse certeza em nenhuma das duas vezes.

Não devem ter se passado tantos dias antes que eu tivesse apenas mais uma garrafa com água e só meio pão, e tão velho que era como mascar poeira.

Apesar do meu horror pela forma escura que eu tinha visto, meu medo da tripulação, das pontas de suas cordas e da fúria masculina não era muito menos presente em minha alma. Caso contrário, teria socado a escotilha e implorado para ser libertado. Não foi o temor pelo meu companheiro invisível, mas a fome e a sede que me fizeram andar na ponta dos pés até a escada.

Planejei esperar até a noite para rastejar e encontrar a cozinha. Mas, enquanto eu passava meu braço por um degrau, cheio de crescente pavor, um marinheiro por acaso pisou na prancha acima da minha cabeça e rugiu alguma coisa para um camarada invisível próximo; entrei em estado de choque, revendo na memória a surra que Hugh recebera, e minhas lágrimas começaram. Arrastei-me na ponta dos dedos de volta ao meu pequeno espaço, puxei o oleado sobre mim e solucei, faminto, até pegar no sono.

No entanto. Quando acordei, muitas horas depois, foi com o cheiro de comida.

Meus olhos se arregalaram. Dobrei uma aba da lona. Ali, no chão rangente da passarela, entre caixas de carga, havia uma jarra de barro com água e um prato com carne cozida, pão e batatas.

Nada poderia ter sido mais delicioso.

Mas quem tinha feito aquilo? Pensei na geleia e nos pedacinhos de queijo com os quais você apanha ratos. Esperei. Forcei meus olhos, procurando. Quando, depois de longos segundos, não consegui discernir nada, peguei o prato, lambendo os lábios.

Ouvi aquele tap-tap novamente e congelei.

Talvez meu pai tivesse descido do Céu para cuidar de mim porque eu tinha sido um bom menino, pensei, mas eu era um clandestino, então sabia que era um menino mau.

Percebi um movimento. O que pareciam ser as próprias linhas do porão vinham agora em minha direção. Aquela figura obscura e angular. Um braço descendo. Alcançando.

Compreendi por fim que o movimento não era de predação, mas de encorajamento. De convite. Ele apontou para o prato.

Não preciso lhe contar sobre meu choque. Comecei a comer. A coisa assentiu.

Depois da carne, comi o pão. Depois do pão, comi as batatas. O observador assistiu. Dividi minha atenção entre ele e meu prato. Quando terminei, meu observador assentiu mais uma vez. Ergueu os braços e inclinou a cabeça para o lado, deslizando, rígido e desajeitado, para um lado e para o outro, balançando a barriga. Fiquei boquiaberto, alarmado. Parecia nada mais que um dos fantoches que eu tinha visto atuando nas praças, e percebi que aquilo era uma espécie de dança. Para me divertir. Não me diverti, mas senti a gentileza do gesto e me obriguei a sorrir.

A coisa colocou as mãos ao lado do que parecia ser sua cabeça, como um travesseiro. Dizia-me para descansar.

Voltei para minha caverna. Deixei a cortina cair de novo e me deitei na estopa espinhenta, enrolando-me nela para me aquecer, muito mais quente agora com a comida dentro de mim. A última coisa que ouvi antes de dormir foi a delicada fragilidade daquela coisa dura subindo a escada.

Quando acordei, o prato e a jarra haviam sumido, e eu estava sozinho.

Foi assim que aconteceu durante dias. Nunca mais senti aquela dor que beirava a inanição sem que o alimento aparecesse diante de mim. Nem sempre meu compartilhador secreto me ajudou dessa maneira, percebi isso. Às vezes, apesar de todas as minhas espiadelas, não via nenhum movimento na escuridão e os ângulos do navio não se transformaram em sua forma quadrada. Mesmo assim, sorria e agradecia em todas as direções no início e no final das minhas refeições. Outras vezes, via a saudação feita por aquela figura vestida me observando no escuro. Eu acenava em resposta e sussurrava minha gratidão. Certa vez encontrei um cobertor áspero ao lado do prato e da jarra. O porão, na verdade, estava ficando cada vez mais frio. Depois vieram meias grossas, grandes demais. Uma camisa masculina.

Acostumei-me com os sons fracos do outro habitante do porão. Já não me assustava se ouvia suas estranhas perambulações.

Certo dia, enquanto comia um biscoito duro de navio nos vestígios da luz filtrada de cima, divisei os contornos de espantalho do meu benfeitor. Então falei:

— O que você é?

A figura pareceu inclinar a cabeça para o lado.

— Você não é um demônio, né? — perguntei. — Não me ajudaria se fosse. Você é um anjo, então?

Mesmo em seus puxões e solavancos, mais parecidos com uma árvore ao vento do que com os gestos de qualquer pessoa ou animal, percebi, ou disse a mim mesmo que percebi, curiosidade. Consideração.

Sabia que aquela figura não iria falar. Não esperava que se aproximasse com aquela graça desajeitada. A coisa que cuidava de mim estendeu algo coberto por um pano e moveu-o sobre um caixote ao meu lado, e ouvi um leve rangido. Um barulho de algo raspando. Isso durou muito tempo. Quando enfim terminou, ele abaixou o braço e vi que tinha, com o dedo pontiagudo e oculto, arranhado letras tortas na madeira.

Ela esperou. Então semicerrei os olhos para ler as palavras.

— Ah — eu disse. — Entendi. Obrigado por me ajudar. Por que está aqui?

Ela estendeu a mão novamente. Arranhou de novo, por mais tempo, acrescentando mais à sua missiva. Recuou. Inclinei-me uma vez mais.

— Ah — falei. — O que vai fazer agora?

Ela rabiscou de novo, e eu olhei o que estava escrito.

— Por que me ajuda?

Ela escreveu. Fiz como se fosse ler.

Não queria decepcioná-la nem desencorajá-la do discurso.

Depois acenei com a cabeça para os símbolos que não faziam sentido para mim e agradeci, e ela pareceu satisfeita.

Às vezes, quando voltava depois, com a comida que trazia para me manter vivo, parava um pouco para inserir mais palavras na madeira. Sempre que isso acontecia, eu fazia grande questão de verificá-las, reconhecê-las com acenos de cabeça e fingir consideração.

Uma vez eu estava me sentindo particularmente solitário.

Na escuridão, sussurrei:

— Você pode me contar uma história?

E lá estava a coisa sacolejante. A silhueta irregular sob o lençol velho estendia o braço, ainda escondido dentro do tecido, e escrevia por algum tempo novamente, e adormeci ao som de seus arranhões.

Assim continuamos por muitas refeições. Eu poderia ficar ali deitado, ouvindo o leve som do meu companheiro na escada enquanto subia, e, sem dizer palavra, desejava-lhe sucesso em quaisquer que fossem suas missões secretas lá em cima. Uma delas, eu sabia, era encontrar provisões para mim. Eu ouvia aquela figura subir, e a ouvia descer novamente.

Até que não ouvi mais a última parte. Até que um dia ou uma noite nem os sons nem as provisões existiam mais. E minha fome começou mais uma vez a crescer.

Fiquei fraco. Fiquei com sede. Minha garganta ficou seca e tensa. Sussurrei. Meus apelos foram parar em teias de aranha. Enfim me levantei, com o fim das minhas forças. Vaguei pelas passarelas imersas, ouvindo os passos acima, esticando o pescoço, forçando os olhos.

— Você está aí? — eu sussurrava.

— Onde está? — perguntava.

— Estou com fome, não pode me ajudar?

— Cadê você?

— Por favor, me ajude.

Ainda me lembro de que, enquanto vagava, implorando pelo jantar, faminto e com medo, sentia também preocupação pela presença que tinha me salvado.

— Cadê você? — sussurrei o mais alto que pude no porão oscilante, para as velas apagadas e os diversos suprimentos.

Deitei de novo e minha fome e o frio aumentaram; não sabia onde estávamos nos oceanos do mundo. Fosse qual fosse o espírito, fantasma ou duende assustador que tinha vindo cuidar de mim, ele se fora, ao que parecia. Eu morreria se não agisse de acordo com meu plano original e encontrasse comida. E agora, ao medo que eu tinha da tripulação, somava-se a tristeza pela ausência do meu salvador.

Quando fiquei fraco demais, aprendi que uma morte por sede não seria tranquila. Então levantei a cabeça e me ouvi chorando; minha cabeça girou, e depois de um tempo ouvi a escotilha. Pisquei para limpar os olhos e vi uma figura se aproximando, e meus olhos doeram quando ela reluziu e gritei de alegria, mas o barulho morreu na minha garganta, pois havia luz vertendo dos conveses intermediários, e não era o benfeitor oscilante que viera em minha direção, mas sim um homem carregando um lampião. Um homem barbudo. O marinheiro que tinha pego e castigado Hugh.

— Aí está você — ele urrou. Uma fala em voz tão alta era estranha para mim.

Ele me agarrou pelo braço e me sacudiu, e balancei e caí como uma figura feita de trapos. Minha placidez o enfureceu. Ele me bateu e meus ouvidos zumbiram.

— Toda maldita noite! — ele gritou. — Comida e bebida! — Bateu-me de novo. — O que mais você roubou, seu bastardinho? Você é sorrateiro, isso eu admito. Mas o que é seu está guardado.

Outro soco. O homem pairou sobre mim. Fechei os olhos.

Ouvi um galope fraco e rápido. O homem me deixou cair. Vieram uma lufada de vento, em seguida uma expiração aguda. Um lamento, o barulho de caixotes se quebrando.

Voltei a olhar. O homem rastejava em meio à madeira lascada e espalhada junto ao carvão. Aquela figura escura e amortalhada pairava acima dele. Drapeada sob um lençol, um fantasma encardido.

Ela ergueu os braços e os desceu sobre o corpo do meu agressor, derrubando-o novamente, e ele gritou. Ela o levantou, e o marinheiro arquejou, com a figura apertando sua garganta, os dedos cobertos.

Tudo ficou imóvel. A figura sombreada fez seu tap-tap com as pernas, sapateando no chão.

Ouvi minha própria voz.

— Aí está você! — foi o que eu disse.

Meu amigo sapateou de novo, chamando atenção do homem e a minha, e apontou para um dos caixotes. Nós dois olhamos, e ele se inclinou e eu ouvi aquele arranhar na madeira. Ele escreveu com o dedo, cutucando através do pano a lateral do caixote. O marinheiro leu. Olhou para cima com terror. A figura na mortalha se aproximou dele e apontou para suas palavras, e o homem se encolheu e ergueu as mãos, gritando:

— Eu faço, eu faço, eu imploro, eu faço, sim!

Ele se levantou aos tropeções, colocou as mãos no rosto ensanguentado, cambaleou até a escada e subiu. Ouvi o barulho da escotilha, e meu salvador e eu estávamos novamente sozinhos no porão.

Com rapidez, em uma parte não marcada da madeira, a figura rabiscou mais linhas. Inclinei-me e olhei para elas. Assenti. A figura não se mexeu. Como sempre quando estava imóvel, se eu não soubesse o contrário, teria achado que ela havia ido para o interior do recinto.

— Obrigado — sussurrei.

Não sei quanto tempo depois disso ouvi a escotilha abrir de novo. Desta vez, porém, os passos descendentes foram lentos e deliberados. Quem desceu caminhou entre os contornos irregulares da carga.

Através de uma fenda no meu oleado, vi uma figura aparecer. Um homem alto e largo, vestido com roupas escuras e com uma barba bem aparada. Ele olhou para as sombras. Mais dois, três passos e ele me veria. Prendi a respiração. Esforcei-me para ouvir o movimento daquele que me alimentava, mas tudo o que ouvi foi esse recém-chegado, e o medo tomou conta de mim mais uma vez. Porque ele se aproximava.

Mas, quando ele passou pelo que pareciam ser pedaços e escombros, aquela concatenação de coisas se moveu. A figura que era minha companheira. Apesar de todo o vazio que cobria seu rosto, naquele movimento grandioso acredito ter visto choque, medo, resolução. Levantou o que quer que fosse que lhe servia e o agarrou. E apertou.

O homem sibilou e quem o segurava o agarrou com mais força, parecendo contê-lo com firmeza e olhar para ele. E eu juraria que aquela figura hesitou. Não como quem tivesse medo, mas incerteza. E o homem rosnou, de verdade, como uma fera, as mãos em garra, parecendo prestes a arranhar quem o prendia, e foi quando a figura resolveu quaisquer que fossem suas dúvidas e o agarrou com mais força, o porão sendo abruptamente preenchido com uma fria luz azulada, delineando meu amigo que parecia uma vara; da boca aberta do homem saiu um som terrível então, e uma rajada como se fosse de vento levantou-o do chão e ele ficou suspenso no ar, o corpo se dobrando como se tivesse sido espremido, e saiu de seus lábios uma explosão ofuscante daquela mesma luz, como se uma lua nascesse de dentro dele.

Meus olhos arderam. Pisquei para limpá-los. Ele se torceu no ar, os membros da coisa sobre ele, embora não parecessem apoiá-lo. O brilho ainda saía dele, de seus ouvidos, olhos e narinas também, agora parecendo verter de seu agressor sobre ele. Sua pele ondulava como o mar.

O homem se curvou e se enrolou, e seu semblante passou por estágios de agonia, o corpo dando a impressão de inflar, como se fosse explodir, e assim ele se virou no ar. A figura que o segurava virou o que parecia ser sua cabeça para mim. Em triunfo, creio eu.

E, ao fazer isso, os olhos do homem se abriram, a boca se fechou, ele cerrou o maxilar, as mãos e o corpo, e caiu no convés. Levantou-se. Abriu os braços tão rápido que destruiu a pressão do meu salvador. Sua mão esquerda se levantou e agarrou a garganta da figura.

— Não sei o que você é — sussurrou o homem. — Não sei o que foi isso que acabou de fazer. Ou como o fez. Já faz muito tempo desde que senti algo assim.

Ele bateu a mão direita no peito amortalhado e fez a coisa voar com um barulho tremendo, para desabar no chão.

O homem disse:

— Mas não funcionou, não é? — Ele se aproximou. — Vou lhe contar outra coisa. — Ele puxou sua presa. Ela se mexeu fracamente. Parecia agora lixo embrulhado em um pano. Debateu-se, e ele a sacudiu. — Algo parecido com você — disse o homem. — Algo tão estranho quanto você. Você tem uma história, tenho certeza. — Ele a agarrou. — Não ligo. Sempre há histórias.

O homem arrancou o pano.

Para o que vi na penumbra, pela primeira vez com clareza, não tenho palavras. Não era nada além de um caos. Sua cabeça, uma meia esfera de madeira unida por varas agrupadas. A ponta quebrada de uma escada onde poderia estar o peito. Um cabo de vassoura era um dos braços, bem enrolado em corda e o outro em um saco, com dedos de parafusos, gravetos e estacas. Um pântano de lixo em forma de homem, tremendo nas garras do que tentou derrubar e não conseguiu.

— Olhe para você — disse o homem. Calmo como sempre. — Sim, você tem uma história.

Por não ter feições, não posso dizer por que estou convencido disso, mas convencido estou de que a coisa me olhava com impotência, suplicante.

O homem deu um soco no rosto sem rosto. O homem arrancou um braço que se debatia. Meu amigo composto cambaleou.

— Eu me pergunto de quem é a história — disse o homem. Arrancou materiais dele e os jogou longe. A coisa teve um espasmo. Pedaço por pedaço, ele a espalhou. — Mas não me pergunto demais.

O último resto da coisa-lixo tentou fracamente rastejar para longe. O homem montou em cima dela e desferiu uma chuva de golpes naquele emaranhado, afastando as mãos com plumas de ruínas.

— Poderia dizer que algo aconteceu com Maxwell aqui embaixo — ele disse. — Posso imaginar o tipo de coisa que você fez para convencê-lo a ficar longe. Ele tentou esconder isso de mim. Mas tem mais medo de mim do que de você. — Continuou destruindo a figura. — Não sei de onde você vem, ou que tipo de negócio eu tenho pra resolver com você, que mal eu lhe fiz, ou a sua senhora ou seu senhor, se existirem, ou quando fiz isso, ou seja lá o que mais for. Nem o que seu estranho toque fez comigo agora há pouco. É uma coisa nova me sentir assim, é verdade, tão cheio de vida que chega a doer. Mas não quero mais ouvir todas as histórias que existem.

Ele jogou as partes da coisa em um amontoado improvisado, e a madeira que era sua cabeça voou em um arco na escuridão do porão.

Depois do barulho e do tilintar de sua aterrissagem invisível, veio o silêncio.

— Talvez você saiba o que foi isso — o homem me disse por fim.

Ele jogou fora o que restava da figura que havia me salvado. Virou-se e foi direto até onde eu me escondia, jogou longe o lençol e olhou para mim.

— Talvez você conheça a história dessa coisa — disse ele.

— Não sei de nada, não — consegui dizer.

— Esse tipo de coisa, uma coisa como essa não deveria andar — disse ele. — Uma construção como esta? Faz muito tempo que não vejo um assim. Eu não os vejo com frequência e não vejo um há muito tempo, mas já cheguei a vê-los. Por que chora, garoto?

— Você vai acabar comigo — falei, engasgando. — E matou meu amigo.

Depois do silêncio mais longo até então, ele se afastou, voltando para a escada.

— Venha — foi o que ele disse, sem olhar para trás. — Traga um pedaço do seu amigo, se desejar, para se lembrar dele.

Limpei o nariz na manga e me levantei.

Ele foi paciente. Deve ter passado minutos me ouvindo rastejar na penumbra, juntando detritos, sussurrando uma promessa de não me esquecer nunca. Talvez ele tivesse de exercer bastante autocontrole para não rir de mim quando apareci, uma coisa fedorenta e manchada de lágrimas, arrastando os pés em minhas roupas esfarrapadas, segurando um amontoado de ripas lascadas de madeira como se fosse um bebê. Ele se virou e subiu para a luz, sem se preocupar em me observar, confiando que eu o seguia, como acontecia de fato.

Este não é o lugar para contar os dias que se seguiram. Do meu abrigo no anexo secreto da cabine do capitão onde o homem passou a viagem, ignorado com um medo ressentido pelo próprio capitão, alimentado pelo não mais assustador Maxwell, agora encarregado de trazer pratos de comida para mim (ele não me olhava nos olhos) e de remendar roupas masculinas para caber no meu corpo franzino. Os longos e frios dias e horas de silêncio na pequena cela, eu na ponta dos pés olhando pela vigia para o céu salpicado de gaivotas e as mandíbulas mastigadoras do mar. Não há histórias, na verdade. Embora estivéssemos juntos lá, nem antes nem depois daqueles momentos passei tanto tempo sem falar ou sem ter quem me falasse. Às vezes — essa era toda a atenção que ele sempre prestou em mim — o homem me observava passar os dedos pelos vestígios do meu benfeitor perdido.

Sim, em certos dias, de acordo com exigências obscuras, ele poderia se inclinar para fora da nossa porta de painel disfarçada e murmurar para o capitão, ou para Maxwell, mas eu jamais fiquei sabendo que assunto ele discutia com os dois. Ele não corrigia, nem tocava, nem cuidava, nem divertia, nem parecia me perceber muito.

Quando chegamos ao outro lado do mundo, ele me fez descer pela prancha em um frio que me fez tremer mesmo com minhas roupas quentes improvisadas. Rolei, instável, na pedra além do cais, observado sem curiosidade pelos estivadores.

— Aqui — disse o homem. Ele me deu um envelope. — Não abra agora — acrescentou. — Desejo-lhe sorte. Sinto muito pelo seu amigo.

Ele virou as costas para mim e foi embora, e lá estava eu, um novo e aterrorizado canadense. Que disse, em voz alta, observando as palavras se enrolarem como fumaça no ar estrangeiro:

— Nunca mais cruzarei as águas.

O envelope continha dinheiro suficiente para me sustentar por um ou dois meses.

Os anos que se seguiram foram a própria história. Os primeiros meses frios. O medo, os aprendizados, as brigas e os amores, as viagens, os pecados dos quais nunca falarei, a ascensão em meio a várias preocupações, e derrocadas, e ascensões novamente, o casamento e subsequente abandono, por quem e de quem depende qual versão, sim, da história que você ouvir. Nada disso é o que estou aqui para contar.

Aqui estou eu, um sapateiro em uma cidade de tamanho mediano. Poucos sapateiros sabem mais que eu como é miserável a vida sem sapatos. Aqui estou eu, um homem com uma história para contar, contando-a pela primeira vez. E guardião de outra história, uma história secreta, que desconheço.

Passaram-se mais de duas dezenas de anos depois da minha chegada a este vasto país quando tive segurança para voltar a atenção para minhas cartas. E, na verdade, acho que me contive o máximo que pude, com medo do que me seria concedido quando a escrita revelasse seus segredos.

Quando enfim a gentil professora me garantiu que tinha feito tudo o que podia por mim, não poderia mais me demorar. E foi assim que, quando ela deixou meu humilde barraco, respirei fundo e trêmulo, e peguei toda aquela madeira que eu carregava comigo desde que voltara à terra firme. Que ainda tenho comigo. As ripas que trouxe do porão daquele navio. Eu as tinha embalado depois de tirá-las, cuidado delas com gentileza, deixado o homem que me pegou vê-las. Esperava então e espero agora que ele tivesse achado que eram os estranhos restos do meu amigo, as ruínas de seu corpo, e não, como são de fato, os restos do caixote onde meu amigo havia anotado suas mensagens para mim.

Meus dedos tremiam quando as desembrulhei, pela primeira vez em mais de vinte anos.

Eu as espalhei. Juntei-as da melhor maneira que pude, pelas bordas correspondentes, reconstruindo a face de madeira da antiga caixa. Faltava muita coisa. Não tinha encontrado todas as palavras. Mas fui capaz de colocar sobre o tampo de minha mesa respostas parciais às minhas perguntas e ao meu apelo, e um aviso, embora não para mim, mas para Maxwell. Pela primeira vez, corri meus dedos ao longo das ranhuras descoloridas, saltando pelas fendas lascadas, respirando nesses espaços, explorando e dizendo os restos das mensagens.

eu não sou um demônio eu sou do mundo vida e vivo para salvar o mundo caçar a Morte para acabar com ela não sei sempre tive certeza de que sentirei a presença do inimigo, o fim da energia é um terrível miasma para minha nova alma meus criadores e seguimos trilhas mas não sinto nada neste navio, então mentiram para nós talvez eu procure de novo.

garoto me dói ver você chorar

Era uma vez os filhos da filha da Vida que foram caçar. Com eles vieram coisas tranquilas, ela acordou e eles acordaram do interminável descanso neste clamor incessante

pensamento e propósito e uma missão de ser como cão de caça, para farejar a Morte

Este último estava em outro segmento, em letras maiores:

vá e nunca mais volte aqui não diga nada saia deixe o garoto em paz desobedeça e vou acabar com você e entregá-lo às chamas

Pobre-diabo. Ele me disse que não era um demônio, e eu acredito. Mas ameaçou Maxwell de morte e chamas, e o Velho Nick é conhecido por ser um mentiroso, então não sei. Talvez isso apenas implicasse que era o que fazia *diablerie* para me proteger.

Ele me contou uma história.

Procurava a morte, sabia que sentiria o cheiro dela naquele navio, que sentiria, mas não sentiu, e pensou que sua jornada tivesse sido em vão, e então me encontrou e achou um novo propósito, e continuou a caçar sua presa, com certeza, em cada recanto, enquanto eu chorava; ele não a encontrou e me libertou, mas a morte veio para ele e mesmo toda a sua vida não conseguiu derrotá-la.

Nada disso é o que estou aqui para contar. Não estou aqui para lhe contar de minha tristeza crescente, anos mais tarde, que me veio com um maravilhamento de talvez ter ficado escondido até chorar, tenho certeza de que chorei, lembro de ter chorado, significava que eu era uma isca, uma última armadilha, a ser lançada, mas não pelo alvo que o caçador furtivo esperava. Ele veio mais tarde. De se minha fome e o medo poderiam ter sido um preço a pagar por uma missão maior.

Seja como for, sou eu quem faz e cumpre a promessa, e ele, para quem a promessa foi cumprida.

Coitado, de qualquer maneira, seja lá o que for, por ter enfrentado aquele homem calado.

ATRAVÉS DO VIDRO

— KEEVER — DIANA DISSE AO TELEFONE —, ACABEI DE RECEBER uma mensagem. — Ela ainda piscava, recém-desperta, olhando para a mensagem que tinha recebido do número bloqueado da Unidade: RSVP via *scrambler* urgente. — O que é que está acontecendo?

— Senhora, não sou o seu maldito contato...

— Keever, por favor!

Ela ouviu o sibilar dele.

— Caldwell está desaparecido.

— O quê? O que quer dizer com...

— Senhora, escute. Ele não está respondendo em nenhum canal. Checamos, e ele veio ontem à noite, chegou tarde — Keever explicou. — Saiu novamente meia hora depois. Mas não chegou em casa.

— Não entendo.

— Eu também não, senhora. Tenho que ir. Venha pra cá, eles querem todos aqui.

— Mas, Keever, nada disso faz sentido. O que você...?

— Senhora, eu já falei para B, vou falar pra senhora também: venha pra cá. Tenho trabalho a fazer.

Desligou.

Sabe o que está acontecendo comigo, Jim?, ela pensou. Olhou para o telefone. Correu o olhar pela casa novamente, com cautela. Conhece meu espião invisível? Se tudo está conectado, o que isso tem a ver com o que está acontecendo agora, com Caldwell? Devo dizer a você o que aconteceu comigo? Se não fizer isso, que tipo de estrago estarei provocando? Se fizer, que segredos e protocolos estarei violando?

Ela ligou para Unute, mas ele não atendeu.

Eu sabia que esse trabalho era uma barganha faustiana, pensou ela. Pagaria o que fosse para esse acesso às origens, ao que fez Unute. Mas odeio esse jogo. Quem sabe o que sobre quem e por quê? Não consigo acompanhar. E gostaria de ter a opção de não me importar com o que está acontecendo agora.

Mas como poderia? Embora, naquele momento, nada havia que pudesse fazer a respeito de Caldwell, ou de qualquer outra coisa.

Diana congelou.

Ou há?, ela pensou.

— FALE COMIGO. — B CAMINHAVA PELOS CORREDORES. AS MUlheres e os homens da Unidade ao redor não corriam exatamente, mas caminhavam com rapidez em todas as direções. Os punhos de B estavam cerrados.

— Não sabemos muito. — O rosto de Keever estava sombrio. — Poderia facilmente não ter vindo à tona. Eis o que sabemos. Ninguém consegue encontrá-lo. Os garotos de plantão deixaram Caldwell entrar — disse Keever. — Eles dizem que ele parecia "estar com pressa". Um pouco atordoado, comentou um deles. — "Falando alto demais. Parecia um pouco confuso." Para você, isso se parece com como ele é?

— Não. E daí?

— Daí nada — respondeu Keever. — Exceto que esses guardas trabalharam com ele por meses, e não demorou muito para admitirem que na verdade não tinham nem se preocupado com o protocolo. Não fizeram uma verificação completa do porta-malas, nem do interior ou espelhos do carro.

— Quando foi a última vez que alguém verificou o seu? — perguntou B. — Ou a última vez que alguém fez uma varredura da íris, por falar nisso? Quando foi a última vez que preencheu um relatório de situação diário?

— Faz muito tempo — disse Keever. — Entendi. Eu sei e você sabe que não é justo, mas eu sei e você sabe como é: todos nós pegamos atalhos, e ninguém se importa, até que algo dê errado. E, mesmo assim, ainda que não tenha nada a ver com nenhum dos atalhos que você pegou, se você for o último a ter pego o atalho, está fodido.

— Quão fodidos eles estão?

— Muito.

— Quando perguntou a eles como ele estava? — B indagou.

— Perguntamos a eles quando não conseguimos encontrar Caldwell ou falar com ele no celular. Como eu disse, quando algo dá errado, você verifica mais uma vez. Eis a sequência. Ele chega aqui ontem à noite, zero três e quarenta e sete. Temos o Lincoln dele saindo vinte e sete minutos depois. Mas o que não temos é ele no *feed* externo da frente de sua casa. E não conseguimos encontrar o veículo. Ninguém sabe onde está. Enviamos uma equipe ao apartamento dele.

— E?

— E ele não está lá. Mas dê uma olhada no que estava.

Ele ergueu um maço de fotografias que chamaram a atenção.

B ficou olhando.

— De quem é esse sangue? — perguntou.

— Dele — respondeu Keever.

— É muito sangue.

— É, sim — tornou Keever.

— Bom — disse B. — Ele sai daqui, larga o carro em algum lugar, vai para casa e entra furtivamente, de alguma forma? Para onde... — B gesticulou para as imagens. — Existe um comitê de boas-vindas?

— Talvez. Não temos sinal de que alguém tenha entrado antes dele, ou saído depois.

— Tenho estado um pouco ocupado — disse B. — No que ele está trabalhando?

— A julgar pelo seu rastro digital — respondeu Keever —, em grande parte, o de sempre. Exceto que, nos últimos dias, ele teve o porco... — Fez uma pausa. — Não foi registrado corretamente, não fazia muito sentido no início. Mas ele trabalhou no porco.

B se virou.

— O que ele está fazendo com o porco?

— Realmente não sei — disse Keever. — Ahn... precisei da ajuda de um técnico, mas parece que ele está matando o bicho.

— O quê?

— Sim. Pelo menos uma vez.

B pegou o papel e leu.

— Então Caldwell está fazendo isso com ele, e aí simplesmente desaparece... — Ficou em silêncio.

— O que foi? — perguntou Keever.

Mas B andava com rapidez agora. Keever soltou um palavrão e foi atrás dele.

B passou correndo pelos guardas assustados e virou no cruzamento do corredor, ignorando os elevadores para bater sua identidade nas portas da escada e saltar pelos degraus abaixo, ficando cada vez mais à frente de Keever, as botas batendo com impacto na descida.

— Caralho, B — gritou Keever, e seguiu para os andares inferiores, perdendo-o no meio do caminho. Soldados começaram a levantar as armas, em alarme. — Porra, não apontem essa coisa para mim — ele gritou. — Sigam-me. — Gesticulou para que o acompanhassem.

Encontraram B olhando para a janela principal do laboratório. Keever se aproximou.

— Ei, B — ele falou —, eu estou velho. Tem que me dar uma colher de chá da próxima vez, filho. O que está preocupando você?

— Olhe — disse B.

Keever olhou para o laboratório. Amarrado no aço estava o icor com crostas do ovo regenerativo da babirussa.

— Estou surpreso — disse B em um tom de voz calmo. — E sempre fico surpreso quando me surpreendo.

— O quê? Não esperava ver esse casulo? Eu te disse que Caldwell o havia matado.

B respondeu:

— Não esperava que estivesse aqui.

— Hein?

— Achei que devia ser disso que se tratava. Ele faz algo ao porco, e alguém faz alguma coisa com ele. Pensei que, se ele tivesse sumido, o porco também teria. Sido roubado.

— Por quê? Para o quê?

— Pesquisa — disse B. — Tudo está conectado, Keever. O porco é a novidade aqui. A variável. Tem que se tratar disso.

— Saberíamos se o porco tivesse desaparecido, B — respondeu Keever. — Essas coisas têm mais *tags* e rastreadores do que armas nucleares.

— Sim — disse B. — E tecnologia como essa nunca dá errado, certo? E ninguém nunca descobre uma maneira de enganá-lo.

— Tem razão — falou Keever. — Mas olhe. Aí está ele. Bem ali. Dormindo.

— Não está dormindo — B falou tranquilamente. Ele observava a leve pulsação da membrana. — O que quer que aconteça lá dentro, o que quer que aquele porco esteja fazendo, o que quer que eu tenha feito todas aquelas vezes, ele não está dormindo.

Ele entrou. Através do vidro, Keever e sua escolta observaram-no caminhar no sentido anti-horário ao redor do ovo de porco, a mão esquerda sobre ele, sentindo a reconfiguração trêmula lá no fundo. Por meio desse ritual, B, Unute, deixou-se entrar em um ligeiro transe, bem diferente daquele que acompanhava os grandes acessos de violência.

Unute saiu. Uma guarda começou a segui-lo, mas Keever fez um gesto para que ela recuasse.

— Dê espaço a ele, soldado — disse com calma. — Ele vai nos chamar se for preciso.

Metodicamente, Unute começou a esquadrinhar os edifícios.

Ele entrou em zonas restritas e se moveu sem polidez nem hesitação em meio a outras equipes em suas investigações. Não duvidava da experiência delas, da forma como rastreavam os rastros digitais e físicos de Caldwell. Por obstinação, tédio, metacuriosidade ou pura perversidade, B às vezes, ao longo dos séculos, empreendia pesquisas sobre assuntos que não lhe despertavam naturalmente alguma centelha de interesse — entre seus dezessete doutorados estavam os de contabilidade, economia fundiária e ciência alimentar —, mas havia outras habilidades nas quais adquirira apenas os conhecimentos adequados. Os computadores representavam uma delas, embora nunca contestasse a utilidade deles. Quanto a isso, ficava feliz em deixar que os detetives internos da Unidade tomassem conta do assunto.

— Vamos, irmão porco — sussurrou.

Entrou em todos os lugares onde já tinha visto Caldwell. Verificou paredes, bordas, sombras, o interior de cada gaveta e de cada armário de cada escritório. Abriu o armário do homem. Sentou-se na cadeira que Caldwell preferia na cantina. Observou enquanto os técnicos iluminavam o cascalho com luzes negras no subsolo da garagem onde o carro de Caldwell havia estado.

Uma mulher com traje de proteção disse a ele:

— Encontramos alguns fios de cabelo loiros e fibras de *jeans*. Nenhuma correspondência de DNA ainda. Teve alguma sorte?

— Não — disse B. — O segredo é distinguir a verdadeira intuição da falsa. Estou ficando muito frustrado.

— Porque não está recebendo nenhum, ahn, sucesso em sua intuição, senhor? — perguntou ela.

— O oposto. Porque está tocando como um sino, em todos os lugares. Consigo captar isso em todos os lugares aos quais estou indo.

— Talvez — disse ela —, se estiver recebendo isso em todos os lugares, não importa de verdade aonde vá.

Ele parou para pensar a respeito.

— Deixe-me tentar uma coisa — disse ele. — Tenha paciência comigo.

Ele se abaixou lentamente, com as mãos no chão, como se estivesse prestes a saltar.

— Venho pensando que continuo descobrindo coisas — disse ele. — E as encontrando. Mas talvez esteja certa. Talvez algo esteja me encontrando. Talvez eu esteja sendo seguido.

De repente, ele baixou a cabeça para o lado, o olho direito junto ao chão. Moveu a cabeça com rapidez. Segundos se passaram.

— Chefe? — um dos técnicos sussurrou para a mulher. — O que é que nós...?

A mulher estalou os dedos duas vezes e colocou o dedo nos lábios. Unute esticou o braço e cravou o dedo no cascalho, vasculhando as pedrinhas. Quando afastou a mão, segurava algo entre os dedos indicador e médio.

— O que é você? — ele perguntou à coisa. Sentou-se e olhou para o que havia encontrado, e todos os soldados, investigadores e técnicos semicerraram os olhos, inclinaram-se e espiaram também para ver.

Um pequeno pedaço de madeira fina ou papelão cortado, e com abas. Uma peça de quebra-cabeça.

— Informem Keever — disse B, para ninguém em particular, para todos eles —, e Diana.

◈ ◈ ◈

OS JOVENS SOLDADOS DO LADO DE FORA DO ESCRITÓRIO DE Caldwell bateram continência quando Diana se aproximou.

— Senhora — disse um deles, levantando a mão. — Sinto muito, senhora, mas há uma investigação. Keever disse...

Diana ergueu o distintivo, com seu ostentoso triplo A verde estampado.

— Sei o que Keever disse — falou ela. — Sei que há uma investigação. Por que acha que estou aqui? Está ciente de que o dr. Caldwell é meu colega de trabalho mais próximo? Sei no que ele está trabalhando melhor do que ninguém. Então, afaste-se.

O homem hesitou. Quando obedeceu, Diana considerou que não estava, na verdade, mentindo. Ela era de fato uma das colegas de trabalho mais próximas de Caldwell. Não havia necessidade de aquele soldado ali saber que ela não tinha ideia do que Caldwell andava fazendo recentemente, onde ele estava, ou qualquer ideia de como descobrir seu paradeiro.

Ela observou o escritório lotado, os livros com encadernações de couro surradas, o grande globo de madeira, as bugigangas antigas que pareciam projetadas tanto para declarar o caráter de seu proprietário quanto para serem funcionais. Todos nós fazemos um teatrinho para os outros, ela pensou. Verificou o grampeador, o abajur, a calculadora, a caneta, os papéis na mesa de Caldwell. Abriu o *laptop* dele e franziu a testa diante do pedido de senha.

Deixe-me adivinhar, pensou. Alguma piada exibicionista em escrita cuneiforme. Um trocadilho que funciona em sete línguas, cinco delas mortas.

Diana hesitou, considerando os protocolos que destruiriam o disco rígido depois do excesso de tentativas de entrada.

Digitou 1234567. Senha. Senha123.

Nada. Valeu a pena tentar, pensou ela, e fechou a tampa. Pegou dois pedaços de papel da lixeira. Semicerrou os olhos para ler os rabiscos.

sala interna?, ela leu. *Vida?*

Por que, refletiu, todo mundo está falando sobre a vida?

Seu celular tocou. Ela leu a mensagem. Seus olhos se arregalaram.

Saiu da sala e caminhou com rapidez pelos corredores em direção à frente do complexo da Unidade, tomando o rumo de corredores mais iluminados. Por fim, bateu na porta de Shur, abriu-a e entrou sem esperar pela resposta.

— Mas que porra é essa? — alguém disse. Uma jovem de uniforme estava deitada no sofá, olhando para ela.

Shur se levantou.

— Você se importa? — ela gritou para Diana.

Diana não olhou para ela, mas para sua paciente.

— Saia — ela disse. — É uma ordem.

A mulher endireitou o rosto e olhou, insegura, para Shur. Como Shur não falou nada, apenas olhou para Diana, a mulher se levantou, saiu e fechou a porta atrás de si.

— Como se atreve? — Shur falou.

— Poupe-me disso — disse Diana. Ela ergueu o celular para que Shur pudesse ler a mensagem. Os olhos de Shur se arregalaram.

— Não estou entendendo — falou Shur.

— Uma peça de quebra-cabeça — disse Diana. — B... Unute... encontrou uma peça de quebra-cabeça.

— Do que você está falando? Quem pode saber que tipo de lixo tem no estacionamento? O que isso tem a ver comigo?

— Na verdade, quase não há. Lixo. Eles varrem, em ambos os sentidos, a cada dois dias. E já trabalho com Caldwell há algum tempo, e posso não saber tudo sobre ele, mas juro a você que quebra-cabeças não estão entre suas obsessões. Mas ouvi as fitas... sei que Stonier lhe contou que perdeu uma peça. Pode me encarar o quanto quiser, mas sabe que tivemos acesso.

— E daí?

— Ele disse que era algo que fazia parte de um jogo de Thakka, lembra? Ele adora videogames. Mas Thakka montava quebra-cabeças. Thakka pegou a última peça do primeiro quebra-cabeça que Stonier montou com ele. Como lembrança.

Novamente, os olhos de Shur se arregalaram.

— Isso tem que ser do Thakka — disse Diana. — E depois do Stonier.

— O que está dizendo? Que Stonier estava no carro de Caldwell? E deixou isso cair?

— Talvez.

— Mas ele me disse que perdeu faz um tempo. E, se vasculham a garagem com a frequência que falou...

Diana franziu a testa.

— Não sei. Stonier não tem nenhuma razão oficial para lidar diretamente com Caldwell — disse ela. — Quanto mais para estar no carro dele. Ou embaixo dele. Na verdade, você sabe que ele o estava evitando. E tenho certeza de que já ouviu falar, esteja na rede oficial de comunicação ou não, que Caldwell está desaparecido. — Ela não esperou pela resposta de Shur. — Quaisquer que sejam as lacunas que existam na história, isso é uma pista. Então, talvez precisemos descobrir tudo o que pudermos sobre Stonier, e rápido.

— O que quer saber? Você ouviu as gravações. Não há muito mais o que dizer...

— Encontrei algumas anotações no escritório de Caldwell — falou Diana. — Como você direcionou Stonier para o Projeto de Vida?

— Isso de novo? Eu já falei, eu o direcionei para várias coisas.

— Mas por que esse projeto em específico?

Shur deu de ombros.

— Estava na lista que me foi fornecida pela Unidade quando entrei aqui. Pedi ao administrador que me arranjasse uma lista de todas as organizações relevantes na cidade.

— E não as verificou?

Shur crispou os lábios.

— Claro que sim. É um grupo de autoajuda, como milhares de outros.

Diana estendeu a mão.

— Passe-me tudo o que tiver sobre isso.

Shur assentiu.

— Vou enviar por *e-mail.*

Eu não acho que seja uma boa ideia – disse Diana. — Vamos manter isso somente no papel. — Os olhos de Shur se arregalaram. — Você poderia, por favor, escrever? Digamos que eu trabalhe melhor com papel.

EM SEU ESTUDO, ELA TRAÇOU CONEXÕES, DESCONSTRUINDO genealogias com base nos dados de Shur, examinando o glossário do *site* do PV, as breves histórias que descobriu das divisões de autoajuda que levaram ao nascimento e desenvolvimento do Projeto de Vida. Relatos e anotações.

Entre os inúmeros pontos positivos, algumas linhas de uma estrela.

Achei que tivesse encontrado o que procurava, mas, bom, deixe-me dizer a vocês pra se acalmarem e aí entraremos no assunto.

Uau. Simplesmente uau.

Esses volúveis dissidentes criticavam a organização que haviam deixado, embora não por causa de algum sacrifício humano, algum tipo de ciência aterrorizante ou filosofias de terror, mas porque o dirigente de sua unidade havia ignorado a solicitação para estocar uma marca diferente de café ou reagendar uma reunião. Leu o comentário de duas estrelas ao que uma mulher chamou de "carnavalzinho nojento de gente que parece hipnotizada". Mas, sobretudo, mesmo aqueles que zombaram de si mesmos por isso enfatizaram o conforto que encontraram no entusiástico repúdio da morte.

Diana se conectou ao mecanismo de busca da Unidade, que, assim como as águas rasas habituais da internet, vasculhavam uma proporção crescente da Deep Web, um arquivo colossal de páginas excluídas, que passava pela maioria das proteções de senha e fazia referência cruzadas com resultados de várias agências governamentais de segurança cuja existência era plausivelmente negada.

Projeto de Vida, ela digitou. **História. Ideias. Críticas. Alam. Stonier.**

Ela fazia anotações à mão, os rabiscos cobrindo folha após folha. Fez capturas de tela de pesquisas relevantes enquanto a luz além das janelas aumentou, para diminuir lenta e depois rapidamente. Acendeu a lâmpada de sua mesa e circulou em vermelho certas palavras de certos documentos.

O Projeto de Vida nascera do Projeto Satisfação, que fora uma evolução do Projeto Você Está OK!, que nascera de uma fusão de refugiados do Fique Leve e do Grupo Sim. Oito anos atrás, o Projeto de Vida tinha passado para a liderança de Alam e alguém chamado S. Plomer, a respeito de quem havia pouquíssimos detalhes disponíveis. Diana fez pesquisas sobre esse nome desconhecido. Os dois tinham sido veteranos de diversas organizações, passando por elas juntos a cada passo de uma longa peregrinação. Mas, um ano depois da ascensão conjunta, todas as referências a Plomer desapareceram da literatura do PV. E, na verdade — o que era ainda mais notável —, da internet, por completo.

Depois disso, o Projeto de Vida, agora sob a liderança de Alam, começara a pulular pelos Estados Unidos afora. "Abrindo filiais", conforme se descrevia o processo, sem se divulgar que a cada nova abertura vinha um fechamento do núcleo anterior. Alam e seus companheiros — exceto S. Plomer, onde quer que estivesse — viajavam a cada poucos anos, ou mesmo meses, de lugar em lugar, realizando *workshops* e depois seguindo em frente. Para se instalarem em Tacoma, poucas semanas atrás. Entre a descoberta de Unute da breve vida pós-morte de Thakka e o retorno resultante do próprio desaparecimento.

Diana recostou-se e olhou para a escuridão. Seus olhos se estreitaram.

Atrás do que você estava, Caldwell?, refletiu. Estava procurando por Plomer? Essa é a vida que você procurava? O que encontrou? Como escondeu isso? O que não estou conseguindo enxergar?

Ela apagou seu histórico de pesquisa. Como se isso ajudasse muito contra qualquer pessoa preparada para caçar, com a ajuda certa. Especialmente ali, com os poderosos *mainframes* e servidores centrais. O pensamento de tal investigação, os curiosos colegas observadores dentro daquelas paredes, quaisquer que fossem seus objetivos e interesses, detiveram-na e a motivaram a considerar a situação.

Preciso me antecipar a isso, ela pensou. Trancou seu escritório atrás de si. Preciso descobrir o que você sabia, Caldwell, sobre tudo isso e qualquer outra coisa. E tenho certeza de que não serei capaz de invadir seus registros.

Os soldados do departamento de IA se levantaram e bateram continência para ela.

— Senhora? — uma mulher disse.

Diana sorriu como se estivesse nervosa. Bateu uma continência hesitante em resposta. Sim, a coisa do Civil Desajeitado provocava o desprezo de alguns na base, mas também era possível que a tornasse mais agradável. Era só se programar para emitir vibrações do tipo Tome Conta de Mim.

— Eu ficaria grata se pudesse me ajudar — disse Diana.

— Do que precisa, senhora?

— Então, tenho colaborado com o dr. Caldwell. Já deve ter ouvido que Caldwell está... que não podemos encontrá-lo.

— Senhora.

— Obviamente, todos esperamos que ele volte logo, mas tenho que dar sequência a um projeto, muito urgente, e ele não está por perto para me dizer o que estava fazendo. Se eu lhe der as palavras-chave, ficarei grata por tudo o que aparecer em suas pesquisas recentes. — Diana teve o cuidado de colocar seu crachá de ACESSO A TODAS AS ÁREAS em cima da mesa.

— Senhora — disse a soldado, após apenas um segundo de hesitação.

Diana deslizou o papel onde havia escrito "Alam", "Plomer", "Projeto de Vida".

A soldado trabalhou com rapidez em um terminal. A máquina dela produziu ruídos altos por um tempo e depois cuspiu papéis, que ela entregou. Diana folheou tudo, sem ver de relance nada que já não tivesse encontrado. Parecia que Caldwell tinha, pelo menos, olhado com menos profundidade nessa direção do que ela. Por certo, na rede da Unidade.

— A senhora quer as pesquisas do sargento Keever sobre esses tópicos também? — perguntou a mulher.

Diana congelou. Só por um momento. Continuou folheando os papéis.

— Jim? — ela disse. — Caldwell o fez trabalhar nisso também?

— O nome dele foi o único que surgiu quando verifiquei esses termos. Tomei a liberdade. — A mulher deslizou um único papel. — Este aqui é o registro dele.

Diana verificou o cabeçalho. Keever havia pesquisado esse tópico semanas antes.

— AÍ ESTÁ VOCÊ. — KEEVER ABORDOU B FORA DO LABORATÓRIO da Babirussa mais uma vez. — Fiz o caminho inteiro de volta. Deveria saber. Você está bem?

B deu de ombros.

— Não me importo de não entender as coisas, Jim. Nunca me incomodei com isso. Mas não gosto de não entender planos que me incluam, muito menos aqueles que eu acho que me têm como alvo.

— Qual é. O que eles podem fazer com você?

— É o princípio da coisa.

— Esse cara aqui está te ajudando? — perguntou Keever, gesticulando para o ovo do porco pela janela. — Não vai demorar muito, vai? — B balançou a cabeça em negativa. — Eles não encontraram nenhuma correspondência no cabelo que acharam.

— Você está bem? — B perguntou. — Parece preocupado.

— Claro que estou.

— Bem, ou preocupado? — perguntou B.

— Os dois.

B assentiu.

— O que acha disso? — perguntou. Ele ergueu a peça de quebra-cabeça.

Keever olhou para ele.

— Não faço ideia — respondeu, dando de ombros.

Tinha menos de três centímetros de cada lado. O verso era de um papelão escuro, duro e brilhante. Na frente, a linha de uma árvore.

Um monte de folhas terminando nas bordas do corte, o espaço em branco. Marrom — um galho.

— Acho que isso é um pedaço de uma maçã — disse B.

Keever assentiu. Ele bateu com a unha.

— A peça está revestida de alguma coisa. — Ele a pegou.

— Não sei — disse B. — Esmalte de unha transparente? Acrílico? Para protegê-la? Endurecê-la.

— Devo entender o que estou vendo? — perguntou Keever. Ele a virou várias vezes e a devolveu.

— Como ela... o faz se sentir? — perguntou B.

— Hein? — Keever viu a hesitação no rosto de B. Olhou para a coisa de novo. — Não sei o que quer dizer — acrescentou ele.

— Na verdade, eu também não — falou B. — É estranho para mim. Mas não é ruim. O que, não sei, me surpreende. Também não sei o que eu quero dizer. — Ele a pegou de volta, cerrou os lábios e a pôs no bolso. Manteve a mão ali, agarrando-a, virando a pecinha várias vezes entre os dedos. — Gostaria de poder saber o que esse porco viu e fez — disse. — Com quem ele passou seu tempo.

Foi nesse momento que as sirenes começaram a tocar.

Ao longo dos corredores centrais, alarmes soaram. Luzes piscaram em vermelho liga-desliga, acompanhando o som. De todos os lugares veio o som de pés correndo, portas batendo, percussão de magazines sendo encaixadas em caixas de rifle.

Keever estava com o rádio no ouvido e uma arma na mão. Um esquadrão armado veio correndo.

— CONFINAMENTO — uma voz anunciou pelos corredores. — CÓDIGO NOVE. CONFINAMENTO.

— Jim? — B indagou.

— Como é que é? — Keever berrou. — Um o quê? Soldado, repita...

Um som de algo sendo esmagado. Outro, perto agora, a apenas duas, três voltas de distância, e lá vinham mais soldados em Kevlar correndo, e B se juntou a eles, com Keever em seu encalço, gritando:

— Espere... — Outra perseguição vã; já, e aqui e agora, havia portas reforçadas para outra ala, e atrás deles, além do vidro, um trecho de corredor vazio, e muito distante, perto do final dele e além de todos os sons e as luzes de alarme, o brilho e o impacto das balas. O corpo de um homem voou para fora de um corredor lateral ao longe para cair com um impacto ao qual não poderia ter sobrevivido. Mais dois soldados apareceram, recuando com cuidado, mandando bala.

Um deles foi agarrado subitamente por algo rápido demais para que até mesmo B pudesse apreender o que era, jogado em cima do outro, ambos caindo em uma pilha disforme. A um canto daquele santuário interno além do vidro, uma nova forma surgiu.

Um homem nu. Uma coisa parecida com um homem nu. Uma coisa nua. Algo nu.

O que andou com estrépito na direção deles tinha o contorno de um humano com pele de tons variados: verde, um cinzento de cinzas de fogueira, a escuridão da morte e do congelamento, o branco de carne de peixe em formol, toda entrecruzada por arames. Seus braços tinham coágulos e caroços, como se tivessem linfa e também força, com farrapos de pele pendendo de ossos e músculos rígidos e retesados. Ele pingava ao se aproximar. Levantou os braços e tanto a mão esquerda quanto a direita eram mãos esquerdas. Caminhava rápido, cambaleando, inseguro e furioso. Virou a cabeça e olhou através das janelas triplas com um olhar azul ardente e frio que B conhecia.

Essa coisa que começava a correr em sua direção, rugindo como um touro com dor, estava costurada, arruinada, queimada, congelada, com o bronzeado da cor do couro e apodrecendo como um fungo, mas B conseguiu distinguir os traços subjacentes em seu rosto, e eles eram seus.

Não ficou surpreso.

vida

QUANDO VOCÊ NÃO MORRE, PODE ESCOLHER ENTRE CONSTÂNCIA E CAPRICHO. Isso fará toda a diferença imediatamente e quase nenhuma no longo prazo.

No caminho, fique atento à fria quietude antes e atrás de tudo. Partindo da montanha, você procura por essa Vayn. Outra filha do relâmpago! Os hinos dizem que Vayn faz bonecos e mortos se moverem.

Você passa por lindas flores azuis e pela música de um falcão e pensa: Serei ladrão de cavalos, serei médico, vou minerar estanho, vou fazer pão, vou foder, vou ser famoso. Vou fugir do inimigo e encontrar Vayn, filha do raio e da Vida.

Você está em um penhasco.

Farei o que quiser. Esse pensamento perigoso de novo, trazendo em seu rastro, como sempre acontece: O que é o quê?

No caminho, você conversa com aqueles que matou, mentalmente, e com aqueles que o mataram, o número destes imensamente menor. Você diz a eles o que viu em suas viagens.

Andando por terras vazias, às vezes você ruge para dar companhia a si mesmo. Sonha com sua mãe. Ela coloca a mão no centro do seu peito e pergunta: Filho, por que está gritando?

◈ ◈ ◈

Um urubu está encolhido perto do fogo. Você olha profundamente em seus olhos, mas vê o brilho da consciência aviária, nenhum portal para o vazio que, por razões que lhe são ocultas, você teme ver. Então lhe dá bom-dia. Você seria bem-vindo para compartilhar meu café da manhã, diz, mas não tenho nenhum.

Quando eu era jovem, você lhe conta, antes de morrer pela primeira vez, minha mãe pediu ao meu pai, meu pai do céu, um presente para me ajudar. Quando cheguei à aldeia, vi que ela segurava algo parecido com você. Um pássaro. Na verdade, não um pássaro, mas uma pequena coroa feita de penas. Ela estava preocupada com o que meu pai-homem havia me mandado fazer, e acho que aquele capacete de penas era para me pôr para descansar. Não sei como. Ela e meu pai-homem brigaram. Se eu tivesse usado o que ela segurava, teria ficado parecido com um deus pavão. Talvez tivesse encontrado alívio. Sido capaz de morrer.

Você para. Esta é a primeira vez que isso lhe ocorre, como uma liberação em potencial.

Eles não viram que eu vi, os meus pais. Meu pai bateu na mão dela, e o presente caiu no poço. Não sei por que fingi que não tinha visto. Por que não desci. Ou pulei e quebrei minhas pernas no fundo e esperei até que elas ficassem boas novamente para subir com as penas nos meus dentes.

O urubu estica o pescoço.

Nunca voltei lá, para cavar milhares de anos de terra acumulada e ver se conseguiria encontrar aquilo. Não sei ao certo o que ela considerava descanso, a minha mãe. Agora quero encontrar Vayn. Outra como eu. Acho que é isso que eu quero.

Vi uma esfinge. Vi uma pedra que anda. Vi os pilares de Iram. Mas nunca vi uma pessoa que soubesse o que quer.

O urubu estala o bico em uma linguagem de clec-clec.

Não tenho nada, você diz. Você vira sua mochila do avesso e de cabeça para baixo, e o urubu observa a poeira cair e inclina a cabeça.

Você é um convidado exigente, você diz, mas sorri.

Tira sua faca da bainha. Levanta sua saia. Coloca a lâmina na parte superior da coxa. O urubu aguarda. Traça nela lateralmente o metal, e o sangue vermelho sai rapidamente de si. Não que não sinta dor, não que não se importe com ela; é que está muito acostumado a ser ferido. Você cerra os dentes e pressiona mais fundo, puxando a lâmina pelo músculo adiposo da pele, o sangue escorrendo agora. Corta um pedaço de carne com vários centímetros de comprimento e meio palmo de largura. Você a descasca, segura-a respingante, e o urubu emite um ruído. Corta uma ponta minúscula e joga o restante para o pássaro.

Ele o pega com o bico e o engole.

De nada, você diz. Segura o pedacinho que reservou. Enrola-o. A parte esfolada de sua perna lateja. Você coloca a carne na boca, mastiga e engole. Esse gosto de novo. Você já comeu de si mesmo antes. Não provoca nada.

O urubu voa para longe.

Antes de começar sua busca por Vayn, a filha da outra força, aquela que faz brotar plantas da lama, você faz um desvio para uma cidade portuária famosa por suas torres, pontes, máquinas e navios delgados trazidos de Kumari Kandam por sacerdotes mercantes, antes de aquele continente desaparecer, e você abre um negócio de vidência no Bairro Estrangeiro, onde engana os crédulos e acumula economias substanciais, e um dia um subvizir vem lhe perguntar quando o irmão deles vai morrer e eles são muito bonitos, e você diz a eles que tem vivido uma mentira e não tem habilidade mântica, e eles dizem que vão lhe apresentar uma charada para decidir se o entregam ou não ao guarda, e você sabe a resposta do enigma: É um ovo, e eles o recompensam passando a noite com você e vocês passam dez anos juntos e você mostra a eles que é imortal enfiando um estilete em seu olho, que sai pela parte de trás do crânio, e eles correm gritando que nunca mais querem vê-lo e quatro dias depois eles voltam e lhe pedem que conte a história da sua vida e você conta pedaços dela, e eles dizem que ainda o amam e vocês ficam juntos mais cinco anos, e eles dizem que só falta uma coisa e, embora você saiba que aquilo não pode acabar bem, surpreende-se desejando aquilo também, e dois de vocês contratam uma esposa de útero e seu amante deve se deitar com ela, mas na noite você se deita com ela também enquanto seu amante acaricia vocês dois e a barriga da esposa de útero cresce e você espera contra a esperança, mas, quando o bebê nasce, ele está morto e tem uma cor cinzenta, e a esposa de útero também adoece e morre, e você e seu amante lamentam pelo tempo prescrito e vivem juntos em sua torre à beira-mar, até que seu amante fica muito velho e eles lhe digam que você foi a melhor coisa na vida deles e você diga o mesmo, o que não é verdade, embora goste deles e diga que nunca os esquecerá, o que é verdade, e então eles morrem e você os enterra e depois doa todos os seus bens e, tijolo por tijolo, derruba o minarete que construíram juntos enquanto os habitantes da cidade dizem que esse foi um amor que nunca morrerá, e você vai embora com os escombros atrás de si e decide que já chega de procrastinar, e puxa o pergaminho com o hino sobre Vayn, e aceita que realmente está na hora de começar.

Você é morto quatro vezes ao seguir o rastro de Vayn. Cada vez que os dentes se fecham em torno de sua garganta ou o machado empurra suas costelas ou o fogo o atinge, você se fortalece e diz a si mesmo para continuar prestando atenção o tempo todo. Mas, quando acorda, na polpa quente de sangue e na luz através da casca do ovo, que a divide e cai como uma gota viscosa para instilar ar em novos pulmões, você não pode ter certeza de se os sons fracos, as sensações, as marés de afeto que ainda o atingem são lembranças do que chegou até você de fora do casulo reconstituído, são os sonhos de um imortal entre corpos, ou são retrospectivas imaginadas que surgiram quando você abriu esses novos olhos.

De qualquer forma, você vai em frente. Mais algumas centenas de anos.

Não declara sua intenção nem a esconde. Sabe como a palavra viaja rápido. Nunca fica chocado ao chegar a algum convento salpicado de cristal ou bazar espalhafatoso ou qualquer outro lugar e ver uma mulher sábia local, um pregoeiro ou um informante sussurrando-lhe: Você está procurando pela Igreja de Vayn.

O que se segue são cerca de doze pistas falsas para cada um que o ajuda.

Com tempo suficiente, e a experiência e a tenacidade que o tempo lega, quase tudo é possível. Em uma ilha isolada, no final de uma trilha de histórias, você rastreia a descendente da cozinheira que o ameaçou na montanha. Sua tataratatara-sei-lá-quantas-vezes-tataravó era uma mulher corajosa, você diz a ela.

Eu sei, ela responde. Ouvi as histórias. Sei o que você é.

Bem, ajude-me a descobrir mais, você diz. Venha trabalhar comigo. Ela disse: Fodam-se todos os deuses. Vamos homenageá-la juntos?

Você ensina a mulher a ler e compartilha tudo o que tem. Vocês se separam por meses e se reúnem de novo, de novo e de novo, e ela conta o que descobriu e você conta o que tem e juntos seguem em frente.

Eu tenho uma pista, ela diz. Ela o conduz por uma floresta tropical. Segui a notícia de um porco, diz ela, e isso faz você parar, mas ela continua. Ele chegou até aqui, diz ela, é o que dizem.

Você guarda para si mesmo a pontada de ciúme que o invade, e você e a mulher lutam contra uma tribo de símios que falam como gente. Ela passa mancando pelos mortos e acena. Aponta.

Uma grande cratera, um declive íngreme que se torna mais seco e árido em seu interior, no centro exato da qual há um buraco no chão.

Este é Obukula, ela diz. Este é o caminho para a terra oca. É aqui que mora a filha da Vida, do relâmpago.

Ela rasteja pelos seixos com você.

É perigoso, você diz. Esta não é a sua jornada.

Não encontramos o Machado Vivo juntos? Ela cantarola uma música de batalha. Não comemos as frutas dos condenados?

Está certo, você diz. Venha.

Você se abaixa até a extremidade de pedra e se espreme na escuridão. Acende o fogo e depois uma tocha.

É isso o que o idiota da estalagem me descreveu, ela sussurra. Acho que me lembro para onde ir. Da mochila ela tira um carretel de barbante. Amarra uma extremidade a uma estalagmite. Desenrola-o enquanto avança.

À luz das tochas, com sombras se esgueirando, a imensidão dessas câmaras ocultas faz até mesmo você suspirar. Nos cantos há desenhos que não parecem ser a arte aleatória do tempo.

A mulher faz uma pausa, fecha os olhos, e você sabe que ela está revisitando as salas do palácio em sua memória, redescobrindo todas as informações que ouviu. Você continua. Por muito tempo.

Até que ela rasteja por um buraco na pedra e você se espreme atrás dela e a tocha dela se apaga e você se ergue na escuridão absoluta e ouve, pelas reverberações, que este é um espaço abobadado. Em seus lugares mais profundos, vislumbra figuras. Humanas e outras.

Ouve uma comoção sussurrada.

Unute, diz sua companheira, não tenha medo.

Braços o agarram.

Você gira os quadris e avança, mas quem quer que o tenha segurado se foi. Você tropeça.

Pare, a mulher que o liderou está dizendo: Por favor, pare, não tenha medo. Minha tataravó estava errada, eu quero ajudar você...

Você se levanta e sente algo se tensionar, e entende que o que sentiu há pouco foi um deslizamento de correntes em seus braços e cintura.

Unute, eles têm medo de você, ela grita. Eles insistiram. É apenas para tranquilizá-los. Prometi que o traria até Vayn e o trouxe. É isto! Isto é para você. Fique quieto, eles só precisam saber que você não é uma ameaça. Vocês deveriam estar juntos! Dois filhos de dois deuses. O equilíbrio...

Há movimento ao seu redor e você luta contra o metal e ao redor da enorme câmara o fogo surge e você vê sua companheira murmurando seus apelos e garantias, e próximo de você há uma congregação em túnicas escuras e máscaras de argila sem traços característicos, e balançando além deles, no limiar da escuridão, construções trêmulas que se movem como nenhuma delas deveria se mover.

Vida sem vida, avançando como animais nervosos. Figuras em madeira, em pedra, em bronze, em linhas de todos esses materiais. Ossos, ardósia e vidro. Eles se contorcem e cambaleiam.

Você se esforça e se vira, e vê que suas correntes se estendem por quilômetros através da pedra irregular, até um estrado perto de uma porta mais profunda. Não há uma multidão restringindo você. Apenas uma figura segura o metal que o abraça. Você a encara por um momento. Sua máscara inexpressiva.

Você se prepara para tensionar o corpo, para quebrar os elos. A luz forma arcos através deles. Uma onda de energia o atinge. Fazendo-o se encolher. Fazendo-o gritar.

Pare!, a mulher que veio com você grita. O que está fazendo? Ele veio procurá-la; deixe-o falar!

Mas as palavras dela se perdem contra a dor torturante daquela corrente. Você cai, estremece, dança e bate os calcanhares no chão.

Pare!, você ouve vagamente o grito dela.

Então, só há espaço para a sua dor.

Quem sabe quanto tempo levou até você acordar? Você não tem memória das horas em que esteve inconsciente, assim como não tem quando se torna um *berserk*, nem nas vezes em que está, temporariamente, morto.

Você pode ver fracos contornos prateados e espectrais quando volta a si. Olha para cima. Há um buraco no telhado de pedra bem acima, para a luz da lua.

Você foi arrastado para uma nova câmara, menor, mas grande o suficiente. Suas correntes foram colocadas em camadas e mais camadas, e dobradas em pilhas enormes em cada membro, marteladas na parede de pedra; em uma rede de hastes de metal, correntes e fios mais finos, que se espalham, conectados como uma teia de aranha, pelas paredes, envolvendo toda a câmara. Além do pilar de luz lunar, uma figura esguia observa. É outra estrutura de arame, um emaranhado de pedaços no mais grosseiro formato de cabeça com braços e pernas.

Estivemos nos preparando para você, você ouve alguém dizer. Por muito tempo.

Fora do seu alcance, membros da igreja com máscaras de argila observam. Alguns são escribas, com rolos e estiletes.

Um deles fica diretamente diante de você. Você sente a energia que vem deles.

Esforça-se contra as correntes.

Depois de todo esse tempo, diz seu interlocutor, você quer fugir de novo? Encontrou o que procurava. Você nos encontrou, assim como o javali.

É a voz de uma mulher.

Me provou, coitado, que choque. Seguiu a trilha, quando entrou pude ver que ele achou que iria encontrá-lo. Imagine seu prazer e surpresa. Ele não me odeia. Descansou um pouco e depois partiu. Você o encontrou novamente desde então? Não saberia dizer, é claro. Você não sabe quanto tempo esperei.

Você fica quieto.

Finalmente pergunta: Você é Vayn?

Você não quer ficar sozinho, ela diz. Quer que haja outro, ou outros.

Depois de todo esse tempo, acha que é a primeira pessoa que afirma ser filha do relâmpago?, você pergunta.

Não. Mas eu sou a primeira em quem você acredita.

Você sequer consegue dizer se a ouve em seus ouvidos. Não consegue dizer como é essa voz.

Mas a verdadeira questão, diz ela, é por quê? O que acha que essa companhia lhe dará?

Você não diz nada. Para isso, não tem resposta.

Você está envergonhado, ela diz. Acha que parece um tolo, não é? Parece mesmo. Você quer família. Duas perguntas, Unute. Por que quer isso? E por que acha que eu, a filha do relâmpago nascida da Vida, gostaria de ser sua família?

Você, ela sussurra, fazendo seus ossos vibrarem, é... meu... inimigo.

Espere! Você ouve a voz daquela que o guiou por baixo de uma das máscaras. Você prometeu... E as coisas despertas? Elas não o sentiram, ele não é veneno para elas nem elas para ele, e você disse que ele seria...

Quieta, diz Vayn. Ainda estamos todos aprendendo.

Ela estende a mão enquanto diz isso, e suas mãos tocam a parede, e você percebe o que ela fará quando as pontas dos dedos alcançam uma junção do metal, e abre a boca para gritar enquanto ela envia de algum lugar outra explosão de energia, e, sim, relâmpagos saindo dela, através do metal e entrando em você, e você arqueia as costas tão rápido e com tanta força que o sente e ouve quebrar, e ouve a alegria que aquele som horroroso de algo se rachando levanta entre aqueles que estão lá, e depois apaga novamente.

E volta. Direto para outra explosão, e apaga mais uma vez

De novo, rastejante, para que a energia retorne e o destrua com rapidez,

de novo, e de volta e de novo

e de volta. Silêncio. A sala está vazia agora, exceto por você. Você arqueja, respira, lambe o suor e o sangue do lábio superior, e espera. Eles estão em algum lugar, dormindo.

Seja o que for que esteja nesses elos, você não consegue quebrá-los, não consegue. E compreende que vai se levantar novamente quantas vezes eles quiserem, desmoronando, ressurgindo, desmoronando, ressurgindo, sucumbindo para ascender e sucumbindo para de novo ascender, e sucumbindo mais uma vez. E, se a vida da líder deles é interminável como a sua, e por que não seria, e se ela é fiel a esta missão, e por que não seria, ela vai matá-lo, e você vai morrer de dor, repetidamente, pelo resto da eternidade.

E com isso até mesmo você emite um ligeiro e miserável ruído de medo.

Mais tarde você ouve o barulho de alguém se aproximando. Levanta a cabeça.

Uma figura mascarada vestida com um manto está sozinha com você, na única entrada desta câmara. Você puxa o metal novamente.

Não vai funcionar, ela diz.

É sua antiga companheira.

Ela avança pela superfície irregular da caverna, contornando os buracos. Não tira a máscara.

Eu sei, ela diz. Você se sente fraco. São essas correntes. É o relâmpago. Esse é o paradoxo dele: a vida que se enfraquece.

Sua voz está cheia de tristeza.

Sinto muito, ela diz. Eles me mostraram coisas. Contaram-me a verdade. Não sabem que estou aqui agora. Disseram-me para não vir aqui. Disseram-me que, quer você saiba ou não o que é, você é o que é, e é uma tragédia de qualquer maneira, e falar com você não vai ajudar.

O que estão fazendo comigo?, você pergunta.

Estão enchendo-o de vida. Para acabar com você, no final. Sua existência não pode ser permitida.

Para acabar comigo? Como? Como você mata com a vida?

Ela não diz nada.

Como pode ser isso?, você pergunta. O que eles lhe contaram?

Como ela não responde, você pergunta: O que eu sou, então? Sua voz o apavora. O que eu sou?

Ela sussurra: Você é a Morte. E é hora de seu reinado terminar.

Finalmente você diz: Eu lhe contei isso quando a encontrei.

Sim, ela diz. Mas eu não sabia que era verdade.

Eu disse que era verdade, você diz.

Você disse, ela fala.

E o que os seus novos camaradas querem de mim?, você indaga. O que eles querem com a morte?

Ela não chega mais perto de você. Não tira a máscara.

Eles querem saber tudo, ela diz. Tudo sobre você. E como extingui-lo. Vim aqui para lhe contar, ela sussurra, caso não saiba que é mau. Caso seja como sempre me pareceu. Para que possa acabar com isso agora.

O quê?

Acabe com você mesmo. Será melhor.

Você não ouviu nada do que eu lhe disse...?, você pergunta.

Eu sei o que me contou, diz ela, em um tom de voz baixo e urgente. Mas agora é a hora de liberar seus poderes. Agora é a hora, pelo bem do mundo, de morrer. Morrer rápida e silenciosamente. Para o seu bem e para o bem do mundo. Porque...

Mas ela não consegue dizer o que teme.

Tudo o que você pode fazer é rir. Ela sussurra em desespero para que fique quieto.

Não consigo acabar comigo!, você grita. Mesmo que eu quisesse! E quero. Eu lhe disse.

Você disse, ela soluça. Mas eu não sabia que era verdade.

Quando consegue conter suas gargalhadas dolorosas, você diz: Bem. Mas é. Verdade.

Então sinto muito, ela consegue dizer. Espero que, para o seu bem, você seja a morte. Que seja mau. Porque então pelo menos haveria um sentido, haveria justiça para isso, enfim. E, mesmo que seja, de verdade, eu realmente sinto muito.

Ela se vira. Você pode ouvi-la chorando. Ela vai embora. Você não a chama.

E, horas depois, a igreja retorna, com uma vintena ou mais de pessoas em suas vestes. Elas não são acompanhadas agora por nenhuma estátua oscilante.

Você não diz nada enquanto uma delas, aquela líder com a linguagem corporal de que, sim, você se lembra, Vayn, que reconhece agora, anda novamente até a parede e você respira fundo e cerra os dentes, e os escribas se preparam para tomar notas novamente, para realizar seu trabalho de observação, e Vayn pergunta: Estão prontos?

Os escribas acenam com a cabeça. A líder deles toca o metal mais uma vez e faz seu coração parar e você, morrer.

E de volta à sua mente, despertando para a consciência no meio de um pensamento, esse pensamento sendo: Novamente, conforme você surge, não importa quanto tempo tenha levado, escorregando, caindo para fora do seu saco como um filhote de cação saindo de sua bolsa, antes de uma reunião daqueles bastardos vestidos com mantos, em uma cama de metal preparada para você, ao toque da qual você ouve o próprio grito de desespero e com cujo metal vem uma explosão instantânea de energia, você acorda novamente nu e coberto com o lodo seco do seu renascimento, acorrentado mais uma vez, neste lugar de tormento. Vigiado.

Mais surtos e lampejos de poder através de constrições, e, nos segundos de agonia antes que o joguem na escuridão, você sente distinções na natureza deles, algumas energias mais fortes, outras mais nítidas, outras mais difusas, machucando-o, atordoando-o ou devastando-o, ou mesmo, uma ou duas vezes, enchendo-o com instantes de uma nova força, repentinos e inesperados, à medida que testam as energias, seguidos com rapidez de rajadas que acabam por debilitá-lo.

Ninguém o alimenta. A fome não o matará.

Os escribas registram os raios e a resposta a eles quando o relâmpago flui. Você cospe e pragueja.

Torturadores são inferiores a traficantes de escravos, você grita. Menos que vermes.

Acha que isto é um prazer?, alguém grita. É ela. Nem todo mundo é tão vil quanto você, Morte. Às vezes, a única maneira de aprender é através da dor. Quisera eu que houvesse outra maneira. Mesmo para você.

Ela berra uma ordem. Cinco adoradores dão um passo à frente. Um segura um gancho de ferro, outro um tridente. Dois seguram facas, um deles um martelo. Você rosna e treme em suas amarras. Por mais enfurecido que esteja, mais preso em seu lugar, mais exausto de todos os procedimentos deles, você não é capaz de afastá-los, pois eles vêm em um ataque coreografado e usam armas desta vez, fraco como você está, para fazê-lo em pedaços.

A última coisa que você ouve, agora, é a líder gritando para os escribas: Reparem de onde flui o sangue, observem como começa a crosta... e então você morre.

para cair do ovo em cima do metal de novo, uivar para ser subjugado de novo, acordar de novo, encarar a igreja de novo, armados agora com suas novas ferramentas: lâminas de tesoura, uma lima, pinças, piche fervente, sempre aquele azul ardente, e você grita com uma risada angustiada e exige que eles o atinjam com isso, o que eles fazem, e quando uma espada pesada desce pela sua traqueia você ouve

nada e a misericórdia atemporal de um instante

e Olá novamente, diz a canalizadora.

Um poço de cobras venenosas. Garrote. Fogo. O relâmpago o mantém vivo e fraco ou agitado ou lento ou forte ou tolo ou o mata. Assim como o faz uma pedra no crânio. Urso das cavernas. Esfolamento. Raio. Afogamento. Você reza para sua mãe. Morde a língua. Retorna do ovo. Metal derretido. Sim, está acostumado com a dor, mas tanta, tão rápida, repetidamente, com tanta frequência e tão esmagadora, é cada vez mais difícil cada vez mais difícil cada vez mais difícil de suportar, a corrente o mantém por perto, acaba com você, quando você volta, flechas, e o relâmpago, os escribas tomando notas e a canalizadora, Vayn, a filha do próprio relâmpago lhes dizendo que eles devem estar perto agora.

Está demorando mais, você ouve através do sangue, está demorando mais para ele retornar, a cada vez estamos aprendendo, continue, formigas machadinhas água fervente, morto e vivo novamente, e você planeja e planeja e planeja, ao longo dos anos, dos anos disso, observando a configuração da sala dez mil vezes. Uma vez, quando acorda e está com metade do corpo para fora do ovo, consegue se atirar para baixo e cair com o pescoço bem em cima de um espeto, com força suficiente para arrancar a própria cabeça e voltar para a tranquila ausência de memória entre nascimentos de ovos.

para chocar novamente, a líder lhe dizendo: Muito inteligente, mas o que ganhou com isso? Você nos ajudou.

Você vê que a lança que usou da última vez foi achatada.

Agora sabemos que isso também não é o fim de tudo, diz Vayn. Suicídio. Tudo é pesquisa. Tudo é pesquisa para nós.

sufocamento desmembramento esfaqueamento esmagamento fogo água corrente, o mundo vai terminar o sol ficará gordo e vermelho e lento e águafogofacapedracongestãoanosdaterra e anos, e cada segundo que você está vivo você grita em sua mente para sua mãe e seus pais e qualquer um dos mortos para acabar com isso, para levá-lo daquele momento, momento e momento de sua morte, para deixá-lo realmente morrer: Deixe-os matar a Morte, você pensa, você sofre, desejando que o ovo não volte, que não cresça aqui na polpa de sua dor

e

você

desperta novamente,

e força a saída do ovo

e você

está

só.

De quatro, você arqueja, tossindo o último líquido viscoso dos pulmões. Estica os dedos contra... a areia.

Olha para cima.

Para um céu sem nuvens onde um sol branco derrama calor e luz, e fecha os olhos contra a agonia que segue a luz após vidas inteiras de escuridão, mas não há nenhuma, porque estes não são os olhos aclimatados para aquela escuridão, mas sim novos.

A gosma seca na pele.

Você se levanta em meio a dunas. Está fora da caverna. Ninguém o está machucando.

Seu grito é muito longo e alto, e é de alegria.

Você corre muito tempo, na genuína alegria de não estar acorrentado. Saboreia a nova sede da dessecação do deserto, tão diferente daquela da prisão dos carcereiros. Existem maneiras de encontrar água nesses locais, e, quando está pronto, você bebe.

Finalmente, em um buraco, na suave escuridão da noite, você para e pensa.

Não se importa em contar as vezes que voltou, mas foram muitas. O saco do qual emergiu sempre se constituiu da matéria de seus restos mortais. Você não entende, e nunca antes experimentou, essa nova energia, que a própria angústia deve ter provocado naquele processo, projetando seu eu daquele lugar de longo tormento e repetição homicida, para semear e crescer em algum lugar bem novo.

Quão longe você está da sua última morte? Quanto tempo depois?

Como fez isso?

Consegue fazer de novo?

Como fará isso de novo? Como fará algo de novo se não sabe o que foi que fez?

Vayn queria que você morresse e você não morreu. Mas algo aconteceu. Essas são as questões que você deve abordar. O que foi que aconteceu?

E Vayn, você se dá conta, e o povo de Vayn têm vidas inteiras de pesquisa que podem ajudá-lo a responder a isso.

Você precisa encontrar algo para matar, para esfolar esse algo e poder ter a pele dele em mãos, e precisa ter fogo para queimar um pedaço de pau e sujar sua ponta com carvão, para poder escrever o que importa neste momento. Em um roteiro ancestral do qual você é o último escriba, você fará as marcas para o Tormento, para a Terra Antiga. Para o Mês das Mariposas, diacríticos para indicar o início dele. Para o Recém-Chegado a um Deserto.

Você se lembra de tudo, não se lembra? Não se lembra? Você disse isso por muitos milênios. Então por que precisa escrever? Mas escrever é preciso.

Você encontra um oásis. Fica mais forte. Você parte. Depois de semanas de caminhada, a pele ficando com bolhas e cicatrizando em ciclos intermináveis, você chega a uma cidade e descobre que está a um oceano e meio continente do buraco da igreja oculta. De Vayn.

Que, lhe ocorre, viu-o morrer e não voltar. Que provavelmente acredita que seu experimento acabou. Bem-sucedido.

Que não vai esperar seu retorno.

Você rouba uma fortuna. Compra um navio. Contrata uma tripulação. Navega. Aporta. Luta. Continua por lugares impiedosos. Luta novamente, foge, compra um cavalo, monta-o e o troca por outro, e segue em frente. Mata muitas pessoas e animais, e quase morre uma vez.

Muitos anos depois de cruzar o oceano, está novamente no limiar da cratera.

Espera um pouco. Para a parte de você em seu interior declarar, como sabe que ela fará, que você não precisa fazer isso, não precisa ver o que sobrou, se é que sobrou algo daquele culto lá embaixo; que, se houver outro filho de deus lá, sob a terra, eles o odeiam e você não precisa saber disso. Quando essa parte sua acaba de falar, você diz que eles o estudaram e que tem perguntas. Perguntas sobre o que você é. E como morreu. E como estava em outro lugar. E saberia o que eles pensam disso. E, de qualquer maneira, verdade seja dita, você procurou por tempo demais para saber se é o único de sua espécie, e não vai fugir desse conhecimento agora.

E, sim, você se permite pensar, com certo humor brutal, além de certa expectativa, que, embora muitos o tenham machucado, ninguém o machucou tão profundamente, tão terrivelmente, por tanto tempo. Ninguém o fez gritar. E, se tinha uma dívida para com Vayn e seus seguidores, porque na própria crueldade e tenacidade implacável deles eles lhe ensinaram algo novo a seu respeito, eles o libertaram das restrições do próprio local de sua morte, da natureza do seu eu, do seu corpo, esse era um conhecimento que lhe chegou por meio de muita amargura. E, se devia a eles esse *insight*, isso não significava que você não desejasse pagar de volta na própria moeda deles.

Vejam!

Está feito!

Você volta a imaginar as vozes deles quando os resquícios que deixaram de você, anos atrás, não voltaram rastejando como lesmas e caracóis para aquela pupa colunar, não cuspiram fibras nem se interligaram e se prepararam para recebê-lo mais uma vez.

Vejam, encerramos o ciclo!

Vejam, conseguimos!

Vejam, matamos a morte!

Acontece que você também pensou que poderia se tornar mortal com toda aquela matança, com todo aquele amontoado de corpos. Quando sonhou com o fim daquela dor, sempre foi com o fim completo. Nunca com o que ocorreu, nunca com outro lugar, com esta viagem através da morte.

O que eles pensaram, depois disso, quando a morte continuou no mundo? O que acharam que tinham feito? Será que ficaram preocupados, você pensa como se gritasse para aqueles celebrantes imaginários, ficaram preocupados com todas as mortes que ocorreram desde que acreditaram ter testemunhado a minha? Vocês mataram a morte, não foi? Então, do que se trata? Não ouviram as fábulas? Não conhecem a moral da história? Não sabem que ninguém que tenta matar a morte se sai bem?

Você se levanta ao luar e segue sorrateiro em direção ao buraco.

PRIMEIRO SILÊNCIO

A CASA FICAVA ATRÁS DE ARBUSTOS, AFASTADA DA RUA. DIANA subiu as escadas de madeira. Portinhola para gato. Cadeira depauperada na varanda. Tocou a campainha e a ouviu ecoar lá dentro.

Depois de um minuto, uma mulher abriu a porta e sorriu com uma incerteza trêmula e educada. Ela tinha sessenta e poucos anos, era robusta, de pele branca e luzidia. Por cima da blusa usava um avental branco encardido com quatro palavras impressas: MINHA COZINHA, MINHAS REGRAS!

— Oi? — ela disse. Limpou a farinha das mãos no tecido.

— Lamento incomodá-la, senhora — falou Diana. — Estou procurando a sra. Bennett.

— Eu sou Aggy Bennett. Posso ajudar?

— Sra. Bennett, meu nome é Diana Smith. Preciso falar com a senhora sobre algo urgente.

— Tudo bem — respondeu a mulher. — Parece sério. — Seus olhos piscaram em um gesto nervoso.

Diana respirou fundo.

— O "Projeto de Vida" significa alguma coisa para a senhora, sra. Bennett?

Ela a observou com atenção; não viu nada.

— Não. O que é isso?

— É uma organização em Tacoma — respondeu Diana.

— Oh, Senhor, faz anos que não vou a Tacoma. E não estou interessada em comprar nada, então, obrigada... — Com um sorriso inquieto, a mulher fez menção de fechar a porta.

— Espere — falou Diana.

— Obrigada, mas não estou interessada.

Diana perguntou:

— Plomer está interessada?

A porta permaneceu aberta um último centímetro. Diana estava imóvel.

Ela se abriu novamente. A mulher colocou as mãos nos quadris. Olhou para cima, a expressão bastante modificada. Nenhum traço de agressão ou hostilidade, mas uma nova desconfiança, implacável e destemida. Cruzou os braços. Quando voltou a falar, sua voz era fria.

— Quem é você? — ela perguntou. — Como me encontrou?

— Isso é... bem, uma questão de vida ou morte — disse Diana. — Tenho que lhe fazer algumas perguntas.

A mulher recuou, abriu a porta e inclinou a cabeça. Diana entrou, pisando no carpete grosso. O corredor era bege com tons de rosa, pinturas em tons pastel e com estampas na parede. A porta se fechou atrás dela.

— Deixe-me dizer do que se trata... — Diana começou, mas algo bateu com violência nela por trás, empurrando-a de cara na parede. Ela perdeu o fôlego devido à pancada bem dada nos rins. Derrubou dois porta-retratos ao cair, e o vidro quebrou. De joelhos, Diana olhou para eles enquanto procurava respirar. A foto de um rio. Uma aquarela de um cervo olhando o pôr do sol.

A mulher a virou, segurando-a pelas lapelas, e, levantando-a com muita facilidade, empurrou-a com força contra a parede de novo, colocando o antebraço direito sobre o pescoço dela, o peso de seu corpo sobre o de Diana.

Diana tentou falar. Com a mão livre, a mulher revistou-lhe os bolsos. Tirou a identidade de Diana e sua Glock, jogando a pistola para o outro lado do corredor.

Por trás do medo, Diana estava ciente do espanto; a mão que a segurava era forte demais. A física da sala era desobediente.

— Não estou chocada por estar aqui — disse a mulher. — Estava esperando isso há anos. Mas o que não consigo entender é por que alguém iria bater à minha porta em vez de simplesmente tentar me matar. Então você tem uma chance de me dizer quem é e do que se trata tudo isso, e, se eu não gostar, nunca mais vai contar nada a ninguém. Alam enviou você? — ela perguntou. Manteve a mão direita no casaco de Diana, puxou a esquerda para trás em um movimento rápido e, com os dedos duros como metal, as mãos em forma de cunha para esmagar a garganta.

Diana se debateu.

— O quê? — ela arfou. — Não, não, não. Não sou do PV, quero saber sobre eles...

— Como me encontrou?

— Olhe a identificação — Diana respondeu, engasgando. — É do governo. Eu trabalho para um... departamento secreto...

— Como me encontrou? Última chance.

— Avaliação! — Diana disse.

A mulher não se mexeu.

— Você fez uma avaliação... — Diana engoliu em seco. — Sei que Plomer e Alam trabalharam juntos por anos e assumiram o PV juntos. — Ela ergueu as mãos. — Alguns meses depois disso, Plomer desaparece, e isso é o que resta dela. Então, duas semanas depois de ela sair, um comentário aparece na página de avaliações do Google sobre o Projeto de Vida. Ele é diferente dos outros. — A pressão da mulher sobre ela se suavizou ligeiramente. Diana respirou fundo. — Por um lado, é uma das poucas críticas que é retirada, alguns dias depois.

— Então, como você viu isso? — perguntou a mulher.

Diana gesticulou para o ar.

— Arquivos. Existem maneiras, se você tiver os recursos. Essa mensagem... o que ela diz é: "Estão mentindo para vocês. Para todos vocês. Transformados...

— "Transformados em monstros." Sim. Como me encontrou?

— O comentário foi anônimo, mas consegui o IP. Sim, eu sei que foi há anos e passou pelo navegador Tor, mas, repito, tenho recursos. Já te falei. Sou do governo! — Ela não gostou de como a frase soou ofegante. — Isto aqui é coisa do governo. Então eu fiz uma grande varredura nas pesquisas originais do Tor daquele mesmo IP. Muita coisa sobre cultos pagãos, arcontes e civilizações antigas, Mesopotâmia, Suméria, alquimia e personificação, avatares de deuses.

Ela esperou, mas a mulher ainda a segurava com força.

— Isso é tão estranho assim? — perguntou a mulher. — Poderia conseguir esse tipo de mistura em um fórum de D&D.

— Tem razão — disse Diana. — Há um bom número de pessoas interessadas nesse tipo de coisa. Mas não há tantos assim que estejam interessados em magia antiga e que também estejam investigando a biologia de equidnas e ornitorrincos, e que sejam grandes fãs de Solange Knowles e Millie Jackson, e que falem alemão, polonês e farsi, e que gostem muito de cozinhar. Plomer é uma delas.

A mulher relaxou a pressão sobre ela.

— Mesmo assim — disse a mulher. — Ninguém é único, não importa quanto quiséssemos pensar desse modo.

— Não — disse Diana, esfregando o pescoço. — Mesmo assim ainda restam alguns. Mas o problema é o seguinte: eu poderia rastrear as buscas dos outros ao longo de vários anos. Havia apenas uma pessoa interessada em tudo isso que pareceu se interessar pelo assunto de repente, logo depois de Plomer deixar o PV. E não porque teve uma série súbita de epifanias, mas porque ela não existia antes disso. Claro, ela tem registros, mas reconheço quando vejo algo assim. Plomer desaparece e doze dias depois a sra. Agatha

Bennett, e seu passado, surgem, e ela começa a pesquisar *on-line* as mesmas coisas que Plomer. E estou aqui porque algumas das coisas que ela pesquisou são informações que preciso obter com urgência. Agora mesmo.

Por fim, a mulher disse:

— É melhor você entrar. — Ela ficou de lado. — A cozinha é por ali.

Diana se ajeitou.

— Então isso é real? — ela disse, apontando para a mulher. — Pensei que talvez tivesse um avental pré-enfarinhado perto da porta, para disfarçar.

— Você viu meu histórico de pesquisa. Cozinhar é meu modo de relaxar. Sorte sua.

◈ ◈ ◈

ALÉM DA JANELA REFORÇADA VINHA CORRENDO O RECÉM-eclodido, olhando, fazendo careta, curvado e batendo os cascos no chão. Ele encarava com um único olho. Aproximava-se em movimentos ao mesmo tempo impressionantes e lamentáveis, mais rápidos do que a corrida a toda velocidade de qualquer ser humano, em um avanço sinuoso repleto de vitalidade, agonia, energia e deformações, galopando saltando tropeçando correndo caindo galopando com os nós dos dedos e rastejando, algo além de qualquer tipo de análise. Mas

já não há mais tempo para se considerar porque havia chegado ao vidro.

B encontrou os próprios olhos. Ele era observador e observado. Dorian Gray e seu retrato. Estranho encontro. Com aquela quimera de restos infinitos. Ah, B, ele pensou.

Você, ele pensou enquanto a coisa encolhia o punho direito-esquerdo, uma massa aglomerada no pulso em um vestígio de braço, e este em uma profusão de costuras em um ombro.

B, Unute, observou esse outro ele florescer em meio à pasta que harmonizava sangue ao tamborilar de tiros, fazendo daquele corpo-multidão um jardim de flores negras e gotejantes. Uma bala errante atingiu a janela e criou teias de aranha nela. O que separava Keever e B da seção interna do complexo da Unidade, onde a coisa batia seus pés, era um composto de camadas de vidro, acrílico e policarbonato, com nível de segurança muito além de 10, capaz de resistir ao fogo direto de um morteiro.

A coisa se inclinou para trás, apoiou o pescoço e bateu a cabeça para a frente. Unute pôde ver brilhando no centro de sua testa uma pequena mancha de polpa branca e dura.

Ele bateu na janela com um som semelhante ao de uma pedra caindo. O vidro ficou branco naquele ponto de impacto.

Mais balas atingiram a criatura por trás enquanto ela se detinha naquele ponto. Recuou e abaixou a cabeça novamente. Uma rachadura apareceu. Ela martelou aquele ponto com o crânio, e as linhas começaram a se espalhar.

O Unute composto trabalhava na janela, olhando para seu eu unitário.

◈ ◈ ◈

DIANA PERGUNTOU:

— Pode me ajudar?

A mulher desligou o forno e pendurou o avental em uma porta lateral.

Sentou-se à mesa e gesticulou para que Diana se sentasse à sua frente. Diana sentiu cheiro de canela e especiarias.

— Isso depende — disse a mulher. — De muitas coisas.

Diana se sentou.

— Como posso chamá-la? — ela perguntou. — Plomer?

A mulher deu de ombros.

— Vamos ficar com Bennett — falou ela. — Ou, melhor ainda, não me chame de nada. Diga o que tem a dizer, ouça o que eu tenho a dizer, e depois poderemos terminar.

Diana apertou as próprias mãos.

— Eu tenho um colega — ela disse por fim. — Ele está desaparecido. Sumiu e estamos tentando encontrá-lo. E eu acho que tem algo a ver com o Projeto de Vida. O que pode me contar sobre eles? Por que foi embora?

— Vamos inverter isso — respondeu a mulher. — O que sabe a esse respeito?

— Grupo de autoajuda. Positividade. Melhorar a qualidade de vida...

— O que sabe sobre o verdadeiro objetivo deles?

Diana hesitou.

— Acho que eles têm... ódio da morte — disse ela. — Acho que eles têm algo a ver com o desaparecimento do meu colega. Acho que os líderes do PV podem ter algum tipo de técnica para, não sei, hipnotizar, ou algo assim, algumas das pessoas com quem trabalham. — Ela franziu a testa. — Acho que eles levam as pessoas a fazer coisas que de outra forma não fariam. — Hesitou mais uma vez. — Acho que você sabe muito mais sobre isso do que eu.

— O PV — falou a mulher — deveria dizer respeito à vida real. Alguns de nós, no topo da instituição, temos, ou tivemos, técnicas que talvez pudessem ter sido usadas para mudar toda a nossa relação com a vida. Para torná-la o mais longa e frutífera, criativa e emocionante possível. E o que isso significa, não quero dizer que seja tudo o que significa, mas é parte disso, é parte de um programa para maximizar a vida, é a oposição à morte.

— Ela cruzou os braços. — Nunca fomos idiotas; os humanos têm que morrer. — Ela não parecia certa disso. — Mas, mesmo assim, não significa que devemos ter pressa nesse caminho, não é? E, não importa quanto tempo demore, não importa como cruzemos a última ponte, existem mortes e mortes. Certo? A morte é um horizonte, sim, mas a natureza da jornada até ela e depois dela depende de muitas coisas, não é?

— Bem... claro — disse Diana depois de um momento. Ela franziu a testa.

— Posso ver que está pensando: "Que babaquice é essa?".

— Não, apenas não entendo. Se é assim que você se sente, por que ir embora? Quero dizer, esta é a ideia deles também, não é?

— Por causa de Alam — disse a mulher. Ela fechou os olhos por um momento. Abriu-os de novo e olhou para Diana com atenção. — Ah, o Alam. O trabalho... Não há trabalho mais honroso. Ainda sei que essa é a verdade. Mas a questão é: como se faz isso? Se parte do trabalho é a oposição à morte, o que isso significa no dia a dia? O que você faz para se "opor à morte"?

Ela continuou:

— Você poderia dizer que deveria levar uma vida tão rica quanto possível, pelo tempo que pudesse. Essa pode ser uma forma de combater a morte, certo? Quero dizer, todos nós vamos falhar no final, supostamente, mas o que há de errado em falhar melhor? Mas e se o que você decidir for literalmente entrar em guerra contra a morte? O que isso significaria? Que técnicas poderia usar? E o que é mais importante: se decidir que essa luta é muito importante, significa que todo o resto é secundário? Que você mentirá, trapaceará, controlará e, sim, matará, se for isso que tiver de fazer?

Ela balançou a cabeça.

— Alam é seu único nome. Ele muda de nome como você muda de meias. Pode imaginar como é — ela falava lentamente agora — perceber que, depois de anos trabalhando com alguém que você realmente acreditava ser uma boa pessoa... que você ainda sabe que é uma pessoa boa, com objetivos nobres, e é isso que torna tudo ainda pior... Pode imaginar como é perceber que eles estão tão comprometidos com a versão do projeto que você pensou ter compartilhado com eles, que farão qualquer coisa? Que farão algo errado? Coisas que eles sabem que são perversas? Que eles se tornaram o inimigo?

— Os fins — disse Diana — nunca justificam os meios.

— Ah, que palhaçada — falou a mulher. — Claro que justificam. Se eu soubesse, se tivesse certeza absoluta, de que os métodos funcionariam, eu nunca teria ido embora. Mas eles não vão funcionar. Não acredito que possam. E uma coisa é ser o mal necessário. Mas, se não for necessário, ou mesmo se for necessário, mas também não for suficiente, então é simplesmente algo mau. E isso eu não farei. Nem mesmo para esse fim.

Ficaram sentadas, sem falar.

— Que tipo de relação com a morte é essa? O que Alam está fazendo? — Diana perguntou por fim.

— O que você sabe — disse a mulher, a voz calma e monótona — sobre Unute?

COM O ANSEIO DE UM BÊBADO, A CRIATURA ENFIOU OS DEDOS no buraco que havia aberto no vidro e começou a puxar, e a janela se abriu, não se quebrando, mas se descascando com estrondos altos e uma batida surda, como o ruído de pele seca contra uma superfície, enquanto o selante de resina se curvava, abrindo-se como cortinas, como lábios carnudos flácidos ou um mar, caindo em placas e ruídos. E então veio, atráves desse portal, o álbum de memórias de B, que escapava.

Um coro de barulho, ordens berradas, de e para os oficiais atrás de B agora, bem como para aqueles atrás daquele que ele enfrentava. Vozes dizendo seu nome.

Você quer dizer eu?, ele pensou. Existem dois de mim agora.

O alarme ainda não havia soado. Em meio à cacofonia e ao brilho estridente das luzes fluorescentes, e em meio a agentes e soldados correndo para seus lugares, era como se B estivesse sozinho na escuridão silenciosa. Olhando para a água parada. Para uma obsidiana partida.

Uma chuva horizontal de aço bateu com força em sua carne.

Estavam sozinhos, B e contra-B, o uno e o múltiplo.

Eu sou seu horizonte?, B pensou. Você é o meu?

Quem avançou primeiro? B ou a colagem de B-idade? Ele foi ao encontro daquilo, ou aquilo foi ao dele, em um *pas de deux* elegante e violento, ambos se socando e os nós dos dedos se encontrando, em um beijo de punhos fortes o suficiente para fragmentar o som.

B se moveu com rapidez e, embora as partes do outro parecessem mal contidas em seus queloides de sutura e retalhos de espantalho, assim também o fez seu outro fraturado, numa luta de dois exércitos com a mesma face.

Alguns dos soldados caíram de joelhos e não se poderia negar a bravura deles; contiveram seu terror e lançaram fogo, as línguas do dragão lambendo o filho e o outro filho do relâmpago, ferindo ambos. B viu o homem de retalhos se aproximar daqueles batalhões e o agarrou, gritando para que os agentes recuassem. Sua contraparte gritou também, a voz parecendo cheia de terra e cascalho, e ele falava uma mistura de termos de línguas mortas, anteriores à mudança dos continentes, e o que dizia era: "Cá estou eu de novo".

— Filho! — B ouviu.

Olá, Keever.

Mas o outro ele se moveu muito rápido, e B conhecia a ânsia que surgia dentro dele agora, aquele desenrolar, enchendo a visão de azul, a estática nos ouvidos, os cabelos se arrepiando e todos os músculos se preenchendo com relâmpagos, a mente e a alma com o fervor de um profeta.

— Recuem — ele gritou no último momento em que foi capaz. — Afastem-se de mim, me deem espaço. — Porque ali vinha ele, a *riastrid*, o espasmo de deformação; o estupor do sangue, os pensamentos retrocederam e a alegria da luta cresceu nele...

— UNUTE? — PERGUNTOU DIANA.

— Tudo bem — disse a mulher. — Dá pra ver que você conhece o nome.

Diana soltou o ar.

— Honestamente, pensei que talvez o pessoal do PV... você... soubesse algo a respeito disso.

— Dele.

— ... dele.

— O que ele é — disse a mulher — é o filho da morte, que é a quietude sob tudo. Ele é o primeiro e único filho do Inimigo. — Diana pôde ouvir a inicial em caixa-alta. — Messias Nihil. Filho da Entropia. O nome de quem o deu à luz é Degenerado.

Diana prendeu a respiração.

— E então — disse a mulher — há aqueles de nós que são para a vida o que ele é para a morte.

Era possível ver o orgulho dela.

— Você conhece a sua Bíblia? — ela perguntou. — Eclesiastes, 8:8. "Nenhum homem tem poder sobre o vento ou sobre o dia da morte. E as armas não servem para nada nessa guerra". Algo assim. Não é verdade. Existe alguém com poder sobre a morte. E eles também têm armas. Houve um tempo em que as *forças fundamentais* caminhavam. Chame-as do que quiser, só não me faça perder tempo fingindo que não sabe do que estou falando. Você veio aqui, lembra? Elas caminhavam entre nós. A filha do relâmpago estava no mundo, e tanta vida verteu dela, tanta energia de seus pais, que fazia o que era inerte dançar.

— A filha do relâmpago? — Diana perguntou. — Vida?

— Vayn.

A maneira como os fiéis conseguiam fazer um nome ressoar! A palavra causou arrepios na pele de Diana.

— A primeira filha — disse a mulher. — Ela conhecia seu inimigo: a Morte e o Nada, o vazio do qual ela escapou ao abrir os olhos. Ela caminhou sozinha por muito tempo. A história diz que, quando a vida começou na Terra, foi porque ela agitou uma piscina rochosa com a ponta do dedo. — Bennett/Plomer deu de ombros, mas a devida diligência não diminuiu o ardor em seus olhos. — Não sei quão literal isso deve ser, mas ela expulsou a vida para fora assim como uma fornalha faz com faíscas. Assim como Unute provoca a morte. E não apenas nós e o resto do lodo da piscina rochosa: se tocar os não vivos da maneira certa, ela também poderá acordá-los. E não apenas por diversão. Isto sempre foi uma guerra, desde o momento em que ela começou a respirar. Uma coisa como esta, a ideia era que, ao contrário de nós, que estávamos vivos em nossa *forma*, pelo menos por um momento eles ficariam tão próximos da falta de vida da qual foram libertados, que ainda poderiam sentir o cheiro daquele estado. E, com tanta vida neles, seriam tóxicos a isso. Assim, saberiam quando o inimigo estava chegando e seriam uma arma contra ele. Esse era o plano. Há muito tempo.

◈ ◈ ◈

E B ACORDA, VIRANDO-SE, VENDO DE NOVO, PARADO DE NOVO no corredor, pingando sangue e o icor mais escuro do outro ele. Imagens em *stacatto* passam por ele, e não sabe se foi ele quem rasgou o próprio rosto ou se foi o outro, ou se isso faz alguma diferença.

As sirenes machucam seus ouvidos.

Por que todos estavam tão quietos? Quem foi que gritou: "Calma, calma!"? E por que para ele?

Onde estava o inimigo?

Ele viu um rastro de gosma no chão, sentindo o cheiro de produtos químicos, o sangue velho se estendendo por aquele lugar úmido, e, para onde quer que se desviasse de uma linha mais reta, um soldado jazia morto ou gritando e ferido, e por lá seguia o rastro novamente.

— Está lá fora! — alguém gritou.

B aprendeu então que havia nele impulsos mais fortes do que a curiosidade, uma ternura alérgica íntima que sentira ao olhar para os próprios e miseráveis olhos. Porque Keever estava deitado de costas com as mãos trêmulas, enquanto os médicos cuidavam do buraco dentro de seu corpo, onde ele havia sido atravessado por dedos. Ele olhou diretamente para B e murmurou seu nome.

— Jim. O que a coisa fez?

B se ajoelhou e colocou a mão no ombro de Keever.

— Filho...

— Fique quieto — disse B. Ele olhou para o buraco gotejante. — Deixe o pessoal...

— Cale a boca — sussurrou Keever. — Eu sei o que é isto.

Depois de um momento, B assentiu.

— Tudo bem — disse ele. — OK. Lamento muito mesmo, Jim.

— Esses analgésicos são bons pra cacete. — Keever estalou os lábios e engoliu em seco. — Me escuta. Me desculpa por isso — Keever sussurrou. — Nunca quis que descobrisse essa coisa. Certamente, não assim.

— Jim, está tudo bem — falou B depois de um momento. — Eu disse a Diana e Caldwell que eles podiam fazer o que quisessem. Sei que Caldwell andou colecionando sobras, e não teria sido difícil adivinhar para que, se eu quisesse. Pensei que ele não conseguiria acordar a coisa. Mas acho que eles resolveram esse problema...

— Não — sussurrou Keever. B colocou o ouvido na boca de Keever. — Eles não acordaram. É exatamente isso. O que quer que tenha acordado isso, não fomos nós. E isso não é tudo.

— Jim, deixa pra lá, está tudo bem...

— Diabo, quer me ouvir? — Keever tossiu, e o sangue atingiu a orelha de B. — O... Franken-B, isso foi ideia do alto escalão — ele continuou. — Ideia do Caldwell. Não do PV. Isso fui... eu. As histórias... Fui eu quem sugeriu isso a Shur, filho. — B olhou para ele, semicerrando os olhos. — Antes de Stonier, antes mesmo do que aconteceu com Thakka. Eu ouvi histórias. Alam... Ouvi dizer que ele pode fazer coisas. Trazer as pessoas de volta. Nunca acreditei realmente nisso, mas pensei que, se houvesse alguma verdade, poderíamos usá-la... Você mata muita gente, filho. — Ele abriu um sorriso triste. — Sei que nem sempre tem a intenção, e nunca o culpei... mas, se pudéssemos trazer as pessoas certas de volta...

— Jim, do que está falando?

— Do que eles dizem — Keever sussurrou. — Que Alam pode fazer... E agora isso... Está tudo se encaixando... Mas por que ele iria querer...?

B aproximou a orelha. Os lábios de Keever não se moveram.

B se sentou e cuspiu uma maldição, olhando para o corpo de Jim Keever naquela imobilidade singular da morte. A fornalha do seu coração se apagando. Os olhos encarando tão atentamente o nada, como jamais olharam para qualquer outra coisa na vida.

— Caralho — disse B.

Todos os olhares estavam sobre ele. Cada soldado, cada técnico, cada paramédico, cada cientista e oficial no local da conflagração o observavam com terrível espanto.

— Feche os olhos dele — disse B.

A jovem paramédica acariciou suavemente o rosto de Keever, e seu olhar se foi.

— E agora? — perguntou ela.

— Vou punir o que fez isso — disse B. — É o que vai acontecer agora. Vou encontrar essa coisa.

— Como assim, "o que fez isso?" — ela perguntou.

Ele se virou para ela, e ela não disse mais nada. Ele viu o rosto dela passar do medo para uma quietude cautelosa. Olhou de novo para Keever, que estava tão perto dele. Bem a seu lado quando o relâmpago veio. Olhou para cima novamente. Viu o pessoal de Keever encarando-o, com expressões de admiração e ressentimento. Uma tristeza enfurecida.

— Jim? — B sussurrou. — Jim.

Colocou a mão diante do buraco no peito de Keever. Coube direitinho.

— Qual de mim? — ele perguntou enfim à paramédica. — Quem de nós dois fez isso?

Ela não disse. Ah, Jim, ele pensou.

B sentiu uma tensão dentro de si. Mas não de onde estava seu coração. Era mais embaixo. Estava em seu bolso. Meteu a mão lá dentro. Seus dedos se fecharam em torno da peça do quebra-cabeça.

— COMO SABE DE TUDO ISSO? — DIANA SE OUVIU PERGUNTAR.

— Alam... caiu em si. — A mulher inclinou a cabeça. — Lembrou-se de si mesmo. Ou o suficiente de si mesmo para começar.

— Como assim? Do nada?

— Do nada. Anos atrás. Me contou as histórias, o que ele lembrava. — Ela deu de ombros. — Depois foram anos de pesquisa. Vayn teve que partir, no fim. Há muuuito tempo. Mas, quando o fez, deixou para trás seus filhos, filhos de sangue e os despertos, seus outros filhos, para guardar a fé e terminar a missão. Ganhar a guerra. — Essa última palavra ela quase sussurrou. — Trazer o reino. Unute é o filho do primeiro silêncio, e o que ele espalha é o reino dos mortos, que é tudo contra o qual ela luta. E contra o que Alam e eu somos, também.

— Como ele se lembrou?

— Não sei. Nunca soube. — Uma sombra passou pelo rosto dela.

— Então, como eu disse — Diana perguntou depois de um momento —, por que saiu do PV?

— Eu te disse. Não fui eu quem mudou de ideia ou esqueceu o que importava. Ou quem perdeu a lealdade. Eu era a... — Ela hesitou. — Ele nem sempre sabia a verdade.

— Eu poderia descobrir quando Agatha Bennett foi inventada — disse Diana. — Mas ela só existe desde que vocês se separaram, o nome roubado de uma criança que nasceu na mesma época em que você, mas que morreu jovem. Mas e quanto a Alam? Ele realmente esteve por aí a vida toda. Eu vi sua certidão de nascimento.

— Tenho certeza de que sim — disse a mulher. — E, se tivesse visto fotos do pai ou do avô dele, teria notado mais do que uma semelhança de família. — A mulher olhou para Diana sem expressão.

— Meu Deus — Diana sussurrou. — Quantos anos ele tem? Outro imortal.

— Não — disse a mulher. — Não. Seja o que for que ele deseje, ele não é imortal. Mas viveu muito tempo, sim. E continuou vagando. Você poderia imaginar que, se continuasse vivendo depois que todos ao seu redor morressem, saberia que algo está acontecendo, certo? — Ela balançou a cabeça. — Não necessariamente. Nem todos. Não se estiver envolto em uma espécie de neblina por sei lá quantos anos. Ele também não sabia quantos. Apenas foi mudando de nome quando necessário. De um Alam para outro. Estive com ele alguns anos, e foi bom. Estava tudo bem. Tudo que eu sabia era que ele era um cara meio vago. No fundo, ele devia estar esperando que eu envelhecesse, morresse, para seguir em frente novamente. — Ela fechou os olhos. — Mas alguma coisa o despertou.

Não diga nada, disse Diana a si mesma. Não diga nada neste silêncio. Esta mulher quer falar.

— Havia alguns deles — falou a mulher. — Uma igreja de Vayn, discípulos e um bando de filhos de carne e osso de Vayn. Mas, um por um, depois de muito tempo para alguns, eles morreram. Alguns por causa de Unute. Estavam caçando juntos com os outros filhos de Vayn, as pedras e todas aquelas coisas, mas, fosse o que fosse que sua mãe esperava que pudessem fazer, os despertos não conseguiram. Não conseguiram terminar. Então eles morreram também, alguns quando o conheceram. Os filhos de Vayn tiveram filhos, dos quais apenas alguns sabiam sobre sua avó ou a missão dela, e esses filhos tiveram filhos, e as gerações foram seguindo, e eles podem ter um toque de Vayn e viver muito tempo, mas esse toque está ficando mais fraco, e, mesmo que algumas das crianças também possam despertar os que não estão despertos, não é fácil, tampouco elas são tão fortes para isso; mesmo que conheçam o trabalho, elas também falham e ficam cada vez mais fracas, e no fim das contas o último membro da linhagem de Vayn esquece quem é e continua vagando. Mudando de nome a cada vida. Até que se casa com alguém que adora cozinhar e ama Millie Jackson, e eles têm uma vida tranquila e agradável, embora ela desejasse, talvez, que ele pudesse ter um pouco mais de vigor às vezes.

— Então ele se lembra de que está em uma missão. Que é esse o seu propósito.

Desta vez o silêncio dela se estendeu.

— O que você disse quando ele lhe contou isso? — Diana perguntou.

— Eu disse: Que palhaçada! — a mulher gritou. — Achei que ele estivesse enlouquecendo. Disse a ele que era louco. Mas ele estava mudando. Era difícil continuar pensando que ele estava louco quando eu podia sentir isso. Literalmente, sentir isso dentro de mim, quando se derramava dentro de mim. Quando ele aprendeu o que fazer, quando me tocava, de uma certa maneira... — Ela sorriu. — Chutei sua bunda como se fosse uma garota de vinte anos, não foi?

Ela prosseguiu:

— "Tenho que esquecer os despertos", ele me falou, "foi o que eles disseram." "Eles quem?", perguntei. "O que você tem lido?" "As pessoas que sabem disso", disse ele. — Ela franziu a testa. — "Isso nunca funcionou", disse ele, "era um beco sem saída, um truque de mágica." Em vez disso, ele queria conduzir sua vida exatamente para onde era necessário, e não para o lixo do mundo. Como eu disse, tudo isso o mudou. Não me refiro apenas ao que ele poderia fazer, quero dizer, sua mente. Com certeza experimentei aquele vigor do qual andava sentindo falta. — Ela sorriu. — Nunca me arrependi disso. Isso não é algo do tipo "Tome cuidado com o que deseja". Você fica cara a cara com algo assim, sente a vida que ele aprendeu a emanar, e isso muda você também. Tal como deveria. Foi bom. Ainda é. Foi lindo. Observá-lo se apropriar do que deveria ser. Observá-lo se tornar mais confiante.

Uma expressão de alegria cruzou subitamente o rosto dela.

— Se eu ainda tivesse alguma dúvida — disse ela —, ele acabou com ela na primeira vez que acordou um desperto.

Não diga nada, pensou Diana.

A mulher balançou a cabeça.

— Mesmo que ele tenha dito que não ia fazer isso. — Ela sorriu com orgulho. — Não foi nem deliberado. Apenas se permitiu derramar de si, vertendo um pouco de vida em coisas que não deveriam de jeito nenhum ter vida. Ele fez uma caneta girar.

Seus servos são objetos?, foi o que Diana não falou.

— Só conseguia fazer isso com pequenas coisas — disse a mulher —, mas, enquanto estava lá, ele podia ver através da caneta, ver o que ela via. — Ela sorriu mais uma vez, para o nada. — Uma caneta girando... e ele não a *controlava*; ele lhe falava o que era para fazer! — Ela balançou a cabeça, e sua felicidade desapareceu com rapidez. — Durou apenas um minuto, mas, no dia seguinte, ele jogou a caneta fora. Ficou muito agitado, disse que não poderia voltar a seguir por aquele caminho, que tinha sido um erro, que não devia se permitir tal tentação. Acho que talvez tenha sido... — Ela balançou a cabeça de novo. — Meio viciante? E um beco sem saída, disse ele. Mas só para ver que, para início de conversa, ele conseguiria fazer isso! Para saber que ele era um soldado. E eu também era.

Seus olhos voltaram com rapidez a se concentrar nos de Diana.

— E ainda sou leal, como estou dizendo. À causa. Mas ele vai continuar tentando e escorregando ainda mais no buraco com quem se juntar a ele. Fazendo tudo o que ele faz porque ele "precisa". — Ela gesticulou com os dedos para indicar as aspas. — Ele acredita, o Alam. Está tão errado. A morte é uma coisa ruim, e não estou dizendo que devemos nos acostumar com ela; estou dizendo... — Ela ficou quieta por um longo tempo. — Conhece aquele ditado: "A melhor vingança é uma vida boa?". Deveríamos construir comunidades comprometidas com isso, é assim que vencemos. Não é uma guerra. Não devemos escolher lutas que não podemos vencer.

— Por que está se escondendo? — Diana perguntou. — Por que não divulgar isso ao público? Ou pelo menos entre os fiéis?

— Porque Alam é um santo. Ajoelhe-se e reze para que você nunca, jamais, tenha que lidar com santos. Porque eles são lunáticos. Quando ele percebeu que eu não iria me juntar à sua cruzada, que eu tinha minhas próprias ideias, pude vê-lo decidir que eu deveria partir.

Ela fechou os olhos e engoliu em seco.

— Ele ia ficar triste com isso — disse ela, a voz firme —, como fica com qualquer morte, mas tinha que ser, para um bem maior, para a causa. E ninguém no grupo sabia o que ele tinha em mente. São almas perdidas, a maioria delas. Não sabem muita coisa a respeito. Pensei em tentar dividir o grupo, foi quando fiz meu primeiro *post*, mas não tinha ninguém do meu lado. Alam sempre foi mais persuasivo do que eu. E muito mais poderoso. Sangue.

— Então tive que sair e manter a discrição. Viver o melhor que podia. Sozinha. E tomar algumas precauções. Mas, se me encontrou, então Alam também pode...

Ela mordeu o lábio.

— O que é que eu vou fazer? — ela perguntou. — O que vamos fazer? Ele sabe que você está atrás dele? Quantos de vocês estão nessa? O que vocês são, algum tipo de força-tarefa contra cultos? Vai ficar feio se ele insistir nisso. Alam não é filho direto de Vayn, ele é um descendente. É por isso que não pode enfrentar Unute. Eles não são iguais; ele é apenas um dos filhos dos filhos da filha do relâmpago. É por isso que está procurando algo que o impulsione, que aumente esse poder.

— O quê? — Diana disse. — Você disse que os despertos não...

— Não os despertos. Não sei exatamente. Ele não quis me contar. Foi quando começamos... Foi quando percebi que não víamos as coisas da mesma forma. Ele começou a falar sobre isso um dia. Talvez um de seus discípulos tenha dito a ele, não sei, eles com certeza ficavam mais juntos naquela época do que ele ficava comigo. Ele disse que precisávamos de algo para fortalecer a vida. Uma protuberância para penetrar outro lugar. Deu a isso um nome em uma língua arcaica, dizendo que significava "aquele que apresenta a vida".

Espere, pensou Diana. Os filhos da filha do relâmpago?

— Não faz sentido — disse Diana. — Os filhos dos filhos do relâmpago nascem todos mortos. Pensei que...

A mulher olhou para ela.

— Do que é que está falando? — ela perguntou.

— Unute não pode ter filhos...

— Unute? O pai de Unute é a Morte! Claro que ele não pode ter filhos, ele é filho da não vida! Se a Morte é a inimiga, e se a *Vida* tem uma filha, por que diabos essa garota não seria capaz de criar mais vida? Esse seria seu propósito. A linhagem de Alam é *Vida*.

Seu rosto quase brilhava. Mas, depois, desabou, profunda e severamente.

— É por isso que é tão triste — disse ela — que ele tenha perdido o controle.

E então, enquanto Diana se mexia na cadeira, a mulher olhou para ela. Algo passou por seu rosto.

— Como sabe disso sobre Unute? — ela perguntou.

Diana olhou-a fixamente.

— Estou trabalhando nesse projeto há muito tempo — disse ela. — Eu, ahn, li tudo...

A mulher levou a mão à boca.

— Você é... Ah, meu Deus — disse ela. — Jesus Cristo.

— Bem, espere — falou Diana.

— Você não está aqui para descobrir como lutar contra ele — disse a mulher. — Ah, meu bom Deus, você está trabalhando com ele. Não é inimiga dele, você é minha inimiga!

— Escute — pediu Diana. — Apenas escute.

— Você está do lado da Morte!

Com um único e suave movimento, a mulher se inclinou e estendeu a mão por baixo da mesa, exatamente onde Diana supôs que havia uma pistola escondida em uma alça, apontada diretamente para o assento para o qual cuidadosamente encaminhara a sua convidada.

E era por isso que Diana estava pronta. Segurando a própria bolsa, pronta em seu colo, com a minúscula pistola disfarçada no bolso interno apontada. Nem precisou perder tempo levantando-a para disparar. Puxou o gatilho três quatro cinco vezes.

A mulher saiu girando em uma deselegante pirueta, os braços para cima, arranhando as paredes, tropeçando na porta lateral, agarrando sem querer o avental e caindo, acrescentando sangue às manchas de farinha.

A História do Órfão

VI O ZEPELIM QUE MATOU MINHA FAMÍLIA E ACHEI QUE ERA LINDO, COMO uma baleia, e, com a guerra sendo tão rápida, barulhenta e sacolejante, havia algo de maravilhoso em sua lentidão implacável, ao não atravessar rapidamente a cidade, mas avançar com calma pelos faróis que iluminavam os céus. Eu estava na ponte quando as explosões brotaram abaixo daquele dirigível, enquanto entregava o que viera entregar. As explosões não aumentaram sua urgência. Ele virou-se no próprio ritmo e partiu para o norte.

Mais tarde, o rabino me disse o nome da nave: não vou repeti-lo. Ele me disse que era resultado de outro bombardeio no pátio de máquinas de Skierniewice e que com certeza havia seguido para o nordeste, até liberar o que havia sobrado nas laterais da cidade. O rabino me falou que eu era um homem agora, que devia ser corajoso, honrar o nome da família, e entoou a esperança de que as memórias dos mortos seriam uma bênção. Fiz que sim com a cabeça, agradeci e não disse em voz alta: Vá se foder, rabino, fodam-se suas bênçãos e foda-se Deus.

Meu pai era um homem que trabalhava com material circulante, tinha uma risada alta e estridente, e, sempre que você dizia a ele que isso o fazia parecer um burro, ele soltava aquela risada de burro ainda mais. Minha mãe era baixa e certeira, e falava a maior parte do tempo com os olhos, sendo mais eloquente com eles do que com a boca. Awiszal era dois anos mais jovem que eu, mas muito mais inteligente. Dajcha tinha 7 anos e mandava em mim como uma professora, as mãos nos quadris. A casa caiu em cima de todos eles. Talvez a bomba tivesse sido para o jardim ao longo do caminho, ou talvez uma espécie de rancor aéreo tenha dominado o capitão do dirigível, e ele conhecesse a natureza dos edifícios por onde passava.

A irmã da minha mãe me acolheu. Depois de um tempo, o marido dela quis me repreender — pude ouvi-los discutir — sobre minhas visitas noturnas aos escombros, mas ela disse: Deixe-o em paz, seu bruto, e ele resmungou e não falou comigo sobre isso, nem sobre mais nada.

De longe, as explosões parecem suaves. Como um tecido. Não podia deixar essa mentira prosseguir. Eu vagava pelas pilhas de ruínas onde nasci (colocaram cercas para nos manter longe dali, mas não fui a única pessoa que passou por cima delas sorrateiramente para explorar o local, embora eu fosse o mais velho e o único de quem aquela casa tinha sido). Sentava-me nos pedaços de tijolo e ardósia e não me permitia fingir que as detonações haviam sido como pareciam, como cortinas, névoa, seda ou massa de pão esticada, obrigando-me a pensar nelas como eram, um milhão de pedras e arestas afiadas, além de considerar que minha família não fora envolvida em um último peito gentil, mas apedrejada até a morte como punição por negociar com os mortos.

A cidade prometeu limpar os destroços da casa, mas as autoridades estavam sobrecarregadas, e todos sabíamos que o lixo não iria a lugar nenhum tão cedo, e fiquei feliz. Era meu jardim de pedras, minha colina de memórias. Eu visitava o local à noite para me sentar com a ausência de minha irmã, minha outra irmã, do meu pai e da minha mãe, e falar sem palavras com eles.

Depois de semanas, tentei levar Agata Faber lá para uma visita noturna. Ela já tinha estado com Julian Biterman e Aleksander Melamed, e já tinha me deixado colocar meus dedos dentro dela naquela mesma noite, mas, quando viu para onde eu a levava, afastou-se.

— Está louco? — ela perguntou. — O que é isso?

Ela não me deixou explicar. Eu não poderia ter explicado, nem para mim mesmo.

Agora acho que encontrei um ritual próprio. Não sei por que pensei que foder com Agata, as calças abaixadas até os tornozelos, a saia dela na barriga, nós dois arranhados pela argamassa do meu passado, poderia ter sido uma coisa boa, mas sou grato a ela por não ter me deixado tentar. Em vez disso, fui sozinho, subi até o topo da pilha e olhei para a casa dos meus antigos vizinhos de ângulos impossíveis antes. Vasculhei entre as pedras.

Achei um livro.

Quando minha casa desabou, deixou descobertas as paredes das casas de ambos os lados, partes brutas delas ocultas, até então, por décadas. Era possível ver pedaços de papel de parede, as formas fantasmagóricas de escadas e cubículos. Pude ver, despontando de uma fresta, pedaços de páginas entre tábuas. Estendi a mão para eles. Não consegui descobrir se aquilo havia sido um compartimento secreto certa vez, ou a parte inferior das tábuas do piso, ou talvez outra coisa. Puxei um caderno pequeno e fino, embrulhado em couro, imundo, surrado e intocado por muito tempo.

Não tinha tantas páginas e não mais que a metade preenchida. Nos primeiros *spreads* duplos, os registros foram colados cuidadosamente com fita adesiva sobre o papel. As primeiras páginas pareciam um pergaminho antigo de muita idade, com marcas vagamente visíveis apenas sob certa luminosidade, impossíveis de decodificar. Algumas páginas além, registros mais reconhecíveis surgiam, no próprio papel, cada um em uma diferente tinta desbotada. Inclinei-me em busca do brilho de um poste de luz. Estavam em línguas que eu não conhecia.

Não demorei muito para reconhecer a linguagem das mais recentes como sendo francês. Com meu salário do cartório, comprei um pequeno dicionário francês-polonês. Com a ajuda dele e a dos maiores volumes na biblioteca, além da do meu colega de trabalho Tomasz, cuja avó era de Lorraine, não foi tão difícil decodificar o que estava escrito.

O primeiro registro que pude entender: *Afogado, Sena, 1º de fevereiro de 1737. Para Benin.*

Outros:

Fogo (doloroso), Istambul. 14 de março de 1753. Para Providence.

Queda, Reykjavik. 14 de julho de 1763. Para Dhaka.

Porco, Cárpatos, 1º de janeiro de 1801. Para Mosi-oa-Tunya.

O registro mais recente dizia: *Tiro (polícia secreta). Varsóvia. 25 de fevereiro de 1861. Para Londres.*

Antes disso, um século de violência com alcance global. Um enforcamento em Liechtenstein. Frenesi de crocodilos na Costa do Ouro. Um terremoto em um lugar chamado Wairarapa. Uma ocasião violenta, um lugar, uma data por linha. Depois uma lacuna, e o próximo registro. Não vou listar tudo.

A caligrafia não era a mesma. No primeiro registro, era mais curvilínea que no último. Mas era semelhante o suficiente para que eu achasse que todas haviam sido escritas pela mesma pessoa.

Bem. Por que quem escondeu esse caderno, digamos, perguntei a mim mesmo, fazia anotações e fingia cuidadosamente que elas datavam de quase dois séculos atrás, e bem mais para a frente, até há cinquenta anos?

Abaixo dessa pergunta havia uma resposta censurada. Sabia que ela estava lá, embora não tivesse permitido que ela atraísse minha atenção. Mas ela nunca me deixou.

Ali permaneceu, durante anos, e lá estava, saltando aos olhos, muito depois da guerra, em 1927, quando ouvi uma batida à porta bem tarde, e a abri no meu robe para um homem alto e moreno, com roupas escuras e olhos escuros e tristes, e ele me disse:

— Você está com o meu livro.

Não fiquei surpreso.

Ficamos parados juntos sob a luz fraca de um poste de luz em frente ao local da casa onde fui criança e onde minha mãe e meu pai, e Dajcha e Awiszal haviam sido esmagados. Uma nova casa se erguia ali agora. Eu a achava feia. Uma luz brilhava na janela do segundo andar, e imaginei um acadêmico trabalhando, uma velha à mesa, um casal desejando se ver enquanto compartilhavam seus corpos.

— Há quanto tempo você me observa? — perguntei.

— Sua família morreu em 1914, certo? — perguntou o homem. — Voltei para a cidade há dois anos. Foi no quarto dos seus vizinhos que deixei o livro, mas, quando voltei lá, nenhum sinal. Não pensei que tivesse perecido na explosão, e não houve registro de nenhum incêndio. Levou um certo tempo para achar. Mas você não foi longe.

Levamos vinte minutos, não mais, para caminhar da minha casa nova até ali.

— E se ele tivesse desaparecido? — perguntei. — Sido queimado ou picotado?

Ele deu de ombros.

— Então eu ficaria sem ele. Talvez começasse outro. É o que certamente acontecerá em algum momento. Estou surpreso que tenha durado tanto. Satisfeito, me permito pensar.

Ele se virou para mim e estendeu a mão.

— Como sabe que o trouxe comigo? — perguntei. — Como sabe que eu o tenho?

Ele abaixou a mão e olhou para a casa substituta.

— Tudo é uma aposta — respondeu. — Você reúne dados e faz sua aposta. Às vezes eu erro, mas hoje em dia não com muita frequência. Observá-lo, como fiz no ano passado, é aprender sobre você. Fazer uma aposta sobre o tipo de homem que você é e o tipo de garoto que teria sido um dia. O que teria feito, e como, diante da tragédia.

— Tragédia? — eu disse. — Foi isso que aconteceu com minha família?

Ele deu de ombros, não sem gentileza.

— Às vezes — ele falou com suavidade —, gostaria de poder evitar me tornar uma metáfora. — Ele não usou o termo "metáfora" quando disse isso, mas *przenos´nia*, e isso me surpreendeu. — Mas é da natureza da vida.

Não respondi.

— Às vezes parece um insulto — disse ele. — Como se só importasse o que somos na medida em que significamos outras coisas. Essa condição aflige todos nós, mas acho que sou ainda mais uma metáfora do que a maioria. Não há nada que eu possa fazer a esse respeito. Nada que qualquer um de nós possa. E talvez esteja tudo bem. Talvez não seja uma coisa ruim.

Ele disse:

— Morte... — Fez uma pausa e pensou. — A morte é uma jornada. Tenho ainda menos interesse em analogias que em metáforas. A morte não é *como* uma jornada, ela *é* uma jornada. Todos sabemos disso.

Tirei o livro do bolso. Eu o estendi. Não tenho nenhuma dúvida de que ele pudesse tê-lo tomado de mim, mas não o fez. Ficou olhando e esperou que o entregasse.

— O que está registrado aqui? — perguntei.

— Acho que você sabe — disse ele. Eu o olhei e sabia que ele era muito mais velho que o meu país.

— Como posso saber? — perguntei.

— Acho que sabe mais do que acredita ser seu direito — ele respondeu. — A morte é uma jornada — acrescentou, suspirando. — Mas e se ela acabar voltando para cá?

Eu escutei, sem irmãs.

— O que descobri — disse ele — é que a maioria das jornadas o leva de volta ao lugar de onde você partiu. Mas não todas. Há muito tempo aprendi que, ao final de algumas jornadas, o recomeço é em um novo local. Não acontecem com muita frequência, jornadas como essas. Então, quando acontecem, vale a pena tomar nota. — Apontou para o livro. — Seja como for, recordar nunca foi uma dificuldade. Mas existem maneiras de ver. Ver muita coisa é algo opressivo. Se estiver em busca de padrões, existe uma linha entre pouquíssima informação e excesso de informação. Então, isso são dados.

— E isto — perguntei, segurando o livro — é suficiente? A quantidade perfeita de informação?

— Não — ele respondeu. — Nem um pouco suficiente. Poderia vir a ser suficiente daqui a muito tempo. E, quando escrevo nele, assim como quando alguém escreve em qualquer livro, o que eu registro é acompanhado pelos fantasmas infinitos daquilo que não é registrado.

— Os fantasmas de tudo — eu disse.

— Sim. E a tarefa de quem registra, do escriturário, é separar esses fantasmas, os que-poderiam-ter-sido que mais importam daqueles que menos importam. Este livro, por exemplo — disse ele. — Eu esperava que ele pudesse me ajudar. Que eu pudesse aprender por que às vezes abro meus olhos para céus diferentes daqueles sob os quais eu os fechei. E você encontrará... — Ele olhou para o céu agora, e escolheu as palavras. — Considere alguns dos fantasmas não presentes neste livro, não registrados porque não ocorridos. O impacto de um meteoro, digamos. O resultado da transgressão contra o rei Shaka. Um ataque daquilo que se move e que não deveria se mover de jeito nenhum, batendo na mesa do modo mais tempestuoso, por exemplo. Não há registro de nada disso aqui. Mas isso não os torna iguais em sua ausência. Nunca penetrei no *isigodlo* das esposas de Shaka nem cuspi nem espirrei na presença dele, e ele nunca mandou ninguém levantar a mão contra mim. Existem, por outro lado, maneiras secretas de saber onde as rochas espaciais vão pousar, e aprendi tais segredos, escolhendo ficar para conhecê-los. Acordei em Kaali depois de um desses desafios. Mas é só isso: foi em Kaali que eu terminei, e em Kaali que abri meus olhos. O fantasma da terceira instância é o mais importante aqui. Por um tempo pensei que certa singularidade dançante mereceria sua entrada aqui, porque eles certamente me procuraram, e procuraram fechar meus olhos. Mas nunca fizeram o trabalho necessário. Já faz alguns anos, foi em um navio no mar, que terminei minha última perseguição. Nunca saberei se estaria certo, caso aquela reunião tivesse ocorrido de outra maneira, e, em caso afirmativo, por quê. Esse, você vê, é um fantasma pertinente. Significativo. Este é um livro para resolver um mistério, e, embora os dois primeiros que poderiam ter sido não estejam aqui, esta última ausência está muito presente em suas páginas.

Dava para ver que ele não era polonês, mas falava sem sotaque, e entendi cada palavra que ele disse, exceto aquela estrangeira, *isigodlo*. O verdadeiro sentido do que ele falou naquela voz suave e triste estava muito além do meu alcance. E, no entanto, apesar de não entender nada, como se ouvisse uma peça musical requintada, senti como se as palavras me comunicassem algo. Não experimentei nenhuma frustração.

— Como funciona? — perguntei. — Este livro.

— Todos nós temos rituais em nossas vidas e para elas. — Olhei para cima bruscamente quando falou isso. Ele continuou: — Eu poderia manter o livro em um só lugar, sim. Mas e se houver algo na presença do destino que importa? Ou isso é muito fácil? Sem dúvida, o lugar causalmente importante deve ser o da partida. Bom. Isso começou com a primeira viagem que me levou para outro lugar. Voltei para o local de onde havia saído. Mas desta vez de forma deliberada; foi uma decisão. Fiz um registro, armazenei-o onde comecei. Isso passou pela vida e pelo tempo. Na próxima vez que aconteceu, viajei de volta para onde o havia escondido. Registrei as informações da jornada seguinte. Levei-o comigo de volta ao ponto de partida da última jornada, para lá escondê-lo mais uma vez. E assim por diante.

— Então, da última vez... você começou uma viagem digna desse nome a partir de Varsóvia? — perguntei.

— No aniversário da Batalha de Olszynka Grochowska — ele respondeu.

— Então o fato de estar aqui agora... — falei. — Você tem algo a acrescentar. É assim que funciona? — Estendi o livro. — Está aqui para pegá-lo, fazer outro registro e levá-lo para um novo local, seu local de partida mais recente?

Ele o pegou. Abriu e sacou uma caneta. Escreveu, balançou o livro no ar para a tinta secar e me devolveu.

Eu li: *Arrastado atrás de carruagem, Damasco, 3 de setembro de 1880. Para Bagamoyo.*

— Então — falei, bem baixinho —, agora isso vai para Damasco. Certo?

Ele assentiu.

Ficamos ali parados.

— O som — falei. — Acho que Awiszal teria ouvido. A nave. Ela vai até a janela e abre a cortina. É assim que eu vejo a cena. Minha mãe a manda não fazer isso, se comportar, ajudar com os pratos, mas Awiszal vira o rosto para cima e olha para o céu...

— Não vai ajudar — disse ele. Não levantou a voz, mas a interrupção quase me fez cambalear. — Nenhuma história que possa contar, não direi que não será capaz de obter algo. Mas, ao lado disso, por mais que seja convincente, qualquer que seja a história, sempre haverá os fatos.

— Nesses — falei — eu nunca poderei tocar.

— Não. Mas também não será capaz de evitar a tentativa de chegar a eles. Lamento.

— Sinto falta da voz deles — eu disse.

— Sim — ele respondeu. — A morte é tranquila. É o primeiro silêncio, e será o último.

— Você acha? — perguntei. — O primeiro silêncio é mais antigo que a morte, certamente. — Ele olhou para mim e piscou várias vezes. — E eu daria tudo o que tenho para ouvi-los no mundo novamente — falei. — Ouço as vozes dentro de mim.

— Se isso é um conforto para você — disse ele —, aceite.

— Não é nenhum conforto — tornei eu. — É apenas um dos fatos. Não acho que a morte seja muito tranquila, na verdade.

Ele olhou para mim mais uma vez. Senti-me respeitado. Como se o tivesse surpreendido. Ele sustentou meu olhar. Algo surgiu em sua expressão. Algo parecido com curiosidade. Não assenti, mas estava pronto quando ele voltou a falar.

— Em Damasco — disse ele —, há um pequeno parque. Na esquina de Sharia Al Jalaa e Aziz Al Seoud. — Ele não olhou para mim, mas para o parque, em sua mente, ali em Varsóvia. — Repita isso para mim.

— Sharia Al Jalaa — falei — e Aziz Al Seoud.

— Você me parece — disse ele — um homem que deseja uma jornada que o leve a algum lugar diferente de onde começou. Suponho que não haja motivo pelo qual tenha de ser eu a levar o livro de volta ao último ponto de partida.

— Não entendi.

— Claro que entendeu — disse ele. — Não sei por que, mas farei outra aposta. Volte a este local amanhã, daqui a dois dias, três dias e veja o que acontece. Se estiver errado, e minha jornada começar aqui, como a maioria delas, haverá uma cena de morte, ou fortes indícios de autoridades fazendo o que puderem para escondê-la. Estarei com você, então, dali a alguns dias, para pegar meu livro de volta. Mas, se eu estiver certo, se esta aposta for bem-sucedida, não haverá nada aqui para ver. Então você deveria ir para Damasco. Daqui a um ano, nesta hora exata do relógio local, esteja naquele parque. Você se lembra do local? Esteja lá. E leve o livro. Porque, se eu tiver sucesso em minha aposta sobre você, e não posso ter certeza de que terei, embora tenha, haverá outro registro para escrever nele.

Ele sorriu para mim. Sacou uma pistola de dentro da jaqueta.

— Não — eu disse.

— A morte é uma jornada — falou ele.

Colocou o cano do revólver na boca e apontou para cima. Tentei falar novamente. Ele disparou.

Meus ouvidos retiniram, os cães latiram e eu vi o clarão iluminar suas bochechas por dentro e inchá-las como se ele fosse um trompetista, e, com um estalo úmido, o que estava dentro de sua cabeça bateu na parede atrás de nós.

Ouvi meus próprios gritos.

Ele olhou para mim. Ajustou a arma na boca, apontando-a em uma direção ligeiramente nova. Atirou de novo. E de novo, e de novo.

Recuei, observando-o cambalear enquanto despejava balas na própria cabeça, e eu podia ouvir mais e mais gritos e berros por perto, e ele continuava atirando, e comecei a correr, e ele desabou contra a parede, e retirou a pistola da boca ensanguentada, e abriu a câmara, enfiou a mão no bolso, os dedos trêmulos, pegou balas e recarregou a arma, fechou a câmara e colocou o cano de volta na boca, começando a atirar de novo, gesticulando com a mão livre para que eu fosse embora.

Corri.

E voltei dois dias depois, e as pedras estavam manchadas de sangue, e isso era tudo.

Voltei um dia depois disso, e o sangue havia sumido.

Esperei mais uma semana, e mais outra, e mais duas, e ninguém veio reivindicar o livro.

Minha esposa me disse que eu enlouqueci, e que ela não vai comigo para Damasco.

OLHO E AUSÊNCIA DE OLHAR

DIANA PERMANECEU SOBRE O CORPO, A RESPIRAÇÃO ACELE-rada, os batimentos cardíacos rápidos e irregulares. Manteve a arma em posição. Mesmo com o pequeno supressor, o tiro foi tão alto e feio quanto o ruído de uma janela se quebrando. Esperou. Um cachorro latiu em algum lugar, mas com bastante alegria. O sangue se acumulou no chão da cozinha. A morta olhava para a parte inferior de um armário. Diana não ouviu nenhum carro se aproximando, nem xingamentos ou gritos de preocupação.

Pôs a bolsa de volta no ombro, o buraco recente fumegando. Suas mãos tremiam. Nunca fora boa nesse aspecto do trabalho. Ajoelhou-se e passou as mãos com rapidez pelos bolsos da mulher. Não achou nada. Levantou-se e pegou o celular. Teclou o número principal de B.

Não foi para o correio de voz nem tocou, apenas surgiu um eco vazio, é claro, como de costume. Desligou. Diana passou por cima do corpo, em direção à porta, e parou.

Voltou a sacar o celular e considerou suas opções. Teclou mais uma vez, e a ligação foi atendida no segundo toque.

— Unidos Limpeza.

— Meu nome é Daisy — disse Diana cuidadosamente — e "tive um derramamento".

— O que derramou?

Ela olhou para o corpo.

— Vinho tinto — respondeu.

— Onde?

Ela deu o endereço.

— De qual serviço você precisa?

— Completo — disse ela. Exalou, trêmula. — Esfregação profunda.

— Chaves?

— Padrão — ela disse. — Sem alarmes.

— Riscos?

— Desconhecidos.

— Cinquenta minutos.

A conexão foi interrompida.

Não fui eu quem mudou de ideia, Bennett/Plomer disse que eu sei a verdade, ou algo parecido. Eu sou leal.

Diana olhou escada acima. Pensou em Keever e Caldwell. Ambos tinham pesquisado o PV.

Não sou corajosa, pensou Diana. Sou cientista, não agente nem detetive. Não sei o que Keever e Caldwell procuravam. Preciso sair daqui.

Olhou para a mulher morta.

É verdade o que você disse, sobre a maneira como se moveu. Não há CrossFit que pudesse trazer esse resultado.

Ligou para Keever.

— Keever — ela disse quando a ligação foi atendida —, é Diana. — Ela ouviu uma comoção ao fundo. — Jim, já te conheço há algum tempo e preciso te perguntar uma coisa. Eu descobri que você...

— Diana! — Acima dos ruídos de gritos e correria, não era a voz de Keever que soava, mas a de B.

— B? Graças a Deus! Preciso falar com você. Precisa ter cuidado. Keever está aí? Ele...

— Cale a boca — ela ouviu. — Keever morreu.

Ela engasgou e sua boca se moveu com dificuldade.

— O que aconteceu?

— Um de seus projetos científicos escapou.

— O quê? — ela sussurrou.

— Seu boneco de retalhos do porão acordou.

Seus olhos se arregalaram, e a mão esquerda tremeu na frente de sua boca.

— B, escute — disse ela —, nunca foi meu projeto, eu só...

— Não quero saber — ele berrou. — Não quero saber quem costurou isso tudo ou se você queria um B mais flexível, mas me importo porque ele... — era raro ouvi-lo hesitar — ... matou...

— B — ela conseguiu dizer —, essa coisa não estava adormecida, B, ela nunca esteve viva. Não pode ter acordado. Caldwell nunca poderia ter chegado a isso...

Há alguém com poder sobre a morte, ela ouviu em sua cabeça, na voz de Plomer, e a própria voz foi morrendo.

— Diga isso aos soldados que essa coisa acabou de matar — disse B. — Diga isso a Jim.

A conexão foi finalizada.

— PARA ONDE ELE FOI? — PERGUNTOU B ENQUANTO DEVOLVIA o telefone de keever delicadamente ao bolso do homem.

O jovem soldado a quem B dirigiu sua pergunta olhou-o com aquela admiração que B reconheceu.

— Você estava... estava lutando contra ele, senhor, você o acertou, e ele o acertou, e ele continuou tentando passar por você, e depois se moveu rápido demais e...

— Não tentou me matar? Tentou passar por mim?

O homem parecia confuso.

— Foi o que pareceu — disse ele.

Os auxiliares cobriram o corpo de Keever com um lençol e o levaram dali.

B se virou ao ouvir tiros a alguns corredores de distância. Os fortes estrondos de granadas.

— Ele não saiu? — B perguntou. — Ainda está aqui?

Começou a correr. Pelos agora menos secretos corredores, passando por quadros de avisos com informações sobre noites de cinema, basquete, grupos de livros. Por portas de segurança e subindo, passando pelo grande refeitório reluzente com a luz do dia entrando por janelas altas, abaixo de cujas mesas e cadeiras de fórmica jaziam soldados espalhados e agachados, que berravam e sangravam, o ar recendendo a tiros.

— Para onde ele foi? — gritou.

Seguiu o rastro de sangue seco e soldados gemendo pelas escadas. Percorreu o ruído de informações emitidas pelos alto-falantes, gritos insistentes; ultrapassou figuras armadas. Continuou seguindo aquele rastro. Uma rota aleatória, a de uma consciência em pânico ou desolada, horrorizada consigo mesma. Agora eram blocos administrativos, salas de reunião, escritórios. A coisa-eu mesmo em fuga deixara para trás os laboratórios e os arsenais dos guerreiros de operações de assassinato.

B estava sozinho por longos corredores, um de cada vez.

Em um deles, no nível superior, três homens estavam reunidos em torno de um camarada ferido e se contorcendo no chão, enquanto uma mulher os protegia, uma arma em cada mão, apoiada com força contra a parede, perto de um cruzamento. Os cinco estavam à paisana, mas a mulher os protegia com experiência, e Unute viu pistolas também em duas das mãos dos homens.

— Graças a Deus! — um homem engasgou ao vê-lo.

A mulher fez gestos frenéticos de *Espere* para ele, depois jogou o polegar para trás a fim de indicar *Virando esta curva*. De além dela ele viu a luz pintalgada que atravessava as árvores, através de uma janela invisível.

— Senhor! — um dos homens sussurrou. Era um jovem durão com sangue em seu traje cinza. — A princípio pensamos que fosse o senhor. Então nós... vimos... O que é aquela coisa?

— Quanto tempo? — perguntou Unute.

— O senhor... aquilo chegou há cerca de três, quatro minutos. Deu um soco em Daniel. — O homem estremeceu ao olhar para o companheiro ferido. — Simone disparou alguns tiros, mas ele simplesmente os ignorou. Continuou passando por nós, virando naquela direção.

Ele olhou para além de Unute, que olhou para trás e viu um esquadrão de operações de assassinato se aproximando, os rifles erguidos e prontos, as viseiras abaixadas. Unute colocou a mão atrás de si, com a palma aberta. O esquadrão que se aproximava congelou onde estava.

— E? — perguntou ele.

— E ainda está lá — disse a mulher, olhando para além do cruzamento. — Eu o ouvi parar. Posso... — ela engoliu em seco —, posso vê-lo. Está apenas... postado ali.

Unute apontou para a mulher e gesticulou para que ela também ficasse atrás. Estendeu a mão e ela lhe deu sua pistola. Ele dobrou a curva.

No final do corredor, uma janela de um verde vívido. Entre ele e o brilho, perto do último lance de escadas que subiam, estava aquela caricatura de pele aglomerada. De costas para ele, os grampos, cicatrizes e suturas forçando a pele lisa. Ele cambaleou. Encantado, ao que parecia, pela luz.

— O que foi que você fez? — B perguntou calmamente.

Ergueu a pistola para apontá-la para a base do pescoço daquela sucata. Avançou. Suas botas ecoaram pelo corredor. Disparou.

O tiro ressoou, e a coisa estremeceu, balançou e um lodo escuro escorreu do buraco da bala, mas ela não caiu.

— O que foi que você fez? — B repetiu. Em algum lugar, o que ele sentia era decepção. Mágoa.

Teria sido bom estar errado sobre Caldwell. E sobre Diana.

— Como devo chamá-lo? — ele perguntou para as costas da coisa. — Medley? Eu? Unute 2? Franken-B, como Keever chamou? Eu sei, Frankenstein era o cientista, não o monstro, blá-blá-blá. Sempre fui os dois. O que significa que você também é, certo? Por que está aqui? O que foi que o fez despertar?

Ele colocou a mão no ombro da coisa e virou-a para encará-la.

Versões únicas, múltiplas e arruinadas de um rosto se encararam.

O que B viu no reflexo despedaçado foi perplexidade.

— Você não sabe, não é? — ele perguntou.

Outro apenas cambaleou. Cambaleou outra vez; algo estava faltando nele.

E aquele olhar de um único olho não o via, mas mirava o vazio, o *nihil*, o alívio do fim.

Ele sentiu o ombro que segurava escorregar e o braço cair. Ouviu a percussão úmida de carne no chão. O olho olhou através dele para um final. E, enquanto observava, o rosto, o peito, o outro braço, a barriga, o pênis, os quadris e as pernas começaram a deslizar, se separando ao longo das suturas e se transformando em instantes, com a elegância do líquido de uma escultura tosca de si mesmo, em uma cascata deslizante em preto, vermelho e o branco de velhos ossos e a viscosidade de órgãos ancestrais, e naquele momento, enquanto olhava para o restante de seu rosto, enquanto a testa se dissolvia, e os olhos e a cegueira desapareciam, Unute viu que a protuberância que havia quebrado a janela havia sumido de sua testa.

— VOCÊ NÃO ESTÁ ENTENDENDO — DISSE DIANA. — PRECISO Entrar. Preciso ver Unute.

— Senhora, entendo perfeitamente — disse a soldado na passagem que levava do complexo inicial ao complexo interno. Ela era alta e se manteve impassível, bloqueando o caminho de Diana. Barreiras de plástico atravessavam a passarela, e mais soldados ficaram ao lado delas em vários pontos, tendo discussões semelhantes com outros membros não militares da equipe — entre eles, como Diana, os do mais alto escalão.

— Ninguém atende minhas ligações — disse Diana.

— Confinamento, senhora. Todos os sinais não autorizados estão fora do ar. — Toda a base poderia ser afetada por um amortecedor, caso necessário.

— Está dizendo que minhas ligações não estão autorizadas? — Diana perguntou. A soldado deu de ombros.

— Soldado... — Tão perto assim do próprio escritório, Diana ficou agitada de novo. Podia sentir a adrenalina crescendo dentro de si. — Soldado — ela repetiu —, não me dá nenhum prazer em usar esta frase pela primeira vez na minha vida, mas sabe quem eu sou?

— Sei sim, senhora.

— Então me deixe passar.

— Talvez eu não tenha sido clara. — Agora era a voz da soldado que ficava mais tensa. — Sei quem a senhora é, sei que a senhora é categoria Livre Acesso a Tudo. E sei quais são minhas ordens. O confinamento do Código Tau substitui todos os outros códigos, e, a não ser por ordem direta dada pessoalmente pelo meu comandante, todos os outros protocolos permanecem suspensos. Não sei muito do que está acontecendo, senhora, porque é um bloqueio, mas o que eu sei é que algumas pessoas, entre elas, parece, alguns amigos meus, estão mortas. Então, até que eu receba uma ordem direta em contrário, senhora, vou fazer o meu trabalho. O que significa não deixar ninguém entrar. Sem querer desrespeitá-la, senhora, mas isso inclui a senhora.

Diana se virou, os lábios trêmulos.

— Você está bem? — Diana reconheceu a voz entre aqueles que não conseguiam passar.

— Dra. Shur! — Diana falou.

Shur veio até ela, o rosto franzido de preocupação.

— Tem alguma ideia do que está acontecendo? — perguntou.

Diana gesticulou, frenética, para a soldado.

— Esta pessoa... — ela disse. Shur fez menção de afastá-la, e Diana permitiu.

— Eu sei — disse Shur. Fora do alcance da voz dos guardas, sua voz foi ganhando mais urgência. — A coisa está assim há horas — acrescentou. — Só estão deixando passar uniformes. Não sei do que se trata.

— Mas eu acho que sei — disse Diana.

— O que quer que esteja acontecendo, você não vai ajudar ninguém se estiver tendo um ataque de pânico, dra. Ahuja...

— Pelo amor de Deus, não vou ter...

— Por favor, não me olhe assim. Você não está longe disso. Esse é literalmente meu trabalho. Venha ao meu consultório. Uma vantagem de ser uma funcionária de apoio com autorização básica: meu recinto não fica em nenhuma zona problemática.

Diana permitiu mais uma vez que ela a conduzisse.

No consultório, Shur fez um gesto para que Diana se sentasse e trouxe água de um frigobar. Shur também se sentou, não atrás da mesa, mas em uma cadeira perto da de Diana. Esperou enquanto Diana bebia e respirava fundo.

— Tudo bem — disse Shur. — Me diga o que está acontecendo.

— Quero dizer, não é óbvio? — Diana falou, gesticulando para o caminho por onde tinham vindo. — É uma situação de crise e preciso entrar...

Shur estreitou os olhos.

— Há outra coisa também — disse ela.

Diana tomou outro longo gole.

— Você é boa — ela disse depois de um tempo. — Eu matei alguém hoje.

Shur assentiu lentamente.

— Achei que talvez fosse isso — respondeu ela. — Sua primeira vez?

— Nessa área? — Diana balançou a cabeça. Uma breve imagem de uma assassina em potencial entrando em colapso passou por sua mente, sua primeira vez, um tiro limpo na cabeça, uma ação efetuada com mais precisão. — Mas é apenas minha segunda. Não gostei naquela época e não estou gostando agora.

— Eu ficaria preocupada se gostasse — disse Shur. — OK. Vamos parar por um momento. Descobriremos o que está acontecendo em breve.

— Já descobri mais do que gostaria de saber — falou Diana. — E preciso contar a B o que sei. — Ela hesitou, depois disse: — Keever morreu.

Shur assentiu.

— Eu sei. A notícia se espalha. Ele era um bom homem. — Mais silêncio. — Escute, se quiser falar sobre isso, seja lá o que for que descobriu, não sairá desta sala. Isto é o que eu faço.

— É mesmo? — Diana falou. — Assim como as sessões de Stonier não saíram desta sala?

— Qual é? Isso é diferente — disse Shur.

— Por quê?

— Você é mais experiente.

Diana não conseguiu conter um sorriso.

— Estou perguntando porque... Keever estava conversando comigo, sabe — Shur disse. — Sobre Stonier. — Ela hesitou ao ver a expressão de Diana. — Achei que era isso que queria dizer, sobre encontrar coisas.

— Eu sabia que ele estava fazendo investigações, mas não sabia que ele falava com você — Diana falou. — Sobre o que ele queria conversar?

— Stonier e o Projeto de Vida — respondeu Shur.

Silêncio novamente.

— O que acha que está acontecendo? — Diana disse. Ela deixou Shur se esforçar para encontrar uma resposta. — Nunca soube exatamente o que você sabe sobre Unute, mas precisa ter o básico. O que acha que está acontecendo com ele?

— Não sei — respondeu Shur. — Tento não me perguntar muito. Mantenho-me no meu próprio trabalho. Não sei nada sobre ele ou como ele pensa.

— Não é seu trabalho interpretar as pessoas?

— Pessoas — disse Shur. — Exatamente.

Diana a avaliou.

— Você provavelmente percebeu há muito tempo que é meu trabalho descobrir o que ele é — falou Diana. — Às vezes, ele gosta de... penso nisso como se ele estivesse me provocando. Afinal, ele me diz que é um deus e eu digo que não, que ele não é. — Por um tempo, ela se perguntou qual seria a origem de sua dor durante esse tipo de conversa. Agora lhe ocorria que era difícil vê-lo, ver alguém, esforçar-se para estar além de se importar e se importar tanto. Como quando alguém pede ajuda dizendo: Você não pode me ajudar. — Eu lido com uma gama de teorias. Broto genético. Mutação. Alienígena. Uma ferramenta. Uma arma. Um agente de mudança. Pelo menos, não estou falando de um deus.

— Mas? — Shur perguntou com calma.

— Mas. Mas hoje conheci alguém que definitivamente acreditava que estávamos falando de um deus. E ela me deu um argumento muito bom.

— Qual? — perguntou Shur. — Um bom argumento de que isso tem relação com os deuses?

Diana olhou para ela.

— "Deuses"?

— Não foi isso que você disse? — Shur perguntou.

— O que eu disse — falou Diana —, foi "um deus". Por que acha que ela estava falando sobre deuses, no plural?

O rosto de Shur permaneceu impassível.

— Eu acho... — ela disse por fim, depois suspirou.

e ela estava então na frente de Diana, com o dedo indicador nos lábios de Diana, e, ao toque dela, os membros de Diana ficaram rígidos e frios. O sussurro de Shur penetrou fundo em seus ouvidos.

— Quem é que já ouviu falar — disse Shur — que existe apenas um deus?

DE ACORDO COM O SOFTWARE MOTION-REC, OS FONEMAS QUE o Franken-B estava moldando em seus lábios enquanto subia pelo complexo poderiam ter sido as palavras "Por quê?" em uma variedade de línguas. Tudo tão silencioso quanto as próprias palavras de B estavam agora.

Parece que deveríamos ter aprendido algo um com o outro, disse B, sem emitir som. Uma vez eu disse a alguém que você não pode escolher não ser uma metáfora. E cá estou eu, olhando para mim, feito de oitenta milênios de descarte. Tem que ser uma cena impactante, certo? E, honestamente — bem —, não tenho ideia do que isso significa. O que você e eu queremos dizer. Então, como isso pode ser uma metáfora?

Mesmo enquanto pensava nisso, já sabia que estava errado. Só porque não sabia o que significava, só porque era contraditório, obscuro, não significava que a metáfora houvesse falhado. Alguns momentos podem ser a própria justificativa.

Ele se virou e olhou em expectativa para a operadora da estação de trabalho atrás dele.

— Estou analisando os dados de quando ele estava no tanque — disse ela. — Ainda não conseguimos nada sobre como... sobre por que ele... — Ele a viu olhar na direção do cilindro onde os restos desmoronados da coisa estavam novamente se estagnando. — A última pessoa a trabalhar nisso foi Caldwell. — Ela semicerrou os olhos. — Algumas vezes. Mas nada aconteceu. Então, da última vez que ele entrou, a energia estava fluindo. Através de algum tipo de foco. Nunca vi leituras como aquelas antes. — Ela balançou a cabeça. — Não sei o que ele fez.

— Um foco — disse Unute.

Ele foi embora. Saiu vagando por aí.

Ah, olhe só, ele encontrou o caminho para a cápsula de regeneração da babirussa. Ele entrou, colocou a mão no ovo e sentiu o movimento dentro dele. Saiu e seguiu em frente, passando por equipes que acenavam para ele, batiam continência ou se afastavam, nervosas. Nem pensou para onde estava indo.

B subiu as escadas. Procurava a solidão. Caminhou por muito tempo pelas seções mais isoladas e bloqueadas do complexo.

Enfim prosseguiu por um andar superior deserto, aonde não ia já havia algum tempo.

Por que estou aqui?, perguntou-se.

Uma janela no final do corredor dava para a floresta. Ele estava aproximadamente na mesma seção onde sua imitação havia desmoronado, alguns corredores depois, e alguns andares abaixo.

Ah, certo, respondeu a si mesmo.

Diminuiu um pouco a velocidade, apenas pensativo, sem hesitação. Passou por mais corredores bloqueados.

Acho que seria bom entender, pensou. Talvez, se você entender algo, consiga detê-lo. Ele olhou para as próprias mãos. Você nem sempre consegue se tornar o que deseja ser. E às vezes começa como algo que preferia não ser. Talvez você nunca consiga entender isso... ou talvez consiga. E talvez isso ajude. Talvez isso possa mudar as coisas.

Dirigiu-se enfim para a sala de onde, ele entendia agora, alguém teria vindo correndo para interceptar o ele-composto onde havia parado em sua subida, tendo sido chamado de alguma forma para aquela direção, desde o laboratório. Lá para alcançar, tirar algo de sua testa, voltar para aquela câmara para a qual Unute estava indo agora, com seu espaço no telhado, sua abordagem sem câmera, sua segurança tripla, uma sala onde ninguém ousaria entrar sem autorização. Que ele alcançou e na qual entrava agora, à medida que o anoitecer se aproximava.

Seu escritório.

Estava vazio. Não se sentou à escrivaninha, mas pegou a luminária e a deslizou na escuridão pelo canto da sala; esperou, e esperou, imaginando por alto sobre o que estaria refletindo.

Ficou ali por muito tempo, imaginando os sons estridentes lá fora, os gritos de "Para onde ele foi?".

O que ele se viu considerando foi uma revelação que lhe foi oferecida em sangue, obscurecida para que ele não pudesse recebê-la, milênios atrás.

Ficou de frente para a própria mesa. De costas para a porta.

Unute esperou por muito tempo.

ERA MEIA-NOITE QUANDO B OUVIU UM NOVO SOM ACIMA DELE?

Ficou em silêncio. Viu o painel deslizar, dedos emergindo na escuridão revelada. Viu braços se segurarem. Viu-os se tensionarem e se esticarem, e o corpo de um homem balançando para dentro da sala escura e caindo sem emitir som.

Uma silhueta se levantou e se moveu em direção à mesa.

O homem não se mexeu quando B acendeu a luz e a apontou para ele. Ele apenas piscou e colocou a mão na frente dos olhos.

B disse:

— Olá, Caldwell.

sangue

DE VOLTA À ESCURIDÃO.

O que é esse sentimento que surge dentro de você?

O mundo lhe é infinitamente mais velho, e você tem certeza de que a criação é infinitamente mais antiga que o mundo. Sua própria vida é apenas uma unha ainda menos diminuta que o espaço permitido a outros. Cada sentimento que já sentiu é uma luta contra seu reverso, um emaranhado beligerante. Isso, agora, enquanto você caminha pelos túneis rochosos em que pisou pela última vez há muitos anos e em um corpo anterior, é alívio, ansiedade, angústia e lamento.

Você para em cruzamentos dos quais se lembra. Tudo o que consegue ouvir é um gotejamento.

Uma nova vida fez deste reino telúrico o seu próprio. Fungos pintalgados reluzindo nas pedras. Talvez tenha trazido os esporos deles em sua respiração na ocasião de sua primeira entrada; talvez, depois de todos esses anos áridos, de todos os bebês pendurados feito bonecas de pano frias e cinzentas, esta é a única vida que você será capaz de criar, suas únicas filhas da energia luminosa da podridão.

Todos os locais estão vazios. Nem mesmo fantasmas para você visitar. Ergue sua tocha, deixando as sombras oleosas fazerem sua exploração. Você estava inconsciente quando foi arrastado daqui para a câmara de tortura, a câmara de execução. Então você percorre cada túnel escuro, um por um. Anda devagar; nada vai passar despercebido por você. Leva o tempo que quiser para esta investigação. Esta vingança.

Então, você não é indiferente à vingança. Muito bem.

Agora, são canais. Por dias, você continua. Rastreia sua passagem.

Durante todo esse tempo, não ouve nada. Mas, quando enfim passa por fendas pretas estreitas o suficiente para fazer deste um nascimento inverso em um pilar de luar que já viu antes, luar que desce de uma fenda acima para brilhar no metal com seus veios nas paredes ao redor; enquanto rasteja sobre uma pilha oxidada de correntes antigas, você está em um pântano de ossos dessecados semelhantes a palitos, uma cobertura sem vida dos próprios restos, dezenas de corpos apodrecidos sobrepostos. E não é nenhuma surpresa que não esteja sozinho, nem mesmo levando em conta seus eus mortos.

Uma mulher está sentada em um trono feito daquelas correntes frias e enferrujadas.

Ela não se move enquanto você tropeça e fica de pé. Seu vestido já foi branco um dia, mas agora está maculado e imundo com a sujeira de vidas inteiras. Ela segura algo que você não consegue entender. Só quando ela joga a coisa na pedra e ela quebra com um ruído molhado é que consegue perceber que era a metade de uma máscara de argila.

Esta mulher tem cabelos escuros e olhos tão tristes quanto outros disseram que os seus são.

— Olá de novo — ela diz. — Irmão. — A voz dela é tranquila. — Sabia que não havíamos matado você. Você demorou mais do que eu pensava. Escute.

Ela fica de pé. Os olhos dela se arregalam, então, porque você não diz sequer uma palavra, apenas movimenta os braços e salta direto como uma lança apontada para ela. Ela se move tão rápido quanto você, mas seus punhos atingem o peito dela como um aríete contra a muralha de uma cidade, jogando-a na rocha irregular, e ela se contorce ao bater na pedra, recebendo o golpe, e vai sendo empurrada novamente para a penumbra com uma graça inumana, nova sujeira tingindo sua mortalha.

Você se prepara para o contra-ataque dela. Ela não se move.

Cuidado agora. Você desvia, abaixa-se para a esquerda, desliza para a direita e avança, mas ela se esquiva e você passa por ela.

Ela fica parada.

Então você ataca de novo e ela não diz nada e você chega perto de acertar, mas ela nunca está lá quando seus punhos passam e você range os dentes com força suficiente a ponto de machucá-los e já faz muito tempo desde que sentiu pela última vez uma onda crescente de raiva real e o que isso traz, sim, eis aqui o brilho, o brilho azul, a luminosidade do transe, e seu eu se retira para dentro de si, enfim recuando atrás dos olhos como janelas, e você ouve o rugido do próprio êxtase e a própria voz cuspindo: Esta é a minha fúria *berserk*, e agora você vai morrer.

Acorde, Berserker.

Você se levanta diante do chiado do próprio hálito ensanguentado, em meio às pilhas de partes de corpos.

É um poço de luz natural que desce pelo buraco acima agora. Lá está a mulher. Ela está em pé, as palmas das mãos apoiadas na parede. Não parece ter medo.

— Você é uma ótima dançarina — você diz enquanto sua energia retorna.

Ela diz:

— Não vou lutar com você.

— Problema seu — você responde. — Eu vou lutar com você.

Tenta novamente. Dá um soco forte o suficiente para afundar um navio. Ela some quando o punho quase a acerta, e sua mão se estilhaça na pederneira.

— Foram anos? — você grita. — Ou séculos? Que você me torturou?

Você dança em meio a suas múmias e manchas. Ela está sempre um centímetro à frente de você.

— E você nunca torturou ninguém? — ela grita em resposta. — Eu teria feito diferente se pudesse. Mas, por favor, me escute.

— O que é você? — você grita.

e porém

perguntar isso, ver o rosto dela diante da pergunta, uma prontidão, uma ansiedade, a boca dela começa a se abrir, para lhe responder, é saber, embora não por que, que você não quer ouvir

assim

e assim

aí vem, sua fase novamente, você entra em sua fuga com rapidez, antes que ela fale, a expressão dela se desfazendo ao vê-lo sucumbir, e há um novo sentido à sensação, uma nova frustração, porque não foi saciada, o sangue dela ainda está nela, e você está uivando porque tudo o que fez foi se arrebentar, e arrebentar pedras, e isso não acalmará a voracidade do seu transe tanático

oh, dentro e fora do inferno, miserêxtase alegrania
puxaempurrafuramorde

receber o combate e combater

o tempo corre, devem ser os últimos dias e

você faz de si você mesmo

ver sua mão com garras rasgar não o rosto dela mas o próprio e o tempo está perfeitamente parado para todo o sempre e sempre e sempre isso acontece, isso ocorre para fluir através de você na

liberação de suas investigações violentas contra essas características parecidas com você, com seu eu,

você

pisca e sente sua respiração ficar mais lenta

deixei você ir", ela está dizendo quando você emerge

Está intocada.

O barulho que você faz é de estrangulamento, tristeza, voracidade ainda inabalável.

— Que porra é você? — você grita de novo. Como se fosse ouvir a resposta dela.

— Estou tentando falar — ela diz. Como se implorasse. — Eu teria deixado você ir. Assim que entendi. Deveria ter descoberto quando os guardas, quando os constructos não reagiram. Foi assim que soube que mentiram para mim. Jamais desejei a sua dor, apenas procurei acabar com você, e isso sem ódio. Mentiram para nós dois.

— Tudo o que eu queria era te encontrar! — você grita. — Tenho estado tão sozinho.

Isso o surpreende.

— Eu também — ela diz. — Por favor, escute. — Imediatamente você corre até ela, mas ela não para de falar. — Quando você morreu e não nasceu de novo, achamos que havíamos feito o que viemos fazer aqui, encontrado a modulação correta das energias, ou alcançado anos suficientes de violência contra seu corpo. Mas não senti nada por dentro, e percebi que você tinha acordado em outro lugar. Foi quando comecei a entender que haviam mentido para mim, mas no começo entendi errado a mentira. Antes de saber disso, já tinha enviado não sei quantas crianças, respirando ou não, ao mundo, dizendo-lhes para continuarem tentando. Mas não importa a minha culpa pelo que quer que seja, não consigo nem acabar comigo mesma. Então, escute...

Ela abre a boca para lhe contar a verdade que quer lhe contar, e o alarme toma conta de você mais uma vez, e pela terceira vez em uma hora? um dia? uma semana? oitenta anos? seu pensamento imerge na maré estrondosa de sangue beligerante, e sua visão se desvanece

e desta vez, quando acorda, você está de joelhos. Enfraquecido, com baba escorrendo da boca e secreção do nariz. E sua antiga captora também está de joelhos, por opção.

— Por favor — ela diz. — Também tenho isso em mim — diz ela. — Essa energia vai enlouquecê-lo se permitir. Tive mais tempo para trabalhar nisso. Mas você tem que tentar controlá-la agora.

— O porco — você diz por fim. — Assim como eu. Ele a encontrou.

— Muitas vezes — diz ela. — É mais parecido comigo também do que eu pensava. Eu sempre soube que era a nêmese da entropia, e é tolice demais ter pensado que isso era a morte? — Ela fica de pé. Você agarra a pedra. — Eu sabia que você voltaria — acrescenta ela. — Decidi descobrir a verdade a tempo, para poder estar aqui e ajudá-lo, e fiquei esperando, porque você merece...

Você balança a mão e arranca a pedra da terra rápido demais para que ela se esquive desta vez, e o sangue explode dela. Ela vira o rosto pela metade para você e sibila.

— Você está bravo? — ela pergunta, a voz borbulhante. — Me escute...

Rapidamente! rapidamente! traga-o de volta!

Ele está de volta, graças a Deus!, o azul da *riastrid*, a força que impulsiona a flor para crescer, os mares a vagarem, que o impulsiona a matar e matar, ela não está enfraquecida, ah, esse alívio, essa força a está afogando, e você uiva como os lobos que o temem, dizendo a ela em sua muda comunicação que não vai deixá-la impune e que, seja lá o que ela for, vai acabar com ela e com tudo o que ela tem a dizer, você não vai ouvir.

Ela também está gritando.

— Pare com isso! — você ouve fracamente. — Está fazendo isso consigo mesmo! Não quer...?

E uma parte de você queria dizer sim, sente-se e a ouça, mas você veio aqui pela violência que flui, então deixe isso assumir o controle, tampe os ouvidos.

— ... mentiram para nós! — ela berra. — ... você e eu... — mas você está cada vez menos presente para analisar essas informações — ... disseram que... — e não se importa com o que foi dito a ela, nem por quem

— Fique! — ela grita. — Não seja covarde! Não fuja...

e desta vez
enquanto você olha para dentro da câmara
por trás daquela luz azul dos seus olhos
a última coisa que entende
enquanto se rende ao transe *berserk*
é que há tanta luz brilhando nela, também.

acordar mais uma vez
mas com um senso renovado.

Um senso de si. Olha para baixo, pensando que verá o pedaço encharcado de viscosidade sanguinolenta e a perfeição de um novo corpo, um ovo. Que ela, Vayn, o matou naquela última luta, e outro ciclo começou. Que está em algum outro lugar.

Mas você ainda usa suas roupas fedorentas. Mas seu corpo ainda está marcado com o acúmulo de pequenas cicatrizes e escoriações que, de acordo com sejam lá quais forem as regras que existem, não serão curadas desta vez. Você não morreu pouco.

Pela primeira vez, você olha para os esqueletos e restos do outro lado, no chão. A câmara está repleta de remanescentes de bolsas flácidas que antes o acolhiam, um ninho de ovos vazios, dos quais você desvia o rosto, cujo número não contará.

Você não renasceu, então como pode se sentir como se sente? Forte? Muito vivo, tão renovado, tão cheio de energia, tão vigoroso?

Onde ela está? Existe algum outro vestígio ali além de ovo?

Vayn não está em lugar nenhum. Você está sozinho.

Rapidamente. Você cai de joelhos abaixo do buraco. Rasteja em um círculo espiralado, passando as mãos pelo chão e por todos os seus restos mortais, procurando evidências de que ela esteve ali, de que qualquer pessoa, exceto mil vocês, já esteve ali antes. Há sangue na palma de suas mãos, embora elas não estejam cortadas.

Sua memória é impecável. Mas, embora você não esqueça, deve se perguntar o que acontece quando sua mente vai longe demais para criar lembranças, e se algumas das que você tem são de coisas que não aconteceram.

Vayn estava ali? Não olhe para trás agora. Havia corpos?

Acima da passagem por onde entrou, você vê um rastro do seu sangue.

Olha para ele, está familiarizado com os borrifos de ferimentos, e não deveria estar ali nem ter a forma que tem. Você percebe os traços onde os dedos mancharam a parede.

Letras.

Nós somos, está dito ali, visível para quem sabe como o sangue seca, feito por uma mão que você não conhece, escrito em um alfabeto arcaico. O que se segue é que o complemento desse verbo, porém, é muito espesso, muito coagulado, muito gotejante, muito manchado, muito obscurecido e apagado para ser decifrado.

Você não consegue saber qual foi a mensagem de Vayn. É só isso? Que você é, que ela é? Ou ela escreveu uma resposta a uma pergunta, algo que ela queria que você soubesse, algo que ela berrava enquanto a onda de combate tomava conta de você? Ela escreveu com a única tinta que tinha. E então, e você não sabe por que, deve ter manchado o que havia escrito.

Castigado-o por sua ignorância. E depois foi embora. Deixou você. E deixou-o sozinho.

Você sai. E a procura um pouco. Sente como se fosse um dever. Nesse ponto — o conhecimento está aí e você não pode negá-lo nem se manter nele —, não deseja ter sucesso.

Então procura Vayn durante séculos, mas ela se foi, e você pode expirar. Depois de várias vidas de busca, você para. E, depois de mais vidas, para de procurar também pelos filhos dela, você os deixará vir até você se eles vierem, e para de perseguir, também, quaisquer outros filhos de seu próprio pai relâmpago, assim como aqueles do pai, da mãe ou da mãe-pai dela, que odiavam o seu, ao que parece, ou os filhos de qualquer deus, porque passa a ter certeza de que é o único e, seja como for, você não se importa, ou não se importa em saber, e sob tudo há sempre a voracidade, observando e o reivindicando, sob tudo há o silêncio das cinzas.

UM INSETO RASTEJANTE

CALDWELL FEZ UM MOVIMENTO ESTRANHO. NA LUZ FRACA vinda de fora e de baixo, seu rosto estava muito tenso. Ele teve um espasmo.

— Olá, Caldwell — disse B novamente.

Os lábios de Caldwell se moveram muito rápido, como se o que B visse fosse a recitação de algum longo solilóquio.

— Olá, Unute — falou Caldwell por fim. Sua voz emergiu das contrações incessantes de sua boca.

— O que está procurando, Caldwell? Está confuso, não está?

— Unute — disse Caldwell. — Unute. — Seus lábios continuaram se movendo.

— Nunca fez muito sentido — disse Unute. — Você entra, em uma espécie de acordo tácito com os guardas, faz o que quer que tenha feito para acordar sua boneca de retalhos, depois... *alguém* sai, mas não há sinal seu em lugar nenhum. — Ele deu de ombros. — Então, era óbvio que não foi você quem saiu. Acho que há coisas aqui que ainda precisava procurar, talvez. Acho que nós dois sabemos que você está sob ordens. Poucas pessoas poderiam ter invadido o local vindo de fora com a base bloqueada como está, mas e se já estivesse aqui? Alguém saiu de carro: alguém que já veio no seu porta-malas? Então você só tinha que voltar para um aposento seguro lá dentro, onde ninguém se incomodaria em olhar. E você conhecia exatamente qual aposento.

— Ora, ora. — Caldwell respondeu. Seu maxilar se moveu com dificuldade e ele respirou fundo. — Admito não ver você isto uma chance por acaso ou fiz sentido de fiquei ficaria grato pela ajuda, não acho que estou pensando claramente como penso talvez eu e voltei e com medo de poder ajudar, pensar você pode enfrentar o tempo é agora ajude medo.

As pálpebras de Caldwell se abriam e se fechavam tão rápido quanto seus lábios. Ele parecia estar ouvindo instruções.

— Você não sabe mais o que quer, não é? — Unute perguntou. — Ou o que está sendo motivado a querer. Instruído.

— Confuso — respondeu Caldwell.

— Claro — disse Unute. — Não vou chamar ninguém. Porque a questão é que estou cansado disso. E não sei o que vai acontecer agora, então somos só você e eu. Quero que me leve ao que quer que esteja lhe dizendo o que fazer.

— Confuso — disse Caldwell — morrer.

— Sim, é — falou Unute. — Ainda mais confuso voltar, certo?

Ele alcançou Caldwell, mas ele se moveu mais rápido, empurrando Unute com uma força muito maior do que deveria e fazendo-o voar pela sala, caindo no chão.

— Maldição — disse Unute quando pôde. — Você voltou diferente.

Ele se levantou e empurrou Caldwell para trás. Inacreditavelmente rápido, Caldwell se segurou impedindo-se de cair.

— Onde está seu controlador? — perguntou Unute. Ele levantou as mãos em uma pose de luta livre. — Eles entraram com você? Estão escondidos lá atrás? Acha que só porque voltou uma vez pode continuar fazendo isso? Quer arriscar?

Mas ele engasgou, porque Caldwell deu um passo à frente, dando-lhe um soco no queixo e saindo de seu alcance novamente.

— Responda — disse Unute. — Ou vou desmontá-lo como você desmontou sua boneca.

Caldwell piscou.

— Sim — falou Unute. — Todo aquele esforço para acordá-lo e, no momento em que o fez, recebeu uma ordem para fazer aquela coisa voltar a dormir. Permanentemente, desta vez. Isso deve ter doído. — Ele deu um passo à frente. — Foi uma merda, não foi? Você não queria fazer isso. Teve que acabar com o que tinha despertado. Depois que eu o peguei para você. Onde você colocou?

Caldwell se endireitou. Seu rosto ficou frouxo. Ele abriu a boca. Mostrou a língua e a apontou para Unute. Bem na ponta, uma lasca de carne branca e dura, escorregadia de saliva.

— Aí está — disse Unute. — Aí está.

— Eis aqui o dente de ovo.

ELE ESTENDEU A MÃO.

Quando o polegar e o indicador tocaram a língua de Caldwell, Unute ouviu um barulho e um estrondo atrás dele, um impacto, mas, antes que pudesse se virar, Caldwell cerrou os dentes na carne da mão de Unute.

Unute sibilou de surpresa e puxou a mão, mas a pressão da mordida se manteve. Unute viu sangue na boca de Caldwell. Ele desferiu um golpe com a mão esquerda para quebrar o maxilar dele, mas Caldwell impediu o soco e torceu sua mão; uma rajada de algo passou pela sala e Unute se perdeu por um momento, mas se recompôs e ouviu Caldwell emitir um som, poderia ter sido "Agora!".

Alguém veio por trás e enfiou um laço em volta dos punhos de Unute, unidos como estavam na frente do rosto de Caldwell, e puxou com força, fazendo um som parecido com o de uma catraca. Caldwell recuou, e havia outro nos tornozelos de Unute, unindo-os. Ele caiu de joelhos e olhou para cima.

Uniformes pretos, balaclavas levantadas, reuniam-se em torno dele os soldados da Unidade. Unute sentiu o corpo se retesar.

Os grossos cordões em volta de seus braços e pernas rangiam. Ele os puxou, e eles pareceram se apertar ainda mais e tremer, enquanto o espaço ao redor brilhava com suas propriedades planares pouco ortodoxas. Ele se ouviu rosnar e contraiu os músculos.

— Você melhorou isto aqui — ele disse por fim, deixando os braços penderem. A escotilha do teto através da qual esses outros haviam seguido Caldwell pendia, aberta. O homem que havia colocado as amarras de Fenrir em seus punhos ficou de pé sobre ele, puxou a cobertura do rosto e olhou nos olhos de Unute.

— Stonier — falou Unute.

Quatro figuras se moveram, armas apontadas para ele. Unute sentiu a respiração mudar, no ritmo do surgimento da *riastrid*.

Isso, essa sensação, a proximidade da luta, mandou-o vertiginosamente de volta a uma caverna, e, de todas as milhares de vezes que ele se perdeu nesse frenesi, por que era aquela vez, aquele momento que vinha a ele?, e, ah, sim, era, ele sabia, uma proximidade de opostos, porque fora então que ele se esforçara para mergulhar ali, para escapar do tempo, com a mesma ferocidade com que lutava para se controlar agora, para permanecer naquele momento. Cerrou os dentes com força suficiente para que um molar se partisse, prendendo-se à consciência.

— Vou fazer um acordo com vocês — ele conseguiu dizer, arfante, enquanto os músculos se contraíam. Todo mundo estava imóvel. — Acham que não vou me livrar disto aqui? — ele perguntou. — Sabem que eu vou. Atirem em mim e só vão me emputecer. Mesmo que tenham muita, muita sorte e me derrubem, só vão me atrasar um pouco, só isso. E eu voltarei para encontrá-los. Caldwell. Quem o trouxe de volta? Quero fazer um acordo com eles.

Ninguém se pronunciou.

— Qual é o seu objetivo final? — Unute perguntou. — Quem quer que seja, sei que veio aqui para acabar comigo, para sempre, o que é... — Ele balançou a cabeça. — Você deveria me ouvir. Seja qual for o plano especial que você acha que tem para me matar, quer saber o que tenho a oferecer. E olhe. — Ele se sentou. Levantou os joelhos silenciosamente e mostrou-lhes os punhos. — Não estou resistindo. Estou sentado quietinho. Quieto como um túmulo. Se parar de ouvir, eu começo a lutar. Mesmo amarrado, isso não será divertido para você. Portanto, há uma maneira fácil ou difícil de testar seu plano. Quem foi que o trouxe de volta, Caldwell? Quero falar com eles.

Um homem deu um passo à frente. Ele deixou o rifle pendurado pela alça no ombro. Tirou a cobertura do rosto. Era mais velho, tinha um semblante gentil e enrugado, e cabelos louros esvoaçantes. Ele encontrou os olhos de Unute.

— Meu nome é Alam.

— Sim — disse Unute. — Conheci sua mãe.

— OU — ELE DISSE — TALVEZ SUA AVÓ, OU BISAVÓ, OU TATARA-tataravó. Não sei. Você sabe?

Alam não se mexeu.

— Quanto sabe de tudo isso, Caldwell? — perguntou Unute. — Consegue me entender? Ele consegue? — perguntou a Alam.

— Você é a morte — Alam sussurrou. Não parecia energizado pelo ódio. Soava quase como se estivesse sonhando. — Já faz tanto tempo — disse ele. — Você é o inimigo, e estamos aqui para acabar com você.

— Sua mãe, seja lá o que for, também tinha a missão de me matar — Unute lhe contou. — Vivo passando por isso. Ela me machucou muito, por muito tempo. E depois... depois ela parou. Talvez tivesse decidido que não havia nada que pudesse fazer comigo. No final, ela simplesmente desistiu e foi embora. E agora você... o filho ou neto dela, ou o que quer que seja, está de volta à missão.

Alam disse:

— Eu não sabia. Por vidas inteiras. Não até alguns anos atrás. Alguém abriu meus olhos. Antes disso? Você pode achar difícil acreditar quão forte é a negação. Faço parte da linhagem da Vida. Mas apenas continuei vivendo, trocando de identidade quando necessário, e não parava para pensar no assunto. Não precisava. Minha esposa teria notado, se as coisas não tivessem mudado. Minha última esposa, minha melhor esposa. Ela estava comigo quando me contaram sobre minha linhagem. Sobre por que estou aqui. Fez sentido. Para minha vida e para a dela.

— A última vez que vi o porco — disse Unute —, antes desta vez, quero dizer, pensei que talvez tivéssemos virado uma página. Achei que poderia ter alcançado uma paz renovada. Como você o descobriu, Alam?

— Com muito esforço. Eu o tenho acompanhado.

— Para me encontrar — disse Unute. — Fez alguma coisa para fazê-lo querer me encontrar de novo? Ou estava me rastreando ainda assim? — Seu tom parecia lamurioso consigo mesmo. Olhou nos olhos de Stonier enquanto falava com Alam. — Foi assim que você encontrou Thakka — ele acrescentou.

Depois perguntou:

— Foi deliberado, Alam? Ou você sai um pouco do controle às vezes? Foi um erro, não foi? Você não queria trazer Thakka de volta à vida; a vida meio que verte de você às vezes, assim como a morte verte de mim, certo? Mas não havia razão para não usá-lo. Você pediu que Thakka lhe contasse... onde estávamos. E depois veio para Tacoma. E aí o quê? Não conseguiu manter Thakka vivo? — Ele olhou para Caldwell. — Parece que você melhorou desde então.

— Tive ajuda. Tive um propósito.

— Claro — tornou Unute. — Sim. Bem, espero que sim, pelo bem de Caldwell. — Ele olhou para a consternação no rosto de Caldwell. — O corpo dele ainda dói? Quanto tempo leva para ajustar isso? Deve ser difícil, a primeira vez. Thakka foi a primeira vez que fez isso acontecer, não foi, Alam?

— A primeira vez com carne.

— Não admira que ele estivesse tão confuso. Primeiro ele. Então encontramos muito do seu sangue, Caldwell; ninguém disse isso, mas você tinha que estar morto. E eis aqui você. E aquela coisa de retalhos acordando. A vida onde não deveria estar de jeito nenhum? Isso tem me trazido à mente coisas nas quais não pensava havia séculos. Eu as chamaria de mistérios, mas ainda seriam mistérios se eu não me importasse com quais eram os segredos? Nunca estive no ramo da decodificação. Coisas assim começaram a importar um pouco mais desde Ulafson. Imaginei que o que quer que tivesse vertido vida em Thakka também tinha feito isso no seu espelho de parque de diversões de mim mesmo, mas então eu o vi de perto. O que ocorreu com Thakka foi por causa de Alam estar seguindo o porco para me encontrar. E sei que estava tentando usar a energia do porco para dar vida a sua boneca, Caldwell, mas não poderia ter acordado aquela coisa daquele jeito. Aquilo nunca teve vida, para começo de conversa. Era apenas resíduos de morte. Aquilo precisava do último pedaço que você encontrou, Caldwell. Que me fez trazer até você. — Unute estendeu o dedo indicador direito. — Aqui está o equivalente deste corpo — disse ele. — Normalmente não sai, eu acho, apenas flui de volta para o corpo. Esta é a carúncula que devo ter usado para liberar meu caminho da última vez.

Ele batucou nela, a ponta do dedo contra o polegar.

— Isto — disse ele — é o que sobrou do meu último dente de ovo. O que me fez encontrar para você era parecido com este, um bem antigo. Uma das raridades que restaram. Acho que também sei de qual filão. Foi isso que você empurrou para dentro daquele chorume que conseguiu convencer que era eu, Caldwell. Foi isso o que o despertou. Com a ajuda de seus novos amigos.

O dente de ovo. Lasca doadora da vida. O esporão duro — dente de verdade, queratina, unha, pelos embaraçados — com o qual um bebê passarinho, um bebê sapo, uma cobra, uma aranha, um monotremado quebra o receptáculo, sua ferramenta para emergir em uma nova vida. Para ser absorvida de novo pelo corpo. Ou cair dele. Um resíduo. Um rejeito da eclosão.

— Uma babirussa não precisa de um desses — disse B. — Não com aquelas presas. Mas acabou que o meu pequeno eu ia precisar de ajuda. — Suspirou. — Você desceu do meu escritório e o retirou da testa daquela colcha de retalhos. E tirou essa vida. — Como o Rabino Loew apagando o EMET na testa do golem, deixando apenas MET. Da verdade à morte. — Por que quer isso, Alam? Você descobriu que Caldwell estava com ele, mandou-o buscá-lo de seu experimento. Isso o ajuda a se controlar? A ter um propósito? Foi você quem transbordou para dentro disso, não foi, recém-preparado? Foi você quem enviou Caldwell para pegá-lo, certo?

— Isso vai me ajudar a canalizar — disse Alam. — Não é fácil, você sabe. Tinha de ter certeza de que funcionaria. Ele já o havia implantado. E aí, quando eu vim ver? — Ele levantou as sobrancelhas. — Ainda estou aprendendo. — Cerrou o punho, e foi como se brilhos de luz passassem por sua pele; ele fez uma expressão de tristeza. — Com o dente já tendo iniciado o trabalho, quando me aproximei, minha linhagem despertou a coisa.

Pense no que um dente desses faz! Partindo a membrana de um casulo, aquele lugar liminar, para sair da não vida e entrar na vida novamente. Como poderia ser uma surpresa o fato de ele impeli-lo, ou um eco avariado de você, pelos últimos passos rumo às terras da respiração?

— Caldwell, você fez um bom trabalho me deixando cético em relação aos deuses — Unute falou. — Estava começando a aceitar sua maneira de pensar, eu sou uma ferramenta, blá-blá-blá. Disponibilizada por algo que deseja que as coisas continuem em movimento. Para alterar as coisas. Mas isso muda tudo, não muda? Parece que nós dois éramos idiotas. Uma coisa é que haja pessoas por aí que pensem que eu sou o deus da morte e me odeiem; isso não é novidade. Outra é que estejam comprometidas com outro deus, e que esse deus seja inimigo do seu pai, que o filho daquele deus, ou o filho daquele filho, esteja aqui, e que eles tenham poderes, depois de todos os milênios que você desperdiçou procurando por tal coisa... Você não faz ideia — sussurrou Unute, trêmulo com uma emoção que não era capaz de nomear — o que é descobrir isso. Ouvir que eles podem realmente trazer vida.

Ele prendeu a respiração, até que pudesse soltá-la com suavidade de novo.

— Bem — ele disse. — Digamos que eu nasci, de fato, da Morte. O inimigo da Morte é a Vida. E a Vida também tem uma filha. Vayn. E ela podia ter filhos. Claro. Ela é a vida, eu... não sou. Não sei como você faz o que faz, Alam. Que energias você aproveita. Você pode trazer as pessoas de volta à vida. Talvez *possa* matar a morte. E a verdade é que estou cansado, estou verdadeiramente cansado de pessoas morrendo. — Ele se surpreendeu com isso, e com o alívio de dizer isso. Como era bom ser surpreendido. — Eu sei por que está aqui — ele disse a Stonier. — Tem razão de estar com raiva. Desculpe.

Unute olhou para cada um dos soldados, lentamente.

— Não sei quem são vocês, mas sinto muito — falou ele. — Por quem quer que seja que eu tirei de vocês. Sei que foram feridos pela morte. Por mim. — Ele se aprumou. — O que aconteceu com os enlutados que não aceitaram seu convite, Stonier? Perguntem a ele — disse aos outros. — Perguntem a ele o que teria feito se vocês tivessem dito não. Perguntem a ele onde está Joanie Miller. — No momento em que a última palavra saiu dele, já tinha superado a raiva mais uma vez. Observou os soldados olharem uns para os outros. Eles não abaixaram as armas. — Talvez esperem que eu lute com vocês — acrescentou por fim. — Eu também. Mas estou muito cansado.

Soltou um suspiro.

— Então, vou lhe oferecer um acordo, Alam — prosseguiu ele. — Não acho que consiga me matar. Mas sei que você tentará, seja lá como for. E aqui está minha promessa: ficarei ali deitado como um cordeiro. Não vou lutar. Vou deixá-lo fazer exatamente o que quiser.

O que Unute não disse foi: Não acho que consiga me matar, mas e se conseguir? E se puder trazer o silêncio? Chega de tanta morte. A minha própria ou a dos outros. E depois tem isto: mesmo que não consiga acabar comigo de uma vez, e se puder me trazer uma vida digna desse nome? Você pode acabar com a imortalidade?

— Para que eu coopere — disse ele —, tudo o que precisa fazer é matar a morte mais uma vez. Em mais uma pessoa.

TROUXERAM UMA MACA. COLOCARAM-NO EM UM SACO PARA cadáver, as algemas ainda o prendendo. Fecharam o zíper, exceto por uma fenda para os olhos. Oculto, ele esticou os braços. Sentiu as complexas estruturas das algemas se tensionarem, se tensionarem com força, alterarem-se desconfortavelmente, prenderem.

O rosto dos companheiros estava escondido, mas Unute pôde ver os olhares trocados entre eles enquanto estava deitado na maca.

— Este não era o plano, era? — ele perguntou. Eles evitaram seu olhar, todos, menos um homem alto que não desviava os olhos. — Não era assim que iria acontecer. — Eles olharam para Alam.

— Se se mover — disse Alam — na bolsa...

— Você vai fazer o quê? — perguntou Unute.

Alam desviou o olhar de Unute para encarar Caldwell, que retribuiu o gesto com um olhar intenso, o corpo experimentando uma centena de pequenos movimentos, como se fosse controlado por algo pouco acostumado com tal máquina. Alam ergueu a mão para cima e para fora.

Depois de um momento, Caldwell estendeu lentamente a língua mais uma vez. Alam esticou a mão e arrancou a mancha de pele da ponta dela. Fechou o punho ao seu redor, voltando-se para Unute.

— Se se mexer — disse Alam a ele —, não farei o que está pedindo.

— Se eu quisesse causar alguma comoção, não acha que já teria feito isso? — perguntou Unute. — Não sou eu que estou lhe dizendo para onde ir? Onde não será incomodado? Para que possa fazer isso?

Alam inclinou a cabeça.

— Por quê? — ele perguntou baixinho.

Não seria uma jornada se fosse você quem me desse o que tenho buscado durante todo esse tempo? E Unute realmente engasgou, então, quando Alam puxou o zíper em volta dele, porque, como se tivesse falado essas palavras em voz alta, Alam assentiu, lentamente, e estreitou os olhos, e algo apareceu em seu rosto, dando a impressão a Unute de ser pena.

Ali deitado, ouviu um sussurro, bem perto, perto de seu ouvido, através do saco. Uma nova voz.

— O nome dela era Bree. Eu sou o pai dela e quero machucá-lo muito, porra. Então, por favor, se mexa.

Movimento. Corredores longos. O chiado das portas do elevador. Mais corredores. Passos se aproximando. Nenhuma mudança no ritmo das rodas abaixo dele. A voz de Stonier:

— Jacobs, Denton — e grunhidos como resposta, passos recuando à medida que avançavam.

Era assim que acontecia quando seu corpo se refazia? Em um invólucro como este?

Outra viagem de elevador. A maca diminuiu de velocidade.

— Entrega — ele ouviu Stonier dizer. — E estamos aqui para rendê-los.

— Não podemos... — uma mulher respondeu.

— Temos ordens — disse outro. — Houve um confinamento...

— Por que acha que uma unidade de combate está aqui? — perguntou Stonier. — Vocês estão em perigo. Sigam para o ponto de encontro e aguardem instruções.

Quando os passos deles desapareceram, ele ouviu Stonier dizer:

— Vou desligar o *feed* da vigilância.

Sons de outra porta, um silvo frio, as percussões do aço.

Muito tempo sem absolutamente nada. Será que ele poderia brincar, perguntou-se Unute, assim, de estar consciente em seu ovo como nunca esteve? Em sua escuridão de clausura, nesse entrecaminho, um momento de intensa claustrofilia, que a meiguice de outra forma lhe negava.

O saco se abriu.

Unute se sentou e se libertou do casulo. Olhou para as luzes ofuscantes e os reflexos do necrotério.

Seus sequestradores — se essa era a palavra certa, dada sua presença voluntária — estavam posicionados, de prontidão, ao redor da sala. Um deles tirou uma balaclava do rosto de Caldwell, que olhava fixamente para a frente.

O homem alto, aquele que havia sussurrado para Unute, apertou alguns botões, e a parede de janelas que dava vista para o corredor se polarizou, tornando-se espelhos externos.

Alam passou os dedos pelas alças das gavetas da geladeira.

— Tenha cuidado — disse Unute.

Alam deteve a mão na marcada como KEEVER, J.

— Cuidado — disse Unute. Alam a abriu. Puxou para trás o lençol que cobria o que havia dentro. Olhou para o rosto cinzento de Keever.

Alam encontrou o olhar do morto, depois o de Unute, com um olhar interrogativo.

— Você deve isso a ele — falou Unute. — Ele me contou. Foi ele quem encontrou você, quem recomendou você para Shur. Ele tinha ouvido os rumores sobre o que podia fazer. Acho que ele tinha esperança, embora não acreditasse. — Deveria ter acreditado, mas não tido esperança.

— É isso que você pensa? — perguntou Alam. — Que ele nos encontrou? Não é tão difícil, sabia — disse ele —, colocar ideias na cabeça das pessoas. E fazê-las pensar que foram elas que pensaram primeiro.

Os olhos de Unute se estreitaram, mas ele se virou para a porta que se abria, para a voz de Stonier.

— O assunto do *feed* está resolvido — disse ele. — Mas tem um problema.

Atrás dele estava a dra. Shur. Unute sentiu uma pontada, algo diferente nele no momento em que a viu. Shur olhou para ele com grande ódio. Ela empurrava uma cadeira de rodas. Nela, respirando, ensanguentada, os olhos se movendo descontroladamente, a respiração entrecortada por estar amordaçada, estava Diana.

— TIRE ELA DAQUI — DISSE UNUTE. ELE EXPANDIU O PEITO E sentiu as amarras apertadas nos punhos. — Ela não tem nada a ver com isso.

— Quando saí da zona de amortecimento de sinal, eu tinha uma mensagem — Stonier disse a Alam. — Informei Shur.

Diana murmurava, freneticamente.

Shur apontou para ela.

— Ela sabe de alguma coisa — falou.

— Por que não se limitou a cuidar dela? — perguntou Alam.

— Porque precisamos saber a quem ela contou o quê — disse Shur.

— Deixe-a ir — falou Unute. — Ou não vou mais ficar quieto.

Após um silêncio, Shur tirou uma pistola do bolso e colocou o cano contra a têmpora de Diana. Diana mastigou o pano em sua boca.

— Veja só — disse Shur. — O acordo está de volta.

— Acha que pode me ameaçar com a morte de alguém? — Unute perguntou. Sentia como se um inseto rastejasse pelas suas roupas. — Se não matá-la, ela estará morta em um instante, de qualquer maneira. No máximo, em sessenta anos. Tem noção de como esse tempo é curto? Acha que faria alguma diferença para mim? E, você mesma disse, precisa saber o que ela sabe e a quem ela contou.

— Eu gostaria disso, sim — disse Shur. — Mas, se tivermos de priorizar os assuntos... — Um olhar de excitação tão lúbrico que o chocou passou pelo rosto dela. — Porque não posso acreditar quão perto estamos do fim disso. Da morte da morte. Então, gostaria de interrogá-la, sim, mas e se ficar complicado? — Ela deu de ombros. — E, quanto ao seu primeiro ponto — ela não o olhava; ele podia ver que o ódio dela era intenso demais —, não sei que dores de consciência lhe trouxeram até aqui — disse ela. Ela apontou para as amarras. — Este acordo... Nada é mais importante do que isso, então faça o que prometeu, e pense nisto: não precisamos matá-la depois. Acho que você sabe que preferiríamos não fazer isso se não for necessário. E permita-me acrescentar. — Agora ela conseguiu encará-lo. — Se me fizer atirar nela, será você quem a terá matado.

Unute sentiu outra pontada como se viesse de dentro dele, um espasmo. Via algo em Shur longe do propósito sério de Alam.

— Não me importo com o que fizer com aquele sujeito — falou Shur, apontando para as gavetas da geladeira —, desde que cumpramos a missão.

— Prometa — disse Unute a Alam — que vai mantê-la viva.

Estavam todos imóveis no prateado daquela câmara, em seu ambiente frio, seus reflexos de lâminas e lâmpadas. Sob os sons do metal, Unute ouviu um barulho enquanto Diana balançava a cabeça. Ele a ouviu lutar para falar. Alam deu o que poderia ter sido um aceno de cabeça em anuência.

— Agora faça o que prometeu — disse Unute depois de um momento. Ele apontou com os braços contidos. — Mate a morte nele. Depois, pode tentar o que quiser.

Alam olhou para a gaveta fria.

— Você até que tem honra, Morte — Alam falou por fim. — Não havia ninguém para explicar por que continuei não morrendo. Continuei seguindo adiante até Shur me encontrar, me dizer quem sou.

Ele abriu a mão. Mas manteve o polegar e o indicador juntos, como se posicionasse uma tachinha entre eles. Estendeu a mão, com a partícula agarrada, acima do rosto imóvel de Keever.

— Eu sou o fim da morte — disse ele.

Bateu o dente de ovo na testa fria de Keever. Tocou o rosto de Keever com a outra mão. Sussurrou:

— Viva.

De todos os cantos vieram sons como de sinos fracos. Os frascos, os béqueres e as lâminas minúsculas, as réplicas e os suportes tremeram em uma dança de objetos. Unute semicerrou os olhos contra uma luz que subia, uma luz naquela sala tão iluminada, um brilho ascendente onde a mão de Alam tocara o rosto de Keever. Um brilho branco-azulado crepitante.

As luzes fluorescentes se apagaram e se acenderam novamente.

A luz saiu em um lampejo, levando Unute de volta àqueles arcos ao longo do metal nas paredes abaixo da terra, e a corrente saiu do filho de Vayn muitas vezes, entrando no corpo de Jim Keever, e aquele corpo estalou e estremeceu, dançou como o metal da sala, bateu os calcanhares, com vários ruídos saindo dele; e, quando o relâmpago entrou, o som mudou do suspiro sem vida de gás escapando para o grito de um homem, e Keever se sentou.

Em algum lugar, B ouviu a respiração ofegante de Diana, sua mastigação e chiados. Keever ficou olhando. Pequenos arcos de luz azul se espalharam por seus membros. Ele abriu bem a boca ao ver Unute. Soltou um suspiro.

— Certo — disse Unute. — Você realmente pode fazer isso. Uau. Oi, Jim.

Keever saiu cambaleando da gaveta, nu, hesitante e trêmulo, sua expressão sendo algo entre visão e dor. Falou com uma voz que chocalhava como se fosse o som de correntes arrastando no concreto.

— Aconteceu? — ele disse. — Onde eu sinto que estou todo entrando, e sai doendo vivo. Pode que ser conhecer morreu, eu sou você você ajudou? Unute. Obrigado, filho.

Unute fez força novamente. A rede quântica não se quebrou. Era tão estranho estar contido daquela maneira.

— Aconteceu? — perguntou Keever. Stonier o segurou com delicadeza e o conduziu para um canto da sala.

— OK? — Alam disse.

B respirou fundo.

— OK. Mantenha-o vivo.

Alam se adiantou.

— Vamos ver quão honrado você é — disse ele. Não parecia sentir medo.

E Unute encontrou algo na submissão.

ESTOU PRONTO, ELE PENSOU. DEIXE ACONTECER. QUANTO tempo faz? Deixe que seja agora. Ele ouviu Diana gritar em sua mordaça.

Agora, confrontado com aquilo, com isto, com o que quer que fosse, surgiu nele uma incerteza como não sentia havia milênios, e ele não sabia, não sabia dizer se era, não podia ser, não, ele não podia estar com medo, podia?

Suas mãos doíam. Os tornozelos doíam.

É isso que você quer?, uma parte dele disse para a outra parte. Eles não podem, mas e se puderem? E a outra parte falou: Ele traz a vida e não a morte; como poderia acabar com a morte, se você é a morte? E então a tristeza tranquila voltou.

— O que acha que pode fazer? — ele sussurrou para Alam. — Não pode trazer a morte para mim. — Do outro lado da sala, ele viu Caldwell encará-lo com atenção renovada e pronunciar seu nome.

— O que vou lhe dar — Alam sussurrou em resposta — é a vida.

Ah, lá estava. Crença, em Unute, novamente. Esperança. Se ele for o escolhido de Vayn, se ele puder trazer a vida, minha infinidade terminará. Porque, seja o que for (que eu sou), a vida sem fim não é vida. Eu não estou vivo, então, o que a vida fará comigo?

E ele sacudiu as algemas de novo, mas desta vez sabia que não estava tentando lutar nem se debater, e sim esticar os braços e o peito para a frente, inclinando-se para o que quer que fosse.

Alam disse:

— Vou te dar muita vida, caralho.

Abaixou as mãos. Unute sentiu uma ponta dura como um prego entre os olhos. Uma eclusa ascendente de algo abaixo. Alam colocou a outra mão no peito de Unute. A luz surgiu.

◈ ◈ ◈

AZUL-ESBRANQUIÇADO VINDO DE ALAM PARA UNUTE. ELE SE tornou rígido como uma pedra. Nervos e músculos, medula, e pela primeira vez, desde aquela casa subterrânea de dor, a luz de outra pessoa tomou conta de sua visão, deixando-o sem poder respirar, e ele estava pleno, pleno e mais pleno de vida. Estava inchando, expandindo-se, como se ficasse mais pesado e mais leve ao mesmo tempo, como se fosse explodir.

Além do brilho intenso, Caldwell murmurou seu nome mais uma vez. Keever o encarou. Diana estremeceu. O sorriso de Shur era de triunfo.

Unute sentiu algo lhe dando um puxão, mais poderoso agora que em toda essa vida renovada, puxando-o com força, mais forte que a emoção.

Ele estremeceu, seu corpo fervilhou, sentiu-se suspenso no ar, curvado para trás, como se estivesse preso por braços fortes; sentiu a fronteira entre ele e o universo começar a se romper, e passou a se debater, porque sabia que esta mesma vida seria o fim dele. Que estava transbordando, a espuma quântica de seu contorno como a espuma das ondas, como o chamado estridente das estrelas por trás da matéria, sem morrer, jamais morrendo, mas pequeno demais para conter toda essa vida, a carne retorcida sem remorso lutando e implacavelmente oprimida pela dispersão de seu eu, não a morte, mas a vida tão absoluta que o difundia por tudo, espalhando-o tão amplamente que seu contorno tornava-se borrado, seu eu se estendendo tão onipresente, tão tênue, que se perderia, em todos os lugares e em lugar nenhum; era assim que ele desapareceria, com a imortalidade mais erradicadora do ego do que qualquer morte mortal, e

talvez fosse assim que devesse ser, pensou ele, em mais uma grande onda de rendição.

Mais vida cáustica passou por ele, e o fortaleceu excessivamente, puxou-o para cima, sacudindo-o, e seus braços e pernas se separaram e o mundo estremeceu com aquele estalo ontológico de suas algemas, a vida entrando no que quer que fosse que se movia de novo, que se movia contra sua pele, em seu bolso?

O quê?

Não era um puxão interno transformado em algo tátil.

Em turbulência com o transbordamento de sua nova energia avassaladora, revivendo o que havia sido quase gasto, puxando-o para fora dele como poderia ter saído de um ovo. A peça do quebra-cabeça. Rasgou o tecido de suas roupas e voou, girando, diante de seus olhos.

Todos na sala olharam para aquela coisa pairando.

— O que foi que você fez?

Exausto, em meio à terrível dor da vida, Unute reconheceu a voz de Shur. Virou os olhos; ela não olhava para ele, mas para Alam.

— Eu disse para você nunca fazer um desses! — ela gritou. — Disse que iria embora se alguma vez fizesse isso! — Algo muito profundo e ressonante em sua voz, e uma expressão de raiva e repulsa em seus olhos.

— Não tive a intenção — gritou Alam. — Foi ele quem o trouxe e deixou na cadeira e, quando o toquei, simplesmente transbordei para dentro dele, e, quando a peça se mexeu, pude senti-la, às vezes conseguia ver através dela, como se tivesse olhos! Como não poderia? Por que não deveria? Não sou vida? Você nunca deveria ter visto isso, mas eu a estava usando! Só que para encontrar o que procurávamos! — Ele implorava. — Pela missão que me deu!

— Seu idiota! — Shur gritou.

— Mas já tinha se esgotado! — Alam disse. — Desaparecido!

A coisa estava novamente cheia agora, de um novo *ruach*, do sopro espiritual, do transbordamento proveniente de Unute, real, redespertada, fedendo a amor e ódio. E como foi que Unute pôde sentir essas emoções, essência e missão, emanando dela, sublimando-a com sua própria quididade excedente, as energias da revivificação?

Como poderia ele sentir que aquilo era um pequeno eco de algo que ele uma vez desmontara nas entranhas de um navio, que nascera como um avatar da própria vida para ser alérgeno de seu oposto? Então, como aquilo não o queimava agora? E por que seu ancestral iminente, trazido à existência pela linhagem de Vayn precisamente para caçá-lo com as energias de seus raios, não o sentira entrar no porão do navio? Como poderia ter surpreendido aquilo? Não era ele o seu propósito, não era a morte o seu anverso? Como então as energias daquilo não o tinham anulado? Sim, aquela coisa com membros de madeira o enfraquecera quando ele lutara contra ela com a própria vida, uma prévia dessa tentativa, mas ele a superara. E, agora, por que Unute não fora o objeto do foco devastador deste seu minúsculo descendente acidental, deste tolo símbolo de amor selvagem? E onde, contra o que, senão a ele, era dirigido o seu ódio?

eporém

Unute ouviu Diana cuspindo a mordaça e gritando:

— É mentira

ela está mentindo para vocês dois!

O Degenerado não é a morte! É quietude!

gritando: — Alam não é o seu oposto, Unute, o relâmpago dele é azul também!

ATRAVÉS DA VISÃO TURBULENTA, UNUTE VIU A PEQUENA PEÇA com abas se retorcer, cuspindo relâmpagos também, plena de agonia, buscando o oposto da energia a fim de negar sua essência, e viu Stonier olhar para ela em estado de choque e reconhecimento, enquanto a coisa girava como uma roda defeituosa, indo direto para cima de Shur.

Que, enquanto olhava para Alam com o choque e a fúria da traição,

agarrou uma serra de osso com uma velocidade superior à de Unute e levou-a para cima daquela coisa, a fim de dividi-la em duas com um som de um aplauso mortal.

Stonier deu um grito.

— Eles nunca foram venenosos para mim — sussurrou Unute. Ficou ali parado, atormentado pela dor de tantavida.

Para onde Vayn foi?

— Para onde Vayn foi? — ele disse, arquejante.

Alam olhou para ele. E, mais alto, Unute perguntou novamente:

— Para onde Vayn foi?

Ele gritou:

— Stonier, Shur matou sua peça porque ela sabe que Shur não é do grupo de Alam.

O feito-vivo não odeia a morte, o que eles odeiam é a *entropia*. Alam, Vayn me compreendeu, com mais clareza do que você agora, e, quando voltei, ela não me feriu mais. Tentou me dizer algo. Mas fui eu, eu... — Unute estremeceu e abanou a mão no ar, como se limpasse batom de um espelho, tinta de uma parede. — Mentiram para ela. Alam, mentiram para você.

Alguém estava gritando, dizendo que era tarde demais para mudar de ideia agora.

Unute continuou, mais alto do que aquilo que dilacerava seu corpo.

— No início, Vayn pensou que ela era a vida e eu, a morte. Era mentira! Alam, eu não sou a morte e você não é a vida. *Nosso relâmpago é o mesmo.*

Ele se virou.

— Meu paimãe e sua avópai nunca foram inimigos — ele disse. — Vayn e eu não éramos inimigos. Você e eu não somos inimigos.

e toda aquela nova vida tóxica e inchada rugiu para fora dele, e ele caiu e despencou contra a maca e no chão, e ficou deitado em meio à umidade de suor e sangue fervilhante, e sua pele estalou, tentando crescer novamente, no doce alívio de não ter tanta vida dentro de si.

Ele se levantou. Examinou a sala, trêmulo como um bebê. Para ver Stonier encarando-o, Diana com os olhos turvos e Caldwell piscando e murmurando palavras, e Keever com a expressão atordoada de um recém-nascido, e Shur, em sua fúria, e Alam.

Alam balançou a cabeça.

— Não.

— Você sabe que é verdade — disse Unute. — Seu relâmpago. O de Vayn na caverna também era azul. Nunca foi vermelho, nunca foi um "presente" para me consertar, fosse lá o que isso significasse. Vayn me disse que mentiram para ela e depois desapareceu.

— Se ela percebeu, por que não lhe contou toda a verdade? — Alam gritou.

— ... Ela tentou — disse Unute. E apontou para Shur. — Foi ela quem lhe contou sobre sua missão, não foi, Alam? — continuou. — Ela disse o que você é. Ela mentiu. Você traz a mudança. E Vayn também. E eu também. Não é vida *versus* morte, é mudança *versus* entropia. Movimento contra o Degenerado. Você e eu, somos dos primeiros. Sua avó e meu pai eram a *mesma força*. Shur... ela quer isso porque está com o outro. Ela quer enfraquecer a mudança, eu sou o mais forte que já existiu, e ela não pode acabar comigo.Ninguém pode. Exceto talvez você. Você está sendo enganado — disse ele. — Irmão.

Alam gritou. Um agente duplo contra si mesmo, um inimigo de tudo, exceto daquele descanso absoluto que não traz alívio.

E ele parou de gritar. E, no silêncio, na minúscula imitação daquele silêncio que é o ponto-final e o desejo da entropia, surgiu um novo som. Um final. Um tiro.

Alam voou para trás, em um arco de sangue.

Shur estava ali parada, com ódio e tristeza no rosto, a pistola em punho, fumegando.

— A herança dele sempre foi diluída — disse ela a Unute, por fim. — Se ele não acabar com você, eu acabarei com ele. Pelo menos um de vocês vai partir.

Ela apontou então para Diana. Unute saltou na direção da bala.

Ele aceitou o impacto e se preparou para outro. Mas ela acabou deixando a mão da arma semiabaixada.

— Tantos anos — disse ela. Falava a primeira língua que Unute havia conhecido. O eco sob sua voz era audível novamente, os lábios quase não se movendo com as palavras que emergiam da escuridão de sua boca. A escuridão de seus olhos ficou ainda mais escura e fria. — Esgueirando-me de qualquer carne estridente em que tivesse entrado, por mais nojento que fosse, cavalgando no barulho e no movimento da carne, para encontrar você. Para encontrar aqueles que poderiam impedi-lo. Para interromper a porra da sua missão.

Um barulho de armas e preparativos veio do canto da sala.

— Stonier! — Unute disse. Ele balançou a mão com força, arrastando a ponta das algemas. Espere, ele indicou. Não atire.

Shur ergueu a pistola bruscamente. Unute saltou entre ela e Stonier. Mas ela apontou a arma para cima, através do próprio queixo.

Unute se lançou sobre ela e enfiou a mão entre o cano e a pele dela. Ela puxou o gatilho assim mesmo.

Um rugido abafado. A bala estilhaçou seus ossos e os atravessou, queimando, subindo pela pele macia por trás do sorriso que cresceu nela quando Shur encontrou os olhos de Unute, os próprios olhos se arregalando enquanto o metal percorria seu caminho, abrindo a parte de trás de sua cabeça, e seus pensamentos e o receptáculo deles, e sua malevolência e misericórdia, e as motivações secretas que a levaram até ali, surgiram dela com os restos de sangue imortal da mão de Unute.

Uma genuína ausência olhou para ele através dos olhos dela.

Shur exalou fumaça e sangue que pareciam escuros como alcatrão, e, quando caiu, seus olhos permaneceram em Unute, e, por trás dos dentes destruídos, naquela voz distante, além da escuridão dentro dela, naquela língua arcaica, ele ouviu: Uma próxima vez.

UNUTE SE AFASTOU DO CORPO DA DEFENSORA DESSE VELHO trapaceiro, o silêncio.

Do chão, Alam o olhava. Se desvanecendo.

Volte, pensou Unute. Ele disse:

— Volte. Agora é a hora. Sua missão não é me matar, é fazer mudanças. Eu mudo as coisas do meu jeito, você, do seu. Faça isso. Faça a sua mudança! Mude a si mesmo. Mate a sua morte.

Alam piscou e não disse nada.

— Ponha as mãos em si mesmo — disse Unute. — Você pode. Sabe que pode. Faça isso.

Alam sorriu? Ele se esforçou. Engasgou e ergueu os braços. Seus lábios se moveram.

— Mate sua morte — disse Unute. Alam sustentou seu olhar e lentamente colocou as mãos no chão de novo. — Não! — Unute pediu. Segurou as mãos de Alam com as suas e as colocou em cima do peito encharcado de Alam, e Alam fechou os olhos e os deixou sucumbir.

Unute passou as mãos pelo chão.

— Cadê? — perguntou. — Cadê a carúncula? — Ele apertou as mãos de Alam. — Ponha na sua testa! — Quando ele soltou as mãos, elas caíram.

Por quanto tempo tinha ficado ali? Por quanto tempo cada um deles ficara ali, com Shur encolhida e destituída, e Alam agonizando e morto?

Depois de algum tempo, a porta se abriu e Unute ouviu as botas dos soldados entrarem.

— Fique tranquilo, soldado — Unute ouviu Keever dizer, em uma voz vacilante. Quando falou de novo, foi com mais força. — Afastem-se todos. Deem espaço a Unute. Deem um tempo a ele. Deem a ele tudo o que ele precisar.

SEMANAS E PAÍSES DEPOIS.

Uma mulher subiu pelo concreto quente de uma escadaria, virou sua chave na porta, entrou e a fechou atrás de si. Permaneceu ali parada, muito quieta, apurando o ouvido.

Ela disse, não alto, mas alto o suficiente, e com cuidado para controlar a voz:

— Quem está aqui?

— Fadila. — Uma voz vinda de sua sala da frente.

Estava toda iluminada. Um homem estava sentado no sofá, acariciando o gato malhado dela. Ela fitou seus calmos olhos escuros. Ele assentiu em saudação e correu o olhar pela sala, para a *shahada* em preto vívido sobre o cinza-claro, executada em bela escrita cúfica, pendurada ao lado de uma gravura de uma figura triste entrelaçada a versos de poesia polonesa.

— Minha mãe — disse Fadila. Ela apontou para a caligrafia.

— Sim — disse Unute. — É adorável. Eu não tinha certeza de se ela era religiosa.

— Não acho que fosse — respondeu Fadila. Acendeu um cigarro e falou através da fumaça. — Mas ela amava o Alcorão.

— Isso também — disse ele. Apontou para o poema. — Eu sei de quem era esse. — Ela inclinou a cabeça. Ele sorriu e se levantou para que o gato saltasse dele com uma irritação graciosa. Caminhou até o quadro e leu as palavras em voz alta, traduzindo-as do polonês para seu árabe polido.

— "Quando eu morrer... carregue meu caixão, através de um túnel de horrores, até seu solo virgem e silencioso. [...] Sem conhecer as estações, congelado na atemporalidade." — Ele ergueu uma sobrancelha, olhou para Fadila e de novo para as palavras. — "A história brota infinitamente de si mesma, é completamente infinita." Não sei se deveria me divertir, sentir-me lisonjeado ou insultado. Seu tataratataravô nunca me mostrou isso.

— Você não é tradutor — disse Fadila. — Isso foi uma bobagem.

— Tenho certeza. Você tenta fazer justiça a Leśmian. Ainda assim, acho que podemos concordar com a essência. E a referência.

Ela deu uma tragada.

— O que é isso? Um vírus? Alguém que trabalha com você é infectado com um pouco da sua longevidade? Eu não tinha nada que encontrar meu tataratataravô. Quanto mais falar de sua poesia favorita com ele.

— Geralmente, as pessoas ao meu redor têm períodos de vida mais truncados que prolongados, Fadila.

— Por que você deixou isso com ele? — ela perguntou. — Da primeira vez? Deveria ter voltado direto para Varsóvia, não? Não era esse o método completo?

— Achei que ele o levaria lá para mim. Mas ele conheceu sua tatara-tataravó na época. Ele gostou daqui. E eu gostava dele. Métodos vêm e vão.

Ela o olhou com franca surpresa. Apagou o cigarro.

— Você quer o livro — disse ela. — Onde terminou e de onde reiniciou desta vez? — Ela suspirou. — E agora? Não precisa ser complacente comigo com conversa fiada...

— Fadila. — Pela maneira como ele falou o nome dela, ela se virou para encará-lo.

— Escute — falou Unute. O gato se enroscou entre os pés dele e ele sussurrou um beijo para o felino. — O que vim dizer é um obrigado. Nunca mais voltarei. Você tem razão. Sua vida é sua. Você honrou sua mãe o suficiente.

Ela ficou imóvel e quieta por um longo momento.

— Você quer o Livro de Algum Outro Lugar para si mesmo...? — ela perguntou. — Tem um novo plano para descobrir...?

— Eu descobri.

Ela ficou boquiaberta. Nunca tinha visto ninguém parecer tão triste.

— Isso vai soar como um conto de fadas — disse ele. — Vai soar como algo para contar às crianças. Sinto muito por isso; se pudesse convencer o universo a ser menos banal, eu o convenceria. Mas não escrevo o roteiro. Acontece que descobrir as coisas apenas as faz retroceder um passo.

Ele olhou pelas janelas dela, para o trânsito lá embaixo.

— Depois de muito tempo tentando entender, eu sei por que surjo em outro lugar, às vezes — continuou ele. — Quando perco meu... — Ele fez uma pausa. Em inglês, falou: — Dente de ovo. — E prosseguiu em árabe novamente: — Quando perco isso do meu corpo, o que raramente acontece, normalmente ele é apenas reabsorvido; quando tenho a pequena morte, seja lá o que ela for, fico à deriva em um novo lugar seguro, enquanto faço crescer um novo. Para finalmente sair. De vez em quando, o dente de ovo cai, e, quando isso acontece, ele cresce novamente enquanto estou em outro lugar. Bem. Mistério resolvido, certo? Código decifrado. — Ele sorriu. — Deixando, em seu rastro, as perguntas sobre por que desenvolvo um dente de ovo e por que perdê-lo me liberta. E o que eu sou. E por quê. E quando eu terei fim, e tudo o mais.

— Seu corpo — ela disse. — Você pode não gostar de morais da história, mas parece que seu corpo gosta. Afinal, é seu corpo que está fazendo isso. Quando precisa encerrar um capítulo.

Ele inclinou a cabeça, muito lentamente, no que poderia ter sido uma concordância ou uma objeção.

— Seja como for, você não ganhou nada com tudo isso — disse ela. — Não pode me dizer que isso não foi especial.

— O quê?

— Quanto tempo faz? — ela perguntou. — Que emoção encontrar palavras que você não conhece em todos os idiomas. Que porra é um dente de ovo?

Ele realmente riu.

— O Livro de Algum Outro Lugar é seu — disse ele depois de um instante de silêncio. — Faça o que quiser com ele. Queime-o para se aquecer. Limpe merda com isso. Venda-o para um viciado em antiguidades e nunca mais trabalhe: alguns desses primeiros registros devem chamar a atenção de algumas pessoas. Obrigado por mantê-lo. Sei a resposta e, como sempre, é tudo ou nada. Ou nenhum dos dois.

— Ou ambos — disse ela.

— Seja o que for — disse ele —, é a verdade, e é tudo o que existe.

O INVERNO CHEGOU COM FORÇA. OS PÁSSAROS VOARAM PARA longe rapidamente. Os dias escureceram. Unute olhava para a floresta quando Diana entrou.

— Bem-vindo — disse ela. — É uma vista maravilhosa, e ela é desperdiçada com você.

— Acha que, porque já vi coisas antes, não quero vê-las novamente? — B perguntou.

— Não — ela respondeu. Virou-se para encará-lo. — É um desperdício porque você quase nunca está aqui. — Ele andava pela grande sala. — Você não consegue nem ficar sentado atrás da mesa. Parece um guepardo em um zoológico. — Ele se sentou. — Stonier foi embora — disse Diana por fim. — Fugiu.

Ela não olhava diretamente para B enquanto ele abaixava a cabeça para a mesa, mas podia perceber em sua visão periférica que, quando ele se levantou de novo, deu uma risada exagerada.

— Célula ultrassegura, hein? — ele comentou.

— Defeito no funcionamento — disse ela. — Você não parece surpreso.

— Como Shur sabia? — ele perguntou depois de um tempo. — Que você sabia de alguma coisa? Quando foi vê-la.

— Não sei — ela respondeu. — Algo que eu falei, ou o jeito como falei alguma coisa. Não sei. Eu ainda nem sei o que era que eu sabia. Eu me virei e... Não sei o que ela fez comigo.

— Derivado de um besouro venenoso, aparentemente — disse Unute. — Antes que a agredisse.

— A princípio pensei que fosse algum poder do Degenerado — falou Diana. — Sorte minha.

Não com esse corpo, pensou Unute. Esse veículo.

— Você está bem agora? — perguntou ele.

— Passei dias vomitando, mas já superei o pior.

— Fique feliz por ela não ter certeza do que você sabia. Você não estaria aqui.

— Como está Keever? — perguntou ela.

— Bem — ele disse lentamente. — Para um cara que voltou dos mortos.

— Ele sabe? — perguntou ela.

— Dificilmente poderíamos esconder isso dele. Ele está... — Unute deu de ombros. — Realmente parece estar bem. Está se exercitando muito.

— Desviando um pouco a mente de tudo isso? — O tom de Diana era de incredulidade.

— E daí? — B falou. — Talvez isso seja parte do problema: todo mundo que pensa que é uma grande coisa torna isso uma grande coisa. Talvez não precise ser.

— Você pode mostrar a ele o que fazer — disse ela. — Agora que ele é um novo membro do menor clube do mundo.

— Não tão pequeno quanto eu pensava antes — tornou Unute. — Não grande, talvez, mas não tão pequeno quanto eu pensava. Alam... Eu o chamei de meu irmão, mas tecnicamente ele nem era meu meio-irmão; era meu sobrinho de não sei quantos graus de parentesco. Do filho da minha meia-irmã.

— Por que ele fez aquilo a si mesmo? — perguntou Diana. — Ele poderia ter... — Ela levou as mãos ao peito.

— Passar séculos como um errante — disse B —, depois ter um propósito e descobrir que esse propósito era uma mentira? Isso tira você dos trilhos.

Diana hesitou.

— O que isso significa sobre a fonte? — ela perguntou, cuidadosamente.

— Eu sou a ferramenta dela, acho — disse Unute. — E Vayn também. Ela descobriu. E não quis nada com isso.

— Você acha que ela ainda está por aí, não é? — Diana perguntou.

— Sim. Eu não morro. Por que ela deveria?

— Alam morreu.

— Ele era diluído. Pobre idiota.

Diana se virou para olhá-lo, para o teor de sua voz.

— Ela teve um filho — disse ele. — Pelo menos um.

— E daí?

— Daí que ela é minha irmã. Por que eu não posso?

Uma veia gélida passou pela sala.

— Ainda há muito que aprender — disse Diana. Ela poderia ter estremecido, mas Unute foi gentil. Ele assentiu como se o que ela havia dito não fosse uma idiotice.

— Vamos continuar, eu acho — disse ele. — Você ainda pode me ajudar. Eu ainda posso ajudar você.

— E Caldwell? — perguntou Diana. — Sabe que não deve confiar nele agora. Nem nele nem no seu... culto.

— Talvez você possa obter algumas informações dele — disse Unute. — Sobre isso.

— Sim, deseje-nos sorte nesse assunto — falou Diana. — Sei que o visitou.

Ali, com suas vestes brancas, em sua cela branca de hospital. Investigando as facadas que a peça do quebra-cabeça, aquele suvenir furioso, havia deixado. Ainda permanecia lá, apenas semicurado, e ainda vivo, como não deveria estar. Falando coisas sem sentido. Qualquer que fosse o estado dos poderes de Alam quando os exerceu em Caldwell, tudo o que tinham precisado era de seu crachá e do dente de ovo.

— Talvez ele volte um pouco a si — disse Diana. — Como eu disse, não que você possa confiar nele.

— Eu não confio em nenhum de vocês — falou ele.

— Talvez o fato de ter estado morto por algum tempo o acalme um pouco — disse ela.

— Duvido — respondeu Unute. — É preciso mais que um pouco de morte para mudar as pessoas. — Ele foi em direção à porta. — Volto em alguns dias.

— Para onde está indo agora?

— Ver um amigo. Para dizer adeus.

— Shur — disse Diana por fim. — Quem... o que ela era? Sabemos que ela encontrou Alam. Sabemos que conseguiu espalhar boatos sobre si mesma com os contatos certos, colocar ideias na cabeça de Keever, e ele pôs o plano em ação. Isso é tudo que temos. Sabemos que ela falsificou seus registros quando soube que estávamos recrutando, OK...

— Ela deve ter pensado que sua hora havia chegado — disse ele. — Devia estar atenta a qualquer oportunidade, desde que Alam descobriu por Thakka onde estávamos. A propósito, ela não teve nada a ver com Ulafson. Isso foi muito antes: Shur não poderia tê-lo persuadido a fazer o que fez. Eu me perguntei a respeito em determinado momento. Mas — sua expressão endureceu — os sentimentos dele eram os sentimentos dele. Se não fosse isso, teria sido outra coisa; ela teria encontrado outra coisa com que se envolver. Foi isso.

— Mas é exatamente isso — falou Diana. — Como ela fez o que fez? As pessoas diziam que ela era ótima. Ela não pode ter sido realmente uma terapeuta. Ela fez, então, um treinamento rápido? Parece piada. Ser tão fácil fingir ser uma. Como se todos fossem charlatães.

— Você não acha isso — disse ele. — Como você falou, ela estava ajudando as pessoas. Algumas pessoas, às vezes. Você sabe que vai dar muita importância ao fato de eu saber fazer certas coisas que a surpreendem, e vou apenas lembrá-la de que já estou aqui há tempo suficiente para ter aprendido muita coisa. Bem... — ele disse, e ergueu as sobrancelhas. Diana ficou olhando.

— Acha que ela era como você? — ela perguntou.

— Claramente, não — ele respondeu. — Não que tivesse ressurgido outra vez. Mas não sabemos há quanto tempo ela existe. Sabemos que ela sabia como fazer isso. Falsificar registros com perfeição. — Ele fechou os olhos. Qualquer outra pessoa diria que ele havia se lembrado de algo. — Talvez ela não seja a questão. Ela era um receptáculo. Eu costumava ouvir coisas... Você acaba ouvindo, no final.

Ele olhou para Diana, e ela percebeu que ele não tinha muita certeza.

— E se ela estivesse por perto apenas enquanto parecesse ter... o que, sessenta anos? Sessenta e cinco? Não sabemos o que era que olhava por trás dos olhos dela — disse ele.

Diana o encarou.

— O que foi que ela disse para você? — ela perguntou. — Que língua era aquela? No final?

— Ela... aquilo... expressava frustração — disse ele. — Ela me disse que pretendia deter a minha missão. Que essa era a missão *dela*.

— O que isso significa? — Diana perguntou.

— Você ouviu — disse ele. — Era o oposto da mudança.

— E... — Diana juntou os dedos. — Isso significa que você é a mudança.

Ele inclinou a cabeça.

— Eu, o porco, Vayn... Você também, aliás. Talvez não tão poderosa, não tanto quanto uma ameaça ao que anseia, mas não menos turbulenta. E aquilo realmente odeia esse tipo de coisa.

— E daí? Matar você, acabar com tudo?

— Dificilmente — ele respondeu. — Mas é uma tática clássica, não é? Elimine as grandes armas do inimigo primeiro? Seria — acrescentou ele — um começo.

Diana cruzou os braços.

— Onde acha que estamos com tudo isso? — ela perguntou.

— Em estado de atenção, seria minha sugestão. Ela vai levar algum tempo para se reagrupar, mas tempo ela tem. Deixe-me perguntar uma coisa, Diana. Você acha — ele indagou — que a mudança veio primeiro, ou a imutabilidade?

— A última — disse ela. — Era preciso estar parado para que a mudança fosse registrada.

— Mas, sem a mudança, não era imutabilidade, era apenas nada.

— Então está dizendo que a mudança veio primeiro? — Diana falou.

— Não — ele respondeu. — Estou dizendo que não sei. Mas estou dizendo que ambos existem há muito tempo. E ambos têm agentes. Aquilo pensa que eu sou um deles.

— Eu lhe disse que você era uma ferramenta — falou ela. — Vai continuar com a sua missão? Ou "fazer aquilo que é o propósito de sua existência" talvez seja a melhor maneira de colocar isso?

— Se eu descobrir o que é, decidirei — disse ele.

Ficaram sem falar por um tempo, mas não houve silêncio. Ficaram ouvindo os pássaros.

— O que aconteceu com Stonier? — Unute finalmente perguntou.

Ela deu de ombros, desculpando-se.

— Ele não falava havia dias. Não tinha aberto os olhos por dias. Continuou sussurrando, os microfones não conseguiram captar, e tudo o que os guardas dizem é que sua boca parecia repleta de sombras. E então, uma noite... ele sumiu. Todas as câmeras pararam de funcionar. Quando a segurança chegou lá, o aposento estava vazio. A janela apenas... desmoronou. Como se tivesse milhares de anos. Ele passou por ela e foi embora. Eles verificaram as câmeras: estavam enferrujadas, congeladas e cheias de poeira.

— Aproximando-se da morte térmica — disse Unute. — Tudo ficando frio e velho. Você também não pode estar tão surpresa. Não acha que isso é o fim mais do que eu.

MEIA-NOITE. UM *WADI* SEM NOME. UM HOMEM SAIU DO NADA e de lugar nenhum, sentindo bem o peso de uma grande mochila. Seus pés afundavam na areia, e ele deslizava e diminuía a velocidade, mas não parava. A lua apareceu e brilhou sobre ele, e ele ajeitou o manto em torno de si.

Abaixo do nível do mar, dominado não pelas rochas, mas por uma terra compacta e irregular. Pegou a mochila das costas e a colocou no chão. Retirou o grande peso interior com tanto cuidado quanto se fosse uma criança. Colocou-o no chão. Passou a mão sobre o couro pulsante de sua superfície. Levou os lábios a ele. Sussurrou-lhe, baixinho demais para qualquer um ouvir. Ficou assistindo. Observava quando o sol nasceu e sua pele começou a queimar. Observava quando o sol estava alto e todas as sombras desapareceram. Observou quando a lua retornou.

Perto do segundo amanhecer, depois de horas de imobilidade, o ovo se contraiu. O homem assistiu. Prendeu a respiração. De dentro, uma ponta parecida com uma lança empurrou-o, esticando a membrana carnuda, arrebentando-a, e, da explosão, surgiu uma poça e um líquido espesso. O rasgo se ampliou, e da sombra de seu interior verteu o corpo rosado e cru de uma babirussa. Dentes com lâminas afiadas. Ficou deitada ali, ofegante.

— Bem-vindo — sussurrou Unute.

O porco esperneou, cambaleou, levantou-se, virou-se e o viu. Unute ficou ali sentado, quieto. Um arrepio percorreu todo o seu corpo.

— Você não está acostumado a me ver assim tão rápido — sussurrou Unute.

O porco se encolheu. Ficou ali, encarando-o.

— Nem precisa disso — ele sussurrou.

O porco emitiu seu primeiro som, um grito horrível, na noite do deserto. Começou a bater os cascos, as presas brilhando, pele ainda crescendo sobre ele. O homem estendeu as mãos em prontidão, e, quando o bicho veio em sua direção, ele o afastou com suavidade.

O porco girou. Encontrou seu ponto de equilíbrio.

— Não precisa disso — sussurrou o homem.

O porco correu para cima dele novamente, e ele agarrou suas presas e sacudiu sua cabeça. O porco ficou parado. Olhando para ele. Ele o libertou. O sol nasceu. A luz ficou mais forte, e o porco babava e corria para ele mais uma vez, e desta vez, quando o agarrou, puxou-o para perto, abraçou-o, rolou com ele, de modo que se contorceram na poeira e ficaram ali deitados na areia, ofegantes.

Depois de terem estado ali por algum tempo, recuperando o fôlego, o homem relaxou a pressão e deixou o porco rastejar livremente. Ele se levantou e se virou. Olhou para Unute. Balançou a cabeça. Unute assentiu.

Ele disse:

— Vim dizer olá. E adeus. Para colocá-lo no seu caminho, irmão.

O porco se virou para o sol. Olhou diretamente para ele, de frente, como não se deve.

— Siga bem — disse o homem.

O porco esperou, observando-o. Unute franziu a testa e olhou para baixo. Vasculhou por um tempo na poça abaixo do ovo. E sorriu. Não demonstrou surpresa.

Levantou na ponta dos dedos o menor fragmento de queratina, caído de uma presa. Uma protuberância da qual a babirussa nem precisava.

O porco jogou a cabeça para baixo e para trás. Virou-se para encarar o sol novamente. Começou a andar. O homem observou, e o porco não se virou. Então não viu quando Unute acenou para ele, embora tivesse acenado para ele por muito tempo, até que desapareceu de seu campo de visão.

A História do Doutor

PARA ALGUÉM QUE SE CONSIDERA UM AGENTE, SE NÃO O ANJO DA MORTE, meu paciente sempre foi um interlocutor muito gentil e atencioso.

Um dia, no final do nosso percurso de sessões, ele me contou uma história. Quando terminou, ele se levantou do divã, se virou e apertou minha mão, me agradeceu, disse que eu lhe tinha sido muito útil, o que espero que não tenha sido apenas por educação, e expressou sua própria esperança de ter me ajudado, como de fato o fez, embora de uma forma que me perturbou muito, e então me informou que não o veria novamente.

Pensei nele muitas vezes, e não falei dele com ninguém. Por que eu daria munição para aqueles que me consideram um charlatão? Foi uma surpresa para mim, nestes meus últimos dias, que me sinta motivado — impulsionado — a escrever a verdade de que há pelo menos um homem que, reprimido pela morte, sempre retorna.

Meu paciente me contou especificidades muito barrocas e carregadas de sua vida sem fim — ovos, porcos, sangue, frenesi e a perda do eu como a libertação oceânica de algo místico. Essas coisas eram mais estranhas que sua natureza básica?

Lembro-me de uma vez, talvez a única vez em que o vi sem palavras a dizer. Enquanto estava ali deitado, aludindo a algum acontecimento ocorrido antes do nascimento de minha tataratataravó, ele me disse:

— Não me esqueço de nada, *Herr Doktor*. Minha memória é perfeita.

Isso me irritou tanto que o interrompi — algo que nunca faço.

— Sr. __________ — falei —, você me mostrou o suficiente para que eu não duvide quando diz isso. Mas não creio que isso signifique o que parece acreditar. Você é um homem, não é?

Ele ficou hesitante nesse ponto. Eu, não.

— Um homem extraordinário, como não poderia deixar de ser — eu falei. — Mas o que sente e o fato de sentir o coloca dentro do alcance do que é humano. Se achasse que não era esse o caso, não teria vindo até mim. E você veio até mim, eu acho, porque conhece alguma coisa do inconsciente.

— E daí? — ele perguntou.

— E daí que você deve saber que existe um mar escuro dentro de você. Que nenhuma memória é uma gravação exata. Que lembrar o que fez não pode dizer por que o fez. Você não sonha, sr. ______? Quais são os seus sonhos? Já não ficou em dúvida sobre se algo de que se lembrava era uma lembrança ou um sonho?

— Não — ele disse.

Eu perguntei:

— Como saberia?

Para isso ele não teve resposta. Acredito que tenha gostado dessa conversa.

O fato da existência dele, a necessidade crescente dentro dele, foram provocações cruciais, eu lhe disse. O impulso final para minha revolução intelectual veio da história que ele me contou no último dia de nosso convívio.

Ele me contou sobre a babirussa, que fazia eco à sua própria vida. Ela, ele me contou, poderia entrar em qualquer sala em que ele estivesse, a qualquer momento, para tentar matá-lo, novamente e pela última vez.

— Deve ser muito difícil conviver com uma pulsão tão implacável e não escolhida — disse ele por fim. — Esse porco deu o melhor de si para terminar de outra maneira, certa vez.

Esperei por mais. Ele continuou, como eu esperava que fizesse.

— O senhor já esteve em Gotemburgo? — ele perguntou. — A verdade é que não sei mais se ele poderia entrar em alguma sala. Talvez esses dias tenham acabado. Talvez as coisas tenham mudado. A última vez que o encontrei, eu o busquei, e não o contrário.

— Por quê? — perguntei.

— Isso foi há mais de dois séculos. Vá para Gotemburgo. Você vai ver. — Eu esperei.

— Estava procurando-o havia muito tempo. Ele havia retornado aos tipos de terra onde nasceu. Aproximei-me, como sempre fiz quando precisava: na defensiva, cuidadoso, pronto para fazer o que fosse necessário. Eu era a única pessoa naquela pequena ilha — disse ele, e havia em sua voz uma tristeza como eu nunca tinha ouvido. — E ele era o único porco. Eu o procurei no interior. E o encontrei. Ouvi sua respiração. Senti seu cheiro forte. Vi um grande corpo, deitado, ofegante, os flancos subindo. Cheguei mais perto. O porco me olhou. Ele me viu chegar.

Do bolso, meu paciente tirou uma fotografia. Ele a passou para mim.

HJORTSVIN, li em uma etiqueta de uma caixa de vidro. Acima havia um crânio em uma vitrine, os restos descarnados de uma cabeça de porco. Duas presas inferiores evidenciadas para fora e para trás, como as lâminas de um trenó. Das presas superiores, curvando-se em direção ao céu a partir do meio do focinho, a esquerda havia desaparecido. Se pré ou pós-morte, era impossível dizer.

Mas era o dente superior direito que exigia atenção. Ele arqueava de volta para a testa, a linha central. A ponta do dente caíra bem no meio, acima e entre os olhos. Empurrada, tinha feito um buraco nele. Aterrara-o com a própria presa. A presa empurrou na escuridão dentro do crânio, a centímetros de profundidade em seu próprio cérebro. Para roer seus próprios pensamentos.

— Ninguém sabe o que fazem com essas presas — disse meu paciente, me trazendo de volta para a sala. — Mas elas continuam crescendo constantemente.

Ele apontou para a foto.

— Não posso lhe dizer o que tudo isso significa. Só que, se o senhor me perguntar por que uma babirussa nasceu com algo parecido com o que quer que haja em mim; por que deveria ser um porco-veado em particular a viver para sempre, vou apontar para aquela caveira.

Semanas de pressão, uma pressão contra a pele, o golpe, a cisão, o arranhão e o risco no osso quando a mandíbula do porco se moveu, criando uma autoescultura a cada mordida. O som de moagem. Esse não era o trabalho de uma careta feia e a liberdade que vem com a sabedoria ou a morte, ou ambas, mas um crescimento demorado, demandando uma paciência terrível.

— Este é um animal cujos próprios dentes tentarão matá-lo — disse ele.

— Ou elucidá-lo — eu falei.

Sua testa se franziu. O que me surpreendeu, porque notei instantaneamente o local onde a presa perfurou o crânio. No ponto do chakra *ajna*. O porco se autotrepanou no *locus* da consciência mística.

— Sim — ele disse. — Talvez. Toda aquela luta, toda aquela raiva que vi durante vidas, havia desaparecido. Quando o vi da última vez, ele me olhou foi com cansaço. Eu me aproximei. Ele não fez nada.

— Ele não desgastou as presas na madeira. Durante toda a sua vida, e isso deve ter levado anos, ele deve ter se apoiado na presa enquanto crescia, por horas, todos os dias, empurrando-a, curvando-a em direção ao centro de sua cabeça.

Tocou a própria testa.

— Deve ter sofrido essa pressão por meses. Através da pele e do osso. Ele tentou se mover. Não lutar. Levantar o focinho em direção a mim.

Havia dentro de seus olhos uma expressão terrível de dor e determinação. Eu me sentei com ele, coloquei minha mão sobre ele, desejei-lhe paz. Ainda desejo. Esperei com ele, vendo no fundo de seus olhos os pensamentos porcinos embaralhados pelo próprio osso através daquela ferida infectada. Sussurrei para ele, acalmando-o quando vi nele temor. Ele se deitou e respirou fracamente, esperando a morte. Sentei-me com ele. Seu suicídio levou dias. O dente do meu pobre irmão crescia de forma constante, porém lenta.

Ele ficou em silêncio por um tempo, e eu também fiquei.

Quando o homem que em breve não seria mais meu paciente se levantou para ir embora, agradeci-lhe por tudo o que ele me disse, e ele me agradeceu pela minha paciência.

— Sr. _______ — falei; ele se virou para olhar para mim —, você me disse que não quer ser uma metáfora. Mas que não pode escolher. Descreveu-me o casulo ao qual você retorna. Fora do qual você renasce. Que abrange seu antigo corpo, ou é constituído a partir dele. Sr. ______, tenho certeza, sabendo de tudo o que você faz, que sabe muito sobre borboletas. Talvez mais do que eu. No entanto, nossas mentes são perversas. Às vezes, é como se escrevêssemos uma mensagem para nós mesmos e a apagássemos no próprio movimento da escrita. Como se nos esforçássemos por dizer a nós mesmos uma verdade, para obscurecê-la de imediato. Uma coisa parece não lhe ter ocorrido. Você veio até mim — prossegui — perguntando se eu poderia ajudá-lo. E deixou claro que isso não significa morrer, mas tornar-se mortal. Bem, o que toda criança sabe é que uma larva entra na crisálida e surge como uma borboleta. Mas isso não é o correto. Uma lagarta em um casulo, uma larva em seu revestimento, um verme na pupa, eles não mudam de forma, mas se quebram. Eles se tornam um *Urschleim* químico. O corpo deles, o cérebro deles, desaparece por completo. Eles não são nada. E desses elementos químicos de sua destruição se auto-organiza outro animal bem diferente.

"A borboleta, a mariposa, é um recém-nascido constituído de carne morta de outra coisa. Uma pupa não é um lugar para regeneração ou revivificação. É uma câmara de execução e uma sala de parto, tudo ao mesmo tempo.

"Você veio até mim buscando compreender a si mesmo e a mortalidade. Você está enganado. Busca poder morrer como se não tivesse morrido e morrido e morrido de novo. Você não é imortal, senhor, mas mortal incontáveis vezes. Você é infinitamente mortal."

Ficamos parados por um longo tempo.

— *Herr Doktor* — disse ele por fim —, suponho que devo lhe perguntar, em contrapartida, se há alguma diferença entre essas duas coisas.

— Acredito que sim — eu disse. — E acredito que sabe disso agora. E você não se esquecerá de saber disso, embora possa não se sentir mais a respeito disso como se sente agora. A memória é um labirinto. Mas isso também você agora sabe.

Ele sustentou meu olhar e vi surpresa de novo em seu rosto.

Vi assombro.

AGRADECIMENTOS

Nossos mais profundos agradecimentos a: Celia Albers, Pam Alders, Laura Bonner, Ben Brusey, Season Butler, equipe BOOM!, Mic Cheetham, Stephen Christy, Keith Clayton, Bill Crabtree, Cara DuBois, Richard Elman, Maya Fenter, Chris Fioto, Regina Flath, Matilda Forbes Watson, Matt Gagnon, Ron Garney, Rafael Grampá, Alexandra Grant, Ben Greenberg, Eric Harburn, Ashleigh Heaton, Tori Henson, Matt Kindt, Alex Larned, Julie Leung, Cheryl Maisel, Erin Malone, David Moench, Tricia Narwani, Jordan Pace, Mary Pender, Ramiro Portnoy, Sue Powell, Elizabeth Rendfleisch, Ross Richie, Clem Robins, Filip Sablik, Keith Sarkisian, Scott Shannon, Sabrina Shen, Scott Sims, Leila Tejani, Bonnie Thompson, Julien Thuan, Meredith Wechter e Adam Yoelin.